中國古典文學基本叢書

杜詩詳注

第二册

〔唐〕杜　甫　撰
〔清〕仇兆鰲　注

中華書局

杜詩詳注卷之四

天育驃匹妙切圖《英華》作圖，别本作騎，去聲歌

鶴注：此當是天寶末年作。　洙曰：天育，馬厩名。據《唐志》，總十二門者爲二厩，一曰祥麟，一曰鳳苑。其後但增八坊八監，亦無以天育爲厩者，當是云天子所育之馬而已。　今按：驃，疾走也。驃騎猶云飛騎。東方朔有《答驃騎難》。漢有驃騎將軍之號。又唐貞觀間，骨利幹所貢馬十疋尤駿，太宗各爲製名，其六曰飛霞驃。

吾聞天子之馬《艇齋詩話》作天馬之子走千里㈠，今之畫圖無乃是㈡。是何意態雄且傑㈢，駿從趙作駿，别作駿尾蕭梢朔風起㈣。毛爲緑縹普沼切，《英華》作驃兩耳黄㈤，眼有紫焰雙瞳方㈥。矯矯一作矯然龍性一云矯龍性逸含蔡云：東坡書作含。《英華》同，一作合變化㈦，卓立天骨森開張㈧。　前記畫中之馬。　首提天子之馬，此圖爲天育設也。駿尾以下，皆寫其意態之雄傑。

㈠《穆天子傳》：天子之馬，走千里，勝猛獸。　天馬子，見《西域傳》。

㈡《莊子》：齊景公好馬，命使善畫者圖之訪似者，期年不得。

㈢《慕容廆傳》：雄傑有大度。

㈣駿，馬鬣也。劉恢詩：絡首纏駿尾，養以甘露芻。顏延年《赭白馬賦》：垂梢植髮。蕭梢，鬣尾摇動之貌，雖遇朔風而能豎起也。陳師道曰：馬之良者不怕寒，嘶風踏雪，愈有精神。夏侯湛《笳賦》：胡馬懷夫朔風。

㈤《尚書中候》：龍馬，赤文緑色。鄭玄曰：赤文而緑蛇也。《説文》：縹，青白色。《穆天子傳注》：魏時鮮卑獻千里馬，白色，兩耳黄，名曰黄耳。賈誼賦：驥垂兩耳。

㈥《相馬經》：眼欲得高，眶欲得端，光睛欲得如懸鈴紫焰。《赭白馬賦》：雙瞳夾鏡，兩髗協月。

㈦《詩》：四牡蹻蹻。介之推《龍蛇歌》：有龍蹻蹻。《五君詠》：龍性誰能馴。劉琬《龍賦》：變化屈伸。

㈧蔡邕《庾侯碑》：英風發於天骨。《袁宏傳》：天骨秀朗。開張二字，見《出師表》。馬援《銅馬相法》：膝本欲起，肘腋欲開。

伊昔太僕張景順㈠，**監**平聲，一作考**牧攻**一作收，一作神**駒閱清峻**㈡。**遂令**平聲**大奴字**胡仔云：東坡作字。《英華》作守**天育**㈢，**別養驥子憐神駿**一作俊㈣。**當時四十萬匹馬，張公歎其材盡下。故獨寫真傳世人**㈤，**見之座右久更新**㈥。次叙畫馬之由。再提太僕監牧，蓋圖起於張公也。朱注：簡閱唯取清峻，惡凡馬之多肉耳。字於天育者，群馬也。別養驥子者，驃騎也。四十萬，指群馬。獨寫真，指驃騎。

㈠揚子雲箴：伊昔唐虞。　趙曰：《唐・兵志》：監牧之制，其官領以太僕。今公詩所謂太僕張景順，乃開元時人。舊注作張萬歲，是貞觀時人，誤。　又曰：張説《隴右監牧頌德碑序》：開元元年，牧馬二十四萬匹，十三年乃有四十三萬匹。上顧謂太僕少卿監牧使張景順曰：「吾馬繁育，君之力也。」對曰：「帝之力也，仲之令也，臣何力之有。」

㈡《周禮・夏官》：廋人，掌教駣攻駒。注：攻駒，騬其蹄齧者閑之。二歲曰駒，三歲曰駣。《魏志》：常林節操清峻。

㈢《前漢・昌邑王傳》：使大奴以衣車載女子。注：大奴，奴之尤長大者也。胡震亨曰：大奴，張景順之牧馬奴耳。趙注指王毛仲。毛仲父坐事，雖嘗没爲官奴，然是時正以霍國公領内外閑厩，景順乃其屬也，豈得稱爲大奴，令之守天育乎。《杜詩博議》：郄昂《馬坊頌碑》云：唐初，得馬於赤岸澤，令張萬歲傍隴右馴字之。作字天育，亦通。《列子》：字孕常時。

㈣《唐六典》：諸牧監，掌群牧孳課之事，凡馬有左右監以別其麄良，細馬之監稱左，麄馬之監稱右。據此則別養驥子，乃另爲一處，與字天育不爲重複矣。　梁元帝《答齊國驤馬書》：價匹龍媒，聲齊驥子。　《世説》：支遁好養馬，或問之，曰：「貧道重其神駿。」

㈤梁簡文《咏美人看畫詩》：可憐俱是畫，誰能辨寫真。

㈥後漢崔瑗有《座右銘》。

年多物化空形影㈠，嗚呼健步無由騁㈡。如今豈無騕于皎切褭奴了切與驊騮㈢，時無王良伯樂音洛死即休㈣。末乃撫圖興歎，蓋傷知馬者難逢，而自慨不遇也。曰多年物化，知作詩時去開元間遠矣。　此章前二段各八句，末段四句收。

㈠《莊子》：其死也物化。　曹植詩：形影忽不見。

㈡樂府《巾舞歌》：健步哺，誰當吾。

㈢《瑞應圖》：騕褭神馬，與飛兔同，明君有德則至。應劭曰：赤喙黑身，一日行萬里。《水經注》：桃林多野馬，造父於此得驊騮。　王洙曰：魯國黄伯仁《龍馬頌》：踰騕褭之體勢，逸飛兔之高蹤，兼驥騄之美質，逮驊騮之足雙。

㈣歐陽氏曰：王良善御，伯樂善相馬。　王良，趙簡子時人。天文有王良星，蓋因人以取名耳。《史》：伯樂，名孫陽，嘗過虞阪，見駕鹽車馬，曰：「此良馬也。」取而試之，果然。又有鬻馬者，三日不售，伯樂去而視之，回而睨之，明日其價三倍。《後漢書》章懷太子注：伯樂，秦穆公時人，善相馬。　趙曰：韓退之文：世有伯樂，然後有千里馬，千里馬常有，而伯樂不常有。意本於杜。

驄馬行

原注：太常梁卿敕賜馬也。李鄧公愛而有之，命甫製詩。　黄鶴編在天寶十四載。

鄧公馬癖人共知㊀，初得花驄大宛于爰切種上聲㊁。夙昔傳聞思一見㊂，牽來左右神皆竦，雄姿逸態何𡺲自由切崒昨没切㊃。顧影驕嘶自矜寵㊄，隅目青熒夾鏡懸㊅，肉騣荆公改作駿，舊作駿碨烏罪切礧力罪切連錢動㊆。此言質相之不凡，就初見時寫驄馬。　盧注：顧影驕嘶，其逸態也。夾鏡連錢，其雄姿也。

㊀《晉書》：王濟解相馬，又甚愛之，杜預常稱濟有馬癖。

㊁唐太宗常所乘馬，有名玉花驄者。《明皇雜録》：上所乘馬，有玉花驄、照夜白。　《漢・西域傳》：大宛國多善馬，嶠山上有馬不可得，因取五色牝馬置其下，與集生駒，號天馬子。

㊂古詩：夙昔夢見之。　《南史・蕭摩訶傳》曰：千聞不如一見。

㊃顔延年賦：弭雄姿以奉引。　梁景王《七要》：逸態之赤兔，駿足之驪龍。　𡺲崒，聳然出群也。《西都賦》：巖峻𡺲崒。

㊄東晳賦：退顧影以自憐。《相馬經》：有盼影而視者。　陳何處士詩：别處馬新驕。　吴均詩：天曙馬争嘶。

㊅西京賦：猛毅髬髵，隅目高匡。　注：隅目，目有角也。　《西都賦》：琳珉青熒。　青熒，言色青而有光熒也。　顔延年賦：雙瞳夾鏡。

㊆《舊唐書》：開元二十九年三月，滑州刺史李邕獻馬，肉騣麟臆。　杜田《補遺》：東坡云：予在岐下，見秦州進一馬，騣如牛項下垂胡，側立傾倒，毛生肉端。　蕃人云：此肉騣馬也。　乃知《驄馬

行》「肉駿碨礧」，當作駿。　夢弼曰：碨礧，謂肉駿突起。連錢，謂馬文點綴。《海賦》：碨磊山壟。何遜詩：碨礧衝波白。《爾雅注》：馬色有深淺，斑駁如魚鱗，今連錢驄也。《北史·陽休之傳》：有觸藩之羝羊，乘連錢之驄馬。梁武帝詩：金絡飾連錢。

朝來少草堂作少，一作久**試華軒下**㊀，**未覺千金滿高價**㊁，**赤汗微生白雪毛**㊂，**銀鞍却覆香羅帕**㊃。**卿家舊賜公取之**一作能取。一作有之㊄，**天厩真龍此其亞**㊅。**晝洗須騰涇渭深**，**夕**荆作夕。一作朝。一作晨**趨可刷幽并**平聲**夜**㊆。　此言才力之特殊，就初試時寫驄馬。　流朱汗而被銀鞍，此見其高價。　晝涇渭而夜幽并，此見其真龍。

㊀陶潛詩：華軒盈道路。軒，軒車也。

㊁《韓子》：馬似鹿者直千金。《西域傳》：武帝遣使持千金請大宛善馬，未滿價，言不止千金。《國語》：一旦而馬價十倍。

㊂《東觀漢記》：武帝歌：天馬霑赤汗。今親見其然。　《相鶴經》：茸毛生色雪白。

㊃周弘正詩：銀鞍耀紫韁。　王容歌：香羅鳴珮。

㊄卿家，指梁氏。天厩，言御賜。

㊅《周禮》：凡馬八尺以上爲龍。《莊子》：葉公非好真龍也。

㊆《赭白馬賦》：旦刷幽燕，晝秣荆越。張説《隴右監牧頌》：朝刷閶風，夕洗天泉。

吾聞良驥老始成㊀，**此馬數年人更驚**㊁。**豈有四蹄疾於鳥**㊂，**不與八駿俱先鳴**㊃。**時俗造**

七到切次那得致㊄，雲霧晦冥方降精㊅。近聞下去聲詔喧都邑㊆，肯使一作知有騏驎地上行㊇。末言奇材當得大用，乃借馬以頌李。老更驚，大器晚成。八駿鳴，可充君馭。雲霧降，其生不偶。詔都邑，見知於朝也。此章三段，各八句轉韻。

㊀應瑒《慜驥賦》：慜良驥之不遇兮。曹孟德詩：老驥伏櫪。

㊁《晉書》：慕容皝有駿馬，四十九歲而雋逸不虧，皝曰：「此馬見異先朝。」

㊂《金石録》：唐太宗有白蹄馬，純黑，四蹄俱白。

㊃《穆天子傳》：八駿，曰赤驥、盜驪、白義、踰輪、山子、渠黄、驊騮、騄耳。何承天詩：賈勇尚先鳴。

㊄曹植詩：時俗多所拘。造次，見《論語》。

㊅《楚辭》：雲霧會兮日冥晦。班彪《王命論》：震電晦暝，有龍蛇之怪。杜修可曰：《瑞應圖》：龍馬者河水之精。《春秋考異郵》：地生月精爲馬，月數十二，故馬十二月而生。

㊆《前漢·田叔傳》：漢下詔。潘岳詩：總總都邑人。

㊇朱注：《戰國策》：世無騏驎騄駬，王之駟已備矣。鮑彪注：字書不載騏驎。《玉篇》云：騏驎，馬黑脊。亦不言良馬。《爾雅翼》：麒麟善走，故良馬亦名爲騏驎。《易》：牝馬地類，行地無疆。

魏將軍歌

朱注：此詩言魏將軍先立功西陲，後統禁軍宿衛，絶不及喪亂事，蓋禄山未反時作也。草堂本編在天寶末年，今從之。

將軍昔著陟略切從事衫㈠，鐵馬馳突重平聲兩銜㈡。被音披堅執鋭略西極㈢，崑崙月窟東嶄仕咸切巖㈣。首叙其立功西陲。從事衫，初爲幕府官職也。兩重銜，戰馬欲其牢固也。吴子良曰：將軍略地至西方之極，回視崑崙月窟，反在東矣。

㈠從事衫乃戎衣。姜氏《杜箋》：魏孝肅詔百司悉依舊章，不得以務衫從事，即從事衫也。

㈡《説文》：驪馬，深黑色。鐵馬，赤黑色。先儒云：取其馬色如鐵，亦取其堅壯如鐵。《魏書》：曹公列鐵騎五千爲十重障。孔稚珪詩：漢家嫖姚將，馳突匈奴庭。《説文》：銜，馬口勒也。

㈢《戰國策》：吾被堅執鋭。《漢書注》：被堅，謂甲胄。執鋭，謂利兵。《爾雅》：西至於邠國，謂之西極。《列子》：西極之國。

㈣郭璞《崑崙贊》：崑崙月精，水之靈府。《長楊賦》：西壓月窟。服虔曰：窟，音窟，月所出也。《上林賦》：嶄巖參差。嶄巖，山石高峻貌。

君門羽林萬猛士㈠，惡若哮呼爻切虎子所監平聲㈡。五年起家列霜戟㈢，一日過海收風帆㈣。次記其歸領禁軍。　五年起家，驟躋顯貴也。　一日過海，歸自青海也。

㈠《漢·天文志》：北宮玄武虛危，其南有衆星，曰羽林天軍，王者象之。應劭《漢紀注》：林，喻林木。羽，若羽翼。洙曰：漢有羽林軍，蓋禁旅也。　漢高帝《大風歌》：安得猛士兮守四方。

㈡《越絶書》：吴王許勾踐行成，子胥大怒，目若夜光，聲若哮虎。《詩》：闞如虓虎。言其勇也。監，領也。

㈢《魏其傳》：薦人，或起家至二千石。　虞世南詩：餤餤霜戟動，耿耿劍虹浮。邵注：官階三品，然後門列棨戟。

㈣陸雲詩：安得風帆，深濯鬢滅。

平生流輩徒蠢蠢㈠，長安少去聲年氣欲盡。魏侯骨聳精爽緊㈡，華去聲嶽峰尖見秋隼㈢。此言其英氣過人。　氣欲盡，讓其富貴功名也。　華峰，比其骨聳。秋隼，比其精爽。

㈠沈約奏彈：玷辱流輩，莫斯爲甚。　《左傳》：今王室實蠢蠢焉。注：蠢蠢，動貌。

㈡又：樂祁曰：「心之精爽，是謂魂魄。」子産曰：「用物精多則魂魄强，是以有精爽至於神明。」

㈢《峋嶁山碑》：華嶽太衡。　《春秋感精符》：季秋霜始降，鷹隼擊。

星纏寶校當作鉸。鉸、教二音金盤陀㈠，夜騎天駟超天河㈡。欃槍熒惑不敢動㈢，翠蕤雲旓所交切相蕩摩㈣。此言其威能弭患。　星纏，喻馬飾。天駟，喻御厩。天河，喻御河。欃槍熒惑，比戎寇。翠蕤雲旓，言儀仗。此皆狀其宿衛軍容也。

㊀錢箋：《赭白馬賦》：具服金組，兼飾丹雘，寶鉸星纏，鏤章霞布。注：以金組丹雘，飾其裝具，如星霞之布，蓋馬裝也。《東京賦》：龍輈華轙，金鋄鏤錫，方釳左纛，鉤膺玉瓌。蔡邕曰：金鋄者，馬冠也，高廣各五寸，上如玉華形，在馬髦前。鏤，雕飾也，當顱刻金爲之。《詩》：鉤膺鏤錫。所謂寶鉸，此其具也，第尊卑之制殊耳。鋄，音晚。《杜詩博議》：舊注引鮑照詩「金銅飾盤陀，日照光蹀躞」而未詳其義。《唐書·食貨志》云：先是諸鑪鑄錢窳薄，鎔破錢及佛像，謂之盤陀。語頗相合。蓋雕飾鞍勒，以銅雜金爲之。故有日照星纏之麗，而鎔破錢及佛像者，取其金銅相和，亦名盤陀也。

㊁《史·天官書》：漢中四星曰天駟，旁一星曰王良，旁八星絶漢曰天漢。

㊂《河東賦》：乘翠龍而超河兮。《漢·天文志》：欃槍，妖星。熒惑，火星。

㊃《子虛賦》：錯翡翠之葳蕤。《西京賦》：棲鳴鳶，曳雲旓。呂東萊注：翠蕤雲旓，皆旗也。旓，旌旗旒也。相蕩摩，舒閑也。

吾爲去聲**子起歌都護**㊀，**酒闌插劍肝膽露**㊁，**鉤陳蒼蒼玄武暮**舊作風玄武，今從荆公㊂。**萬歲千秋奉明主**㊃，**臨江節士安足數**色主切㊄。末稱其忠勇可以大用。趙曰：當酒闌拔劍之時，以鉤陳則蒼蒼，以玄武則暮。萬歲千秋，言宜長爲天子宿衛，非特臨江王節士而已。此章前四段各四句，後段五句收。

㊀《宋書·樂志》:《丁都護歌》者,彭城内史徐逵之爲魯軌所殺,高祖使督護丁旿收殯之。逵之妻,高祖長女也,呼旿至閣下,自問殮送之事,每問輒呼丁都護,其聲哀切,後人因廣其曲焉。宋武帝《丁都護歌》:督護北征去,前鋒無不平。

㊁《漢書注》:酒闌,言希也,謂飲酒者半罷半在謂之闌。《漢書》:郎顗疏:披露肝膽,書不擇言。

㊂洙曰:《晉書》:鈎陳六星,在紫宫中。故天子殿前亦有鈎陳,所以法天也。王安石曰:《三輔舊事》:未央宫北有玄武闕。舊本作風玄武,誤。以武字爲韻,却無義理。《漢書》:北宫玄武虚危,其南有衆星曰羽林天軍。鈎陳玄武,因天上有羽林星而類及之。

㊃古樂府《上之回》:千秋萬歲樂無極。《大戴禮》:可謂明主之道與。

㊄《漢·藝文志》有《臨江王》及《愁思節士歌》詩四篇。宋陸厥《臨江王節士歌》:節士慷慨,髮上衝冠,彎弓掛若木,長劍竦雲端。朱注:《漢書》:景帝廢太子爲臨江王,後坐侵廟堧爲宫,徵入自殺,時人悲之,故爲作歌。《愁思節士》無考,本是二人,累言之故曰及,陸厥合之爲一,甚誤。庾信《哀江南賦》:臨江王有愁思之歌。又因此而相沿耳。

此歌前用八句轉韻,中間各四句轉,末則三句兩句疊韻。蓋歌中音調,取其繁聲促節也。

白水明府舅宅喜雨得過字

按:公往來于白水奉先,在天寶十四載,是冬又探家於奉先,次年之夏,則攜家赴白水矣。邵

注：白水，在今陜西西安府。公舅是崔十九翁。

吾舅政如此，古人誰復扶又切過平聲。碧山晴又濕㈠，白水雨偏多㈡。精禱既不昧㈢，歡娱將謂何？湯年旱頗甚㈣，今日醉絃歌㈤。首聯頌明府。三四，雨中之景。下四，喜雨之意。

精禱致雨，此即政比古人處。

㈠何遜詩：遊豫碧山隅。

㈡潘岳《懷縣》詩：白水過庭激。

㈢漢明帝詔：煩勞群司，積精禱求。《老子》：其下不昧。

㈣《殷本紀》：湯時大旱，禱於桑林。曹植《喜霽賦》：湯感旱於殷時。

㈤謝靈運詩：絃歌愧言子。

九日楊奉先會白水崔明府

鶴注：此當是天寶十四載作。《橋陵詩呈縣内諸公》有云：「王劉美竹潤。」王與楊同韻，當有一誤。時公在奉先，蓋楊設席而會崔也。《長安志》：奉先縣西南至京兆府二百四十里。《唐書》：白水縣，屬左馮翊同州。《前漢·循吏傳》：議曹王生謂龔遂曰：「明府且止，願有所白。」明府本謂太守，唐直屬縣令矣。

今日潘懷縣㈠，同時陸浚儀㈡。坐開桑落酒，來把菊花枝㈢。天宇清霜净㈣，公堂宿霧披㈤。晚酣留客舞，鳧舄共差池㈥。此以潘陸稱楊崔也。桑酒菊枝，九日之事。霜净霧披，九日之景。晚酣留飲，而醉舞差池，其愛客之情至矣。本是楊主崔賓，故潘比楊，陸比崔，坐屬楊，來屬崔。霜露一聯，雖云即景，亦見二君之外肅清而中洞達。

㈠《晉書·潘岳傳》：岳棲遲十年，出爲河陽令，轉懷令。

㈡《陸雲傳》：雲以公府掾爲太子舍人，出補浚儀令。

㈢《月令廣義》：晉宣帝時，羌人獻桑落酒，九日以賜百官飲。《水經注》：河東郡民劉白墮，采挹河流，醖成芳酎，熟於桑落之辰，故名。《世説》：陶潛九日無酒，宅邊摘菊盈把，望見白衣人至，乃王弘送酒，便飲醉而歸。庾信《蒲州乞酒》詩：蒲城桑落酒，灞岸菊花枝。又云：忽逢桑葉落，正值菊花開。

㈣陶潛詩：昭昭天宇闊。湛方生《弔鶴文》：負清霜而夜鳴。

㈤《詩》：躋彼公堂。陶詩：朝霞開宿霧。《世説》：衛瓘見樂廣曰：「若披雲霧而覩青天。」

㈥《後漢書》：王喬爲葉令，入朝數，帝令太史候望，言有雙鳧飛來，乃舉網張之，但得雙舄。詔上方診視，則四年中所賜尚書官屬履也。《詩》：燕燕子飛，差池其羽。

自京赴奉先縣詠懷五百字

朱注：《舊書·玄宗紀》：天寶十四載，冬十月，上幸華清宮。十一月丙寅，禄山反。公赴奉先時，玄宗正在華清宮，所以詩中言驪山事特詳。十一月九日，禄山反書至長安，玄宗猶未信，故詩中但言歡娛聚斂，亂在旦夕，而不及禄山反狀。錢箋：《長安志》：蒲城縣，秦名重泉，後魏白水，又改蒲城。開元四年，建睿宗橋陵，改爲奉先縣，隸京兆府。十七年，昇爲赤縣。《志》又云：奉先縣西南至京兆府二百四十里。

杜陵有布衣㊀**，老大意轉拙**㊁。**許身一何愚**樊作過㊂**，竊比稷與契**與卨同㊃。音屑。**居然成濩落**㊄**，白首甘**一作苦**契**音挈**闊**㊅。**蓋棺事則已**㊆**，此志常覬**音記**豁**㊇。前三段，從詠懷叙起。

此自述生平大志。公不欲隨世立功，而必期聖賢事業。所謂意拙者，在比稷契也。甘契闊，安於意拙。常覬豁，冀成稷契。《杜臆》：人多疑自許稷契之語，不知稷契無他奇，惟此己溺己飢之念而已，伊得之而納溝爲恥，孔得之而立達與共，聖賢皆同此心。篇中憂民活國等語，已和盤托出。東坡引「舜舉十六相」、「秦時用商鞅」詩爲證，何舍近而求遠耶。

㊀《漢·地理志》杜陵注：古杜伯國，漢宣帝葬此，因曰杜陵，在長安南五十里。《杜臆》：長安城東

有霸陵，文帝所葬，霸南五里即樂遊原，宣帝築以爲陵，曰杜陵。杜陵東南十餘里，又有一陵差小，許后所葬，謂之少陵。其東即杜曲，陵西即子美舊宅，自稱少陵野老以此。　布衣、老大，注別見。

㊁《書》：作僞心勞日拙。

㊂《史記・聶政傳》：身未敢以許人。　古詩《陌上桑》：使君一何愚。

㊃竊比，見《論語》。　《上林賦》：家家自以爲稷契。

㊄庾信詩：居然未肯歸。　《莊子》：瓠落無所容。司馬注云：瓠，布濩。落，零落。張綖注：濩落，廓落也。

㊅嵇含賦序：白首無聞。　《詩》：死生契闊。注：契闊，勤苦也。傅毅詩：契闊夙夜，庶不懈忒。

㊆《韓詩外傳》：孔子曰：「學而不已，闔棺乃定。」《宋書》：劉毅曰：「大丈夫蓋棺事乃定矣。」

㊇潘岳詩：此志難具紀。　荀悦《漢論》：衆庶覬其名迹。覬，希幸也。庾信詩：有情何可豁。

窮年憂黎元㊀，歎息腸一作腹**內熱㊁。取笑同學翁㊂，浩歌彌激烈㊃。非無江海志㊄，蕭灑送**一作迭**日月㊅。生逢堯舜**一作爲君**㊆，不忍便永訣㊇。當今廊廟具㊈，構厦豈云缺⑩？葵藿傾太陽㊁，物性固難**一作莫**奪㊂。**　此志在得君濟民。　欲爲稷契，則當下救黎元，而上輔堯舜，此通節大旨。　江海之士遺世，公則切於慕君而不忍忘；廊廟之臣尸位，公則根於至性而不敢欺。此作兩形，以解同學之疑。　浩歌激烈，正言詠懷之故。　明皇初政，幾侔貞觀，迨晚年失德，而遂生亂階。曰「生逢堯舜君」，望其改悟自新，復爲令主，惓惓忠愛之誠，與孟子望齊王同意。

㊀謝靈運詩：窮年迫憂患。《谷永傳》：天下黎元，咸安家樂業。
㊁《莊子》：我其内熱與。
㊂陸機詩：無以肉食資，取笑葵與藿。　《列女傳》：孟宗同學共處。
㊃《楚辭》：浩歌怳兮激烈。
㊄《莊子》：江海之士，山谷之人，輕天地細萬物而獨往者也。
㊅宗炳詩：志氣洞蕭灑。
㊆《南史》：武帝謂蜀士李膺曰：「今李膺何如昔李膺。」對曰：「今勝昔。」問其故，對曰：「昔事桓靈之主，今逢堯舜之君。」薛孝通聯句：既逢堯舜君，願上萬年壽。
㊇《别賦》：誰能摹暫離之狀，寫永訣之情者乎。
㊈《叔孫通傳贊》：廊廟之材，非一木之枝。
⑩潘尼詩：廣厦構衆材。
⑪葵藿，自比致君之念。曹植表：葵藿之傾葉，太陽雖不爲迴光，然終向之者，誠也。
⑫《韓詩外傳》：不害物性。

顧惟螻蟻輩㊀，但自求其穴。胡爲慕大鯨㊁，輒擬偃溟渤㊂？以兹悟一作悞生理㊃，獨恥事干謁㊄。兀兀遂至今，忍爲塵埃没㊅。終愧巢與由㊆，未能易其節。沉飲聊自遣一作適㈧，**放歌破**《杜臆》作破。舊作頗**愁絶**㈨。此自傷抱志莫伸。既不能出圖堯舜，又不得退作巢由，亦空負稷契初願矣。居廊廟者，如螻蟻擬鯨，公深恥而不屑干。遊江海者，若巢由隱身，公雖愧而不肯易。仍用雙關，以申上文之意。放歌破愁，欲藉詠懷以遣意。作長篇古詩，布勢須要寬展。此二條，各四句轉意，撫時慨己，或比或興，迭開迭闔，備極排蕩頓挫之妙。

㈠顧，念也。《尸子》：螻蟻之穴，無不滿焉。
㈡《海賦》：其魚則横海之鯨，突扤孤遊，戛巖嶅，偃高濤。
㈢鮑照詩：穿池類溟渤。
㈣嵇康《養生論》：悟生理之易失。
㈤兀兀，即契闊之意。
㈥《班固傳》：令塵埃之中，永無荆山汨羅之恨。
㈦《高士傳》：巢父，堯時人也，山居，以樹爲巢而寢其上，故號曰巢父。許由，槐里人也，堯讓天下於由，不受而逃，由告巢父，巢父曰：「何不隱汝形，藏汝光，非吾友也。」擊其膺而下之。阮籍詩：巢由抗高節。
㈧顔延之《五君詠》：韜精日沉飲，誰知非荒宴。
㈨古樂府有《放歌行》。公詩「愁破崖寺古」，又「愁破是今朝」，又「益破旅愁凝」。《杜臆》作破愁爲是，若云頗愁絶，語反稚矣。

歲暮百草零㈠，疾風高岡裂㈡。天衢陰峥嶸㈢，客子中夜發㈣。霜嚴衣帶斷㈤，指直不能結㈥。一作得結。凌晨過驪山㈦，御榻在嵽徒結切嵲音涅㈧。中四段，自京赴奉先，記中途所見之事。此則過驪山而有慨也。歲暮陰風，將涉仲冬矣。夜發晨過，去京止六十里也。

㈠《詩》：歲聿云暮。《楚辭》：百草育而不長。

㈡《長門賦》：天飄飄而疾風。《詩》：于彼高岡。

㈢《西京賦》：思于天衢。《三都賦》：南北峥嶸。公詩常用峥嶸：「旅食歲峥嶸」，年高也；「峥嶸赤雲西」，雲高也；「天衢陰峥嶸」，陰盛也。

㈣《史記·范睢傳》：謁君得毋與客子俱來乎？鮑照詩：行子中夜飯。發，啟行也。

㈤古詩：嚴霜切我肌。又詩：衣帶日已緩。

㈥《左傳》：衣有結。

㈦梁簡文帝詩：凌晨光景麗。《寰宇記》：驪山，在昭應縣東南二里，即藍田山也。《雍録》：温泉在驪山。秦漢隋唐皆常遊幸，惟玄宗特侈。蓋即山建立百司庶府，各有寓止，于十月往，至歲盡乃還宫。又緣楊妃之故，其奢蕩益著，大抵宫殿包裹驪山，而繚牆周遍其外，觀風樓下，又有夾城可通禁中。

㈧北齊趙彦深位司徒，每引見，或升御榻。《西京賦》：託喬基于山阿，直嵽嵲以高居。嵲，讀魚列切。《集韻》：嵲，亦作峴，通作霓。嵽嵲，山高貌。

蚩尤塞先則切寒空㈠，蹴踏崖谷滑㈡。瑶池氣鬱律㈢，羽林相摩戛㈣。君臣一作聖君留歡娱㈤，樂動殷音隱膠葛舊作樛嵑，荆公、歐公定爲膠葛，《正異》作嶱嵑㈥。賜浴皆長纓㈦，與去聲宴非短一作裋褐㈧。此記驪山遊幸之迹。上四，見不恤苦寒，下四，譏恣情荒樂。塞寒空，旌旗蔽天也。崖谷滑，冰雪在地也。鬱律，温泉氣升。摩戛，衛士衆多。君臣歡娱，不恤國事。賜浴與宴，從官邀寵也。

㈠《韓子》：黄帝駕象車，異方並轂，蚩尤居前。《皇覽》：蚩尤塚，在東郡壽張縣闞鄉城中，高七丈，民常十月祀之，有赤氣出，如匹練帛，民名爲蚩尤旗。錢箋：此正十一月初，借蚩尤以喻兵象也。　唐太宗詩：寒空碧霧凝。

㈡《頭陀寺碑》：崖谷共清，風泉相涣。　張平子《南都賦》：蹴踏咸陽。

㈢瑶池，注見二卷。　《江賦》：氣滃渤以霧杳，時鬱律其如烟。

㈣《唐會要》：垂拱元年，置羽林軍。

㈤江淹詩：太平多歡娱。

㈥《上林賦》：張樂乎膠葛之寓。注：膠葛，廣大貌。郭璞注：曠然深貌也。《南都賦》：其山則崆嶢嶱嵑。注：山石高峻貌。曾曰：膠輵，亂貌。揚雄《解難》：擮膠葛，騰九閎。顔師古注：膠葛，上清之氣也。

㈦《明皇雜録》：上嘗於華清宮中，置長湯數十，賜從臣浴。《津陽門詩注》：宮内除供奉兩湯外，更有湯十六所，長湯每賜諸嬪御，其修廣與諸湯不侔。　江淹詩：長纓皆俊人。

㊇短褐，注見一卷。

彤庭所分帛㊀，本自寒女出㊁。鞭撻一作箠**其夫家㊂，聚斂**去聲**貢城闕㊃。聖人筐篚恩㊄，實願**一作欲**邦國活㊅。臣如忽至理㊆，君豈棄此物㊇。多士盈朝**音潮**廷㊈，仁者宜戰慄㊉。**

此譏當時賜予之濫。　上四叙事，下六託諷。　筐篚賜予，欲其活國，今諸臣皆玩忽不知，則此物豈虛擲者乎。戰慄，當思報稱也。　羅大經曰：此段所云，即「爾俸爾禄，民脂民膏」之意，士大夫誦此，亦可以悚然懼矣。

㊀《西京賦》：玉階彤庭。　宋之問詩：賜金分帛奉恩輝。

㊁郭泰機詩：皎皎白素絲，織爲寒女衣。

㊂魏收檄文：鞭撻疲民。　《周禮》：載師之職，凡民無職事者，出夫家之征，以時徵其賦。

㊃《大學》：不畜聚斂之臣。　《詩》：在城闕兮。　京師有闕，得稱城闕。

㊄《通鑑注》：唐人稱天子皆曰聖人。　《詩序》：實幣帛筐篚，以將其厚意。

㊅《周禮》：以佐王均邦國。　孫楚《與孫皓書》：愛民活國，道家所尚。

㊆王康琚詩：矯性失至理。　此不敢斥言君，故託臣以諷。

㊇古詩：此物何足貴。

㊈李長祥云：多士無人心矣，仁者能無戰慄乎。　《詩》：濟濟多士。

㊉漢元帝詔：夙夜戰慄。

況聞内金盤㊀，盡在衛霍室㊁。中堂有一作舞神仙㊂，烟霧蒙一作散玉質㊃。煖客一作蒙貂鼠裘㊄，悲管逐清瑟㊅。勸客駝蹄羹，霜橙壓香橘㊆。朱門酒肉一作炙臭㊇，路有凍死骨㊈。榮枯咫尺異㊉，惆悵難再述⑪。此刺當時后戚之奢。前八叙事，後四託諷。朱注：衛霍皆漢内戚，以比楊國忠。神仙玉質，指貴妃諸姨。勳戚奢侈而不念民窮，其致亂蓋有由矣。分帛、金盤二條，即指驪山宴賞。《杜臆》則概指平日，謂天寶八年帝引百官觀左藏，以國用豐衍，賞賜貴妃之家，無有限極。十載，帝爲禄山起第，窮極壯麗，既成，幄帟器皿充牣其中，雖禁中不及。禄山生日，帝及貴妃賜衣服寶器酒饌甚厚，故彤庭分帛、衛霍金盤、朱門酒肉等語，皆道其實，真詩史也。

㊀内金盤，尚方器用。辛延年詩：金盤鱠鯉魚。

㊁曹植《與吴質書》：衛霍不足侔也。

㊂劉楨詩：萬舞在中堂。又：意氣凌神仙。

㊃朱注：江淹詩：畫作秦王女，乘鸞向烟霧。烟霧，指堂上香烟。《楚辭》：金相玉質。

㊄洙曰：鮮卑有貂鼠子，皮毛柔軟。《趙國策》：李兑送蘇子黑貂之裘。

㊅潘岳詩：簫管清且悲。徐伯彦《淮亭吟》：倚清瑟兮横涼琴。

㊆洙曰：橙出穰縣者勝，蜀中有給客橙，似橘而非，若柚而香。

㊇郭璞詩：朱門何足榮。王粲詩：酒肉踰川坻。黄山谷曰：《孫子新書》：楚莊攻宋，厨有臭肉，

尊有敗酒，而三軍有饑色。《魏志·袁術傳》：後宮數百，皆服綺縠，餘粱肉，而士卒凍餒，江淮間盡空。

㊈《西京雜記》：元封二年大寒，雪深五尺，三輔人民凍死者十有二三。　曹植詩：榮枯立可須。

㊉徐幹詩：雖路在咫尺。

⑪魏明帝詩：惆悵自憐。

北轅就涇渭㊀，官渡又改轍㊁。群水一作冰從西下去聲㊂，極目高崒兀㊃。疑是崆峒來㊄，恐觸天柱折㊅。河梁幸未拆㊆，枝撐聲窸音悉窣音率㊇。行李一作旅相攀援㊈，川廣不一作且可越㊉。下三段，至奉先而傷己憂人，仍是詠懷本意。　此憶途次倉皇情狀。　上六言水勢，下四言行人。　群水西來，其洶湧如此，猶幸河梁未拆耳。　攀援爭渡，爲川廣不能飛越也。　朱注：禄山反書至，帝雖未信，一時人情恇擾，議斷河橋，爲奔竄地，所以行李攀援而急渡也，觀「河梁幸未拆」句可見。　自京赴奉先，從萬年縣渡滻水，東至昭應縣，去京六十里。　又從昭應渡涇渭，北至奉先縣，去京二百四十里。　驪山，在昭應東南二里，温泉出焉。　又涇渭二水，交會於昭應之北，故云：「北轅就涇渭。」其官渡改轍，在唐時亦遷徙無常，大抵在昭應之間，爲奉先便道耳。　錢箋：謂官渡在萬年東南二十五里，不免倒説。　朱注則指涇陽縣涇水之渡，路又隔遠。　至舊注引《魏志》官渡，不切。　唐之萬年，即今咸寧。　唐之昭應，即今臨潼。　唐之奉先，即今蒲城。

㊀《後漢·馬融傳》：北轅反旆。

㊁梁簡文帝《罷雍州恩教》：植柳官渡，尚或依然。《長安志》：涇陽縣有涇水渡九，正直西京之北。　曹植詩：改轍登高岡。

㊂群水或作群冰，非。此時正冬，冰凌未解也。朱注：涇渭諸水，皆從隴西而下，故疑來自崆峒。

㊃梁元帝《玄覽賦》：試極目乎千里。

㊄地志：涇水發源安定郡開頭山，即崆峒山。

㊅《水經注》：張華叙東方朔《神異經》曰：崑崙有銅柱焉，其高入天，所謂天柱也。《列子》：共工氏怒而觸不周之山，折天柱，絶地維。今按：山陽縣有天柱山，屬長安境内。《杜臆》：天柱折，乃隱語，憂國家將覆也。

㊆江總詩：秦川心斷絶，何悟是河梁。

㊇枝撑，注見《慈恩寺塔》詩。　枝撑，河梁交柱。窸窣，橋動有聲也。李賀《神絃曲》：海神山鬼來座中，紙錢窸窣鳴飇風。　窸窣，蓋唐人方言也。

㊈《西溪叢語》：唐李濟翁《資暇録》云：古使字作李。《左傳》所言行李，乃是行使，後人誤爲李字。《傳》曰：行李之往來，供其困乏。杜預注：李，使人也。又曰：亦不使一介行李，告於寡君。注：行李，行人也。又曰：行理之命，無月不至。注：行理，使人通聘問者。或言李，或言理，皆謂行使也。但文其詞則謂之行李，亦作理耳，知非改古文爲李也。濟翁不言李出何書。劉孝威《結客少年塲》詩：「少年李六郡，遨遊遍五都。」李字作使音，亦一證也。　袁山松《山川記》：行者攀

援，牽蘿帶索。

㈩鮑照詩：川廣每多懼。

老妻寄荆作既異縣㈠，十口隔風雪㈡。誰能久不顧㈢？庶往共饑渴㈣。入門聞號平聲咷㈤，幼子餓一作饑已卒即律切㈥。吾寧捨一哀㈦，里巷亦一作猶嗚咽音壹㈧。所愧爲人父㈨，無食致夭折音哲㈩。豈知秋禾一作未登㈡，貧窶有倉卒音猝㈢。此述家人困窮境况。上四在途而歎，下八至家而悲。《杜臆》：叙父子夫婦之情，極其悲慘。寄跡他鄉，故秋禾雖登，而無救於貧。

㈠《吴越春秋》：越王令壯者無娶老妻。古樂府：他鄉各異縣，展轉不相見。異縣，指奉先。

㈡古詩：前日風雪中。

㈢《詩》：不顧其後。

㈣張望詩：六時疲饑渴。

㈤孔融詩：入門望愛子。《易》：先號咷而後笑。

㈥《禮記》：幼子常視毋誑。

㈦又：孔子之衛，遇舊館人之喪，入而哭之，遇於一哀而出涕。

㈧蔡琰詩：行路亦嗚咽。

㈨《大學》：爲人父。

⑩庾信《傷心賦》：至於繼體，多從夭折。《左傳》：子産曰：「札瘥夭昏。」是夭爲少死也。《漢書・五行志》：父喪子曰折。

⑪《月令》：孟秋之月，農乃登穀。

⑫《詩》：終寠且貧。　曹植詩：倉卒骨肉情。　倉卒，謂夭折。

生常陳作當**免租税**①，**名不隸征伐**②。**撫跡猶**一作獨**酸辛，平人固騷屑**③。**默思失業徒**一作途④，**因念遠戍卒**⑤。**憂端齊**一作際**終南**⑥，**澒**胡孔切**洞**徒總切**不可掇**⑦。末以憫亂作結，身世之患深矣。　天寶季年，邊帥窮兵，故民苦租税征伐。公在事外，尚且酸辛，況窮民之失業遠戍者乎？念及此，而憂積如山，不能掇去，又回應憂黎元意。　此章分十段，八句者四段，十二句者四段，十句者兩段，錯綜而自見整齊。

①漢文帝詔：今勤身從事，而有租税之賦。

②漢光武詔：將兵征伐。　張悛《置守塚人表》：今爲平民。

③劉向《九歎》：風騷屑以摇木兮。　騷屑，紛擾之貌。

④《谷永傳》：百姓失業流散。

⑤《過秦論》：陳涉以戍卒散亂之衆數百。

⑥謝靈運詩：顧己識憂端。

⑦《淮南子》：未有天地，鴻濛澒洞。　許慎注：澒，讀作項。　周伯温曰：氣澒洞未分之貌。　獨孤及《觀

海》詩：澒洞吞百谷，周流無四垠。則澒洞，乃水勢洶湧之貌。此承憂端來，是憂思煩懣之意。

趙注：謂比世亂者，未然。曹操樂府：明明如月，何時可掇。憂從中來，不可斷絶。

胡夏客曰：詩凡五百字，而篇中叙發京師，過驪山，就涇渭，抵奉先，不過數十字耳。餘皆議論感慨成文，此最得變雅之法而成章者也。又曰：《赴奉先詠懷》，全篇議論，雜以叙事。《北征》則全篇叙事，雜以議論。蓋曰詠懷，自應以議論爲主；曰北征，自應以叙事爲主也。

《庚溪詩話》：士人程文，窮日力作一論，不限聲律，不拘詩句，尚罕得反復折難，使其理判然者。觀《赴奉先詠懷》五百言，乃聲律中老杜一篇心迹論也。自「杜陵有布衣，老大意轉拙。許身一何愚，竊比稷與契」，其心術祈嚮，自是稷契等人。「窮年憂黎元，歎息腸内熱」，與饑渴由己者何異。然嘗爲不知者所病，故曰：「取笑同學翁。」世不我知而所守不變，故曰：「浩歌彌激烈。」又云「非無江海志，蕭灑送日月。」當今廊廟具，構厦豈云缺。葵藿傾太陽，物性固難奪」，言非不知隱遯爲高，亦非以國無其人也，特廢義亂倫有所不忍。「以兹悮生理，獨恥事干謁」，言志大術疏，未始阿附以借勢也。爲下士所笑，而浩歌自若，皇皇慕君，而雅志棲遁，既不合時，而又不少低屈，皆設疑互答，屢致意焉，非巨刃有餘孰能之乎？中間鋪叙間關酸辛，宜不勝其戚戚，而「默思失業徒，因念遠戍卒」，所謂憂在天下，而不爲一己失得也。禹稷顔子，不害爲同道，少陵之迹江湖而心稷契，豈爲過哉。孟子曰：「窮則獨善其身，達則兼善天下。」其窮也，未嘗無志於國與民。其達也，未嘗不抗其易退之節。蚤謀先定，出處一致矣。是詩先後周復，正合乎此，昔人目《元和賀雨》詩爲諫書，余特目此詩爲心迹論也。

《碧溪詩話》：《孟子》七篇，論君與民者居半，其餘欲得君，蓋以安民也。觀杜陵：「窮年憂黎元，歎息腸内熱。」「胡爲將暮年，憂世心力弱。」《宿花石戍》云：「誰能扣君門，下令減征賦。」《寄柏學士》云：「幾時高議排金門，各使蒼生有環堵。」寧令「吾廬獨破受凍死亦足」，而志在「大庇天下寒士」，其仁心廣大，異夫求穴之螻蟻輩，真得孟子所存矣。東坡先生問老杜何如人。或言似司馬遷，但能名其詩爾。愚謂老杜似孟子，蓋原其心也。

葛常之《韻語陽秋》曰：子美高自稱許，有乃祖之風。上書明皇云：「臣之述作，沉鬱頓挫，揚雄、枚皋可跂及。」《壯遊》詩：則自比於崔魏班揚。又云：「氣劘屈賈壘，目短曹劉牆。」《贈韋左丞》則曰：「賦料揚雄敵，詩看子建親。」甫以詩雄於時，自比諸人，誠未爲過，至「竊比稷與契」，則過矣。唐史氏稱甫好論天下大事，高而不切，豈自比稷契而然耶。至云：「上感九廟焚，下憫萬民瘡。斯時伏青蒲，廷争守御牀。」其忠藎固自可嘉也。

盧世漼曰：《赴奉先》及《北征》，肝腸如火，涕淚横流，讀此而不感動者，其人必不忠。

今按：《北征》詩尚帶率語，如「見耶背面啼，垢膩脚不襪」，「老夫情懷惡，嘔泄卧數日」，「瘦妻面復光，癡女頭自櫛」。將真情實事，信筆寫來。黄徹謂：如轉石於千仞之山，勢也。學者尤之過甚，亦未窺其遠大者耳。若此詩悲愁激切，而語皆雅飭，更無疵句可議矣。

奉先劉少去聲府新畫山水障歌

《草堂詩箋》編在自京赴奉先之後，以詩中有「蒲城風雨」句也。《英華》注：奉先尉劉單宅作。　山水障，畫山水於屏障也。

堂上一作中**不合生楓樹㈠，怪底江山**一作山川**起烟霧㈡。聞君掃却赤縣圖㈢，乘興**去聲**遣畫滄洲趣㈣。**　首叙屏障山水。　乍見而怪，甚言作勢之異。赤縣圖，别是一幅。滄洲趣，指屏中山水。　楊誠齋曰：詩有驚人句，如《山水障》云：「堂上不合生楓樹，怪底江山起烟霧。」是也。

㈠《禮記》：堂上不趨。　《楚辭》：湛湛江水兮上有楓。

㈡唐方言底字作何字解。《顔氏家訓》、師古《匡謬》云：何物爲底。此本言何等物，其後遂省何言，直云等物耳。　謝靈運詩：江山共開曠。　鮑照詩：徘徊烟霧裏。

㈢掃，謂揮灑筆下也。　錢箋：劉爲奉先尉，寫其邑之山水，故曰赤縣圖。《史記》：鄒衍謂中國名赤縣神州。　趙曰：京邑屬縣，有赤有畿，其浩穰者爲赤。

㈣謝朓詩：復協滄州趣。

畫師亦無數㈠，好手不可遇㈡。對此融心神㈢，知君重去聲**毫素㈣。豈但祁岳與鄭虔㈤，筆**

跡遠過楊契乞結切丹㊅。此贊其筆意超絶。

㊀薛道衡詩：不蒙女史進，更失畫師情。

㊁《庾肩吾傳》：張士簡之賦，周升逸之辯，亦成佳手，難可復遇。

㊂左思詩：聊可瑩心神。

㊃毫素，揮毫於素絹也。《五君詠》：深心託毫素。

㊄李嗣真《畫録》：空有其名，不見蹤跡二十五人，祁岳在李國恒之下。《唐書》：鄭虔善圖山水，嘗自寫其詩并畫以獻。帝大署其尾曰：三絶。

㊅宋羊欣《論書》：筆跡精熟。沙門彦琮《後畫録》：隋參軍楊契丹，六法頗該，殊豐骨氣，山東體製，允屬斯人。

得非玄圃裂一作坼㊀？無乃瀟湘翻㊁？悄然坐我天姥下㊂，耳邊已似聞清猿㊃。反思前夜風雨急，乃一作恐是蒲黄作滿城鬼神入㊄。元氣淋漓障猶濕㊅，真宰上時掌切訴天應平聲泣㊆。此形容山水之神奇。玄圃、瀟湘，舉遠景以相擬，言其迹侔仙界。風雨、蒲城，舉近景以相擬，言其巧奪化工。

㊀《穆天子傳》：乃爲銘迹於玄圃之上，以詔後世。

㊁圖經：湘水自陽海發源，至零陵北而營水會之，二水合流，謂之瀟湘。瀟者，水清深之名。王徽君詩：窈靄瀟湘空。杜詩用虛字亦有所本。《何氏語林》：袁粲曰：「豈得非名賢。」《左傳》云：

無乃不可乎？

㊂《吴越郡國志》：天姥山與括蒼相連。春月，樵者聞簫鼓笳吹之聲聒耳。《寰宇記》：天姥山，在剡縣南八十里。謝靈運詩：「暝投剡中山，明登天姥岑。」即此。　錢箋：公《壯遊》詩「歸帆拂天姥」，蓋舊遊之地，故云：「悄然坐我天姥下。」

㊃張説詩：清猿坐見傷。

㊄《寰宇記》：蒲城縣，本漢重泉縣，開元中改爲奉先。

㊅揚雄《上林賦》：大者含元氣，纖者入無倫。　《楚辭》：劍淋灕而縱横。

㊆《老子》：有真宰以制萬物。　《五行志》：中和三年，浙西天鳴，聲如轉磨，是謂天泣。　趙曰：錢希白《洞微志》：無雲而雨謂之天泣。　昔倉頡作字，天雨粟，鬼夜哭。此暗用其意。

野亭春還雜花遠㊀，**漁翁暝踏孤舟立**㊁。**滄浪水深青溟闊**㊂，《英華》作滄浪之水清且闊。**欹岸側島**《英華》作欹峰側岸**秋毫末**㊃。**不見湘妃鼓瑟時**㊄，**至今斑竹臨江活**㊅。　此備寫山水中景物。　亭花、岸島，屬山。漁舟、滄溟，屬水。湘竹臨江，又兼映山水。　上二段，應前滄洲趣。

㊀庾信詩：野亭高被馬。　春還，謂春氣回還。　丘希範書：雜花生樹。

㊁傅玄詩：渭濱漁釣翁。　陶潛詩：渺渺孤舟逝。

㊂滄浪，在楚。青溟指海。

㊃《慎子》：離朱之明，察秋毫之末。

㈤古詩嘗用不見，猶云豈不見。《楚辭》：使湘靈鼓瑟兮。《博物志》：舜崩於蒼梧，二妃啼，以淚揮竹，竹盡斑。

㈥張載詩：臨江釣春魚。

劉侯天機精㈠，愛畫入骨髓㈡。自有兩兒郎，揮灑亦莫比。大兒聰明到㈢，能添老樹巔崖裏。小兒心孔開㈣，貌音莫得山僧及童子㈤。此因少府而并及其子，應前畫師一段。

㈠何遜詩：劉侯務屬書。《文賦》：方天機之峻利。

㈡《漢書・鄒陽傳》：厚德長君，入於骨髓。

㈢《禰衡傳》：大兒孔文舉，小兒楊德祖。

㈣《魏略》：孫權書：心開目明。

㈤貌，描繪工肖也。庾信詩：山僧或見尋。《左傳》：童子何知。

若耶溪，雲門寺㈠，吾獨胡一作何**爲在泥滓㈡，青鞋布襪從此始。**此見畫而思託身世外，應前天姥兩句。此章起結四句，中間八句者兩段，六句者兩段。

㈠《水經注》：若耶溪水，上承嶕峴麻溪，溪下孤潭周數畝，甚清深。有孤石臨潭，垂崖俯視，猿狖驚心，寒木被潭，森沉駭觀。溪水至清，照衆山倒影，窺之如畫。又云：山陰縣南有玉笥、竹林、雲門、天柱精舍，並疏山創基，架林裁宇，割潤延流，盡泉石之好。胡夏客曰：若耶溪長數十里，凡有六寺，皆以雲門冠之。王十朋曰：《南史》：何胤以會稽多靈異，往游焉，居若耶山雲門寺。

㈡《西征賦》：奮迅泥滓。

赤城謝省曰：此詩一篇之中，微則竹樹花草，變則烟霧風雨，仙境則滄洲玄圃，州邑則赤縣蒲城，山則天姥，水則瀟湘，人則漁翁釋子，物則猿猱舟船，妙則鬼神，怪則湘靈，無所不備。而縱横出没，幾莫測其端倪。

王嗣奭曰：畫有六法，氣韻生動第一，骨法用筆次之。杜以畫法爲詩法，通篇字字跳躍，天機盎然，此其氣韻也。如「堂上不合生楓樹」，突然而起，已而忽入滿城風雨，已而忽入兩兒揮灑，飛騰頓挫，不知所自來，此其骨法也。至末因貌得山僧，忽轉到若耶雲門，青鞋布襪，闋然而止。總得畫法經營之妙，而篇中最得畫家三昧，尤在「元氣淋漓障猶濕」一語。試一想像，此畫至今在目，詩中有畫，信然。

黄生曰：此篇寫畫與贊賞，分作數層説，反覆濃至。

奉同郭給事湯東靈湫作

安禄山反，在天寶十四載十一月，此詩當是其年十月作。此時反信未至，而逆迹已萌，觀篇中蝦蟆長虬可見，依梁編爲是。　同，和也。靈湫，水池名。《杜臆》：題主湯東之靈湫，非咏湯泉也。故篇中詳叙湫之改移，與龍之靈怪，而湯泉只陰火數語，以引起靈湫。

東山氣濛鴻一作鴻濛㈠，**宫殿居上頭**㈡。**君來必十月**㈢，**樹羽臨九州**㈣。**陰火煑玉泉**㈤，**噴**

薄漲巖幽㊅。有時浴赤日㊆，光抱空中樓㊇。首叙駕幸驪山。陰火以下，誌湯泉勝景。祭龍有期，故來必十月。山勢最高，故下臨九州。陰火，言泉之温。噴薄，言泉之湧。天子所浴，故比之赤日也。

㊀東山即驪山。《述征記》：長安東則驪山，西則白虎源。《淮南子》：未有天地之時，濛鴻澒洞，莫知其門。趙注：氣濛鴻，山形如蒙雲霧也。

㊁《唐書》：驪山宫，貞觀十八年置，咸亨二年始名温泉宫，天寶十載改曰華清宫。治湯井爲池，環山列宫室。《後漢·順帝紀》：修飾宫殿。古樂府：夫婿居上頭。

㊂《長安志》：開元後，帝每歲十月幸温湯，歲盡而歸。

㊃《詩》：設業設虡，崇牙樹羽。樹羽，立羽葆蓋也。《禹貢》：九州攸同。

㊄《海賦》：陽冰不治，陰火潛然。《博物志》：凡水源有硫黄，其泉則温，故云：陰火若煑。楊慎曰：《易》：澤中有火。《素問》：澤有陽燄。注：陽燄，如火烟騰騰而起於水面者是也。蓋澤有陽燄，乃山氣通澤，山有陰靄，乃澤氣通山。唐顧況《使新羅》詩「陰火暝潛燒」是也。陸機詩：玉泉涌微瀾。

㊅《吴都賦》：噴薄沸騰。

㊆《山海經》：出於暘谷，浴於咸池。黄希曰：開元十四年十二月乙巳，日色赤如赭。何遜詩：赤日下城闉。

㈧陶潛詩：蕩蕩空中景。《長安志》：驪山有觀風樓、羯鼓樓。

閬風入轍跡㈠，曠一作廣原一作野，非延冥搜㈡。沸《正異》作拂天萬乘去聲動㈢，觀水百丈湫㈣。幽靈一作靈湫斯一作新可怪一作佳，王命官屬休㈤。初聞龍用壯㈥，擘石摧林丘㈦。中夜窟宅改㈧，移因風雨秋㈨。倒懸瑤池影⑩，屈注滄一作蒼江流⑪。味如甘露漿⑫，揮弄滑且柔⑬。此記駐蹕靈湫。初聞以下，誌湫龍神異，及湫水之潔清。閬風曠原，借諷荒遊。屈萬乘之尊，而往祀靈湫，事近矯誣，故曰可怪。倒影，謂宮殿下映。屈注，謂衆水奔赴。

㈠《大人賦》：登閬風而遥集。《十洲記》：崑崙三角，其一角正北曰閬風巔，其一角正西名曰玄武堂，其一角正東名曰崑崙宮。顔延之詩：周御窮轍跡。趙曰：周穆王欲車轍馬跡遍天下。

㈡《穆天子傳》：自群玉之山以西，至於西王母之邦，三千里。自西王母之邦，北至於曠原之野，飛鳥之所解羽，千有九百里。宗周至於大曠原，萬四千里。冥搜，見慈恩寺詩。

㈢《東征賦》：旌旗拂天。《蕪城賦》：歌吹沸天。萬乘動則轟然有聲，當作沸天。趙岐《孟子注》：兵車萬乘，謂天子也。

㈣《孟子》：觀水有術。《長安志》：泠水，一曰零水，在臨潼縣東三十五里，亦曰百丈水。趙曰：《水經注》：泠水南出浮胏山。浮胏山，乃驪山之麓也。沈約詩：百丈注懸淙。揚雄《蜀都賦》：火井龍湫。

㈤《杜臆》：官屬休，謂休沐以致祭。《漢書・鄭當時傳》：其推轂士乃官屬丞吏。《穆天子傳》：天子以寒之故，命王屬休。

⑥初聞，追敘昔聞也。　《易·大壯》：小人用壯。

⑦謝惠連詩：落雪灑林丘。

⑧曹植詩：中夜指星辰。　《江賦》：瑰奇之所窟宅。

⑨錢箋：《長安志》：湯泉水，在漢陰盤故城東門外，去昭應十五里。貞觀中，乘輿將自東門入，時水暴漲平岸，見物狀如豬，當土門臥，命有司致祭，其物起向北，因失所在。開元八年冬，乘輿自南入，至半城，黑風從東北角起，倏忽滿城，從官相失。上策馬踰城，下至渭川，雲氣稍解，悵然還宫。時翰林學士王翰作《答客問》上之。詞曰：龍躍湯泉雲漸迴，龍飛香殿氣還來。龍潛龍見雲皆應，天道常然何問哉。《劇談録》：咸通九年春，華陰縣南十餘里，一夕風雨暴作，有龍移湫，自遠而至。先是厓巘高亞，無貯水之所。此夕迴從數丈小山，自東西直亘南北。峰巒草樹，一無所傷，碧波迴塘，湛若疏鑿。

⑩《天台賦》：或倒影於重溟。　廬山道人《遊石門詩序》：流光迴照，則衆山倒影。　瑶池，見慈恩寺詩。

⑪《水經注》：屈而北注。　謝朓詩：迴瞰滄江流。

⑫《晉·五行志》：《御路楊歌》：汝非皇太子，那得甘露漿。

⑬《江賦》：揮弄灑珠。　《內則》：甘旨柔滑。

翠旗澹俗作淡偃蹇㈠，雲車紛少留㈡。簫鼓蕩四溟㈢，異香泱烏朗切漭浮㈣。鮫一作蛟人獻微一作徽綃音宵㈤，曾祝沉豪牛㈥。百祥奔盛明㈦，古先莫能儔㈧。坡陀金蝦蟆，出見形甸切蓋有由㈨。至尊顧之笑㈩，王母不遺一作肯收㈡。復歸虛無底，化作長黄一作龍與虬㈢。

此記親祀靈湫。百祥以下，借蝦蟆咎徵，而患長虬之不測。　吴論：翠旗雲車，羽衛遲留也。簫鼓異香，貢綃沉牛，祀典豐潔也。　夢弼曰：楊國忠言禄山必反，曰：「陛下試召之，必不來。」禄山聞命即至，見上於華清宫。此禄山謁見之由，故曰：「坡陀金蝦蟆，出見蓋有由。」上由是益親信禄山，國忠之言不能入。太子亦知禄山必反，言之不聽。雖國忠欲收禄山，貴妃必不肯，故曰：「至尊顧之笑，王母不肯收。」續遺歸范陽，禄山遂反。豈非「復歸虛無底，化作長黄虬」乎？　朱注：虛無底，即湫水也。歸虛無而化黄虬，言禄山之勢已成，猶豬龍而僭擬真龍也。其憂亂之意，情見乎詞矣。

㈠《上林賦》：建翠華之旗。注：翠羽爲旗上葆也。　《長門賦》：澹偃蹇而待曙兮。李奇注：澹，猶動也。又《七發》：旌旗偃蹇。《廣雅》：偃蹇，夭矯也。

㈡《楚辭》：乘回風兮載雲車。　《北征賦》：曾不得乎少留。

㈢顔延之詩：笳鼓震溟州。　張協詩：雨足灑四溟。

㈣梁武帝《懺序》：宫内聞異香馥郁。　《上林賦》：過乎泱漭之野。

㈤任昉《述異記》：鮫人，即泉先也，又名泉客。南海出鮫綃紗，泉先潛織，一名龍紗，其價百餘金，以爲服，入水不濡。《吴都賦》：泉室潛織而卷綃。注云：鮫人織輕綃於泉室以賣之。　夢弼曰：

獻綃以爲幣，沉牛以爲牲也。

㈥《穆天子傳》：天子大朝於燕然之山，奉璧南面，曾祝佐之，祝沉牛馬豕羊。注：曾，猶重也。祝，謂祝史。《漢書·郊祀志》：祝謂主祭祝之贊詞者。《穆天子傳》：文山之人歸遺，乃獻良馬十四駟，天子與之豪馬、豪牛、龐狗、豪羊，以三十祭文山。注：豪，猶髭也。

㈦《書》：作善降之百祥。　揚雄《解嘲》：遭盛明之世。

㈧《吴都賦》：古先帝代。

㈨坡陀，注見三卷。　《埤雅》：蝦蟆一名蟾蜍，或作詹諸。張衡《靈憲》：羿請不死之藥於西王母，嫦娥竊之奔月，是爲蟾蜍。陸倕《漏刻銘》：靈虬承注，陰蟲吐噏。李翰曰：陰虫，蝦蟆也。潘鴻曰：按《五行志》：神龍中，渭水有蝦蟆，大如鼎，里人聚觀，數日而失。此韋后時事。「坡陀金蝦蟆」，蓋其類也。禄山濁亂宫闈，故有此應，可與翟泉鵝出，同類並觀，故曰：「出見蓋有由。」又載蝦蟆色如金，或云：驪山上有古碑載之。蔡曰：《酉陽雜俎》：長慶中，有人見月光屬於林中，如疋布，尋視之，見一金背蝦蟆，疑自月中者。《北史·源師傳》：真龍出見。陸機詩：于今知有由。

㈩《過秦論》：履至尊而制六合。　《詩》：顧我則笑。

⑪錢箋：唐人多以王母比貴妃。劉禹錫詩：仙心從此在瑶池，三清八景相追隨。王建詩：武皇自送西王母，新换霓裳月色裾。公詩亦云：惜哉瑶池飲。又曰：落日留王母。《詩》：此宜無罪，汝

反收之。注：收，拘也。此詩收字所本。

㊂《玉篇》：蚪，無角龍，俗作虯。　《禄山事跡》：帝嘗夜宴禄山，禄山醉卧，化爲一豬而龍頭，左右遽言之。帝曰：「渠豬龍耳，無能爲也。」天寶十四載，玄宗遣中使齎璽書召禄山曰：「與卿修得一湯沐，故令召卿，至十月朕於華清宫待卿。」十一月，禄山起兵反。

飄飄一作飄**青瑣郎**㊀，**文采珊瑚鉤**㊁。**浩歌渌水曲**㊂，**清絶聽者愁**㊃。末贊郭詩，結出相和之意。

聽歌生愁，有感時事也。　此章八句起，四句收，中二段各十四句。

㊀邵注：飄飄，俊逸貌。崔駰詩：飄飄神舉逞所欲。《宫闕簿》：青瑣門在南宫。《漢舊儀》：給事黄門侍郎，每日暮，向青瑣門拜，謂之夕郎。

㊁曹植《與吴質書》：得所來訊，文彩委曲。　趙注：珊瑚鉤，出《纂異記》載嵩嶽嫁女事云：周穆王把酒請王母歌，以珊瑚鉤擊杯而歌。師氏曰：珊瑚鉤，言文章之可貴。　吴注：舊引蕭詮詩「珠簾半上珊瑚鉤」，與文彩二字不貫。《纂典》記相如見枚叔文，稱曰：「如珊瑚之鉤，璠璵之器，非世間尋常可見。」若公《八哀》詩《贈秘書監李公邕》「豐屋珊瑚鉤」，則可引蕭詮詩句矣。

㊂《楚辭》：臨風怳兮浩歌。　《淮南子》：手會渌水之趨。　馬融《長笛賦》：取度於《白雪》、《渌水》。注云：二曲名。　嵇康《琴賦》：初涉渌水，中奏清徵。　《洛陽伽藍記》：魏高陽王雍，有姬修容，能爲《渌水歌》。　遠注：此用渌水，亦暗貼靈湫，如岑參《和雪後早朝》詩，用「仙郎歌白雪」，亦然。

㊃陸雲《與兄書》：昔日讀《楚辭》，意不大愛，頃日視之，實自清絶。

盧元昌曰：十月，譏非時。浴日，諷褻尊。閬風廣漠，刺荒遊。改移窟宅，志變異。獻幣沉牛，明矯誣。蝦蟆出，指禄山也。至尊笑，寵蝦蟆也。王母不收，縱蝦蟆也。考月中有金蝦蟆，乃蝕月者。月爲陰精，貴妃似之。禄山通宵禁中，是爲蝦蟆蝕月。玄宗以蝦蟆忽之，竟爲長虬難制。靈湫一篇，其曲突之諷歟。

王嗣奭曰：禄山當如陰虫伏處，今一旦憑藉寵靈，窺竊神器，妄自意爲夭矯飛天之物，豈非蝦蟆而黄虬，上下失位者乎？蓋始終以蝦蟆事爲比也。

後出塞五首

鮑欽止曰：天寶十四載三月壬午，安禄山及奚契丹戰於潢水，敗之。故有《後出塞五首》，爲出兵赴漁陽也。今按末章，是説禄山舉兵犯順後事，當是天寶十四載冬作。

男兒生世間㈠，及壯當封侯㈡。戰伐有功業㈢，焉於虔切能守舊丘㈣。召趙作占募赴薊門㈤，軍動不可留㈥。千金裝馬鞭一作鞍㈦，百金裝刀頭㈧。閭里送我行㈨，親戚擁道周㈩。斑白居上列⑪，酒酣進庶羞⑫。少去聲年别有贈⑬，含笑看吴鈎⑭。首章，記應募之事。上八，從軍者喜於立功。下六，送别者壯其行色。《杜臆》：召赴薊門者，禄山也，勢已盛而逆未露，且以重賞要士，故壯士喜功者，樂於從之。其裝飾之盛，餞送之勤，與前出塞大不同矣。老者慈愛，唯贈飲食；少年英鋭，故贈吴鈎。含笑者，受而會意也。

㊀魏文帝樂府：男兒居世，各當努力。李陵詩：人生一世間。

㊁《論語》：及其壯也。後漢班超嘗投筆嘆曰：「當效傅介子、張騫立功異域，封侯。」

㊂《史記·龜策傳》：可以戰伐攻擊。又《鄒陽傳》：功業復就於天下。

㊃鮑照詩：去鄉三十載，復得還舊丘。《廣雅》：丘，居也。

㊄《吴志·孫策傳》：召募得數百人。《一統志》：古薊門關，在今順天府薊州。《水經注》：武王封堯後於薊，城内西南隅有薊丘，因名薊門。

㊅《後漢·光武紀》：時不可留。

㊆《西京雜記》：武帝時，身毒國獻連環羈，皆以白玉作之。瑪瑙石爲勒，白光琉璃爲鞍。鞍在暗室中，常照十餘丈，如晝日。自是長安始盛飾鞍馬，競皆雕鏤，或一馬之飾，直百金。樂府《木蘭詩》：東市買駿馬，西市買鞍韉。又：西市買馬鞭，南市買轡頭。

㊇《史記·陸賈傳》：寶劍值百金。古絶句：何當大刀頭。

㊈《國策》：監門閭里。《大司徒》：五家爲比，五比爲閭。《遂人》：五家爲鄰，五鄰爲里，閭里皆二十五家，鄉謂之閭，遂謂之里。二十五家共有巷，巷首有門。陶潛詩：慷慨送我行。

㊉《史記·穰苴傳》：莊賈謝曰：「不佞大夫親戚送之，故留。」《詩》：有杕之杜，生於道周。毛萇

曰：周，曲也。

⑪古樂府：斑白居上頭。

⑫《韓非子》：酒酣，靈公起。　《儀禮》：上大夫，庶羞二十品。

⑬《史記・季布傳》：少年藉其名以行。　《通鑑》：王猛謂慕容垂曰：「今當遠別，何以贈我？」垂解佩刀贈之。

⑭《世説》：王公含笑看之。　《吳越春秋》：闔閭命於國中作金鈎，令曰：「能爲善鈎者賞百金。」有人殺其二子，以血釁金成二鈎，獻之。　王曰：「何以異於衆鈎乎？」鈎師呼二子名：「吳鴻、扈稽，我在此，王不知汝之神也。」聲絕於口，兩鈎俱飛，着父之胸。　吳王大驚，賞之百金。《吳都賦》：吳鈎越棘，純鈎湛盧。

其二

朝進東門營一作營門⑴**，暮上**去聲**河陽橋**⑵**。落日照大旗**⑶**，馬鳴風蕭蕭**⑷**。平沙列萬幕**⑸**，部伍各見招**⑹**。中天懸明月**⑺**，令嚴夜寂寥**⑻**。悲笳**音佳**數聲動**⑼**，壯士慘不驕**⑽**。借問大將**去聲**誰**⑪**，恐是霍嫖姚**⑫**。**　二章記在途之事。　上六薄暮景事，下六夜中情景。　上言軍容之整肅，下言軍令之森嚴。　張綖注：將似霍嫖姚，蓋武皇開邊，而去病勤遠，故託言之。　《杜臆》：前篇言唾手封侯，何等氣魄，至此慘不驕矣，束於軍法故也。

⑴錢箋：阮籍詩：步出上東門。《寰宇記》：上東門，洛陽東面門也，後又改爲東陽門。《通鑑注》：上

東门之地，唐爲鎮。

㈡盧注：禄山反范陽，封常清議斷河陽橋，則知前此募兵赴軍前，必由河陽橋去。《春秋》：天王狩於河陽。鄭曰：河陽，洛邑也。《通典》：河陽縣，古孟津，後亦曰富平津，跨河有浮橋，即杜預所建。《元和郡縣志》：河陽浮橋，駕黄河爲之，以船爲脚，竹簄亘之。《一統志》：河陽橋，在閿鄉縣西門外河水濱。　王粲詩：朝發鄴都橋，暮濟白馬津。

㈢謝惠連詩：落日隱櫩楹。　《漢書》顔注：麾，大將之旗。

㈣《詩》：蕭蕭馬鳴。　荆軻歌：風蕭蕭兮易水寒。《杜臆》：《毛詩》蕭蕭，原非馬鳴聲，此加一風字，更爲爽豁。

㈤范雲詩：平沙斷還續。　《漢書注》：幕府者，以軍幕爲義，軍旅無常居止，故以帳幕言之。

㈥《史記·李廣傳》：廣行無部伍行陣。　趙曰：士卒多則將各有一幕，故一部伍之人，各相招認以居幕也。

㈦梁武帝《邊秋詩》：秋月出中天。　相如《長門賦》：懸明月以自照兮。

㈧《楚辭》：宋嵺兮收潦而水清。　朱子注：宋嵺與寂寥同。

㈨《樂書》：胡笳似觱篥而無孔。　王融詩：夜夜聞悲笳。　杜摯《笳賦序》：笳者，李伯陽入西戎所作也。

㈩王褒碑文：壯士志驕，時觀投石。

㊁《漢・高帝紀》：王問「魏大將誰也？」《唐書》：禄山入朝，奏對稱旨，進驃騎大將軍。

㊂《史記》：霍去病善騎射，爲剽姚校尉。顔注：票姚，勁疾之貌。胡仔曰：《漢書》嫖姚，服虔音飄飄，師古音嫖，頻妙切；姚，羊召切。荀悦《漢紀》又作票飄，杜詩每作平聲用，蓋取服音耳。朱注：梁蕭子顯《日出東南隅行》押霄字韻，而云：「漢馬三萬匹，夫婿仕飄姚。」周庾信《畫屏風》詩押飄字韻，末云：「寒衣須及早，將寄霍嫖姚。」則二字作平聲用，在公前已然矣。

許彦周曰：詩有力量，如弓之鬭力，未挽時，不知其難也。及其挽之，力不極處，分寸不可强，若《出塞》曲云：「落日照大旗，馬鳴風蕭蕭。悲笳數聲動，壯士慘不驕。」又《八哀》詩：「汝陽讓帝子，眉宇真天人。虬髯似太宗，色映塞外春。」此等力量，不容他人到。

其三

古人重去聲**守邊**㊀**，今人**一作日**重高勳**㊁**。豈知英雄主，出師亘**居鄧切，一作直**長雲**㊂**。六合已一家**㊃**，四夷且孤軍**㊄**。遂使貔**樊作螭**虎**一作武士㊅**，奮身勇所聞**㊆**。拔劍擊大荒**㊇**，日收胡馬群**㊈**。誓開玄冥北**㊉**，持以奉吾君**⑪**。**

三章，譏邊將生事也。各四句轉意。當時朝廷好大，以致邊將邀功，曰豈知、曰遂使，正見上行下效也。末言鬭士奉君，蓋逢君之惡，禍及生民矣。

《杜臆》：「今人重高勳」，此效尤霍嫖姚者，其奮身賈勇，蓋聞主上意旨而起也。

㊀《史記》：蒙恬曰：「臣將三十萬衆以守邊。」

㊁《後漢・二十八將論》：寇鄧之高勳，耿賈之鴻烈。

㊂《左傳》：出師於東門之外。　鮑照《蕪城賦》：崪若斷岸，矗似長雲。
㊃《過秦論》：以六合爲家。《記》：聖人耐以天下爲一家。
㊄《漢書》：春秋有道，守在四夷。　唐太宗《問答》：昔光武以孤軍，當王莽百萬之衆。
㊅《書》：桓桓，如虎如貔。貔，豹屬，出貉國，一名執夷。
㊆《史記》：李陵長思奮不顧身，以殉國家之急。
㊇《叔孫通傳》：群臣拔劍擊柱。《吴都賦》：出乎大荒之中。
㊈《安禄山事蹟》：禄山包藏禍心，畜單于護真大馬習戰鬭者數萬匹，已八九年矣。《漢書》：胡馬不窺於長城。
㊉《楚辭》：歷玄冥以邪征。《淮南子》：北方，水也，其帝顓頊，其佐玄冥。
⑪《左傳》：我亦能事吾君。

其四

獻凱日繼踵㊀，兩蕃静無虞㊁。漁陽豪俠地㊂，擊鼓吹笙竽㊃。雲帆轉遼海㊄，粳稻來東吴㊅。越羅與楚練㊆，照耀輿臺軀㊇。主將去聲位益崇㊈，氣驕凌上都㊉。邊人不敢議⑪，議者死路衢⑫。四章，刺將驕欲叛也。在八句一斷。　當邊庭無警，恣意歡娱，濫賞以給軍心，而嚴刑以箝衆口，禄山叛逆之勢成矣。《杜臆》：「獻凱日繼踵」承上奉吾君來。氣凌上都，明有無君之心，特帝未之知耳。

㈠《周禮》：大司樂，王師大捷，則令奏凱樂。劉庭芝詩：獻凱歸京師。《史記・范雎傳》：繼踵取卿相。

㈡朱注：《舊唐書》：奚與契丹兩國，常遞爲表裏，號曰兩蕃。據《新書・安禄山傳》：天寶四載，奚、契丹殺公主以叛禄山。八月，禄山紿契丹諸酋，大置酒，毒焉，既酣，悉斬其首，獻馘闕下。《通鑑》：十三載，禄山奏擊破奚契丹，擄其王李日越。十四載，奏破奚契丹。此所謂静無虞也。《詩》：無貳無虞。

㈢《漢書・地理志》：漁陽郡，秦置，屬幽州。朱叔元書：奈何以區區漁陽，結怨天子。《前漢・萬君章傳》：街里各有豪俠。

㈣左太冲詩：北里擊鐘鼓，南里吹笙竽。

㈤《廣成頌》：張雲帆，施蜺幬。遼東，南臨渤海，故曰遼海。桓温表：管寧之默遼海。朱注：海運，當始於隋大業中。《北史・來護兒傳》：遼東之役，護兒率樓船指滄海，入自浿水，時護兒從江都進兵，則當出成山大洋，轉登萊，向遼海也。唐太宗屢討高麗，舟師皆出萊州，其餽運當從隋故道。駱賓王《討武曌檄》云：海陵紅粟，倉儲之積靡窮。蓋隋唐時，於揚州置倉，以備海運餽東北邊。禄山鎮范陽，蓄漢士馬，居天下之半，江淮輓輸，千里不絶。所云「雲帆轉遼海」者，自遼西轉餽北平也。

㈥左思《蜀都賦》：粳稻莫莫。又詩：志若無東吳。

㊆《唐書》：越州土貢花文寶花等羅。《左傳》：楚使鄧廖帥組甲三百，被練三千，以侵吴。注：組甲，漆甲爲組文。被練，練袍。沈約詩：朱光浮楚練。

㊇又詩：緑幘文照耀。《左傳》：士臣皂，皂臣輿，輿臣隸，隸臣僚，僚臣僕，僕臣臺。

㊈《唐書》：天寶十三載，禄山奏前後立功將士，請超三資告身。於是超授將軍五百餘人，中郎將三千餘人。所謂照曜輿臺也。《唐書》：天寶七載，禄山賜鐵券，封柳城郡公。九載，進爵東平郡王。所謂主將益崇也。

㊉凌上都，指長安。《西都賦》：作我上都。

⑪《禄山事蹟》：禄山自歸范陽，逆節漸露，使者至，稱疾不迎，戍備而後見之，無復臣禮。或言禄山反者，帝必縛送之，道路相目，無敢言者。

⑫曹植詩：豺狼當路衢。《爾雅》：一達爲道路，四達爲衢。

黄生曰：前二章，諷明皇黷武無厭，後二章，諷明皇養虎貽患，皆借征戍之辭以達之。剴切悲痛，深得風人之旨。

其五

我本良家子㊀，出師亦多門㊁。將去聲驕益愁思去聲㊂，身貴不足論平聲。躍馬二十年㊃，恐孤俗作辜，非明主恩㊄。坐見幽州騎去聲㊅，長驅河洛昏㊆。中夜間去聲道歸㊇，故里但空村㊈。惡名幸脱免㊉，窮老無兒孫⑪。末章，褒軍士之不從逆者。此在六句分截。良家子，則頗知忠義矣，故不圖身貴，唯恐負國。至於逃籍而歸，妻孥被戮，真能不孤主恩矣。《杜臆》：末章與首章相關，前之冀封侯者，志在立功，此之脱惡名者，志在立節。當時附賊者衆，而獨有此一人在其間，此綱常所以不墜，公特表而出之，以爲萬世訓。《東坡志林》曰：將校有此一人，而不知其姓名，可恨也。

㈠《李廣傳》：廣以良家子從軍。薛道衡詩：我本良家子。

㈡《王莽傳》：自古出師之盛，未嘗有也。

㈢《左傳》：晉政多門。《史記》：宋義曰：「戰勝而將驕卒惰者敗。」秦嘉詩：愁思難爲數。

㈣《蔡澤傳》：躍馬疾驅，四十三年足矣。

㈤李陵書：陵雖孤恩，漢亦負德。江淹詩：青紫明主恩。

㈥陳子昂詩：坐見秦兵壘。唐范陽，屬幽州。《禄山事蹟》：禄山起兵反，馬步相兼十萬，鼓行而西。

㈦陳琳書：長驅山河，朝至暮捷。《唐書》：天寶十四載，安禄山陷河北諸郡，十二月陷東京。河南洛陽，即東都之地。《南都賦》：據彼河洛。

㈧《藺相如傳》：使人奉璧間道而馳歸。注：間，空也，投空隙而行也。

㈨鮑照詩：去國還故里。沈炯詩：空村餘古木。

㈩《史記·商君傳論》：卒受惡名於秦。《前漢·馮參傳》：今被惡名而死。

㈡《漢書·游俠傳》：樓護曰：「吕公以故舊窮老，託身於我。」梁人《折楊柳歌》：阿婆不嫁女，那得兒孫抱。

張綖曰：《左傳》：兵猶火也，不戢自焚。前四章，著明皇黷武不戢，過寵邊將，啟其驕恣輕上之心。末章，直著禄山之叛，以見明皇自焚之禍也。又曰：《前出塞》言哥舒翰西征之役，其辭悲。《後出塞》言安禄山北伐之師，其辭樂。悲則猶有苦兵畏亂之思，樂則至於喜亂而佳兵矣。禄山將叛，濫賞士卒，人趨於利，上破國而下覆宗，不祥莫大焉。

錢謙益曰：《前出塞》爲徵秦隴之兵，赴交河而作。《後出塞》爲徵東都之兵，赴薊門而作。

朱鶴齡曰：前是哥舒貪功於吐蕃，後是禄山搆禍於契丹。

劉後村克莊曰：前後《出塞》十四篇，筆力高古，可與《古詩十九首》並傳。

黄生曰：兩蕃雖静，禄山繼反，但備陳其事，而諷刺自見。雖不及十九首之婉篤，要皆自成氣候，不受去取也。

蘇端薛復筵簡薛華醉歌

鶴注：此詩是天寶十五載正月初旬作。是時方討禄山，故云：惡聞戰鼓悲，若京師已陷，身在城中，不應詩中無一語及之，豈能快意於酒，復簡薛華乎。薛華同在座中，此乃醉後記叙席上情事而簡之。《杜臆》：古人重名諱，端、復、薛華、李白，詩中直稱其名，此今人所無者。朱

注：《舊唐書》：楊綰謚文正，比部郎中蘇端持兩端。卞圜曰：端，時白衣。《唐科名記》：端，來春始及第。獨孤及《燕集詩序》：右金吾倉曹薛華，會某某於署之公堂。薛復，未詳。

文章有神交有道㈠，**端復得之名譽早**㈡。**愛客滿堂盡豪傑**《英華》同，一作翰㈢，**開筵上日**一作月**思芳草**㈣。**安得健步移遠梅**㈤，**亂插繁花向晴昊**。首敘端復筵宴。上三該主賓，下三點時景。有神有道，言兩人契合非偶。

㈠孔融《薦禰衡表》：思若有神。

㈡《孔叢子》：孔子高，天下之高士也，取友以行，交游以道。《蜀志》：許靖，夙有名譽。

㈢曹植詩：公子敬愛客。《前漢書》：陳孟公，每大飲，賓客滿堂。

㈣《晉書》：車胤，善於賞會，謝安游集之日，輒開筵待之。《書》：正月上日。注：上日，朔日也。

《楚辭》：何所獨無芳草兮。

㈤樂府《巾舞歌》：健步哺，誰當吾。

千里猶殘舊冰雪㈠，**百壺且試開懷抱**㈡。**垂老惡**烏故切**聞戰鼓悲**㈢，**急**一作羽**觴爲緩憂心擣**㈣。**少**去聲**年努力縱談笑**㈤，**看我形容已枯槁**㈥。次則當筵有感。春帶餘寒，固當借酒舒懷。生逢世亂，又當藉酒寬憂。少易成老，不如縱酒歡笑。作三層寫意。

㈠殘，餘也。王粲詩：冰雪截肌膚。

㈡《詩》：清酒百壺。《九章》：懷質抱情，獨無匹兮。此懷抱二字所本。古詩：臨風送懷抱。

㊂蔡邕《房楨碑》：享年垂老。　庾信詩：雷轅驚戰鼓。

㊃謝靈運詩：急觴盪幽默。　《詩》：我心憂傷，惄焉如擣。

㊄古樂府：少年不努力，老大徒傷悲。　《漢書》：趙李諸侍中，皆談笑大噱。

㊅《屈原傳》：形容枯槁。

座中薛華善一作能**醉歌，歌辭**一作醉歌**自作風格老**㊀。**近來海内爲**《英華》作無**長句，汝與山東**《英華》同。揚作東山**李白好**㊁。**何劉沈謝力未工**㊂，**才兼鮑照愁絶倒**㊃。此乃致簡薛華。　計東曰：長句，謂七言歌行，太白所最擅場者。太白長句，其源出於鮑照，故言何劉沈謝，但能五言，於七言則力有未工，必若鮑照七言樂府，如《行路難》之類，方爲絶妙耳。公嘗以「俊逸鮑參軍」稱太白詩，正稱其長句也。

㊀《抱朴子》：風格端嚴。《顔氏家訓》：體度風格，去今實遠。

㊁山東李白，有辯在後。

㊂《梁書》：何遜文章與劉孝綽，並見重於世，世謂之何劉。世祖著編論之云：詩多而能者沈約，少而能者謝朓、何遜。《何氏語林》：永明末，盛爲文章，吴興沈休文、陳郡謝玄暉、瑯邪王元長，以氣類相推轂。

㊃《宋書》：鮑照文辭贍逸，嘗爲古樂府，文甚遒麗。　愁絶倒，詩家愁爲不及也。《世説》：衛玠談道，平子絶倒。

諸生頗盡新知樂音洛㊀，萬事終傷不自保㊁。氣酣日落西風來，願吹野水添《英華》作注金杯㊂。如澠之酒常快意㊃，亦荆作不知一作如窮愁《英華》作未知窮達安在哉。忽憶雨時秋井塌㊄，古人白骨生青苔㊅，如何不飲令平聲心哀。末結醉歌之意。新知樂，謂主賓相得。不自保，謂亂離可憂。氣酣四句，承新知樂。忽憶三句，承不自保。此處憂樂，與前悲笑相應。遠注：白骨青苔，人生不免，亦可以自遣矣。此章前三段，各六句，末段九句收。

㊀《漢書·翟方進傳》：努力爲諸生學問。《東觀漢記》：相者謂班超曰：「祭酒，布衣諸生耳。」《楚辭》：樂莫樂於新相知。

㊁《書》：萬事隳哉。阮籍詩：一身不自保。

㊂見風吹水動，便想添杯作酒，總是欲多飲以寬懷耳。梁武帝詩：碧玉捧金杯。

㊃《左傳》：有酒如澠。《前漢·欒布傳》：富貴不能快意，非賢也。

㊄張綖云：井是貴者之墓，猶今言金井也，楚人皆謂楚王墳爲井上。塌，傾頹也。

㊅鮑照《挽歌》：枯髏依青苔。

杜詩格局整嚴，脈絡流貫，不特律體爲然，即歌行布置，各有條理。如此篇首提端復，是主，再提薛華，是賓，又拈少年諸生，則兼及一時座客。其云悲笑憂樂，腰尾又互相照應，熟此可悟作法矣。

楊慎曰：此詩本是東山李白，俗本改作山東。樂史序《李白集》云：白客遊天下，以聲妓自隨，效謝安石風流，自號東山，時人遂以東山李白稱之。子美詩句，正因其自號而稱之耳。流俗不知而妄改，近世作《一統志》，遂以李白入山東人物，而反引杜詩爲證，幾於郢書燕説矣。

錢謙益曰：按《舊書》：白，山東人，父爲任城尉，因家焉。錢易《南部新書》亦同。元微之作《杜工部墓誌》亦云：山東人李白。蓋白隱於徂徠，時人皆以山東人稱之，故杜詩亦曰山東李白。曾鞏以舊史爲誤，非也。近時楊慎，據李陽冰、魏顥序，欲以爲東山李白。陽冰云：歌詠之際，屢稱東山，顥云：迹類謝康樂，世號爲李東山，此亦偶然題目，豈可援據爲稱謂乎。楊好奇曲説，不足取也。

李東陽《麓堂詩話》：唐士大夫，舉世爲詩，而傳者可數，其不能者弗論，雖能者亦未必盡傳。高適、嚴武、韋迢、郭受之詩，附諸杜集皆有可觀。子美所稱與，殆非溢美。惟高詩在選者，略見於世，餘則未之見也。至蘇薛乃謂其文章有神，薛華與李白並稱，而無一字可傳，豈非有幸不幸耶？

晦日尋崔戢李封

盧注：此詩諸家編入乾元元年春，公方在諫垣，此時兩京復，禄山亡，詩中不得作長鯨吞、地軸翻等語。范氏編至德二載春，此時身陷賊中，豈能爲令節之飲。且朝官降賊，豈得以公侯目之。斷是天寶十五載，與《蘇端薛復筵》爲一時作。是年正月，禄山遣其將寇潼關。鶴注：唐以正月晦日爲令節，至德宗貞元五年正月，勅自今以後以二月一日爲中和節，代晦日。

朝光入甕牖㊀，**尸**一作方。一作宴**寢驚敝裘**㊁。**起行視天宇**㊂，**春氣漸和柔**㊃。**興**去聲**來一**

作得興。一作乘興不暇懶，今晨梳我頭㊄。出門無所待㊅，徒一作徙步覺自由㊆。首叙晦日出遊。

㊀何遜詩：窗户映朝光。《記·儒行》：蓽門圭竇，蓬户甕牖。

㊁尸寢，反用《論語》「寢不尸」。驚掀衾，朝光入而驚起也。

㊂陶潛詩：昭昭天宇闊。

㊃阮籍詩：春氣感我心。王羲之《蘭亭集詩》：欣兹莫春，和氣載柔。

㊄嵇康書：性復疏懶，頭面常一月十五日不洗。遠注：興來二句反用此語。庾信詩：梳頭百遍撩。

㊅陸機詩：出門無通路。夢弼曰：無所待，謂不待車從也。

㊆《淮南子》：布衣徒步之人。《焦仲卿詩》：汝豈得自由。

杖藜復扶又切恣意㊀，免值公與侯。晚定崔李交㊁，會心真罕儔㊂。每過平聲得酒傾一作喫，二宅可淹留。喜結仁里歡㊃，况因令節求㊄。此往尋崔李二家。公侯皆非知己，故有免值之歎。

㊀《莊子》：原憲華冠而縰履，杖藜而應門。魏文帝樂府：何不恣意遨遊，從君所喜。

㊁《易傳》：定其交而後求。

㊂《世説》：簡文謂左右曰：「會心處不必在遠。」

㊃《思玄賦》：匪仁里其焉宅。

㊄令節求，因晦日而邀留也。

李生園欲荒，舊一作有竹頗修修㊀。引客看平聲掃去聲除㊁，隨時成獻酬㊂。崔侯初筵色㊃，已畏空樽愁㊄。未知天下士㊅，至一作志性有此不音方鳩切㊆？此見兩人好客之誼。

㊀庾信詩：舊竹侵行徑。　漢古詩：樹木何修修。

㊁《後漢・陳蕃傳》：同郡薛勤曰：「何不灑掃以待賓客？」

㊂《詩》：獻酬交錯。

㊃又：賓之初筵。

㊄張璠《漢記》：孔融拜大中大夫，每嘆曰：「坐上客常滿，樽中酒不空，吾無憂矣。」

㊅《史記》：新垣衍謂魯仲連曰：「今日知先生爲天下之士也。」

㊆嵇康書：阮嗣宗至性過人。　崔本爲客，却畏酒空，略形迹而見真性矣。

草芽既青出㊀，蜂聲亦暖遊㊁。思見農器陳㊂，何當甲兵休㊃？上古葛天民一作氏㊄，不貽黃屋一作綺憂㊅。至今阮籍等，熟醉爲去聲身謀㊆。此對春而慨時事。朱注：上古之世，黃屋無憂。今何時乎？而阮籍之流，止沉飲以謀身。嘆己與崔李輩，無能爲天子分憂也。

㊀沈約詩：塞草發青芽。

㊁《杜臆》：蜂以煖遊，帶聲字更趣。

㊂《家語》：鑄劍戟以爲農器。

㊃《國策》：張儀説楚曰：「秦下甲兵據宜陽。」

㊄《帝王世紀》：大庭氏至葛天氏，皆號炎帝。陶潛《五柳先生傳》：葛天氏之民與。

㊅《漢書》李斐音義：黄屋，車上蓋，天子之儀，以黄繒爲裏。黄希曰：漢制，副車黄屋作左纛，亦如金根之制，行則從後。

㊆《阮籍傳》：籍本有濟世志，屬魏晉之際，天下多故，名士少有全者，籍由是不與世事，遂酣飲爲常。鍾會數以時事問之，欲因其可否而致之罪，以酣醉獲免。虞世南詩：非是爲身謀。

威鳳高其一作自**高翔**㊀**，長鯨吞九州**㊁**。地軸爲之翻**㊂**，百川皆亂流**㊃**。當歌欲一放**㊄**，淚下**去聲**恐莫收。濁醪有妙理**㊅**，庶用**一作與**慰沉浮**㊆**。**此傷亂而借酒遣憂也。威鳳高翔，以致長鯨吞噬，蓋賢人去而盜賊熾，如張九齡之罷相是也。地翻川亂，應上甲兵。濁醪用慰，應上熟醉。

《杜臆》：末段紆回吞吐，有無窮之悲。此章五段，段各八句。

㊀《漢・孝景紀》：南郡獲白虎威鳳爲寶。晉灼曰：鳳之有威儀者也。

㊁梁湘東王書：淮海長鯨，雖云授首；襄陽短狐，未全革面。

㊂《海賦》：又似地軸挺拔而争迴。

㊃《詩》：百川沸騰。

㊄曹操詩：對酒當歌。

㈥嵇康書：濁醪一杯。　江淹詩：精靈歸妙理。
㈦《游俠傳》：放意自恣，浮沉俗間。

白水崔少去聲府十九翁高齋三十韻

鶴注：天寶十五載夏，公自奉先來依舅氏崔十九，故首曰：「客從南縣來」、「況當朱炎赫。」　錢箋：《元和郡縣志》：白水，漢衙縣地，春秋秦晉戰於彭衙是也。後魏置白水郡，南臨白水，因以爲名，唐屬同州。

客從南縣來㈠，浩蕩無與適㈡。旅食白日長，況當朱炎赫㈢。首叙來踪，兼記時候。《杜臆》：公方避亂，故有浩蕩旅食之語。

㈠古詩：客從遠方來。　錢箋：《寰宇記》：蒲城縣，本漢重泉縣地。後魏分白水縣置南白水縣，以在白水之南爲名，廢帝三年改爲蒲城。開元中，改爲奉先。公從奉先來，循其舊名，故曰南。黄希曰：白水在同州西北一百二十里，同州又在京兆東北二百五十里。
㈡謝朓詩：浩蕩别親知。
㈢梁元帝《纂要》：夏曰朱夏、炎夏。

高齋坐林杪㈠，信宿游衍闃㈡。清晨陪躋攀㈢，傲睨俯峭壁㈣。崇岡相枕帶㈤，曠野迴一作迴。一作懷咫尺㈥。**始知賢主人**㈦**，贈此遣愁寂。**此叙高齋遠景。時公寄寓高齋，故得朝夕覽勝，曰贈此遣愁，喜託居也。

㈠魏收詩：瀉溜高齋響，添池曲岸平。

㈡《詩》：于汝信宿。《左傳》：再宿曰信。《詩》：及爾游衍。《易》：闃其無人。

㈢宗炳詩：清晨陟阻崖。

㈣《江賦》：馮夷倚浪以傲睨。《水經注》：巘峭壁立。陳後主詩：峭壁聳春風。

㈤傅亮詩：總旆崇岡。《北史》：韋夐所居之宅，枕帶林泉。

㈥古歌：率彼曠野。徐幹詩：雖路在咫尺。

㈦古辭：賴得賢主人，覽取爲吾組。

危階根青冥，曾音層**冰生淅瀝**㈠。**上有無心雲**㈡**，下有欲落石**㈢。**泉聲聞復**扶又切**息**一作急㈣**，動静隨所激**一作擊。**鳥呼藏其身，有似懼彈射**音石㈤。此摹高齋近景。上四記所見，下四記所聞。青冥，言樹色。層冰，比樹陰。泉聲寫得幽細，鳥呼説得慘悽。

㈠《雪賦》：霰淅瀝而先集。

㈡《歸去來辭》：雲無心以出岫。

㈢張載《叙行賦》：岌嵑隗其欲落。《水經注》：吴山，崩巒傾仄，山頂相捍，望之恒有落勢。

㈣宋之問詩：石上泉聲帶雨秋。

㈤《漢・宣帝紀》：毋得春夏擿巢探卵，彈射飛鳥。

吏隱適一作通。一作道**情性**㈠，**茲焉其窟宅**㈡。**白水見舅氏**㈢，**諸翁乃仙伯**㈣。**杖藜長松下**一作陰㈤，**作尉窮谷僻**㈥。**爲**去聲**我炊雕胡**㈦，**逍遥展良覿**㈧。此述舅氏款待之情。　崔翁作尉，諸舅在焉，避亂相逢，故喜良覿。

㈠《汝南先賢傳》：鄭欽吏隱於蟻陂之陽。　沈約詩：情性猶未充。

㈡天台賦：靈仙之所窟宅。

㈢洙曰：《左傳》：晉文公謂子犯曰：「所不與舅氏同心者，有如白水。」此借用其語。

㈣《集仙傳・大茅君傳》：有紫陽左公，太極仙伯。　又：神仙王知遠謂弟子曰：「吾漸遊洞府，仙曹除吾爲少室仙伯。」朱注：梅福爲南昌尉，人傳以爲仙，崔是白水尉，故以仙伯稱之。

㈤杖藜，注見前。　宗炳詩：長松列竦肅。

㈥《左傳》：深山窮谷，固陰冱寒。

㈦宋玉《風賦》：主人之女，爲臣炊雕胡之飯。

㈧《晉書》：袁粲獨步園林，杖策逍遥。　謝靈運詩：引領冀良覿。

坐久風頗怒一作愁㈠，**晚來山更碧**。**相對十丈蛟，欻**許勿切**翻盤渦坼**㈡。**何得空裏雷**㈢，**殷殷**音隱**尋地脈**㈣。**烟氛**一作氣**靄**一作藹**崷**一作嗇**崒，魍魎森慘戚**㈤。**崑崙崆峒巔**㈥，**回首如**一作知**不隔**㈦。此述山中變幻之狀。　風狂水激，故蛟坼盤渦。雷動烟迷，故魍魎慘戚。《杜臆》：謂寫景而兼影時事，語含比賦，是也。　雲峰矗峙，如崑崙崆峒，回首恍見焉。

㈠《莊子》：萬竅怒號。

㈡《海賦》：盤渦谷轉。

㈢《詩》：殷其雷。《長門賦》：雷隱隱而響起。

㈣《華山志》：嶽東北有雲臺峰，其山兩峰峥嶸，四面懸絶，上冠景雲，下通地脈，巍然獨秀。

㈤《左傳》：魑魅魍魎。注：魍魎，川澤之神也。《淮南子》：狀如三歲小兒，赤黑色，赤目，長耳，美髮。

㈥朱注：崑崙崆峒，在白水西北。

㈦相如《封禪文》：回首面内。

前軒頹一作摧反照㈠，巉絶華去聲嶽赤㈡。兵氣漲林巒㈢，川光雜鋒鏑㈣。知是相去聲公軍㈤，鐵馬雲一作烟霧積㈥。玉觴淡無味㈦，胡羯豈强敵㈧。長歌激屋梁㈨，淚下去聲流衽席㈩。此望華山而慨時事。　華嶽屯兵，哥舒守關也。　玉觴無味，天子旰食也。　但專閫有人，則禄山不足敵矣。　又恐勝負難測，故有淚下衽席之語。

㈠陶潛詩：擁褐曝前軒。　《爾雅》：落光反照於東，謂之反景。

㈡丘遲詩：詭怪石異象，巉絶峰殊狀。　朱注：華嶽在白水東南，故見於前軒。

㈢江總詩：長城兵氣寒。　《北山移文》：望林巒而有失。　朱注：時哥舒翰統兵二十萬守潼關，潼關屬華州，與白水近，故見兵氣之盛如此。

㊃陸機《五等諸侯論》：鋒鏑流於絳闕。

㊄謝靈運詩：相公實勤王。顧炎武曰：前代拜相者必封公，故稱之曰相公，若封王則稱相王。魏王粲《從軍行》：相公征關右，赫怒震天威。《羽獵賦》：相公乃乘輕軒駕四駱。相公二字似始見此。《唐書》：禄山反，以哥舒翰爲太子先鋒、兵馬元帥。明年正月，進位尚書左僕射、同中書門下平章事。

㊅陸機論：義兵雲合。又《辯亡論》：熊羆之士霧集。

㊆黄香《天子頌》：獻萬年之玉觴。傅毅《舞賦》：溢金罍而列玉觴。《内景經》：淡然無味天人糧。

㊇後梁主祚令：胡羯氐羌，咸懷竊璽。《唐書》：顔杲卿駡禄山曰：「汝本營州牧羊羯奴。」《賈誼傳》：與强敵爲鄰。

㊈蘇武詩：長歌正激烈。《列子》：韓娥過雍門，鬻歌假食，既去而餘音繞梁。宋玉《神女賦》：日朝出，照屋梁。

㊉謝朓牋：如其簪履或存，衽席無恙。注：衽席，單席也。

人生半哀樂音洛㊀，**天地有順逆**㊁。**慨彼萬國夫，休明備征狄**一作敵㊂。**猛將**去聲**紛塡委**㊃，**廟謀蓄長策**㊄。**東郊何時開**㊅，**帶甲且未**一作來**釋**㊆。此冀將相協謀以靖亂。向日丁夫，備以征伐，今逆賊犯關，宿將猶可禦寇，然必廟謀得宜，始能恢復東京。曰塡委，見當兼倚李郭。曰長策，惟恐國忠失計也。

㊀孔稚圭歌：人祇分，哀樂半。

㊁《國策》：張儀説秦，以逆攻順者亡。《後漢書》：竇融上書，猶知利害之際，順逆之分。

㊂《左傳》：王孫滿曰：「德之休明。」《孟子》：南面而征北狄怨。

㊃李陵書：猛將如雲，謀臣如雨。　劉楨詩：職事相填委。

㊄《後漢·光武贊》：明明廟謀，糾糾雄斷。《過秦論》：始皇振長策而御宇内。《漢書注》：長策，以乘馬爲喻也。策，所以撾馬。郭欽《徙戎疏》：先王荒服之制，萬世之長策也。

㊅《書序》：淮夷、徐戎並興，東郊不開。

㊆《戰國策》：帶甲百萬。

欲告清宴罷一作疲㊀，**難拒幽明迫**㊁。**三歎酒食傍**㊂，**何由似平昔？**　末結少府席上，有倉卒徬徨之意。　暝色向幽，故清宴告罷。不曰晝夜而曰幽明，亦愁慘中語。宴終三歎，飲不盡興也。

此章起結各四句，中間八句者四段，十句者兩段。

㊀陳子昂詩：清宴奉良籌。

㊁鮑照詩：一爲天地別，豈直限幽明。

㊂《左傳》：魏子曰：「惟食忘憂，吾子置食之間，三嘆何也？」

盧元昌曰：高齋旅食時，哥舒正守潼關，李郭皆請固關而守，國忠恐翰圖己，促之出戰。將相不和，潼關危矣。詩云：「知是相公軍，鐵馬雲霧積。」謂守關猶足恃也。「猛將紛填委，廟謀畜長策。」謂當將相協和也。「東郊何時開，帶甲且未釋。」謂宜枕戈衽甲，勿懈於防也。終曰：「三歎酒食傍，何由似平昔？」又知闔任不專，廟謀失策，潼關必潰也。

三川觀水漲二十韻

黄鶴注：公天寶十五載夏，自奉先之同州白水，賦《高齋》詩，已是五月。又自白水之鄜州，道出華原，乃赴靈武所經也。同州在華原東百八十里，華原北至坊州百八十里，坊北至鄜百四十五里。豈非公自白水西北至華原，又自華原北至坊，復自坊北至鄜乎。是年史不書大水，而詩言水患爲甚，可以補史之闕。《舊唐書》：三川縣，屬鄜州，以華池水、黑水及洛水三川同會得名也。《元和郡縣志》：三川縣，本漢狄道縣地，開皇三年，屬鄜州。

我經華去聲**原來**㈠**，不復**扶又切**見平陸**㈡。**北上**時掌切**惟土山**㈢**，連天走窮**一作穹**谷**㈣。**火雲出無時**一作無時出㈤**，飛電常在目**㈥。首叙山行景事，此水漲之由。連天，連日也。

㈠《長安志》：華原縣，本漢祋祤縣地，隋開皇六年，改泥陽爲華原縣。貞觀十七年，屬雍州。大足元年，隸京兆府。

㊁盧諶詩：平陸漲長流。
㊂《元和郡縣志》：土門山，在華原縣東南四里。
㊃鍾繇表：深山窮谷。
㊄盧思道《納涼賦》：火雲赫而四舉。
㊅何遜詩：密雲窮浦暗，飛電遠洲明。　宋之問詩：故園長在目。

自多窮岫雨㊀，**行潦相豗**音灰**蹙**㊁。**蓊**烏孔切**匌**口答切**川氣黄**㊂，**群流會空曲**㊃。**清晨望高浪**㊄，**忽謂陰崖踣**蒲北切㊅。**恐泥**去聲**竄蛟龍**㊆，**登危聚麇鹿**㊇。**枯查**槎同**卷拔樹**㊈，**磊**洛罪切**磈**口罪切**共充塞**先則切⑩。**聲吹**去聲**鬼神下**去聲⑪，**勢閱人代速**⑫。**不有萬穴歸**⑬，**何以尊四瀆**⑭。　此記山水之漲。　水流山内，故川氣帶黄。　浪浸山根，故陰崖如踣。　蛟龍恐泥、麇鹿登高，畏水故也。　枯槎浮水，與拔樹俱卷。　磊磈沙石，忽填塞水口，極言其簸蕩也。　水聲衝激，如泣鬼神，水勢變遷，忽移人世，惟有奔歸四瀆，可以一洩下流耳。　二句起下。

㊀《魏都賦》：窮岫洩雲。　鮑照詩：窮岫閟長靈。
㊁《左傳》：潢汙行潦之水。　豗，水相擊。　蹙，水相迫。
㊂蓊匌，水氣蓊鬱而匌匝也。《海賦》：磊匒匌而相豗。　注云：匒匌，重疊也。　潘岳詩：川氣冒山嶺，驚湍激巖阿。
㊃《抱朴子》：南溟浩瀁，實須群流之赴。　《陶弘景傳》：句容之句曲，山中周迴一百五十里，空曲

寥曠。

㉕郭璞詩：高浪駕蓬萊。

㉖《西征賦》：眺華嶽之陰崖。

㉗朱注：《廣韻》：泥，滯也，陷也。《論語》：致遠恐泥。此借用其字。

㉘《江賦》：狐玃登危而雍容。

㉙夢弼曰：查與槎同，水中浮木。庾信詩：卧樹擁槎來。魏文帝《怨歌行》：拔樹偃秋稼，天威不可干。

㉚何遜詩：磈磊衝波白。磊磈，沙石也。《漢書·劉寵傳》：充塞道路。

㉛《莊子》：白波若山，海水震蕩，聲侔鬼神，燀赫千里。

㉜梁武帝詔：人代徂遷。陸機《歎逝賦》：人閲人而爲世。

㉝《海賦》：江河既道，萬穴俱流。

㉞《封禪書》：四瀆者，江河淮濟也。

及觀泉源漲㊀，反懼江海覆方伏切㊁。漂匹妙切沙圻魚斤切。《選注》音祈，恐誤岸去一云去岸㊂，漱壑松柏禿㊃。乘陵陳作凌破山門㊄，迴斡烏活切裂一作倒地軸㊅。交洛赴洪河㊆，及關豈信宿㊇。應平聲沉數州没㊈，如聽萬室哭㊉。穢濁殊未清⑪，風濤怒猶蓄一作畜⑫。何時通舟車⑬？陰氣不一作亦黲朱云：當作墋，楚錦切黷⑭。此記川水之漲。江海覆，有似倒流也。漂沙，言其突衝。漱壑，言其横撼。破山，言其高湧。裂地，言其深入。赴河及關。言其勢急。數州沉没，言其害大。穢濁四句，憂水漲未平，亦以起下。

㈠《水經注》：泉源沸湧，浩氣雲浮。

㈡應璩詩：江海倘不逆。

㈢《海賦》：漂沙礐石。　謝靈運詩：圻岸屢崩奔。《玉篇》：圻與垠同，岸也，界也。《水經注》：垠岸重沙。

㈣《江賦》：漱壑生浦。　歐陽建詩：松柏隆冬瘁。

㈤《風賦》：乘凌高城。　朱云：山門，即土門山。

㈥謝惠連詩：傾河易迴斡。《淮南子》：地有三千六百軸，名山大川，孔穴相連。《海賦》：似地軸挺拔而争迴。

㈦《舊唐書》：洛交縣，屬鄜州洛水之交，故名。《寰宇記》：洛交水在縣南一里。　潘岳詩：登城望洪河。　洪河，黄河也。

㈧朱注：及關，謂潼關也。　關在華山之東。　杜氏《通典》：潼關本名衝關，言河流所衝也。　劉峻詩：空軫及關歎。　《詩》：于汝信宿。

㈨朱注：洛水發源鄜州白於山，合漆沮水，至同州朝邑縣入河，其勢最大而疾，故有數州沉没之懼焉。

⑩《鄱陽傳》：萬室不相救。
⑪蔡邕《琴歌》：滌穢濁兮存正靈。荀悦《赦論》：蕩滌穢流。
⑫顔延之詩：春江壯風濤。《江賦》：乃鼓怒而作濤。
⑬陶潛詩：舟車靡從。
⑭蔡琰《悲憤詩》：陰氣凝兮雪夏零。陸機《高祖功臣贊》：芒芒宇宙，上墋下黷。鄭曰：黲黷，垢黑也。

浮生有蕩汩音聿，水傍從曰，與汩没之汩不同㊀，**吾道正羈束**㊁。**人寰難容身**㊂，**石壁滑側足**㊃。**雲雷屯**一作此**不已**㊄，**艱險路更跼**㊅。此傷避亂而遭水患也。蕩汩承上。羈束難容，後逼兵戈，側足路艱，前沮水澇也。

㊀《莊子》：其生也若浮。《南都賦》：漻淚減汩。《上林賦》：滭弗宓汩。注皆音聿。《北征》詩作蕩潏，義可通用。
㊁《楚辭》：邅吾道兮洞庭。魏彦深《鷹賦》：運横羅以羈束。
㊂鮑照《舞鶴賦》：歸人寰之喧卑。《淮南子》：聖人不遇其世，僅足以容身。
㊃江淹詩：洞林帶晨霞，石壁映初晰。《東觀漢紀》：馬援曰：「隗囂側足無新立。」
㊄《易》：雲雷屯，君子以經綸。
㊅顔延之詩：首路跼險艱。魏徵詩：豈不憚艱險。《詩》：不敢不跼。

普天無川梁㊀，欲濟願水縮㊁。因悲中林士㊂，未脱衆胡夏客云：衆當作泉。唐避淵爲泉魚腹㊃。舉頭向蒼天㊄，安得騎鴻鵠㊅？ 末復有舉世淪胥之慨。 流離奔走中，欲濟無由，因歎林居之士，不免爲魚，此即饑溺一體之心也。前《赴奉先》詩云：「默思失業徒，因念遠戍卒。」亦是此意。 此章前後三段各六句，中間二段各十四句。

㊀《詩》：普天之下。 鮑照詩：川梁日以廣。

㊁曹植詩：欲濟河無梁。 《後魏書》：爾朱兆襲京邑，人夢河神爲縮水脈，及兆至，有行人言水淺處導焉。遂策馬涉渡，直叩宫門。梁簡文《筝賦》：望交河之水縮。

㊂王康琚詩：今雖盛明世，能無中林士。

㊃《詩》：衆維魚矣。 《太玄賦》：屈子慕清，葬魚腹兮。

㊄蔡琰曲：舉頭仰望兮空雲烟。 《詩》：悠悠蒼天。

㊅陸機詩：思駕歸鴻羽。

盧元昌曰：時禄山作亂，神州有板蕩之象。篇中云「聲吹鬼神下」，陰長陽消也。「勢閲人代速」，世事滄桑也。「何以尊四瀆」，無復朝宗也。「反懼江海覆」，中原陸沉也。「雲雷屯不已」，建侯不寧也。「普天舞川梁」，拯挽無人也。 語意顯然。

王嗣奭曰：此詩之佳，在摹寫刻深，如聲吹勢閲二句，無人能道，然終與唐人分道而馳。比之畫馬，他人皆畫肉，而公則畫骨，此其超出唐人者，肉易識，骨不易識也。

月夜

鶴注：天寶十五載八月，公自鄜州赴行在，爲賊所得，時身在長安，家在鄜州，故作此詩。

今夜鄜音夫**州月**㊀，**閨中只獨看**平聲㊁。**遥憐小兒女**㊂，**未解憶長安**。**香霧雲鬟濕**㊃，**清輝玉臂寒**㊄。**何時**一作當**倚虚幌**㊅，**雙照淚痕乾**音干㊆？公對月而懷室人也。前説今夜月，爲獨看寫意。末説來時月，以雙照慰心。《杜臆》：公本思家，偏想家人思己，已進一層。至念及兒女不能思，又進一層。鬟濕臂寒，看月之久也，月愈好而苦愈增，語麗情悲。末又想到聚首時，對月舒愁之狀，詞旨婉切，見此老鍾情之至。

㊀《唐書》：鄜州交洛郡，屬關内道。

㊁《楚辭》：閨中既以邃遠兮。

㊂鮑照詩：兒女皆嬰孩。

㊃楊慎謂：雨未嘗有香，而元微之詩云：「雨香雲淡覺微和。」雲未嘗有香，而盧象詩云：「雲氣香流水。」今按：霧本無香，香從鬟中膏沐生耳。如薛能詩「和花香雪九重城」，則以香雪借形柳花也。　梁章隱《詠素馨花》詩：細花穿弱縷，盤向緑雲鬟。

㊄阮籍詩：明月耀清暉。

㊅江淹詩：煉藥照虚幌。幌，帷也。

㊆隋宫詩：淚痕猶尚在。

劉後村《詩話》：故人陳伯霆讀《北征》詩，戲云：子美善謔，如「粉黛忽解包」、「狼籍畫眉闊」，雖妻女亦不恕。余云：公知其一耳。如《月夜》詩云：「香霧雲鬟濕，清輝玉臂寒。」則閨中之髮膚，雲濃玉潔可見。又云：「何時倚虚幌，雙照淚痕乾。」其篤於伉儷如此。

哀王孫

按：明皇西狩，在天寶十五載六月十二日。肅宗即位，改元至德，在七月甲子。是月丁卯，禄山使人殺霍國長公主及王妃駙馬等。己巳，又殺王孫及郡縣主二十餘人。詩云「已經百日竄荆棘」，蓋在九月間也。詩必此時所作。《史記·淮陰侯傳》：漂母曰：「吾哀王孫而進食。」《舊唐書》：十五載六月九日，潼關不守。十二日凌晨，上自延秋門出。親王妃主王孫以下，多從之不及。《唐鑑》：楊國忠首倡幸蜀之策，帝然之。甲午既夕，命陳玄禮整比六軍，選厩馬九百餘，外人皆莫知也。乙未黎明，帝獨與貴妃姊妹、王子妃主皇孫、楊國忠、韋見素、陳玄禮及親近宦官宫人，出延秋門。妃主王孫之在外者，皆委之而去。《通鑑》：是日百官猶有入朝者，至宫門猶聞漏聲，三衛立仗儼然。門既啟，則宫人亂出，中外擾攘，王公士民，四出逃竄。

長安城頭頭樊作多，一作頸白烏㈠，夜飛延秋門上呼㈡。又向一作來人家啄大屋㈢，屋底達官走避胡㈣。此見王孫顛沛而作也。首段憶禍亂之徵。趙曰：頭白烏，不祥之物，初號門上，故明皇出延秋門。又啄大屋，故朝官一時逃散。

㈠班固詩：就逮長安城。《漢・五行志》：成帝時，童謡曰：城上烏，尾畢逋。《通俗文》：白頭烏，謂之鵯鶋。楊慎曰：《三國典略》：侯景篡位，令飾朱雀門，其日有白頭烏萬計，集於門樓。童謡曰：「白頭烏，拂朱雀，還與吴。」此蓋用其事，以侯景比禄山也。

㈡《雍録》：玄宗幸蜀，自苑西門出。在唐爲苑之延秋門，在漢爲都城直門也。既出，即由便橋渡渭，自咸陽望馬嵬而西。

㈢《漢・高帝紀》：道路人家。《史記・孟軻傳》：高門大屋，尊寵之。

㈣《記》：公之喪，諸達官之長杖。注：受命於君者，名達於上，謂之達官。

金鞭折斷九胡夏客作厩馬死㈠，骨肉不得一作待同馳驅㈡。腰下寶玦青珊瑚㈢，可憐王孫泣路隅㈣。問之不肯道去聲，下同姓名㈤，但道困苦乞爲奴㈥。已經百日竄荆棘㈦，身上無有完肌膚㈧。高帝子孫盡隆一作高準音拙㈨，龍種上聲自與常人殊⑩。豺狼在邑龍在野⑪，王孫善保千金軀⑫。次段叙事，記當時避亂匿身之迹。　金鞭四句，言上皇急於出奔，致委王孫而去。

問之四句，備寫痛苦之詞，并狼狽之狀。高帝四句，恐其相貌特殊，而爲賊所得，曰慎保軀，危之也。

㈠沈炯詩：陳王裝瑙勒，晉后鑄金鞭。又詩：夾道躍金鞭。《西京雜記》：文帝自代來，有良馬九匹，曰浮雲、曰赤電、曰絶群、曰逸驃、曰紫燕騮、曰緑螭驄、曰龍子、曰驎駒、曰絶塵，號爲九逸。

㈡《伍子胥傳》：疏骨肉之親。《詩》：載馳載驅。

㈢《漢書・陳平傳》：船人疑其亡將，腰下當有寶器金玉。《西京雜記》：飛燕女弟昭儀，遺飛燕珊瑚玦、瑪瑙彄。

㈣阮籍詩：楊朱泣路歧。張衡《西京賦》：屍僵路隅。

㈤《東觀漢記》：第五倫變易姓名。

㈥《史記・李斯傳》：困苦之地。干令升《晉紀論》：劉淵、王彌之亂，將相侯王，交頭受戮，乞爲奴僕而猶不獲。《南史》：宣城王遣典籤柯令孫殺建安王子真，子真走入床下，叩頭乞爲奴，不許而死。

㈦《左傳》：被苫蓋，蒙荆棘。

㈧司馬遷書：其次毁肌膚，斷支體受辱。

㈨《漢・高祖記》：帝隆準龍顔。李斐曰：準，鼻也。文穎曰：高帝感龍而生，故其顔貌似龍顔，長頸高鼻。《後漢書》：光武皇帝，高祖九世之孫也，隆準日角。

㈩《漢書・外戚傳》：高帝召幸，薄姬曰：「昨夢蒼龍據吾胸。」帝曰：「貴徵也，遂爲汝成之。」生文帝。《隋書》：房陵王勇生子儼，雲定興女昭訓所生也。文帝聞之曰：「此乃皇太孫，何乃生不得地。」定興奏曰：「天上龍種，所以因雲而出。」《史記・扁鵲傳》：長桑君亦知扁鵲非常人也。

㈡《後漢・張綱傳》：豺狼當道，安問狐狸。《易》：龍戰於野。《光武紀》：四七之際龍鬬野。又讖曰：四炎云集龍鬬野。豺狼指祿山，龍指玄宗。

㈢陶潛詩：客養千金軀。

不敢長直亮切**語臨交衢**㈠**，且爲**去聲**王孫立斯須**㈡**。昨夜東**一作春**風吹血腥**㈢**，東來橐**一作駱**駝滿舊都**㈣**。朔方健兒好身手**㈤**，昔何勇鋭今何愚**㈥**。竊聞天**一作大**子已傳位**㈦**，聖德北服南單**呈延切**于**㈧**。花門剺面請雪恥**㈨**，慎勿出口他人狙**一作徂㈩**。哀哉王孫慎勿疏，五陵佳氣無時無**⑪**。**末段叙言，陳國家亂極將治之機。且立斯須，欲屏迹而密語也。昨夜四句，祿山猖獗，而恨哥舒之失計。竊聞四句，太子龍興，而喜回紇之助討。末二，又反覆以致其丁寧，曰慎勿疏，戒之也。此章四句起，下兩段各十二句，一頭兩脚，局法整嚴。

㈠嵇康詩：楊氏嘆交衢。注：交衢謂路相交錯，要衝之所。

㈡李陵詩：長當從此別，且復立斯須。

㈢鮑照詩：昨夜宿南陵。《爾雅》：東風曰谷風。《山海經》：禹殺相柳，其血腥不可以樹五穀。

㈣《史思明傳》：祿山陷兩京，以橐駝運御府珍寶於范陽，不知紀極。顔師古曰：橐駝，言能負囊橐而馱物也。《史記》：其奇畜則橐駝。長安時爲祿山所陷，故曰舊都。班彪《北征賦》：紛吾去此舊都。

㊄時哥舒翰將河隴朔方兵及蕃兵共二十萬拒賊，敗績於潼關。《唐六典》：開元二十五年，敕天下諸軍，置兵防健兒於諸色征行人內。《唐書》：天寶十四載，京師召募十萬，號天武健兒。《顏氏家訓》：頃世亂離，衣冠之士，雖無身手，或聚徒衆，違棄素業，徼倖成功。

㊅《六韜》：將不勇，則三軍不鋭。《陌上桑》：使君一何愚。

㊆傳位肅宗，即位靈武也。

㊇盧注：明皇臨行，諭太子曰：「西北諸胡，我撫之素厚，汝必得其用。」所謂聖德北服單于也。《光武紀》：匈奴薁鞬日逐王比自立爲南單于。建武二十五年，南單于遣使詣闕貢獻，奉藩稱臣。《後漢·李固傳》：四海欣然，歸服聖德。《劇秦美新論》：北懷單于，廣德也。

㊈《唐書》：甘州有花門山堡，東北千里，至回鶻衙帳。剺面，謂披其面皮，示誠悃也。《後漢書》：耿秉卒，匈奴舉國號哭，或至梨面流血。梨，即剺割也。《舊唐書》：肅宗即位九月，南幸彭原，遣使與回紇和親。二載二月，其首領入朝。回紇姓藥羅葛氏。樂毅書：先王報怨雪恥。

⑩《蘇秦傳》：願君慎勿出於口。《史記·留侯傳》：秦皇東遊，良與客狙。《索隱》：狙，伺伏也。狙之伺物，必伏而候之。

⑪《西都賦》：北眺五陵。洙曰：漢高帝葬長陵，惠帝葬安陵，景帝葬陽陵，武帝葬茂陵，昭帝葬平陵，謂之五陵。唐注：此借漢以比唐也。《唐紀》：高祖葬獻陵，太宗葬昭陵，高宗葬乾陵，中宗葬

定陵，睿宗葬橋陵，是爲五陵。　佳氣，言有興隆之象。《光武紀》：蘇伯阿爲王莽使，至南陽，遥望舂陵郭，唶曰：「氣佳哉，鬱鬱葱葱然。」

錢謙益曰：至德元載九月，孫孝哲害霍國長公主、永王妃及附馬楊駙等八十人，又害皇孫二十餘人，並刳其心，以祭安慶宗。　王侯將相扈從入蜀者，子孫兄弟，雖在嬰孩之中，皆不免於刑戮。　當時降逆之臣，必有爲賊耳目，搜捕皇孫妃主以獻者，故曰「王孫善保千金軀」，又曰「哀哉皇孫慎勿疏」，危之，復戒之也。　宋靖康之難，群臣爲金人搜索趙氏，遂無遺種。　此詩如出一轍。　明皇平韋后之難，身致太平，開元之際，幾於貞觀盛時，及天寶末，不唯生民塗炭，而妻子亦且不免。　讀《江頭》、《王孫》二詩，至今猶慘然在目，孟子云：「苟能充之，足以保四海；不能充之，不足以保妻子。」即一人之身，而治亂興亡之故昭然矣。

悲陳陶

《唐書》：至德元載十月，房琯自請討賊，分軍爲三：楊希文將南軍，自宜壽入；劉悊將中軍，自武功入；李光進將北軍，自奉天入；琯自將中軍，爲前鋒。　辛丑，中軍北軍遇賊於陳濤斜，接戰，敗績。　癸卯，琯自以南軍戰，又敗。《通鑑注》：陳陶斜在咸陽縣東。　斜者山澤之名，故又曰陳陶澤。

孟冬十郡良家子賈昌朝《字音辯》：子，可讀去聲㊀，血作陳陶澤中水吳才老：古韻叶耆。野曠一作廣天清一作晴無戰聲㊁，四萬義軍同日死古韻叶四㊂。群胡歸來雪趙作血洗箭㊃，仍唱一云撚箭夷歌飲都市叶去聲㊄。都人迴面向北啼㊅，日夜更望官軍至㊆。一云前後官軍苦如此。陳濤，傷主帥之輕敵也。賊勢方張，而驅民猝鬬，致四萬義軍，没於一戰，所謂將不知兵，以卒與敵也。幸而唐德在人，傾都繫望，此國祚終賴之以恢復歟。曰野無戰聲，見不戰而自潰也。

㊀《漢書·趙充國傳》：六郡良家子，選給羽林期門。

㊁謝靈運詩：野曠沙岸静。皇娥歌：天清地曠浩茫茫。《國語》：夜聞戰鼓之聲。

㊂《晉書·桓玄傳》：義軍乘風縱火，盡鋭争先。同日死，乃十月二十一日辛丑也。《唐書》：時琯效古法用車戰，賊順風縱火焚之，人畜大亂，官軍死傷者四萬餘人。劉琨表：群胡數萬，周匝四山。

㊃雪洗，雪拭也。趙注謂洗箭上之血。《杜臆》謂用血水以洗箭，不如依舊本作雪洗箭，語較平順。

㊄《蜀都賦》：夷歌成章。桓譚《新論》：布之都市。

㊅《西都賦》：都人士女。《鄴陽傳》：回面汙行，以事諂諛之人。大茅君書：一切向北。《通鑑》：禄山聞嚮日百姓乘亂，多盗庫物，既得長安，命大索三日，并其私財盡掠之。民間騷然，益思唐室。相傳太子北收兵，來取長安，日夜望之。或時相驚曰：「太子大軍至矣。」則皆走，市里爲空。賊望見北方塵起，輒驚欲走。

㈦《漢・高帝紀》：日夜望將軍到，豈敢反耶。《晉・安帝紀》：東土遭亂，企望官軍之至。

盧元昌曰：當時乘輿未定，大兵未集，倉卒舉事，原非勝算。至德二載春，上曰：「大衆已集，庸調已至，當乘兵鋒，擣其腹心。」李泌尚以兩京未可取，當先取范陽。琯於此時，遂欲恢復兩京，亦志大慮疏矣。

葛常之《詩話》：《陳陶》詩，誌房琯之敗也。張無盡《孤憤吟》云：「房琯未相日，所談皆臯夔。一朝陳陶下，覆没十萬師。中原已紛潰，老杜尚嗟咨。」蓋爲琯罷相時杜上疏力救而發也。

悲青坂

鶴注：此《唐紀》所謂癸卯又以南軍戰，敗績。南軍，楊希文所將，乃十月二十三日也。史云：琯敗陳陶，殘卒數千不能軍。帝使亵夷散，復圖進取。青坂，東門駐軍之地也。錢箋：陳濤斜，在咸陽。房琯師次便橋。便橋，在咸陽縣西南十里。青坂去陳陶、便橋當不遠。

我軍青坂在東門，天寒飲馬太白窟㈠。**黄頭奚兒日向西**㈡，**數騎**去聲**彎弓敢馳突**㈢。**山雪河冰晚**樊作晚，《樂府》作已，一作野**蕭瑟**一作颼，一作颸，一作颯㈣，**青是烽**一作人**烟白是骨**。**焉**於虔切**得附書與我軍**㈤，**忍待明年莫倉卒**音猝㈥。

青坂，傷中官之促戰也。大敗之餘，正宜練

兵休息，自中使促師，隔朝再戰，而白骨委於荒郊，則喪師辱國之罪，有分其責者矣。公深識兵機，而欲堅待明年，其後香積寺之捷，果在至德二載。

㊀《莊子》：天寒既至。古樂府：飲馬長城窟。曰數騎馳突，見彼壯而我怯也。

三軍，劉秩將中軍，自武功入，故曰飲馬太白窟。錢箋：太白山，在武功縣去長安二百里。琯先分

㊁《唐書》：室韋，東方之北邊黄頭奚部也，奚亦東夷種。東北契丹，西突厥，南白狼河，北霫。《安禄山事跡》：禄山反，發同羅、奚、契丹、室韋、曳落河之衆，號父子軍。

㊂《漢書》：士力能彎弓，盡爲甲騎。馳突，見本卷前。

㊃庾信詩：蕭瑟風聲慘。

㊄陳琳書：我軍過之，若駭鯨之觸細網。時公陷賊中，故欲附書我軍。

㊅忍待，堅忍以待也。陳琳書：中材處之，殆難倉卒。王濬《自理書》：兵人定見，不可倉卒。

朱鶴齡曰：考史：琯欲持重有所伺，中人邢延恩等促戰，倉皇遂及於敗。詩云「忍待明年莫倉卒」，即琯持重意也。噫！陳陶之敗，與潼關之敗，其失皆以中人促戰，不當專爲琯罪也，故子美深悲之。

避地

顧注：當是至德元載冬作，蓋避地白水鄜州間，竄歸鳳翔時也。此詩見趙次公本，但注云至

德二載丁酉作，非也。今從顧氏。

避地歲時晚㊀，**竄身筋骨勞**㊁。**詩書遂**嚴滄浪《詩話》作遂，一作逐**牆壁**㊂，**奴僕且旌旄**㊃。**行在僅聞信**㊄，**此生隨所遭**㊅。**神堯舊天下**㊆，**會見出腥臊**㊇。上四避亂傷時，下思遭逢新主而光復舊物也。能寫出皇皇奔赴之情，汲汲匡時之志。

㊀張協《七命》：違世陸沉，避地獨竄。

㊁劉楨詩：竄身清漳濱。　王充《論衡》：筋骨之力。

㊂陶潛詩：詩書塞座外。　《漢·獻帝紀》：帝還洛陽，百官披荆棘，倚牆壁間。

㊃《前漢書贊》：衛青奮於奴僕。　司馬相如《報蜀守臣書》：旌旄所指。　舊注謂：至德二載五月，朝廷自清渠之敗，以官爵收散卒，凡應幕入官者，皆衣金紫，所謂奴僕旌旄也。今按：此詩作於元年之冬，尚未見此事。盧注云：公陷賊時，方冀朝廷將士反正不暇，豈得以奴僕旌旄輒爲譏彈，當是指賊黨，如田乾真、蔡希德、崔乾祐之徒，各擁旌旄耳。

㊄天子所至曰行在，指肅宗也。

㊅陶詩：聊復得此生。

㊆唐高祖禪位太宗，故稱神堯皇帝。

㊇《焦氏易林》：汗臭腥臊。《禮記注》：犬曰腥，羊曰臊，此指禄山也。

對雪

至德元載十月，房琯大敗於陳陶斜，詩正爲是而作。　鮑照詩：對雪滿空枝。　洪仲云：若今人命題，對雪下，必云懷某事。今人詩味之短，以鑄題長；古人詩味之長，以鑄題短也。

戰哭多新鬼㊀，愁吟獨老翁㊁。亂雲低薄暮㊂，急雪舞迴風㊃。瓢棄樽無緑㊄，爐存火似紅。數州消息斷㊅，愁坐正書空㊆。此詩中間詠雪，而前後俱歎時事，正是有感而賦雪耳。　亂雲急雪，對雪之景。樽空火冷，對雪之況。前曰愁吟，傷官軍之新敗。末云愁坐，傷賊勢之方張。　生注：他詩前景後情，此獨外虛中實，變格也。　琯陳陶之敗，殷浩山桑之敗，皆以宿望僨軍，故用書空事。

㊀《後漢書》：陳寵爲太守，洛陽城每陰雨常有哭聲。寵聞而疑其故，使吏按問，還言：世亂時，此地多死亡者，而骸骨不得葬。寵盡收葬之，自是哭聲遂絶。　新鬼，用《左傳》。

㊁魏文帝書：已成老翁。

㊂王筠詩：連山卷亂雲。　曹操詩：薄暮無棲宿。

㊃隋煬帝《江南曲》：湖上雪，風急墮還多。　沈佺期《玩雪》詩：颯沓舞迴風。

㊄沈約詩：憂來命緑樽。

㊅數州，指近賊之境。

㊆《世説》：殷浩坐廢，終日書空，作咄咄怪事四字。

元日寄韋氏妹

鶴注：詩云「京華舊國移」，謂肅宗行宮在靈武也，此是至德二載元日所作。韋氏妹，妹嫁韋氏也，即同谷詩所云「有妹有妹在鍾離」者。

近聞韋氏妹，迎在漢鍾離㊀。**郎伯殊方鎮**㊁，**京華舊國移**㊂。**秦**一作春**城迴北斗**㊃，**郢樹發南枝**㊄。**不見朝**音潮**正**平聲**使**去聲㊅，**啼痕滿面垂**。此公在亂而思妹也。鍾離無恙，京國已非，有世事滄桑之感。秦城，公所居。郢樹，妹所在。斗迴枝發，此元日春景。朝使路梗，傷音信莫通也。　郎伯作鎮，蓋仕於鍾離，故慨朝正使而并及之。

㊀《漢書·地理志》：鍾離縣，屬九江郡。邵注：今爲鳳陽府臨淮縣。

㊁《子夜歌》：故使儂見郎。《詩》：自伯之東。婦人稱其夫曰郎、曰伯。《西都賦》：殊方異類。

㊂郭璞詩：京華遊俠窟。《莊子》：舊國舊都，望之悵然。

㈣李爽詩：城形類北斗。回北斗，即斗柄東而天下皆春意。

㈤希曰：《楚辭・哀郢》：望長楸而太息兮，涕淫淫其若霰。注：顧望楚都，見其大道長樹，悲而太息。此郢樹所自來也。按：鍾離，春秋時屬楚地，故云郢樹。古詩：越鳥巢南枝。

㈥《左傳》：諸侯朝正於王，王宴樂之，爲之賦《湛露》。《唐會要》：天寶六載，敕中書門下省，自今以後，諸道應賀正使，並取元日，隨京官例，序立便見。

春望

鶴注：此當是至德二載三月，陷賊營時所作。三月者，指季春三月。趙氏謂：禄山反於天寶十四載之十一月，至次年正月爲三月。失於不考耳。顧宸云：十五年正月，明皇在長安，六月始幸蜀，安得謂之破。是時公移家在奉先，五月方入鄜州，道路未嘗隔絶，安得云「家書抵萬金」？當從鶴說爲正。

國破山河在㈠，**城春**一作荒**草木深**㈡。**感時花濺淚**㈢，**恨別鳥驚心**㈣。**烽火連三月**㈤，**家書抵萬金**㈥。**白頭搔更短**㈦，**渾**平聲**欲不勝**平聲**簪**㈧。此憂亂傷春而作也。上四，春望之景，覩物傷懷。下四，春望之情，遭亂思家。趙汸曰：烽火句，應感時。家書句，應恨別，但下句又因上句而生。髮白更短，愁亂思家所致。

㊀《齊國策》：王蠋曰：「國破君亡，吾不能存。」　庾信詩：山河不復論。

㊁《吕氏春秋》：春氣至，則草木生。

㊂《楚辭》：余感時兮悽愴。　《拾遺記》：漢獻帝爲李傕所敗，后以淚濺帝衣。

㊃秦嘉詩：一别懷萬恨。　聞人蒨詩：林有驚心鳥，園多奪目花。

㊄《燕國策》：習騎射，謹烽火。　《史記》：項羽燒秦宫室，火三月不滅。　王勃詩：物色連三月。

㊅魏文帝書：價越萬金。

㊆古樂府：白頭不相離。　《詩》：搔首踟躕。

㊇鮑照詩：白髮零落不勝簪。

司馬温公曰：古人爲詩，貴於意在言外，使人思而得之，故言之者無罪，聞之者足以戒。近世唯杜子美，最得詩人之體，如《春望》詩「國破山河在」，明無餘物矣；「城春草木深」，明無人跡矣。花鳥平時可娱之物，見之而泣，聞之而悲，則時可知矣。他皆類此。

得舍弟消息二首

鶴注：詩云「兩京三十口」，又云「烽舉新酣戰」，當是天寶十五年作。

近有平陰信㈠，遥憐舍弟存。側身千里道㈡，寄食一家村㈢。烽舉新酣戰㈣，啼垂舊血痕。不知臨老日，招得幾時一作人魂㈤。首章，初得消息，憐弟而復自傷也。趙汸注：次句，有吾以汝爲死矣之意。側身，言避寇不敢正行。一家村，指平陰荒僻之鄉。二句正述所傳之信。趙注：酣戰曰新，見殺伐未休。血痕曰舊，見亂離已久。招得幾時魂，恐死期將至，不復相會也。

㈠《春秋》：昭二十三年，晉師在平陰。《史記》：陳平降漢，王使參乘，監諸將南渡平陰津至洛陽。平陰，乃古津濟處也。《唐書》：平陰縣，隋屬濟州，天寶十三載州廢，縣屬鄆州。

㈡《楚辭》：欲側身而無所。孫楚詩：餞我千里道。

㈢《史記》：韓信寄食於漂母。《戰國策》：馮煖貧乏，不能自存，使人屬孟嘗君，寄食門下。江淹書：俛首求衣，斂眉寄食。

㈣《喻巴蜀文》：烽舉燧燔。《淮南子》：魯陽公與韓戰，戰酣，日暮，援戈而麾之。《韓非子》：酣戰之時。

㈤《楚辭》有《招魂》篇。

其二

汝懦歸無計，吾衰往未期。浪傳烏鵲喜㈠，深負鶺鴒詩㈡。生理何顔面㈢，憂端且歲時㈣。兩京三十口㈤，雖在命如絲㈥。次章，叙兄弟遠離，而歎資生無計也。弟不能歸，空傳烏鵲之喜。

公不能往，深負鶺鴒之詩。見雖有消息，而彼此懸隔也。　何顏面，窮困而慚，且歲時，銷憂無日。家口危如絲髮，不但兄弟兩人難保矣。

㊀《西京雜記》：乾鵲噪而行人至。　《隨筆》云：北人以烏聲爲喜，鵲聲爲非。南人聞鵲噪則喜，聞烏聲則唾而逐之，至於絃弩挾彈，擊使遠去。《北齊書》：奚永落與張子信對坐，有鵲鬬於庭樹間，子信曰：「鵲言不善，當有口舌事。今夜有喚，必不得往。」子信去後，高儼使召之，且云勅喚，永落詐稱墮馬，遂免於難。白樂天在江州，《答元郎中楊員外喜烏見寄》曰：「南宮鴛鴦地，何忽烏來止。故人錦帳郎，聞烏笑相視。疑烏報消息，望我歸鄉里。我歸應待烏頭白，慚愧元郎誤歡喜。」然則鵲言固不善，而烏亦能報喜也。

㊁《詩》：鶺鴒在原，兄弟急難。

㊂陸機詩：生理各萬端。

㊃柳惲詩：獨枕悵憂端。　謝靈運詩：兩京愧佳麗。

㊄張遠注：兩京，公在西京，弟在東京也。三十口，合公與弟家屬而言，公《赴奉先》詩「老妻寄異縣，十口隔風雪」，止言十口，可明徵矣。

㊅《後漢·劉茂傳》：孫福爲賊所圍，命如絲髮。

憶幼子

鶴注：此至德二載春，公在長安作。　公幼子宗武，小名驥子。

驥子春猶隔㈠，鶯歌暖正繁㈡。別離驚節换㈢，聰慧晉作惠**與誰論**平聲**㈣。澗水空山道㈤，柴門老樹村㈥。憶渠愁只**荆作即，一作正**睡，炙背俯晴軒㈦。**此章，情景間叙。鶯歌節换，言景。驥子隔誰論，言情。澗水柴門，家在鄜州之景。愁睡晴軒，長安思子之情。　春猶隔，自去夏離家，至春猶隔也。　趙汸注：本是聽鶯歌而憶幼子，起用倒叙法，即所云「恨别鳥驚心」也。

㈠《北史》：裴宣明二子景鸞、景鴻，並有逸才，河東呼景鸞爲驥子，景鴻爲龍文。

㈡黄生注：鶯歌，暗比學語之兒。樂府古詞：花笑鶯歌詠。盧照鄰詩：鶯啼知歲隔。

㈢蘇武詩：良友遠别離。　鮑照詩：何言淹留節回换。

㈣諸葛武侯《與兄瑾書》：瞻今八歲，聰慧可愛。

㈤《尚書》孔安國傳：通道所經，有澗水壞道。　魏徵詩：空山啼夜猿。

㈥曹植詩：柴門何蕭條。　《抱朴子》：午日稱仙人者，老樹也。

㈦嵇康《與山濤書》：野人有快炙背而美芹子者。　生注：俯字善畫炙背之態。何遜詩：晴軒連瑞氣。

一百五日夜對月

此至德二載，寒食時，公在長安作也。《杜臆》：詩題不云寒食對月，而云一百五日，蓋公以去年冬至，棄妻出門，今計其日，見離家已久也。《荆楚歲時記》：去冬至一百五日，即有疾風甚雨，謂之寒食。注：據曆，合在清明前二日。

無家對寒食㈠，**有淚如金波**㈡。**斫却**顧陶本作折盡**月中桂**㈢，**清光應**平聲**更多**㈣。**仳**普米切**離放紅蕊**㈤，**想像顰**舊作嚬，非**青蛾**晉作娥，非㈥。**牛女漫愁思**去聲㈦，**秋期猶渡河**㈧。此章對月思家而作。黄生注：前半，寫思家之意，然無家二字，已暗埋五六。後半，寫家人之情，然牛女二字，又彼此雙綰。此詩，人驚其出語之奇，不知其布局之整。又曰：仳離照無家，放蕊照寒食，顰蛾照有淚，牛女又照青蛾，即月下所見者。斫桂光多，欲借此以豁愁懷。牛女渡河，豫言聚首有期。是年克復西京，果在深秋之候。

㈠《詩》：樂子之無家。《丹鉛録》：季春火將王，又已屬火，故禁火而使寒食，俗傳爲子推而然，非也。又見《周禮・司烜氏》。

㈡月映波中，如金光閃爍，故云金波。此借波字説淚。漢《郊祀歌》：月穆穆以金波。

㊂申涵光曰：「斫却月中桂，清光應更多」，似俗傳汪神童詩。虞喜《安天論》：俗傳月中仙人桂樹，今視其初生，仙人之足，漸已成形，桂樹後生。《酉陽雜俎》：月桂高五百丈，下有一人常斫之，樹創隨合，人姓吴，名剛，西河人，學仙有過，謫令伐樹。《何氏語林》：徐稚年七歲，嘗月下戲，人語之曰：「若使月中無物，當極明耶？」

㊃梁簡文帝詩：明月吐清光。

㊄《詩》：有女仳離，啜其泣矣。仳離，别離也。仳離二字略讀，言當此仳離而紅蕊自放也。對蕊嚬眉，猶云「感時花濺淚」。朱注却以蕊指月桂，蛾指嫦娥，不切。陸機詩：軟顔收紅蕊。

㊅《楚辭》：思故舊以想像。嚬，蹙眉也。公詩「燭滅眉嚬」可證。張伯英《與朱寬書》：西施心疼，捧心嚬眉。《詩》：螓首蛾眉。注：蠶蛾之眉，細而長曲。宋南平王詩：佳人舉袖耀青蛾。

㊆世説：牛、女二星，隔河而居，每七夕則渡河而會。《齊諧記》：桂陽城武丁，有仙道，謂其弟曰：「七月七日織女當渡河，諸仙悉還宫。」弟問：「何事渡河？」曰：「織女暫詣牽牛。」秦嘉詩：愁思難爲數。

㊇《詩》：秋以爲期。

《夢溪筆談》：此詩次聯，不拘對偶，疑非律體。然起二句，明係對舉，謂之偷春格，如梅花偷春色而先開也。

羅大經曰：太白詩：「剗却君山好，平鋪湘水流。」子美詩：「斫却月中桂，清光應更多。」二公所以爲詩人冠冕者，胸襟闊大故也，此皆自然流出，不假安排。

楊誠齋云：東坡詩：「我持此石歸，袖中有東海。」亦此類也。

此詩一二對起，三四散承，用偷春格也，初唐人常有之。盧照鄰《關山月》詩：「塞垣通碣石，鹵障逐祁連。相思在萬里，明月正孤懸。影移金岫北，光斷玉門前。寄言閨中婦，時看鴻雁天。」宋之問《晚泊湘江》詩：「五嶺棲遲地，三湘憔悴顔。況復秋雨霽，表裏見衡山。路逐鵬南轉，心依雁北還。惟餘望鄉淚，更染竹成斑。」宋詩上四言景，下四言情，兼參雙扇格矣。杜詩又云：「入河蟾不没，搗藥兔長生。」月桂、蟾兔，前注各有徵引。《隨筆》云：《酉陽雜俎・天咫篇》載月星神異數事，其命名之義，取《國語》楚靈王曰「是知天咫，安知民則」之說。其記月中蟾桂，引釋氏書，言須彌山南面有閻扶樹，月過樹，影入月中。或言月中蟾桂，地影也。空處，水影也。坡公《鑒空閣》詩：「月明本自明，無心孰爲境。掛空如水鑒，寫此山河影。我觀大瀛海，巨浸與天永。九州居其間，無異蛇盤鏡。空水兩無質，相照但耿耿。妄云桂兔蟆，俗說皆可屏。」正用此說。

遣興去聲

此亦陷賊時所作。

驥子好男兒㈠，前年學語時㈡。問知人客姓㈢，誦得老夫詩。世亂憐渠小，家貧仰去聲母慈㈣。鹿門攜不遂㈤，雁足繫音計難期㈥。一云：鹿門攜有處，鳥道去無期。天地軍麾滿㈦，山河戰角悲㈧。儻一作東歸免相失，見日一作爾敢辭遲。此詩遥憶幼子也。上四憶從前，中四歎現在，末四思將來。知客、誦詩，承學語來。鹿門句，傷妻子相隔。雁足句，慨音信不通。《杜臆》：世亂二句，愛隔情深。儻歸一結，語寬心急。

㈠《晉書·張后傳》：老物不足惜，慮困我好兒耳。
㈡陶潛詩：弱子戲我側，學語未成音。
㈢《國語》：宜爲人客。
㈣洙曰：嵇叔夜母凡鞠育有慈無威。
㈤《後漢書》：龐德公攜妻子登鹿門山，採藥不返。《襄陽記》：鹿門山舊名蘇嶺山，習郁立神祠於山，刻二石鹿夾道口，俗因以名廟，并名其山。
㈥《蘇武傳》：漢使者言天子射上林中，得雁，足有繫帛書，知武所在。
㈦《漢·高帝紀》：諸侯罷戲下。顔師古注：戲謂軍之旌麾。杜審言詩：軍麾動洛城。
㈧《晉書》：蚩尤氏帥師魑魅，與黄帝戰於涿鹿，帝乃命吹角爲龍吟以禦之。

塞朱音先側切蘆子

此詩屬至德間陷賊中作。塞，屯兵以塞此關也。錢箋：《元和郡縣志》：塞門鎮，在延州延昌縣西北三十里。鎮本在夏州寧朔縣界，開元二年，移就蘆子關南金鎮所安置。蘆子關屬夏州，北去鎮一十八里。

五城何迢迢㈠，迢迢隔河水。邊兵盡東征㈡，城内空荆杞㈢。思明割懷衛㈣，秀巖西未已。迴一作迴**略大荒來**一作東㈤**，崤函蓋虛爾㈥。**此詩爲籌邊而作也。首言撤兵東征，邊方單弱，恐寇來西突，不由近關也。

㈠五城，指定遠、豐安及三受降城。庾信詩：五城鄰北極。五城，在黄河之北，故曰隔河水。

㈡《漢書》：陳豨監趙代邊兵。《通鑑》：禄山反，邊兵精鋭，皆徵發入援，謂之行營。留兵殘弱，匈奴蠶食之。　《詩》：周公東征，四國是皇。

㈢阮籍詩：堂上生荆杞。

㈣《唐書》：史思明，胡人也，本名窣于，玄宗改爲思明。高秀巖，本哥舒翰將，降賊爲僞河東節度使。　錢箋：至德二載，思明自博陵寇太原，舍河北而西，故曰「割懷衛」。秀巖自大同與思明合兵，故曰西未已。二賊欲取太原，將長驅朔方、河隴也。　朱注：懷州河内郡，衛州汲郡，俱屬河北道。

㈤《山海經》：大荒之中，有大荒山，日月所入，是謂大荒之野。

㈥《過秦論》：孝公據崤函之固。《漢書注》：崤山，今陝縣二崤是也。函谷，今桃林縣南洪溜澗是也。　師氏曰：虛，言其無備禦。《杜臆》：雍州山從西北來，地勢西高東下，故關中視中原其勢俯，視羌戎其勢仰，函關之險，特對中原而言，若賊從蘆關來，則函關不足恃矣，故云：「迴略大荒來，函關蓋虛耳。」

延州秦北户㊀，**關防猶可倚。焉**於虔切**得一萬人，疾驅塞**先側切**蘆子。岐**一作頃**有薛大夫**㊁，**旁制山賊起。近聞昆戎徒**㊂，**爲**去聲**退三百里。**此言延州要地，亟宜防守，所幸景仙犄角，得遏敵衝也。

㊀《舊唐書》：延州中都督府，屬關内道，在京師東北六百三十一里。扶風，即古岐周地。

㊁《通鑑》：至德元載七月，以陳倉令薛景仙爲扶風太守兼防禦使，賊遣兵寇扶風，景仙擊却之，京畿豪傑往往殺賊官吏，遥應官軍。賊兵所及者，南不出武關，北不過雲陽，西不過武功。江淮奏請之蜀之靈武者，皆自襄陽取上津路抵扶風，道路無壅，皆景仙之力也。

㊂《前漢・楊惲傳》：昆戎舊壤。昆夷犬戎，比近境賊徒。

蘆關扼兩寇，深意實在此。誰能一作敢**叫帝閽**陳作門㊀，**胡行速如鬼**㊁。此結防寇本意，欲緊扼蘆關之險也。兩寇，指思明、秀巖。此章前二段各八句，後段四句收。

㊀揚雄《甘泉賦》：選巫咸兮叫帝閽。

㊁《左傳》：其行速，遇險而不整。《詩》：如鬼如蜮。

朱鶴齡曰：《唐書・方鎮表》：朔方節度，領定遠、豐安二軍及東中西三受降城，五城當以此爲據。張説爲朔方節度大使，往巡五城，措置兵馬。元載請城原州云，北帶靈武五城，爲之羽翼，皆即此詩所指也。《地理志》載夏州朔方縣，有烏延、宥州、臨塞、陰河、陶子等城，在蘆子關北，乃長慶四年節度使李祐築，鮑欽止引之以證此詩，誤矣。《夢溪筆談》以宋時延州五城爲杜詩五城，尤誤。又曰：此詩首以五城爲言，蓋憂朔方之無備也。高、史二寇合力攻太原，克太原才渡河而西，即延州界，北出即朔方五城。朔方節度治靈州。靈距延才六百里爾。靈武爲興復根本，公恐二寇乘虚入之，故欲以萬人守蘆關，牽制二寇使不得北。塞字作壅塞解。時太原幾不守，幸禄山死，思明走歸范陽，勢甚岌岌，公故深以爲慮也。「誰能叫帝閽」即《悲青坂》所云「焉得附書與我軍」也。此本陷賊時詩，諸本多誤解，故次在收京之後。

王嗣奭曰：此篇直作籌時條議，剴切敷陳，灼見情勢，真可運籌決勝，若徒以詩詞目之，則猶文人之見也。

哀江頭

鶴注：此至德二載春日，公陷賊中作。　長安朱雀街東，有流水屈曲，謂之曲江。此地在秦爲宜春苑，在漢爲樂遊園。開元疏鑿，遂爲勝境，其南有紫雲樓、芙蓉苑，其西有杏園、慈恩寺。江側菰蒲葱翠，柳陰四合，碧波紅蕖，依映可愛。　黄生曰：詩意本哀貴妃，不敢斥言，故借江頭行幸處標爲題目耳。

少去聲陵野老吞聲哭㈠，春日潛行曲江曲㈡。江頭宮殿鎖千門㈢，細柳新蒲爲去聲誰緑㈣。此見曲江蕭條而作也。首段有故宮離黍之感。曰吞聲、曰潛行，恐賊知也。曰鎖門、曰誰緑，無人跡矣。

㈠錢箋：程大昌《雍録》：少陵原，在長安縣西南四十里。宣帝陵在杜陵縣，許后葬杜陵南園。師古曰：即今所謂小陵者也，去杜陵十八里。朱注：他書俱作少陵，杜甫家在焉，故自稱杜陵老，亦曰少陵也。《恨賦》：莫不飲恨而吞聲。

㈡《韓非子》：張孟談曰：「臣試潛行而出。」

㈢隋煬帝詩：三月三日向江頭。《後漢·順帝紀》：修飾宮殿。王筠詩：千門皆閉夜何央。

㈣枚乘賦：吁嗟細柳。謝靈運詩：新蒲含紫茸。

憶昔霓旌下去聲南苑㈠，苑中萬物生顏色㈡。昭陽殿裏第一人㈢，同輦隨君侍君側㈣。輦前才一作詞人帶弓箭㈤，白馬嚼一作噍齧黃金勒㈥。翻身向天一作空仰射音石雲㈦，一笑《正異》作笑，別本作箭，蔡君謨作發正墜雙飛翼㈧。此憶貴妃遊苑事，極言盛時之樂。苑中生色，佳麗多也。昭陽第一，寵特專也。同輦侍君，愛之篤也。射禽供笑，宮人獻媚也。

㈠《高唐賦》：蜺爲旌，翠爲蓋。《兩都賦》：虹旃霓旌。《雍録》：曲江在都城東南，其南即芙蓉苑，故名南苑。

㈡宋之問詩：苑中落花掃還合。古樂府：萬物生光輝。陸機詩：灼灼美顏色。

㊂《漢書》：飛燕立爲皇后，寵少衰。女弟絶幸，爲昭儀，居昭陽殿。唐注：李白詩：「宫中誰第一，飛燕在昭陽。」亦指楊妃也。

㊃《漢書》：成帝游於後庭，欲與班婕妤同輦。《莊子》：謦欬吾君之側。一句中曰同，曰隨，曰侍，似乎重複。楊慎曰：古人文辭有不厭鄭重者。《詩》云：昭明有融，高朗令終。《易》曰：明辨晰也。《左傳》曰：遠哉遥遥。宋玉賦：旦爲朝雲。古樂府：暮不夜歸。邯鄲淳碑：丘墓起墳。《後漢書》：食不充糧。在今人則以爲複矣。

㊄《舊唐書·百官志》：内官，才人七人，正四品。曹植《七啟》：亦將有才人妙妓。《搜神記》：李楚賓帶弓箭游獵。

㊅何遜詩：柘彈隋珠丸，白馬黄金勒。《明皇雜録》：上幸華清宫，貴妃姊妹各購名馬，以黄金爲銜勒。阮籍《亢父賦》：被害嚼齧。

㊆曹植詩：翻身上京。《謝氏詩源》：更嬴善射，能仰射入雲中，以一囊繫箭頭而射，名曰鎖雲。《杜臆》：上云仰射，則一箭不待言矣。

㊇一笑，指貴妃。下文明眸皓齒，就笑容言。宋玉《好色賦》：嫣然一笑。潘岳《射雉賦》：昔賈氏之如皋，始解顔於一箭。《隋書》：長孫晟射雕，一發雙貫。潘尼詩：舉戈落雙飛。張九齡詩：欲寄雙飛翼。

明眸皓齒今何在㊀？血污烏故切遊魂歸不得㊁。清渭東流劍閣深㊂，去住彼此無消息㊃。

人生有情淚沾臆㈤，江草一作水江花豈終極㈥。黄昏胡騎去聲塵滿城㈦，欲往城南望城一作忘城，一作忘南北㈧。此慨馬嵬西狩事，深致亂後之悲。妃子遊魂，明皇幸劍，死别生離極矣。江草江花，觸目增愁，城南城北，心亂目迷也。此章，四句起，下二段各八句。

㈠曹植《洛神賦》：丹唇外朗，皓齒内鮮，明眸善睞，靨輔承權。

㈡吴均詩：血污秦王衣。《易》：游魂爲變。《唐・后妃傳》：安禄山反，以誅國忠爲名。及西幸，過馬嵬，陳玄禮等以天下計誅國忠。已死，軍不解，帝遣力士問故，曰：「禍本尚在。」帝不得已，與妃訣，引而去，縊路祠下。《唐國史補》：玄宗幸蜀，至馬嵬驛，縊貴妃於佛堂梨樹之前。《太真外傳》：妃死，瘗於西郭之外一里許道北坎下，時年三十八歲。錢箋：帝由便橋渡渭，自咸陽望馬嵬而西，由武功入大散關、河池、劍閣，以達成都。

㈢《西征賦》：北有清渭濁涇。《山海經注》：渭水出隴西首陽縣鳥鼠同穴山。左思《蜀都賦》：緣以劍閣。注：劍閣，谷名，自蜀通漢中道。

㈣蔡琰《笳曲》：去住兩情兮難具陳。虞羲詩：君去無消息。

㈤陶潛詩：人生似幻化。謝朓詩：有情知望鄉。樂府：拾得楊花淚霑臆。

㈥江頭花草豈終極乎，蓋望長安之興復也。梁簡文帝詩：江花玉面兩相似。曹植詩：天地無終極。

㈦《淮南子》：薄於虞泉，是謂黄昏。《前漢・周勃傳》：擊胡騎平城下。

㈧原注：甫家居城南。　朱注：陸游《筆記》：「欲往城南忘城北」，言迷惑避死，不能記其南北也。荆公集句兩篇：皆作望城北，蓋傳本偶異耳。　北人謂向爲望，欲往城南乃向北，亦不能記南北之意。　曹植《吁嗟篇》：當南而更北，謂東而反西。　古樂府：戰城南，死郭北。

王嗣奭曰：曲江頭，乃帝與貴妃平日遊幸之所，故有宫殿。　公追遡亂根，自貴妃始，故此詩直述其寵幸宴遊，而終之以血污游魂，深刺之以爲後鑒也。

「清渭東流劍閣深」，唐注謂託諷玄、肅二宗。　朱注闢之云：肅宗由彭原至靈武，與渭水無涉。　朱又云：渭水，杜公陷賊所見。　劍閣，玄宗適蜀所經。　去住彼此，言身在長安，不知蜀道消息也。　今按：此説亦非，上文方言馬嵬賜死事，不應下句突接長安。　考馬嵬驛，在京兆府興平縣，渭水自隴西而來，經過興平，蓋楊妃藁葬渭濱，上皇巡行劍閣，是去住西東，兩無消息也。　唯單復注，合於此旨。

蘇轍曰：杜陷賊時，有《哀江頭》詩，予愛其詞氣，若百金戰馬，注坡驀澗，如履平地，得詩人之遺法。如白樂天詩詞甚工，然拙於紀事，寸步不遺，猶恐失之，所以望老杜之藩垣而不及也。

潘氏《杜詩博議》云：趙次公注引蘇黄門，嘗謂其姪在進云：《哀江頭》即《長恨歌》也。《長恨歌》費數百言而後成，杜言太真被寵，只「昭陽殿裏第一人」足矣。　言從幸，只「白馬嚼齧黄金勒」足矣。　言馬嵬之死，只「血污游魂歸不得」足矣。　按黄門此論，止言詩法繁簡不同耳，但《長恨歌》本因《長恨傳》而作，公安得預知其事而爲之興哀。　《北征》詩「不聞殷夏衰，中自誅褒妲」，公方以貴妃之死，卜國家中興，豈應於此詩爲天長地久之恨乎？

《迂叟詩話》：唐曲江，開元天寶間旁有殿宇，安史亂後，其地盡廢。文宗覽杜甫詩云：「江頭宫殿鎖千門，細柳新蒲爲誰緑。」因建紫雲樓、落霞亭，歲時賜宴，又詔百司於兩岸建亭館焉。

黄生曰：此詩半露半含，若悲若諷。天寶之亂，實楊氏爲禍階，杜公身事明皇，既不可直陳，又不敢曲諱，如此用筆，淺深極爲合宜。又曰：善述事者，但舉一事，而衆端可以包括，使人自得其於言外，若纖悉備記，文愈繁而味愈短矣。《長恨歌》今古膾炙，而《哀江頭》無稱焉，雅音之不諧俗耳如此。

大雲寺贊公房四首

此詩黄鶴編在至德二載陷賊時，以詩中有泥污人、塵沙黄、國多狗等語也。其連章次序，今依朱本，先後秩然，他本不免顛錯。《長安志》：大雲經寺，在京城朱雀街南，懷遠坊之東南隅，本名光明寺。武后初幸此寺，沙門宣政進大雲經，經中有女主之符，因改名焉。令天下諸州置大雲經寺。鍾惺曰：詩有一片幽潤靈妙之氣，浮動筆端，拂拂撩人，此排律化境也，不宜列在古詩。

心在水精晶**通域**㈠**，衣霑春雨時**㈡**。洞門盡徐步**㈢**，深院果幽期**㈣**。到**一作倒**扉**一作屝**，非開復閉，撞鐘齋及兹**㈤**。醍醐長發性**㈥**，飲**一作飯**食過扶衰**所追切㈦**。把臂有多日**㈧**，開懷**

無愧辭㈨。黄鸝一作鶯度結構㈩，紫鴿下去聲罘音浮罳音思，一云芳菲⑪。愚一作芳意會所適，花邊行自遲。湯休起我病⑫，微笑索所則切題詩⑬。此初過寺中而記其勝概。到扉六句，叙事言情。黄鸝六句，叙景言情。水精域，地清也。春雨時，氣和也。扉開復閉，正值齋時，醍醐二句蒙此。吴論：開懷享此，絶無愧詞，以對方外人，不用世法語也。黄鸝紫鴿，深院春禽。《杜臆》：意適行遲，詩興動矣。微笑索題，知己會心也。

㈠江總《大莊嚴寺碑》：影徹琉璃之道，光遍水精之域。

㈡《管子》：五政順時，春雨乃來。

㈢《漢書·董賢傳》：重殿洞門。注：言門門相當也。《雜寶積經》：寂静徐步。

㈣沈佺期詩：自憐深院得迴翔。謝靈運《撰征賦》：果歸期於願言。又詩：平生協幽期。果，果如所期也。

㈤《記》：善待問者如撞鐘。僧家設齋，每撞鐘而會食。

㈥潘鴻曰：《涅槃》譬云：從熟酥出醍醐，譬般若波羅蜜出大涅槃。《唐本草》：醍醐，酥之精液。洙曰：釋經，言聞正法，如食醍醐然。潘鴻曰：《止觀輔行》云：見是慧性發，必依觀，禪是定性發，必依止。此發、性二字所本。

㈦《前漢·食貨志》：扶衰養疾，百禮之會，非酒不行。

㈧《絶交論》：把臂之英。

㈨潘岳誄：苟莫開懷，於何不至。《左傳》：祝史昭信於鬼神，無愧辭。宋登樂府歌：禮無爽物，信靡媿辭。

㈩何晏《景福殿賦》：其結構則修梁彩制。

⑪王褒《善行寺碑》：四禪災起，鴿影傳輝。潘曰：紫鴿暗用釋氏鴿入佛影，心不驚怖之語。《雍録》：罘罳，鏤木爲之，其中疏通，或爲方空，或爲連瑣，其狀扶疏，故曰罘罳。又有網户者，刻爲連文，遞相綴屬，其形如網。後世遂有直織絲網，張之簷窗，以護禽雀。又祥見十六卷。

⑫《南史》：沙門惠休，善屬文，孝武帝命還俗，本姓湯，位至揚州從事。詩借湯休，以比贊公。《七發》：太子能强起聽之乎？太子曰：「僕病未能也。」《杜臆》：病謂詩癖，此另一説。

⑬《傳燈録》：釋迦拈起一花，迦葉微笑，遂授以正法眼藏。《洛陽伽藍記》：題詩花圃。

其二

細軟青絲履㈠，光明白氎音疊巾㈡。深藏供老宿㈢，取用及吾身。自顧轉無趣，交情何尚新㈣。道林才不世㈤，惠遠德過平聲人。雨瀉一作滴暮簷竹，風吹春一作青，非井芹。天陰對圖畫㈥，最覺潤龍鱗㈦。此留齋之後，而記其贈物。自顧四句，感贊公交情。雨瀉四句，咏薄暮雨景。老宿，謂高僧。無趣，遭亂失意也。道林、惠遠，借比贊公。龍鱗指壁上圖畫。吴論以圖畫喻山，龍鱗喻松，非是。

㈠隋煬帝《設齋願疏》：色香細軟，遍滿十方。《爾雅》：綸似綸。注：綸，糾青絲也，音關。張華云：綸草如宛轉繩。

㈡《涅槃經》：遇佛光明。　《後漢書注》、《外國傳》曰：諸薄國女子，織作白氎花布。《南史》：高昌國有草，其實如繭，繭中絲如纑，名曰白氎子，國人織以爲布，甚軟白，交市用焉。《大藏一覽》：後漢明帝遣將士往西域迎佛法，至月氏國，遇二梵僧帶白氎，畫釋迦像。洙曰：以白氎布爲手巾。王昌齡詩：手巾花氎净。姜氏曰：白氎子，即棉花子也。唐時未入中國，元朝始傳其種。細軟、光明，用釋氏語，雙關法也。

㈢《傳燈録》：老宿有語，生疏處常令熟熱，熟熱處放令生疏。

㈣孫綽詩：交情遠市約。

㈤《高僧傳》：支遁，字道林，本姓關氏，陳留人，聰明秀徹，每至講肆，善標宗會，一代名流皆著塵外之狎。慧遠，本姓賈氏，雁門樓煩人，性度弘偉，風鑒朗拔，居廬阜三十餘年，化兼道俗。　《風俗通》：汝南應融曰：「祝休伯不世英才，當爲國家幹輔。」

㈥張彦遠《名畫記》：大雲寺東浮圖，有三寶塔，馮楞伽畫車馬并帳幙人物，已剥落。東壁北壁鄭法輪畫，西壁田僧亮畫，外邊四壁楊契丹畫。

㈦《畫斷》：吴道子嘗畫殿内五龍，鱗甲飛動，每欲大雨，即生雲霧。庾信詩：龍來隨畫壁。

其三

燈影照無睡㈠，心清聞妙香㈡。夜深殿突兀㈢，風動金琅璫錢作鋃鐺，《漢書》作琅當㈣**。天黑**

閉春院，地清棲暗芳。玉繩迥一作迴斷絶㊄，鐵鳳森翺翔㊅。梵放時出寺，鐘殘仍殷音隱牀。明朝在沃野，苦見塵沙黄㊆。此記夜間見聞之景。上六，自初寢至夜深。下六，自夜起而將曉。遠注：此首以聞見二字作骨。燈影，見也。妙香，聞也。殿突兀，見也。金琅璫，聞也。天黑二句，聞見俱寂也。玉繩二句，仰而見也。梵放二句，側而聞也。有此見聞之清浄，因以慨沃野之塵沙矣。五更將曉，故玉繩隱跡，而鐵鳳露形。

㊀崔融詩：九陌連燈影，千門照月華。《維摩經》：譬如一燈燃，千百燈冥者皆明。

㊁杜修可曰：《維摩經》：有國名衆香，佛號香積，其界皆以香作樓閣。其國如來，無文字説，但以衆香令諸天人得入律行。菩薩各坐香樹下，聞斯妙香，即獲一切，得藏三昧。希曰：《增一經》：有妙香三種，謂多聞香、戒香、施香。此三香逆風順風無不聞之，最勝無等。吴筠詩：空香清人心。

㊂《海賦》：突兀孤遊。

㊃《漢・西域傳》注：琅璫，長鎖也。今殿塔皆有之，一曰殿角懸鈴，其聲琅璫。希曰：琅璫二字，見《漢書・王莽傳、西域傳》，皆以爲長鎖。後漢因司徒崔烈以琅璫鎖。此詩所用，當指鈴鐸。蘇子瞻「風動琅璫月向低」，洪龜父「琅璫鳴佛屋」，皆本此詩。

㊄《春秋元命苞》：玉衡南兩星爲玉繩。張融《海賦》：連瑶光而交彩，接玉繩以通華。

㊅《西京賦》：鳳騫翥於甍標，咸遡風而欲翔。薛綜注謂作鐵鳳凰，令張兩翼，舉頭敷尾以函屋上，

當棟中央，下有轉樞，常向風如將飛者。《詩》：將翺將翔。

㊆崔融詩：北風捲塵沙。

黄生曰：夜景無月最難寫，惟杜能入妙。「夜深殿突兀」，摹寫逼真，亦在暗中，始覺其然耳。此下句句是暗中景象。

其四

童兒汲井華㊀，慣捷《海録》作健瓶上上聲，一作在手㊁。霑灑不濡地，掃去聲除似無帚㊂。明一作晨霞爛複閣㊃，霽霧搴高牖㊄。側塞先側切被徑花㊅，飄飄委墀一作階柳。艱難世事迫，隱遁佳期後㊆。晤語契深心㊇，那能總鉗口㊈？奉辭還杖策㊉，暫別終回首。泱泱于黨切。一作泱泱泥污去聲人⑪，狺狺與猜通，音銀，舊作听國多狗⑫。既未免羈絆一作寓⑬，時來憩奔走。近公如白雪，執熱煩何有⑭？此記早晨惜別之意。童兒四句，朝起之事。明霞四句，曉時之景。艱難六句，言賓主相投，欲別不忍。泱泱六句，言世亂難容，還期後會。

㊀汲井以供灑掃。《易》：汲井幾至。《本草》：平旦第一汲爲井華水。

㊁金俊明曰：不濡地，似無帚，言灑掃之輕且潔耳。

㊂《周禮》：凡寢中之事掃除。

㊃陸機詩：蔚若明霞爛。薛夢符曰：《廣韻》：複，重也。古詩：阿閣三重階。錢箋：《長安志》：大雲

寺當中寶閣崇百尺，時人謂之七寶。　王勃詩：複閣重樓向浦開。

㊄梁元帝詩：能令雲霧褰。《選注》：褰，開也。

㊅側塞，花多貌。　《招魂》：皋蘭被徑兮斯路漸。

㊆郭璞詩：山川隱遁棲。佳期後，謂遯迹已遲。　謝靈運詩：佳期緬無像。

㊇《詩》：可以晤語。　宋武帝詩：深心屬悲絃。

㊈那鉗口，每談及時事也。　賈誼《過秦論》：鉗口而不言。《潛夫論》：此智士所以鉗口結舌括囊共默者也。

㊉北魏楊衒之《洛陽伽藍記》：青州刺史臨去奉辭。　陸機詩：杖策將遠尋。

(一一)《詩》：維水泱泱。　注：深廣貌。

(一二)《九辯》：猛犬狺狺而迎吠兮。　錢箋：馮已蒼曰：听，疑謹切，笑貌。《上林賦》：無是公听然而笑。與此意義殊遠。　夢弼曰：犷，魚斤切，字當作狺，犬吠聲也。　《左傳》：國狗之瘈，無不噬也。　顧炎武曰：《韓非子·外儲説》：夫國亦有狗。有道之士陳其術，而欲以明萬乘之主，大臣爲猛狗迎而齕之。　鮑昂曰：是時賊將張通儒，收録衣冠，污以僞命，不從者殺之，故云泥污人、國多狗。

(一三)《晉·載記》：馬能千里，不免羈絆。

(一四)遠注：公詩用執熱，俱作熱不可解，言一對贊公，則心地自涼，覺煩囂盡釋矣。

雨過平聲蘇端

原注：端置酒。　此至德二載春，陷賊中詩，末云：「妻孥隔軍壘。」可見。　鶴注：《舊書》：至德二載三月癸亥大雨，至甲戌方止。　《新書·楊綰傳》謂端，憸人也，論綰醜險不實，貶巴州員外司馬。

鷄鳴風雨一云雲交，㊀**久旱雨**對後章晴亦佳，當作雨。　吳氏作雲，恐非**亦好。杖藜入春泥，無食起我早。**首言冒雨訪蘇。　久旱得雨，何云亦好，此照下句而言。　蓋訪友須晴，但旱後得雨，雖雨亦好也。「無食起我早」，猶陶詩言「饑來驅我去」。

㊀師氏注：《鷄鳴》思君子之詩，故寓言乘雨訪友。《詩》：風雨如晦，鷄鳴不已。　風雨交，謂交作。

諸家憶所歷㊀，**一飯**一作飽**跡便**一云更**掃**㊁。**蘇侯得數**音朔**過**平聲，**歡喜每傾倒**㊂。**也**去聲**復**扶又切。一作復也**可憐人**㊃，**呼兒具梨棗**㊄。**濁醪必在眼**㊅，**盡醉攄懷抱。**次記蘇君款待之情。　《杜臆》：一飯掃迹，世情類然，蘇獨數過傾倒，意良厚矣。　又且呼兒具果，延賓取醉，非食而弗愛敬者比。　此即所稱「文章有神交有道」也。

㊀《抱朴子》：諸家不急之書。

㈡《高士傳》：先幾掃跡，虚室依然。跡便掃，絶足不再往也。
㈢《世説》：庾公謂孫公曰：「衛君長雖不及卿諸人，傾倒處亦不近。」
㈣庾信詩：也復何足言。可憐人，言蘇之情誼令人可憐，非謂蘇侯憐公。
㈤《世説》：孔君平詣梁國楊氏，呼兒出爲設果。《淮南子》：梨橘棗栗，不同味而皆調於口。
㈥《恨賦》：濁醪夕引。

紅稠屋角花㈠，**碧秀**一作委**牆隅草**㈡。**親賓縱**一作絶**談謔，喧鬧慰**一作畏**衰老**㈢。**况蒙霈澤垂**㈣，**糧粒或自保**㈤。**妻孥隔軍壘**㈥，**撥棄不擬道**㈦。義從去聲，讀從上聲。末述雨後遣懷之意。花草增妍，糧粒有望。流離窮困中，作對景舒愁語，亦無可如何而安之耳。此章四句起，下兩段各八句。

㈠《北史》：斛律金不識文字，初名敦，苦其難署，改名爲金。神武指屋角，令識之。
㈡傅玄詩：湍深激牆隅。
㈢《月令》：養衰老，授几杖。
㈣陸機《雲賦》：甘澤霶霈。
㈤顔延之《陶徵士誄》：織絢緯蕭，以充糧粒之費。
㈥《詩》：樂爾妻孥。時寄家鄜州，故云隔軍壘。
㈦趙曰：陶潛詩：「撥置自莫念。」末句本此。

喜晴

鶴注：以前篇《雨過蘇端》考之，當是至德二載三月甲戌，雨止之後作。今按：前篇云「久旱雨亦好」，此篇云「既雨晴亦佳」，兩章爲同時作明矣。

皇天久不雨㈠，**既雨晴亦佳**㈡。**出郭眺西**一作四**郊**㈢，**肅肅**一作蕭蕭**春增華**㈣。**青熒陵陂麥**㈤，**窈**烏了切**窕**徒了切**桃李**一作杏**花**㈥。**春夏各有實**㈦，**我饑豈無涯**㈧。首言雨後初晴，麥果有望，以見晴之可喜。

㈠魏文帝《愁霖賦》：仰皇天而太息。《易》：密雲不雨，自我西郊。

㈡又：既雨既處。

㈢《記》：四郊多壘。

㈣陶潛詩：肅肅其風。肅肅，整齊貌。春華，春光華美也。

㈤《西都賦》：琳珉青熒。《莊子》：青青之麥，生於陵陂。王肅《詩注》：善心曰窈，善容曰窕。

㈥曹植詩：容華若桃李。

此借形花意也。

㈦實謂穀實、果實，有實則可以充饑矣。

㈧《莊子》：吾生也有涯，而知也無涯。

干戈雖横去聲放㈠，慘澹鬬龍蛇㈡。甘澤不猶愈㈢，且耕今未賒。丈夫則帶甲㈣，婦女終在家。力難及黍稷㈤，得種菜與麻。次言亂時得雨，耕種可資，尤見晴之可喜。干戈龍蛇，指禄山之亂。猶愈，言猶勝旱乾。未賒，言耕鋤未遲。夫征婦種，遭亂而農事多荒也。

㈠《左傳》：日尋干戈，以相征討。

㈡《世説》：今先集其慘澹。《漢·五行志》：皇極之不建，厥罰恒陰，時則有龍蛇之孽。

㈢陸機《雲賦》：甘澤霶霈。《荆楚歲時記》：夏必有三時雨，田家謂之甘澤。

㈣《國策》：帶甲百萬。

㈤《詩》：黍稷翼翼。

千載上聲商山芝㈠，往者東門瓜㈡。其人骨已朽一作滅㈢，此道誰疵瑕㈣？英賢遇轗軻㈤，遠引蟠泥沙㈥。顧慚昧所適㈦，回首白日斜㈧。漢陰有鹿門㈨，滄海有靈一作雲査槎同㈩。焉於虔切能學衆口⑪，咄咄空一作同咨嗟⑫！末乃自叙己懷，傷亂而欲遠遯也。前引商山東門，思古人之高蹈，英賢二句，乃結上。後引鹿門海槎，愧避世之已遲，顧慚二句，乃起下。雖疊用四事，而意非重複，欲決意遠去，故不作空嗟。此章前兩段各八句，後段十二句收。

㈠《高士傳》：四皓避秦入商雒山，作歌曰：「曄曄紫芝，可以療饑。」
㈡《蕭何傳》：邵平故秦東陵侯，秦破爲布衣，貧，種瓜長安城東，甚美，世謂東陵瓜。
㈢《史記》：老聃曰：「子所言者，其人與骨已朽矣。」
㈣《左傳》：不汝疵瑕。朱注：《龜策傳》：黄金有疵，白玉有瑕。
㈤《楚辭》：轗軻不遇。
㈥孔融《與曹操書》：高翔遠引。《揚子法言》：龍蟠於泥，蚖其肆矣。郭璞《江賦》：混淪乎泥沙。
㈦陶潛詩：顧慚華鬢，負影隻立。顧，念也。
㈧張駿詩：感此白日傾。晉茗華詩：日斜思鼓缶。
㈨盛弘之《荆州記》：龐德公居漢之陰，司馬德操居洲之陽，望衡對宇，歡情自接。希曰：鹿門在漢水之陰，地屬襄陽，非指漢陰郡。漢陰郡乃金州也。
㈩海上查，出《博物志》，見十七卷《秋興》詩注。
⑪甄皇后詩：衆口鑠黄金。
⑫咄咄，用殷浩事，見本卷。《通鑑注》：咄咄，咨嗟語也。《阮籍傳》：咨嗟良久。

杜詩詳注卷之五

送率音帥府程録事還鄉 原注：程攜酒饌相就取別。

鶴注謂乾元元年，在諫省作，據詩云「内愧突不黔」，則非爲拾遺時矣，當是天寶十五年春作。《唐六典》：太子左右衛率府有録事參軍。

鄙夫行衰謝㊀，抱病昏忘一作安**集㊁。常時往還人，記一不識**音志**十。程侯晚相遇㊂，與語才傑立㊃。薰然耳目開㊄，頗覺聰明入。**首言衰病遇程，精神頓豁。《杜臆》：公非真昏忘，待尋常不經意人，則如是耳。

㊀《東都賦》：鄙夫寡識。

㊁《前漢·彭宣傳》：數伏疾病昏亂遺忘。《南史·劉顯傳》：沈約曰：「老夫昏忘，聊記數事，不可至十。」

㊂《家語》：孔子遇程子於途，傾蓋而與之語終日。

㊃才傑立，才氣卓立也。沈佺期詩：彼美稱才傑。《徐穉傳》：角立傑出。
㊄薰乃薰炙之意。《韓詩外傳》：齊桓公得管仲、隰朋，曰：「吾得二子也，吾目加明，吾耳加聰。」

千載上聲得鮑叔㊀，**末契有所及**㊁。**意鍾**一作中**老柏青，義動修蛇蟄**㊂。**若人可數**音朔**見，慰我垂白泣**㊃。**告**一作生**別無淹晷**㊄，**百憂復**扶又切**相襲**。此叙交誼相投。下二，惜别之意。

意鍾青柏，言交情長久。義動蟄蛇，言豪氣激發，此正可方鮑叔處。

㊀《史記》：管仲曰：「生我者父母，知我者鮑叔。」
㊁陸機《歎逝賦》：託末契於後生。
㊂《淮南子》：封豨修蛇。《易》：龍蛇之蟄，以存身也。
㊃《前漢・杜欽傳》：紀陽侯書，誠哀老姊垂白。注：白髮下垂也。鮑照詩：垂白對講書。
㊄陸機詩序：悼心告别。

内愧突不黔㊀，**庶羞以**一作庶明似**賙給**㊁。**素絲挈長魚**㊂，**碧酒隨玉粒**㊃。**途窮見交態**㊄，**世梗悲路澀**㊅。**東風吹春冰，泱漭**一作莽**后土濕**㊆。此叙周卹之情。下二，臨别時景。

㊀《揚子》：墨突不黔。
㊁曹植詩：樂飲過三爵，緩帶傾庶羞。
㊂漢人《爲焦仲卿妻》詩：宛轉素絲繩。
㊃杜修可曰：《酒譜》：安期先生與神女會於圜丘，酣玄碧之酒。《戰國策》：粒米如玉。沈約詩：

玉粒晨炊，華燭夜炳。

㈤《翟方進傳》：一貴一賤，乃見交態。

㈥潘尼詩：世故尚未夷，崤函方路澀。

㈦謝脁詩：晨光復泱漭。

念君惜羽翮，既飽更思戢。莫作翻雲鶻胡骨切**，聞呼向禽急**㈠。末則送別丁寧，囑其歸而斂才也。朱注：上云「與語才傑立」，録事必負才敢爲者，然世難方殷，當思斂戢，故又以向禽之鶻戒之。

此章前三段各八句，末段四句收。

㈠盧注：鶻聞人呼，則向禽而擊。

鄭駙馬池臺喜遇鄭廣文同飲

此詩當作於至德二載之春，是年正月，安慶緒殺禄山，故詩中有燃臍句，想此時賊黨稍縱降官，鄭得回京也。黄鶴疑公與虔皆被拘東都，因飲駙馬池臺。按：公在長安，未嘗至東都，恐長安别有鄭駙馬池臺，不必指河南新安之池臺。又，是年九月，克復西京，十二月，詔定從僞者之罪，虔貶台州司户。若乾元二年春，公在諫省，不應與之同飲流連矣。盧注：題曰廣文，稱舊官，表其志也。

不謂生戎馬㊀，何知共酒杯。燃臍郿塢敗㊁，握宋景文作禿節漢臣回㊂。白髮千莖雪，丹心一寸晉作片灰㊃。首叙廣文回京。平時不謂遭亂，遇亂何知復聚，喜處含悲，二語攝起全意。燃臍握節，幸其脱賊而來。白髮丹心，明其憂在君國也。

㊀《道德經》：天下無道，戎馬生於郊。

㊁《後漢書》：董卓築塢於郿，高厚七丈，號萬歲城。及呂布殺卓，尸卓於市。天時始熱，卓素充肥，脂流於地，守尸吏燃火置卓臍中，光明達曙。《唐書》：至德二載正月，嚴莊與禄山子慶緒，謀殺禄山，使帳下李豬兒以大刀斫其腹，腸潰於牀而死，事與卓類。當時虔陷賊中，僞授水部，詐稱風緩以密章達靈武。蓋雖身在賊庭，而志存王室，故以蘇武比之。

㊂晁以道家有宋子京手書少陵詩一卷，「握節漢臣回」乃是「禿節」。考《本傳》云：蘇武仗漢節牧羊，卧起持旄，節盡落，留十九年而還。楊升菴引《張衡傳》蘇武以禿節效貞爲證。今按：禿節雖本《張衡傳》，然握節字却有三據。《左傳》：襄公之難，公子邛握節以死。《晉書・王機傳》：機入廣州，郭訥衆皆散，乃握節避機，機就訥求節，訥歎曰：「昔蘇武不失其節，前史以爲美談。」祖孫登詩：握節暮看羊。公詩蓋兼用之。且蘇武在外多年，故節旄禿落，鄭陷賊止一年，自當從握節也。

㊃宋之問詩：鬢髮俄成素，丹心已作灰。傅玄詩：丹心爲寸傷。

別離經死一作此地㊀，披寫忽登臺㊁。重平聲對秦簫發，俱過平聲阮宅一作巷來㊂。留連一作醉留**春夜舞**一作席㈣，**淚落强**豈兩切，一作更**徘徊**㈤。一云：醉連春苑夜，舞淚落徘徊。此記同飲心事。次句，點池臺。三四，駙馬叔姪。末乃悲歡離合，一時交集之情，仍與章首相應。此章兩段，各六句。

㈠《韓信傳》：陷之死地而後生。

㈡桓玄書：忝任在遠，是以披寫事實。

㈢《晉書》：阮籍與兄子咸居道南，諸阮居道北。

㈣《齊書·謝朓傳》：留連晤對。

㈤《古詩爲焦仲卿妻》：淚落便如寫。《楚辭》：周徘徊以漢渚。

自京竄至鳳翔喜達行在所

從《英華》諸本，無上六字。朱注：《舊書》：至德二載，肅宗自彭原幸鳳翔時，改扶風爲鳳翔郡。按舊注：公自京竄至鳳翔，在至德二年夏四月。《漢書·武帝紀》：徵詣行在所。蔡邕《獨斷》曰：天子以四海爲家，謂所居爲行在所。顏注：當是行所在所也。

西憶岐陽信㈠，**無人遂却回**㈡。**眼穿當**一作看**落日**，**心死著**涉略切**寒灰**㈢。**茂**《英華》作茂，别作霧樹行相引㊃，連山趙作連山，一作連峰望忽一作或開㊄。所親驚老瘦㊅，辛苦賊中來㊆。

首章自京赴鳳翔。眼穿落日，承西憶。心着寒灰，承無人。依樹傍山，間道奔竄之跡。辛苦賊中，親知驚問之詞。

㊀岐陽即鳳翔，在長安之西，故云西憶。《輿地廣記》：岐陽縣，漢美陽縣地，《詩》所謂「居岐之陽」即此，唐省入扶風縣，爲岐陽鎮。

㊁却回，謂退回之人。

㊂《莊子》：心可如死灰乎？鮑照詩：寒灰滅更燃。黄生曰：岐陽信，望官軍之再舉，唯眼穿心死，因始爲脱身之計也。

㊃劉向《新序》：晝遊乎茂樹。

㊄蓮峰，舊注指華州蓮花峰。朱注云：公自金光門出，西歸鳳翔，不應走華陰道，當依趙次公作連山爲是。謝脁詩：遥樹匝清陰，連山周遠净。

㊅《漢書注》：所親，素所親任也。曹植詩：果得心所親。

㊆李陵書：不顧流離辛苦。

其二

愁思去聲胡笳夕㊀，凄涼漢苑春㊁。生還今日事㊂，間去聲道暫時人㊃。司隸章初睹㊄，南陽氣已新㊅。喜心翻倒極㊆，嗚咽入聲淚一作涕沾巾㊇。下二章，喜逢行在所。此承上賊中來，故接以「愁思胡笳夕」。　今日生還，得覩中興氣象。　間道暫免，尚覺嗚咽傷心。　三四分領，下段說出喜極而悲。　苑中花木之地，春尚凄涼，以胡騎蹂躪其中也。　暫時人，謂生死懸於頃刻。

㊀秦嘉詩：愁思難爲數。　蔡琰詩：胡笳動兮邊馬鳴。

㊁沈約詩：凄涼霜野。　《三輔黃圖》：漢有三十六苑。《通鑑》：禄山使安忠順將兵屯苑中，以鎮關中。

㊂《漢書》：班昭上書，乞超生還，復見闕庭。

㊃又：班超從間道至疏勒。　注：間道，伺其間隙之道而行。

㊄《光武紀》：更始以帝行司隸校尉，置官屬，作文移，一如舊章。　傅亮《進宋元帝詔》：東京父老，重覩司隸之章。

㊅《光武紀》：望氣者蘇伯阿爲王莽使，至南陽，遥望見舂陵郭，唶曰：「氣佳哉！　鬱鬱葱葱。」

㊆翻倒，翻喜爲悲也。《木蘭詩》：喜極成悲傷。

㊇蔡琰詩：行路亦嗚咽。　曹植《哀詞》：淚流射而霑巾。《世說》：桓玄以手巾掩淚。

其三

死去憑誰報㊀，歸來始自憐㊁。　猶瞻太白雪㊂，喜遇武功天㊃。　影靜千官一作門**裏㊄，心蘇七校前㊅。　今朝漢社稷㊆，新數**所主切**中**張仲切**興年㊇。**　此承上「暫時人」，故接以「死去憑誰報」。　瞻雪遇天，幸依行在矣。　千官七校，親覩朝班矣。　新數中興，從此治安矣。　皆寫出破愁爲喜。趙汸注：脱一生於萬死，在道時猶不覺，及歸乃自憐耳，起語悲痛。奔波初定，故日影静。精神頓爽，有似心蘇。官指文臣，校乃武衛。

㈠陶潛詩：死去何所道。報，報信也。

㈡陶詩：歸來夜未央。顧注：前曰生還，此曰歸來，總以君之所在爲歸耳。魏文帝詩：私自憐兮孤棲。

㈢《地圖記》：太白山甚高，上常積雪，無草木。《辛氏三秦記》：太白山，在武功縣南，去長安三百里。《録異記》：金星之精，墜於終南，號爲太白。其精化爲白石，狀如美玉，常有紫氣覆之。《唐書》：鳳翔府郿縣有太白山。

㈣《長安志》：京兆武功縣，以武功山得名。《三秦記》：武功太白，去天三百。曰武功天，至此得見天日也。

㈤《荀子》：古者天子千官。《漢書·嚴助傳》：奉千官之供。

㈥蘇，蘇醒也。《漢書》：京師有南北軍屯，至武帝平百越，内增七校。注：中壘、屯騎、步兵、越騎、長水、胡騎、射聲、虎賁，凡八校尉。胡騎不常置，故言七校。

㈦《詩》：以永今朝。

㈧《東皋雜録》：毛公《詩序》：《蒸民》，任賢使能，使周室中興焉。陸德明《釋文》讀去聲。故杜云「新數中興年」，又「百年垂死中興時」。

黄生曰：公若潛身晦跡，可徐待王師之至，必履危蹈險，歸命朝廷，以素負匡時報主之志，不欲碌碌浮沉也。

趙汸注：題曰「喜達行在所」而詩多追説脱身歸順，間關跋涉之情狀，所謂痛定思痛，愈於在痛時也。

今按：首章曰心死，次章曰喜心，末章曰心蘇，脈絡自相照應。首章見親知，次章至行在，末章對朝官，次第又有淺深。

送樊二十三侍御赴漢中判官

此是至德二載初赴行在時作。肅宗在鳳翔，兩京未恢復，故有頓兵岐梁、二京未收之句，公尚未拜拾遺，故云：「我無匡復資。」《唐書》：漢中郡，屬山南道，本梁州漢川郡。天寶元年改漢中郡，興元元年昇爲興元府。

威弧不能弦㊀，**自爾無寧歲**㊁。**川谷血横**去聲**流**㊂，**豺狼沸相噬**㊃。首歎天寶致亂之由。明皇不能早除禄山，以致禍亂連年，故云「威弧不能弦，自爾無寧歲」。

㊀《易》：弦木爲弧，剡木爲矢，弧矢之利，以威天下。揚雄《河東賦》：彏天狼之威弧。錢箋：《天官書》：西宫七宿觜星，東有大星曰狼，狼下四星曰弧，弧屬矢，擬射於狼，弧不直狼，則盗賊起，所

謂不能弦也，下故有「豺狼沸相噬」之句。

㊁《國語》：自子之行，晉無寧歲。

㊂《法言》：原野厭人之肉，川谷流人之血。《孟子》：洪水橫流。

㊃後漢張綱曰：豺狼當道。

天子從北來，長驅振凋敝㊀。頓兵岐梁下㊁，却跨沙漠裔㊂。二京陷未收㊃，四極我得制㊄。蕭索一作瑟**漢水清㊅，緬**音勉**通淮湖**一作河**稅㊆。**此言肅宗興復之勢。靈武在鳳翔之北，故曰北來。岐、梁二山，在鳳翔境内，王師在焉。沙漠裔，回紇方許助兵也。四極制，四方猶奉唐朔也。漢水連接淮湖，當時貢賦，得以不絕矣。二句切漢中。

㊀陳琳書：長驅山河，朝至暮捷。《漢書·酷吏傳》：吏民益凋敝。

㊁諸葛武侯《遺陳震往吴論》：頓兵相持。杜篤《論都賦》：衍陳於岐梁。

㊂李陵詩：經萬里兮度沙漠。中國之有外夷，猶衣之有裔也。

㊃《晉書·儒林傳》：二京繼踵以淪胥。

㊄《爾雅》：東至於泰遠，西至於邠國，南至於濮鈆，北至於祝栗，謂之四極。《漢·禮樂志》：四極爰輳。師古曰：四方極遠之處也。

㊅阮籍詩：蕭索人所悲。《漢書注》：索，盡也。漢水在漢中。

㊆緬，遠也。《西都賦》：東郊則有通溝大漕，潰渭洞河，泛舟山東，控引淮湖。《通鑑》：至德元載

十月，第五琦請以江淮租庸，市輕貨，泝江漢而上，至洋州，令漢中王瑀陸運至扶風以助軍，上從之。

使去聲者紛星散㈠，王綱尚旒綴㈡。南伯從事賢㈢，君行立談際㈣。坐一作生知七曜曆㈤，手畫三軍勢㈥。冰雪净聰明㈦，雷霆走精鋭㈧。此言侍御才堪經世。使者星散，經營邊事也。王綱旒綴，人心繫屬也。南伯，指漢中王瑀。從事，指府中幕僚。立談，起下四句。聰明，承七曜。精鋭，承三軍。此稱其智勇過人。《杜臆》：冰雪雷霆一聯，篇中警語，言明而且斷，方能濟世也。

㈠古詩：星使日夜馳。《春秋運斗樞》：璇璣星散。

㈡曹冏《六代論》：王綱弛而復張。《詩》：爲下國綴旒。注：綴，結也。旒，旗之垂者，言天子爲諸侯所繫屬，如旗之縿，爲旒所綴也。《公羊傳》：君若綴旒然。劉琨《勸進書》：國家之危，有若綴旒。

㈢《通鑑》：至德元載七月，玄宗以隴西公瑀爲漢中王、梁州都督、山南西道采訪防禦使。

㈣《史記》：虞卿立談而取卿相。

㈤《唐·藝文志》：吴伯善《陳七曜曆》五卷。《何承天集》有《既往七曜曆》，每記其得失。《通志》：日、月、歲星、熒惑、填星、太白、辰星也。《北史》：劉焯博學洽聞，如《九章算術》、《周髀七曜書》，莫不覆其本根，窮其秘要。

㈥《李德林集》：口授兵書，手畫行陣。《漢書》：張千秋擊烏桓還，霍光問戰鬬方略、山川形勢，千秋口對兵事，晝地成圖，無所忘失。

㊆江總詩：净心抱冰雪。

㊇《左傳》：畏之如雷霆。晉劉弘表：奮揚雷霆，折衝萬里。《通鑑》：劉牢之爲參軍，領精鋭爲前鋒。

幕府輟疑作綴**諫官，朝**音潮**廷無此**一作比**例。至尊方旰食**㊀**，仗爾布嘉惠**㊁**。補闕暮徵入**㊂**，柱史晨征憩**㊃**。**樊作：補闕入柱史，晨征固多憩。**正當艱難時**㊄**，實藉長久計。**此言朝廷倚侍御以爲重。諫官作判，此乃破例用人，正以邊防警急，故暮入晨征耳。有久長計，則可以布嘉惠矣。

㊀《左傳》：伍奢曰：「楚君大夫其旰食乎。」注：旰，晏也。

㊁賈誼賦：恭承嘉惠兮。

㊂張綖注：補闕，諫官也。蕭望之願在朝補闕。

㊃鶴曰：御史在殿柱之間，亦謂之柱下史，秦改爲侍御史。張蒼自秦時爲御史，主柱下方書，即其任也。《通典》：侍御史於周爲柱下史，一名柱後史。　征憩，征行不遑少憩也。

㊄《詩》：天步艱難。

迴風吹獨樹㊀**，白日照執袂。慟哭蒼烟根，山門萬重**平聲，一作里**閉**㊁**。居人莽牢落**㊂**，遊子方迢遞**㊃**。徘徊悲生離**㊄**，局促老一世**㊅**。**此叙送别情景。　獨樹，比居者。執袂，送行者。

蒼烟暮凝，山門夕閉，説得臨別凄凉。居人，公自謂。遊子，指侍御。生離，頂遊子。局促，頂居人。

㈠古詩：迴風動地。　何遜詩：天邊看獨樹。

㈡隋蕭子隆詩：山門一已絶。

㈢《詩》：巷無居人。　上林賦：牢落陸離。牢落，寥落也。

㈣魏文帝詩：遊子戀所生。　何遜詩：迢遞封畿外。

㈤前漢《天馬歌》：神裴回，若流放。此徘徊所出。　吴邁遠詩：生離不可聞。

㈥《前漢·灌夫傳》：今日廷論，局促效轅下駒。劉楨詩：天地無期竟，民生甚局促。

陶唐歌遺民㈠，**後漢更**平聲**列**一作別**帝**㈡。**我**一作恨**無匡復資**一作姿㈢，**聊欲從此逝**㈣。末以自叙作結。　唐祚中興，故比之後漢列帝。公未授官，故自言遺民欲逝。　此章首尾各四句，中四段各八句。

㈠《左傳》：季札請觀周樂，爲之歌唐。曰：「思深哉，其有陶唐氏之遺民乎？」

㈡後漢自光武以下凡十二帝。

㈢殷仲文表：匡復社稷，大弘善類。

㈣《漢書》：高帝曰：「公等皆去，吾亦從此逝矣。」阮籍詩：吾將從此逝。逝，謂隱去也。

胡夏客曰：公《送樊侍御》、《送從弟亞》、《送韋評事》三詩，感慨悲壯，使人懦氣亦奮，宜其躬遇中興，此聲音之通乎時命者也。

送韋十六評事充同谷防禦判官

鶴注：此至德二載作，故詩中有行在鳳翔等句。　鮑曰：舊注以爲韋宙。宙乃宣宗時人，誤矣。　《舊唐書》：成州同谷郡，屬山南西道，秦置隴西郡。天寶元年，改爲同谷郡。乾元元年，復爲成州。　《通鑑》：天寶十四載冬，安禄山反，郡當賊衝者始置防禦使。

昔没賊中時，潛與子同遊㈠。今歸行在所，王事有去留㈡。從交情聚散叙起。　去，指韋留自謂。

㈠《莊子》：莊子與惠子同遊濠梁之上。

㈡《詩》：王事靡盬。　顧歡詩：達生任去留。

偪側兵馬間㈠，主憂急良籌㈡。子雖軀幹小㈢，老一作志氣横去聲九州㈣。挺身艱難際㈤，張目視寇一作仇讎㈥。朝音潮廷壯其節，特舊作奉詔令平聲參謀㈦。此言評事忠勇，故朝廷命判邊方。

㈠《西京賦》：駢闐偪側。　《後漢·馮異傳》：夜勒兵馬。

㈡《范雎傳》：主憂臣辱。

㊂《晉・載記》：劉曜討陳安於隴城，安死，人歌曰：「隴上健兒有陳安，軀幹雖小腹中寬，愛養將士同心肝。」
㊃《北山移文》：霜氣橫秋。
㊄《杜臆》：挺身張目句，讀之令人髮指。　《谷永傳》：挺身晨夜，與群小爲隨。顔注：挺，引也。
㊅曹植《冬獵篇》：張目決眥。　杜修可曰：視寇讎，借用孟子語。
㊆壯其節，令參謀，皆就朝廷言。奉詔二字，當作特詔，語氣方順，且與下文受辭不犯重。

鑾輿駐鳳翔㊀**，同谷爲咽喉**㊁**。西扼弱水道**㊂**，南鎮枹**音孚**罕**一作氐羌**陬**㊃**。此邦承平日**㊄**，剽刦吏所羞。況乃胡未滅，控帶莽悠悠**㊅**。**此言同谷重地，故控馭必須得人。

㊀《西都賦》：乘鑾輿。《晉書》劉暾表：人想鑾輿之聲。
㊁三國楊洪曰：漢中，益州咽喉。
㊂《禹貢》：弱水既西。《寰宇記》：弱水自甘州删丹縣界，流入張掖縣北。
㊃《漢書》：金城郡有枹罕縣。《唐書》：河州治枹罕縣。《唐志》：安昌郡，本枹罕郡，又有枹罕縣，在隴右道，與弱水同道。
㊄《詩》：此邦之人。　《漢・食貨志》：時據承平之世。
㊅周崔猷書：控帶京洛。

府中韋使去聲**君**㊀**，道足示懷柔**㊁**。令姪才俊茂**㊂**，二美又何求？**　此言幕府同事之賢。　韋使君，蓋指防禦使，必評事之叔也。

㈠《前出師表》：宫中府中，俱爲一體。府中，幕府之中也。《前漢·王訢傳》：使君顓生殺之柄。顔師古注：爲使者故謂之使君。

㈡《漢書·段會宗傳》：總領百蠻，懷柔殊俗。

㈢揚雄《蜀都賦》：宗生族攢，俊茂豐美。

受詞太白脚㈠，走馬仇池頭㈡。古色一作邑沙土裂㈢，積陰雲雪稠㈣。一作霜雪稠，一作雪雲稠，一作積雪陰雲稠。羌父豪豬靴一作帽㈤，羌兒青兕裘㈥。晉作漢兵黑貂裘。吹角向月窟㈦，蒼山一作山蒼旌旆愁㈧。鳥驚出死樹㈨，龍怒拔老湫㈩。古來無人境㈡，今代横戈矛㈢。此言同谷凄涼之景。上六記風土，下六記屯兵。旌旆愁，謂帶愁慘之容。鳥驚龍怒，兵馬震動故也。

㈠太白，注見前。

㈡曹植詩：走馬長楸間。《舊唐書》：成州上禄縣，白馬羌所處，州南八十里有仇池山。《辛氏三秦記》：仇池山上廣百頃，地平如砥。其南北有山路，東西絶壁萬仞，上有數萬家。一人守道，萬夫莫向。山勢自然有樓櫓却敵之狀。東西二門，盤道可七里，上多岡阜泉源。

㈢《前漢書音義》：沙土曰漠，即今磧也。

㈣陸機《苦寒行》：凝冰結重澗，積雪被長巒。陰雲興巖側，悲風鳴樹端。

㈤《長楊賦》：搤熊羆，拖豪豬。《山海經》：豪彘，狀如豚而白毛。注：能以脊上豪射物，江東呼爲豪豬。

㈥宋玉《招魂》：君王親發兮憚青兕。《説文》：兕如野牛，青色，皮厚，可爲鎧。

㈦吹角，注見《遣興詩》。　月窟，西極之地。《長楊賦》：西壓月崛。

㈧揚雄《蜀都賦》：蒼山隱天。

㈨後漢唐羌疏：鳥驚風發。何遜詩：百年積死樹。　趙曰：吴平爲句章州，門前忽生一株青桐樹，上有歌謡之聲，平惡而斫之。平隨軍三年，死樹欻自還立於故根上，樹顛空中歌曰：死樹今更青，吴平尋當歸。

㈩《水經注》：龍怒當時大雨。　洙曰：湫水在涇州界，興雲雨。土俗：亢旱，每於此求之。相傳云龍之所居，天下山川隈曲有之。

⑪《天台賦》：卒踐無人之境。

⑫《詩》：修我戈矛。

傷哉文儒士㈠，憤激馳林丘㈡。中原正格鬭㈢，後會何緣由㈣。百年賦命定㈤，豈料平聲沉與浮㈥。且復扶又切戀良友，握手步道周㈦。論平聲兵遠壑静一作净㈧，亦可縱冥搜。題詩得秀句㈨，札翰時相投㈩。末叙臨别繾綣之情。　上八送韋，下四望韋。　文士馳林，公未受職也，故云：浮沉難料。　吴論：論兵既定，使遠壑清静，亦可冥搜得句，投寄相慰也。　此章，起首中腰皆四句，前二段各八句，後二段各十二句。

㈠《論衡》：上書白記者，文儒也。《晉·儒林傳》：迄於孝武，蔚爲文儒。
㈡謝安詩：寄傲林丘。
㈢《漢書·武五子傳》：主人遂格鬬死。注：相抱而殺之曰格。
㈣《孔叢子》：後會何期。
㈤王粲《傷夭賦》：惟皇天之賦命。《抱朴子》：賦命宜均。
㈥浮沉，謂此後遭際難知。司馬遷書：從俗浮沉，與時俯仰。
㈦《詩》：有杕之杜，生於道周。師氏曰：道，邊也。
㈧《吴越春秋》：孫子一旦與吴王論兵。江淹詩：夙齡愛遠壑。
㈨鍾嶸《詩品》：奇章秀句，往往遒警。
㈩劉楨詩：投翰長歎息。

述懷

鶴注：此當是至德二載夏，拜拾遺後作。王彦輔曰：阮籍有《述懷》詩。

去年潼關破㈠，妻子隔絶久㈡。今夏草木長㈢，脱身得西走。麻鞋見天子㈣，衣袖見音現，一作露兩肘㊄。朝音潮廷愍生還，親故傷老醜㊅。涕淚受拾遺㊆，流離主恩厚㊇。柴門雖得去㊈，未忍即開口㊉。此受職行在，而回念室家也。《杜臆》：草木叢長，故可潛身西走。揮涕受官，以流離而感主恩也，故不忍開口言歸。

㊀杜氏《通典》：潼關，本名衝關，言河流所衝也。

㊁《洛陽伽藍記》：土風隔絶。

㊂陶潛詩：孟夏草木長。

㊃王叡《炙轂子》：夏商以草爲屩。左氏曰：扉，屨也。至周以麻爲之，謂之麻鞋，貴賤通著。《顏氏家訓》：麻鞋一屋。

㊄《莊子》：原憲捉襟而肘見。

㊅魏文帝《與吴質書》：親故多離。　阮籍詩：夕暮成老醜。

㊆蔡琰《笳曲》：涕淚交垂。　《通典》：武后置左右拾遺二人，掌供奉諷諫。　公本傳：至德二年，亡走鳳翔，謁上，拜左拾遺。錢箋：甫拜拾遺，在至德二載五月十六日，命中書侍郎張鎬齎符告諭。今湖廣岳州府平江縣裔孫杜富家，尚藏此敕。敕用黄紙，高廣皆可四尺，字大二寸許，年月有御寶，寶方五寸許。

㊇《詩》：流離之子。　王褒《講德論》：主恩滿溢。

㊈陶潛詩：長吟掩柴門。

⑩《南史》：鄭灼夢與皇侃遇於塗，侃謂曰：「鄭郎開口。」

寄書問三川㈠，不知家在否？比必意切聞同罹禍，殺戮到雞狗㈡。山中漏茅屋㈢，誰復扶又切依戶牖㈣。摧頽蒼松根㈤，地冷骨未朽㈥。幾人全性命㈦，盡室豈相偶㈧。嶔岑一作崟猛虎場㈨，鬱結迴我首⑩。此寄書至家，恐其遭亂難保也。朱注：《通鑑》：禄山初反，自京畿、鄜坊至於岐隴皆附之。時所在寇奪，故以家之罹禍爲憂。破屋誰依，室無人矣。摧頽骨冷，死者久矣。居民稀少，故猛虎縱横。

㈠魏文帝詩：寄書浮雲往不還。舊注：三川在鄜州南，公之家寓焉。

㈡《淮南子》：賦斂無度，殺戮不止。《漢・獻帝紀》：董卓悉燒長安宮廟、官府，二百里内室屋蕩盡，無復雞犬。

㈢庾信《小園賦》：穿漏茅茨。

㈣鮑照詩：開軒當戶牖。

㈤曹植詩：何意今摧頽。

㈥江淹《去故鄉賦》：寧歸骨於松柏。

㈦《出師表》：苟全性命於亂世。

㈧《左傳》：盡室以行。

㈨陸厥詩：嶔岑鬱上干。

㈠〇《楚辭》：獨鬱結其誰語。

自寄一封書㈠，今已十月後㈡。反畏消息來，寸心亦何有㈢。漢運初中去聲興，生平老耽酒㈣。沉思歡會處㈤，恐作窮獨一作塗叟。末傷家信杳然，又恐存亡莫必也。書斷則疑，書來則畏，正恐家室盡亡，將來歡會之處，反成窮獨之人耳。此章前二段各十二句，末段八句收。

㈠《越世家》：陶朱公爲一封書，遺故所善莊生。

㈡趙次公曰：十月，謂自去年寄書已經十月，非指孟冬之十月。公往問家室，在閏八月初吉，此詩尚在閏月之前。

㈢謝靈運詩：寸心若不亮。

㈣《晉書》：阮咸耽酒浮虛。

㈤曹植詩：歡會難再遇。

申涵光曰：「麻鞋見天子，衣袖露兩肘」，一時君臣草草，狼籍在目。「反畏消息來，寸心亦何有」，非身經喪亂，不知此語之真。此等詩，無一語空閑，只平平説去，有聲有淚，真三百篇嫡派，人疑杜古鋪叙太實，不知其淋漓慷慨耳。

得家書

鶴注：此是至德二載秋，在鳳翔作。

去憑遊客寄一云休汝騎㊀，來爲去聲附家書。今日知消息，他鄉且舊居㊁。熊兒幸無恙㊂，驥子最憐渠。臨老羈孤極，傷時會合疏㊄。此喜得家書，猶傷父子相隔也。

㊀顔延之詩：曷爲久遊客。

㊁《杜臆》：家在他鄉之舊居，幸無轉徙也。他鄉，指鄜州。古樂府：他鄉各異縣。陶潛詩：相將還舊居。

㊂舊注：驥子、熊兒，二子小字。胡夏客曰：驥，當是宗文。熊，當是宗武。李陵《答蘇武書》：足下胤子無恙。《風俗通》：噬蟲曰恙，古者人多露宿，爲恙所囓，故早相見必相勞問曰：無恙乎？

㊃《月賦》：羈孤遞進。

㊄曹植詩：會合何時諧。

二毛趨帳殿㊀，一命侍鸞輿㊁。北闕妖氛滿㊂，西郊白露初㊃。涼風新過雁㊄，秋雨欲生魚。農事空山裏㊅，眷言終一作終篇言荷去聲鋤㊆。此感時撫事，意在聚首山中也。趨帳殿，時爲拾遺矣。此章二段，各八句。

㊀《左傳》：不禽二毛。注：鬢毛斑白二色也。庾肩吾《曲水詩》：回川入帳殿。《唐六典》：尚舍奉御，凡大駕行幸，預設三部帳幕，皆烏氈爲表，朱綾爲覆，下有紫帷方座，金銅行牀，覆以簾，其外置排城以爲蔽捍。

㊁《王制》：小國之卿與下大夫，一命。鸞輿，注見前。

㊂《漢·高帝紀》：蕭何治未央宮，立東闕北闕。注：未央殿雖南向，而上書奏事、謁見之徒，皆詣北闕。魏文帝書：用給左右以除妖氛。時安慶緒方熾也。
㊃《五經通義》：立秋禮西郊。《續漢書》：立秋迎氣西郊。
㊄《月令》：孟秋之月，涼風至，白露降。又：仲秋行春令，則秋雨不降。又：季秋之月，鴻雁來賓。
㊅《管子》：視其耕芸，計其農事。陶弘景詩：空山霜滿高烟平。
㊆陸機詩：眷言懷桑梓。陶潛詩：帶月荷鋤歸。

送長子兩切孫九侍御赴武威判官

鶴注：此是至德二載，公既爲拾遺時作。故詩云：「奪我同官良。」涼州武威郡，唐屬隴右，乃河西節度所治。

驄馬新鑿蹄㊀，銀鞍被去聲來好㊁。繡衣黄白郎㊂，騎向交河道㊃。問君適萬里㊄，取别何草草㊅。首叙侍御赴武威。

㊀《漢書》：桓典爲御史，常乘驄馬，語曰：「行行且止，避驄馬御史。」《周禮》：頒馬攻特。注：牡馬蹄齧，不可乘用，故因夏乘馬而攻鑿其蹄。

㈡祖孫登詩：飛塵暗金勒，落淚灑銀鞍。

㈢《漢書》：武帝遣直指使者，衣繡衣，杖斧，分部逐捕群盜。　朱注：或曰：黄白，即漢書銀黄。　顔師古注：銀，銀印也。　黄，金印也。　北齊樂曲：懷黄綰白，鵷鷺成行。

㈣交河，注見二卷。

㈤應瑒詩：遠適萬里道，歸來未有由。

㈥《詩》：勞人草草。

天子憂涼州，嚴程到須早㈠。去秋群胡反，不得無電掃㈡。此行收陳作牧遺甿㈢，風俗方再造㈣。　此申奉命急赴之故。

㈠宋之問詩：嚴程無休隙。

㈡《後漢・皇甫嵩傳》：旬月之間，神兵電掃。

㈢收是平定安集之意。　顔延之詩：留滯感遺民。

㈣宋武帝詔：弘濟朕躬，再造王室。

族父領元戎㈠，名聲國晉作閣中老㈡。奪我同官良㈢，飄颻按城堡㈣。使我不能餐㈤，令平聲我惡懷抱㈥。　此述同僚繾綣之情。　奪我同官，蓋杜鴻漸題爲判官也。

㈠父之從祖昆弟爲族父。《唐書》：至德二載五月，以武部侍郎杜鴻漸爲河西節度使。　《詩》：元戎十乘，以先啟行。　謝朓《恩教》：任總侯伯，受鉞元戎。　洙曰：元戎，元帥也。

㈡《荀子》：彼貴我名聲。《記》：有虞氏養國老於上庠。

㈢《左傳》：同官爲僚。

㈣《通鑑注》：武威郡治姑臧，舊城匈奴所築，張氏據河西，又增築四城廂，并舊城爲五，又二城未知誰所築。

㈤蔡琰《悲憤詩》：饑當食兮不能餐。

㈥孫楚詩：惆悵盈懷抱。

若人才思去聲闊，溟漲浸一作漫絶島㈠。樽前失詩流㈡，塞上得一作多國寶㈢。皇天悲送遠，雲雨白浩浩㈣。此叙憐才惜别之意。

㈠沈約詩：溟漲無端倪。

㈡楊修書：古詩之流。

㈢《左傳》：親仁善鄰，國之寶也。《北史·文苑傳》：江漢英靈，燕趙奇俊，並該天網之中，俱爲大國之寶。

㈣鮑照詩：暫交金石心，須臾雲雨隔。

東郊尚烽火㈠，朝音潮野色枯槁㈡。西極柱亦傾㈢，如何正穹昊㈣。末傷邊境未寧，望其力爲匡救。此章前四段各六句，後段四句收。

㈠《書》：保釐東郊。　烽火，見四卷。

㈡《楚辭》：形枯槁而獨留。

㈢《列子》：常怒流於西極。　又：折天柱。

㈣傅昭詩：皇猷屬穹昊。

朱鶴齡曰：去秋群胡反，趙次公、黄希諸注，皆指吐蕃，非也。《唐書》：至德元載，吐蕃陷威戎等諸軍，入屯石堡，此在隴右河鄯等州，而河西涼州未嘗陷。《通鑑》：至德二載，河西兵馬使蓋庭倫，與武威九姓商胡安門物等，殺節度使周泌，聚衆六萬。武威大城之中，小城有七，賊據其五，二城堅守。度支判官崔稱與中使劉日新，以二城兵攻之，旬有七日，平之。此云群胡反，正指其事。曰去秋者，討平在正月，而發難則在去秋，是時武威雖復，而餘亂尚有未戢者，故欲早到涼州，安黎甿而按城堡也。

送從去聲弟亞赴河西判官

鶴注：此至德二載夏，在鳳翔作。是時京師未復，故云「宗廟尚成灰」。《舊唐書》：杜亞，字次公，自云京兆人。少涉學，善言物理及歷代成敗事。肅宗在靈武，上書論時政，擢校書郎。其年杜鴻漸節度河西，辟爲從事，累授評事御史，終東都留守。　貞觀元年，分隴坻以西爲隴右道，景雲二年，自黄河以西，分爲河西道。

南風作秋聲㈠，殺氣薄炎熾㈡。盛夏鷹隼擊㈢，時危異人至㈣。起處感時託興，時危異人至，乃一篇之主。惟南風先作秋聲，故鷹隼當夏而擊，此殺氣之見於造物者。
㊀南風，夏風也。《薰風歌》：南風之薰兮。庾信詩：南風多死聲。周弘讓《立秋》詩：木葉動秋聲。
㊁《月令》：仲秋之月，殺氣浸盛。薄，迫也。《易》：雷風相薄。《射雉賦》：時暑忽隆熾。
㊂王充《論衡》：盛夏之時，太陽用事。《記》：立秋之日，鷹乃擊。漢孫寶爲京兆尹，勑曰：「今鷹隼始擊，當從天氣。」
㊃鮑照詩：時危見臣節，世亂識忠良。《辯亡論》：異人輻輳。

令弟草中來㊀，蒼然一作茫**請論事㊁。詔書引上**上聲**殿㊂，奮舌動天意。兵法五十家㊃，爾腹爲筐笥㊄。應對如轉丸**郭作圓**㊅，疏通略文字㊆。經綸皆新語㊇，足以正神器㊈。**此言亞之才辯，足動天聽，所謂異人也。《杜臆》：略文字而皆新意，知其談兵非徒讀父書者比。胡夏客曰：考亞本傳，知此段所言，皆其實録。
㊀漢應亨詩：濟濟四令弟。
㊁謝朓詩：平楚正蒼然。《吴越春秋》：諸大夫論事。
㊂《蕭何傳》：帶劍履上殿。
㊃《霍去病傳》：天子常欲教之孫吴兵法。《漢書·藝文志》：兵權謀十三家，兵形勢十一家，陰陽十六家，兵技巧十三家，凡兵書五十三家，七百九十篇。

㊄《後漢·邊韶傳》：邊爲姓，韶爲字，腹便便，五經笥。魏文帝詩：緘藏筐笥裏。
㊅《莊子》：蜣螂之智，在於轉丸。《梅福傳》：高祖從諫如轉圜。
㊆《記》：疏通知遠，書教也。《世説》：山簡疏通高素。
㊇《易》：君子以經綸。《陸賈傳》：粗述存亡之徵，凡著十二篇，奏之，帝稱善，號曰《新語》。
㊈《老子》：天下神器，不可爲也。《漢書注》：神器，政令也。

宗廟尚爲灰㊀，**君臣俱**一作皆**下**去聲**淚**。**崆峒地無軸**㊁，**青**浩然作清**海天軒輊**一作轤㊂。**西極最瘡痍**㊃，**連山暗烽燧**㊄。此言世亂倥偬，須人以濟，所謂時危也。

㊀《唐書》：禄山陷京師，九廟皆爲所焚。曹冏《六代論》：宗廟焚爲灰燼。
㊁鶴曰：崆峒、青海，皆河西節度統之。《唐書》：瀚海軍西七百里，有青海軍，本青海鎮，天寶中爲軍，隸北庭都護府。
㊂《詩》：如輊如軒。注：車後頓曰輊，前頓曰軒。《後漢·馬援傳》：居前不能令人輊，居後不能令人軒。
㊃《上林賦》：左蒼梧，右西極。《季布傳》：瘡痍未瘳。
㊄梁武帝詩：連山去無限。《漢書音義》：晝則燔燧，夜則舉烽。

帝曰大布衣㊀，**藉卿佐元帥**㊁。**坐看清流沙**㊂，**所以子奉使**去聲㊃。**歸當再前席**㊄，**適遠非歷**一作虚**試**㊅。**須存武威郡**，**爲**去聲**畫長久利**㊆。此言命亞西行，以救武威，蓋時危而用異人也。　神京未復，邊陲多故，此正英雄見才之時。　帝曰數句，述天語丁寧，如古詔誥體。　朱注：武威郡，地勢西北斜出，隔斷羌戎，乃控扼要地。　河西有事，則隴右朔方皆擾，是時有九姓商胡之叛，故曰：「須存武威郡，爲畫長久利。」

㈠《左傳》：衛文公衣大布之衣。

㈡《晉書・王哀傳》：責在元帥。　布衣，謂杜亞。元帥，謂杜鴻漸。

㈢《書》：被於流沙。

㈣《蘇武傳》：丁年奉使。

㈤《賈誼傳》：文帝思誼，徵之，至入見，上方受釐宣室。　上因感鬼神而問，誼具道所以然之故。　至夜半，文帝前席。

㈥《書序》：歷試諸艱。

㈦孔融書：文武並用，成久長之計。

孤峯石戴驛㈠，快馬金纏轡㈡。　黄羊飫不羶㈢，蘆蔡肇作虜，一作魯**酒多還醉。　踴躍常人情㈣，慘澹苦士志㈤。　安邊敵何有㈥，反正計始遂㈦。**　此送别而勉其立功。　上四言西土景物，下四言濟時籌略。　《杜臆》：踴躍慘澹數語，深致規諷之意。　綖注：安邊，應上佐元帥。　反正，應上正神器。

㈠王僧達書：介於孤峯絶頂者，積數十載。　《爾雅》：石戴土，謂之崔嵬。　土戴石，謂之砠。　石戴驛，謂驛路在石巖之上。

㊁古樂府：健兒須快馬。

㊂錢箋：莊綽《鷄肋編》：關右塞上有黄羊，無角，色同麞鹿，人取其皮爲衾褥。土人造嚼酒，以蘆管吸於瓶中，杜詩黄羊、蘆酒，蓋謂此也。蔡曰：大觀三年，郭隨出使，虜舉黄羊、蘆酒，問外使時立愛。立愛云：黄羊野物，可獵取，食之不羶。蘆酒，穈穀醖成，可醱醅，取不醉也，但力微，飲多則醉。子美之言信驗。楊慎曰：蘆酒以蘆爲筒，吸而飲之，今之咂酒也。又名鈎藤酒，此見《溪蠻叢笑》。朱注：蔡肇本蘆作虜，引高適「虜酒千鍾不醉人」，當兩存之。羶，羊臭也。

㊃《詩》：踴躍用兵。

㊄《世説》：道壹道人曰：「先集其慘澹。」

㊅《趙充國傳》：全師保勝，安邊之策。

㊆《漢·高祖紀》：帝起微細，撥亂世反之正。

吾聞駕鼓車㊀，不合用騏驎㊁。龍吟迴其頭，夾輔待所致㊂。末以歸朝大用望之。《博議》：騏驎駕鼓車，比亞不當爲判官。龍馬長吟，回首京闕，思成夾輔之功，喻亞雖在河西，乃心不忘朝廷也。舊解都憒憒。　緌注：末二句，應上歸再前席意。　《杜臆》：起結皆用比興，英矯不凡。　起結各四句，中段十句又六句，後二段各八句。

㊀盧注：亞於大曆年間爲諫議大夫，使魏州宣慰，繼又爲江西觀察使，足見其能。　《後漢書》：建

武十三年，異國有獻名馬者，日行千里，詔以馬駕鼓車。《南史》：王融謂宋弁曰：「若千里馬斯至，聖上當駕鼓車。」

㊁《楚辭》：乘騏驥以馳騁兮。

㊂《左傳》：夾輔周室。

盧世㴶曰：送三判官詩，絶有關係，别出機杼。於威弧振敝，制極收京，布嘉惠，藉長計，清流沙，存武威，反復諄託，即憤激林丘，論兵遠壑，穆然有無窮之思，與尋常贈送迥别。故特表而出之。要三判官，定自可人。於樊曰：「冰雪净聰明，雷霆走精鋭。」於亞曰：「奮舌動天意，疏通略文字。」於韋曰：「老氣横九州，張目視寇讐。」夫所冀安邊反正，舍若人誰屬乎？

申涵光曰：「疏通略文字」，便是英雄本色，若兩脚書厨，濟得甚事。

送靈州李判官

黄鶴及朱、顧諸家，俱編在乾元二年。玩詩中羯胡血戰等語，及近賀中興一句，當是安史正猖獗，靈武初即位時，蓋至德二載，在鳳翔時所作。當從《杜臆》。《唐書·地理志》：靈州，靈武郡。夏州，朔方郡。

羯胡腥四海，回首一茫茫㊀。血戰乾坤赤，氛迷日月黄。將軍專策略㊁，幕府盛才良。近

賀中興主，神兵動朔方㊂。上四記當時之亂，下望其乘時建功也。血戰氛迷，正言四海腥膻。策略稱其主將，才良美李判官。兵動朔方，蓋將大舉興復也。按《唐書》：禄山反，以郭子儀爲靈武太守，充朔方軍節度使。陳濤斜之敗，帝惟倚朔方軍爲根本。此章言「專策略」，又言「動朔方」，當指郭子儀。黄鶴謂王思禮，恐誤。

㊀古詩：四顧何茫茫。

㊁《後漢·袁紹傳》：參咨策略。曹植《征蜀論》：以謨謀爲劍戟，以策略爲旌旂。

㊂張協《七命》：希代之神兵。北齊裴讓之詩：皇威奮武略，上將總神兵。

奉送郭中丞兼太僕卿充隴右節度使三十韻

鶴注：《舊史》言：至德初，英乂遷隴右節度使，兼御史中丞，不言兼太僕卿。《新史》言：禄山亂，拜秦州都督、隴右採訪使，至德二載，加隴右節度使，不言兼御史中丞與太僕卿。此題曰：送郭中丞兼太僕卿充隴右節度使，可補二史之闕。當是至德二載秋八月作。

詔發山西別本作西山。今從《英華》將去聲㊀，秋屯徒昆切，一作營隴右兵㊁。淒涼餘部曲㊂，燀一作烜赫舊家聲㊃。鵰鶚乘時去，驊騮顧主鳴。艱難須一作思上策㊄，容易去聲即前程㊅。

斜日當軒蓋⑦，高一作歸風卷旆旌⑧。松悲天水冷⑨，沙亂雪山清⑩。和虜猶懷惠⑪，防邊詎一作不敢驚。古來於異域⑫，鎮静示一作得專征⑬。首叙郭鎮隴右，上下八句分截。詔發二句，扼題。凄涼二句，言將門宿望。鵰鶚四句，言郭公忠勇。斜日四句，記秋隴時景，與前程相應。和虜四句，語屯兵方略，與上策相應。朱注：吐蕃和好，久懷舊恩，故防邊之法，不在驚擾，自古禦戎，惟於鎮静之中，默寓專征之意。

①錢箋：《趙充國傳贊》：秦漢以來，山東出相，山西出將。天水、隴西、安定、北地皆爲山西。英乂瓜州長樂人，故曰山西將。

②《唐六典》：隴右道，古雍、梁二州之境，東接秦川，西逾流沙，南連蜀及吐蕃，北界沙漠。

③鮑照《東武吟》：將軍既即世，部曲亦空存。

④朱注：《舊唐書》：英乂，知運之季子，知運爲鄯州都督、隴右諸軍節度大使，自居西陲，甚爲蠻夷所憚，開元九年卒於軍。至德初，肅宗興師朔野，英乂以將門子特見任用。英乂繼其父節度隴右，故有部曲家聲之句。司馬遷《報任少卿書》：李陵既生降，頹其家聲。

⑤《詩》：天步艱難。漢賈讓《治河奏議》：今行上策。

⑥《前漢書》：楊惲曰：「事何容易。」《搜神記》：上馬赴前程。

⑦范雲詩：軒蓋照虚落。

⑧曹植詩：高風吹我軀。師氏注：高風，八月風也。詩：悠悠旆旌。

㈨《唐書》：天寶元年，改秦州爲天水郡。洙曰：天水郡，漢武元鼎三年置。

㈩《後漢·明帝紀》：祁連山即天山，一名雪山，今名析羅漢山，在伊州北。

㈡錢箋：吐蕃使來請討賊，既而侵廓岷等州，又請和。《左傳》：魏絳和戎。

㈢蔡琰《笳曲》：異域殊風。

㈢《晉書·謝安傳》：每鎮以和静。桓温《薦譙秀表》：足以鎮静頹風。《古史》：紂賜西伯弓矢，得專征伐。陳子良詩：受脤事專征。

燕平聲薊奔封豕㈠，周秦觸駭鯨㈡。中原何𠪾楚錦切，一作慘黷㈢，遺一作餘孽尚縱音宗横㈣。箭入昭陽殿㈤，笳吹一作吟細柳營㈥。内人紅袖泣一作短㈦，王子白衣行㈧。宸極妖《英華》作妖，一作祅，《西溪》音醯堅切，神也星動一作大㈨，園陵一作林殺氣平㈩。空餘金碗出㈡，無復扶又切繐須兑切帷輕㈢。毁廟天飛雨㈢，焚宫火徹明㈣。罘罳朝共落㈤，榆桷夜同傾㈥。此傷禄山之亂，亦在八句分截。燕薊，謂陷河北。周秦，謂破兩都。遺孽，指安慶緒。箭入四句，賊至而奔散也。宸極四句，言驚擾陵寢。毁廟四句，言燒焚宫廟。賊將安忠順等入長安，未嘗有發園陵焚宫殿事。當時燒左藏大盈者，亂民也，其公卿墳墓，亦必有乘亂發掘者，故此詩概及之。

㈠《左傳》：吴爲封豕長蛇，薦食上國。洙曰：豕善突，故喻禄山。

㈡陳琳檄：若駭鯨之觸網。言其易決也。

③《英華辯證》：庾信《哀江南賦》：「茫茫慘黷。」杜詩：「中原何慘黷。」據陸機《漢功臣贊》「上墋下黷」，並當作墋。

④《史記》：群盜縱横。

⑤昭陽殿，見《哀江頭》注。

⑥《括地志》：細柳倉，在雍州咸陽縣西南二十里，周亞夫屯兵處。

⑦崔令欽《教坊記》：唐妓女入宜春院，謂之内人。《子夜四時歌》：羅裳迮紅袖，玉釵明月璫。

⑧遠注：白衣行，改微服也。秦王苻堅黜賈雍，以白衣領職可見。

⑨《虞翻别傳》：仰瞻宸極。徐孝穆書：齊聖廣淵，體自宸極。《漢・天文志》：祅星不出五年，其下有軍。杜審言詩：雲净妖星落。

⑩《光武紀》：赤眉發掘園陵。注：園謂山墳。謝朓詩：殺氣盛涼飈。

⑪金碗，用《搜神記》盧充幽婚事。沈炯表：甲帳珠簾，一朝零落；茂陵玉碗，早出人間。

⑫《鄴宫故事》：魏武遺令，西陵施六尺牀，張繐帷。《説文》：繐，細疏布也。

⑬《舊唐書》：東都太廟九室神主，共二十六座。禄山取太廟爲軍營，神主棄街巷。

⑭《史記》：項羽入咸陽，燒其宫室，火三月不滅。

⑮錢箋：唐蘇鶚《演義》云：罘罳，織絲爲之，輕疏浮虚，象羅網交文之狀，蓋宫殿簷户之間。杜詩：「罘罳朝共落」。鶚説是也。

⑯《爾雅注》：棆，木名，楩屬，似豫章。　《説文》：屋椽，周謂之榱，魯謂之桷。《左傳注》：桷，椽也。

三月師逾整，群胡一作兇勢就烹。瘡痍一作恭承親接戰㊀，勇決一作餘勇冠去聲垂成㊁。妙譽期元宰㊂，殊恩且列卿㊃。幾時迴節鉞㊄，戮力掃欃初銜切槍抽庚切㊅。此望郭回京，與上段相承。　言破賊之勢，指日可成，今暫住隴右，終當歸殲巨寇也。　盧注：至德二載，肅宗至鳳翔，隴右、河西、安西、西域兵皆會。時王思禮軍武功，王難得軍西原，郭英乂軍東原。是「三月師逾整，群凶勢就烹」也。安守忠寇武功，英乂戰不利，流矢貫頤而走，是「瘡痍親接戰，勇決冠垂成」也。

㊀梁簡文帝詩：潛師夜接戰。

㊁庾信《平鄴表》：天策勇決。

㊂《北山移文》：馳妙譽於浙右。　元宰，上相也。《晉書·王導傳》：實賴元宰，固懷匪石之心。

㊃潘岳《馬汧督誄》：明明天子，旌以殊恩。　朱注：《唐志》：御史中丞二人，正四品下。太僕寺卿一人，從三品。中丞兼卿，所以爲加恩。　楊惲《報孫會宗書》：位在列卿。

㊄《晉書》：漢魏故事，遣將出征，符節郎授節鉞於明堂。

㊅《商書》：聿求元聖，與之戮力。　《爾雅》：彗星爲欃槍。　謝瞻詩：鴻門銷薄蝕，垓下隕欃槍。　注：亦謂之孛，言其形孛孛似掃彗。

圭竇一作蓬户三千士㊀，雲梯七十城㊁。恥非齊説音稅客㊂，祇荆作甘似魯諸生㊃。通籍微班忝㊄，周行户狼切獨坐榮㊅。隨肩趨漏刻㊆，短髮寄一作媿簪纓㊇。徑欲依劉表㊈，還疑一作能無厭禰衡㊉。漸衰那一作寧此別㊁，忍淚獨含情㊂。此送郭而叙交情也。圭竇諸生，不如下齊説客，此自謙之詞。公除拾遺，故曰微班。郭爲中丞，故曰獨坐。隨肩短髮，歎年老得官。《杜臆》：觀劉表、禰衡語，則郭亦非可依者，後果鎮蜀而爲崔旰所殺。

㊀《記》：儒有蓽門圭竇。注，門旁窬穿牆爲竇，如圭。《家語》：遠方弟子之進，蓋三千焉。

㊁《墨子》：莊王令公輸作雲梯以攻宋。《漢書》：酈食其説田廣罷歷下守備，馮軾下齊七十餘城。朱注：時賊尚據長安，故用下城事。

㊂《後漢書》：光武答馬援曰：「非刺客，乃説客也。」

㊃《前漢書》：叔孫通曰：「臣願徵魯諸生，共起朝儀。」

㊄通籍，注見六卷。微班，下位也。

㊅《詩箋》：周行，周之列位也。梁武帝詔：方當寘諸周行，飾以青紫。《後漢書》：宣秉拜御史中丞，光武特詔，御史中丞與司隸校尉尚書令，並專席而坐，京師號三獨坐。

㊆《記》：五年以長，則肩隨之。

㊇《左傳》：其髮短而心甚長。陳後主詩：進退簪纓移。

㊈《魏志》：王粲，字仲宣，山陽人。獻帝西遷，粲從至長安。以西京擾亂，乃之荆州，依劉表。

㊉禰衡，見二卷。

㈡庾信詩：故人傷此别。

㈢王粲詩：含情欲待誰。

廢邑狐狸語，空村虎豹争㈠。人頻墜塗讀上聲炭㈡，公豈忘去聲精誠㈢。元帥調新律一作鼎㈣，前軍壓舊京㈤。安邊仍扈從去聲㈥，莫作一作無使後功名㈦。終以恢復之事望諸郭卿，與第三段相應。狐狸虎豹，指當時附賊爲盜者。元帥，指廣平王。前軍，指李嗣業。扈從，應上回節鉞。功名，應上掃欃槍。此章前二段各十六句，三五段各八句，第四段十二句。

㈠沈炯詩：空村餘拱木，廢邑有頽城。傅玄《放歌行》：但見狐狸跡，虎豹自成群。

㈡《商書》：民墜塗炭。《史記·龜筴傳》塗，叶讀杜。「周流天下，還復其所。上至蒼天，下薄泥塗。」

㈢前漢鄒陽書：精誠變天地。

㈣後漢陶謙書：謹同心腹，委之元帥。《易》：師出以律。庾信賦：玉律調鐘。《左傳》：趙衰舉郤縠爲元帥。

㈤前將軍，見《漢·李廣傳》。《唐書》：李嗣業至鳳翔，上謁，肅宗喜曰：「卿至，賢於數萬衆。」以爲前軍，收長安。陶潛詩：生平去舊京。

㈥《鼂錯傳》：安邊境，立功名。《司馬相如傳》：扈從横行，出於四校之中。

㈦鄒君倩《遺公孫弘書》：勉作功名，以俟嘉譽。遠注：後功名，即《孟子》後名實之意。

王嗣奭曰：此詩本送郭之隴右，而語意輕外重内，其於隴右，但以懷惠鎮静勗之。未幾，吐蕃果遣使來，并請討賊，蓋有先見矣。至於中原慘黷，餘孽縱横，亹亹而談，有人臣所不忍言者，正以激感中丞，使知急也。後云：「幾時回節鉞。」又云：「安邊仍扈從。」蓋深以討賊大事，望之英乂矣。

《隨筆》云：唐人歌詩，其於先世及當時事，直辭詠寄，略無避隱。至宫禁嬖昵，非外間所應知者，皆反覆極言，而在當時亦不以爲罪。如白樂天《長恨歌》、諷諫諸章，元微之《連昌宫辭》，始末皆爲明皇而發。杜子美尤多，如《兵車行》、前後《出塞》、《新安吏》、《潼關吏》、《石壕吏》、《新婚别》、《垂老别》、《無家别》、《哀王孫》、《哀江頭》、《麗人行》、《公孫舞劍器行》，終篇皆是。其他波及者，如「不聞夏殷衰，中自誅褒妲」，「是時妃嬪戮，連爲糞土叢」，「内人紅袖泣，王子白衣行」，「毁廟天飛雨，焚宫火徹明」，「御氣雲樓敞，含風綵仗高」，「仙人張内樂，王母獻宫桃」，「固無牽白馬，幾至著青衣」，「奪馬悲公主，登車泣貴嬪」，「落日留王母，微風倚少兒」，「鬭雞初賜錦，舞馬更登牀」，「殿瓦鴛鴦拆，宫簾翡翠虚」，七言如「關中小兒壞紀綱，張后不樂上爲忙」，「天子不在咸陽宫，得不哀痛塵再蒙」，如此之類，不能悉書。

送楊六判官使去聲西蕃

鶴注：此當是至德二年秋作。詩云「帝京氛祲滿」，時京師尚未收復也。朱注：《舊唐書》：至德元載，吐蕃遣使和親，願助國討賊。二載三月，吐蕃遣使和親，遣給事中南巨川報命。詩云

「慎爾參籌畫」，楊蓋贊巨川以行。

送遠秋風落，西征海氣寒㊀。帝京氛祲滿㊁，人世別離難㊂。首叙送楊出使。　秋風記時，西征記地，氛祲感世事，別離念交情。

㊀潘岳賦：潘子憑軾西征。　海，謂青海。　梁元帝詩：海氣旦如樓。

㊁王僧達詩：遠山斂氛祲。

㊂《楚辭》：予既不難夫離別。

絶域遥懷怒㊀，和親願結歡㊁。敕書憐贊普㊂，兵甲望長安㊃。宣命一作令**前程急，惟良待士寬㊄。子雲清自守㊅，今日**一作令尹**起爲官。**此叙奉使之故。　絶域二句，謂吐蕃請討禄山。敕書二句，謂朝廷望其助兵。　宣命惟良，指巨川爲正使。　子雲起官，指楊六爲幕判。

㊀李陵書：到身絶域之表。　《左傳》：使君懷怒，以及敝邑。

㊁《漢書·婁敬傳》：使敬往結和親之約。

㊂《唐書》：吐蕃俗謂疆雄曰贊，丈夫曰普，故號君長曰贊普，其妻曰末蒙。

㊃《秦國策》：武安君曰：「繕治兵甲。」

㊄《周書》：惟良折獄。　《杜詩博議》：《漢書》宣帝曰：「與我共理者，其惟良二千石乎？」此詩用惟良本此，亦友於貽厥之類。　李嘉佑《送五叔守歙州》詩「新安江自緑，明主重惟良」可證。　時楊判官必膺郡守推薦，銜命入蕃，故曰「惟良待士寬」也。

㈥朱注：《漢書》言子雲系出揚侯，其字不從木。按晉羊舌氏食邑於揚，曰揚食我，後分其田爲三縣，曰平陽楊氏，則揚與楊同出一姓，故楊修有吾家子雲之語。或疑此送楊判官，不合用子雲事，蓋失考耳。《揚雄傳》：雄三世不徙官，有以自守，泊如也。

垂淚方投筆㈠**，傷時即據鞍**㈡**。儒衣山鳥怪**㈢**，漢節野童看**平聲㈣**。邊酒排金碗**一作盞**，夷歌捧玉盤**㈤**。草肥**一作輕**蕃馬健，雪重拂廬乾**音干㈥**。**此叙西行景事。上四言中途，下四言至蕃。《杜臆》：垂淚傷時，有關臣誼。草肥雪乾，善摹邊景。

㈠《班超傳》：超爲官傭書久，勞苦，投筆嘆曰：「丈夫當立功異域，安能久事筆硯乎？」

㈡《馬援傳》：援請討五溪蠻，據鞍顧盼，以示可用。

㈢《杜臆》：「儒衣山鳥怪」，與「壯士恥爲儒」同一感慨。《漢·律曆志》：古之大夫，儒衣。庾信詩：山鳥一群驚。

㈣蘇武杖漢節，注見本卷。

㈤《蜀都賦》：夷歌成章。梁簡文帝詩：玉盤余自嘗。

㈥《唐書》：吐蕃贊普聯毳帳以居，號大拂廬，容數百人，部人處小拂廬。

慎爾參籌畫㈠**，從茲正羽翰**平聲㈡**。歸來權可取，九萬一朝摶**㈢**。**末勉其成功歸國。朱注：借兵非美事，又恐其屈節外藩，故以慎謀畫，正羽翰戒之，欲其伸中國之威，不辱君命也。權位可取，言不終於判官。張注謂借兵之舉，權且取之，乃曲説也。此章首尾各四句，中二段各八句。

㊀《晉紀·總論》：籌畫軍國。

㊁何遜詩：無因生羽翰，千里暫排空。

㊂《莊子》：摶扶搖而上者九萬里。

羅大經曰：葉石林云：杜工部詩，對偶至嚴，而《送楊六判官》云「子雲清自守，今日起爲官」，獨不相對。竊意今日字，當是令尹字，傳寫之訛耳。余謂不然，此聯之工，正爲假雲對日，兩句一意，乃詩家活法。若作令尹字，則索然無神，夫人能道之矣。且送楊姓人，故用子雲爲切題，豈應又泛然用一令尹耶。如「次第尋書札，呼兒檢贈篇」之句，亦是假以第對兒。

按：元白劉賓客輩《汝洛唱和集·九日送人》「清秋方落帽，子夏正離群」，假對之工，本於杜句。

哭長子兩切孫侍御

朱注：此詩或刻杜誦，載高仲武《中興間氣集》，今載子美集中。《文苑辯證》兩存其說。鶴注：公有《送長孫九侍御赴武威判官》詩，稱其爲詩流，與此合意，豈其未到官而死耶，當是至德二載作。　今按：此詩不及亂離中語，恐非長孫九侍御也。　周置御史，掌邦國都鄙及萬民之治命，以贊冢宰。漢因置十五員，唐四人。

道爲去聲詩一作謀，一作諫書重去聲㊀，名因賦一作雅頌雄㊁。禮闈曾音層擢桂㊂，憲府屢一作舊，一作近乘驄㊃。流水生涯盡㊄，浮雲世事空㊅。惟餘舊臺柏㊆，蕭瑟一作颯九原中㊇。

上四生前履歷，下四死後哀挽。

㊀謝靈運詩：事爲名教用，道以神理超。起用謝意。　阮籍詩：信道守詩書。

㊁《前漢書》：司馬相如蔚爲辭宗，賦頌之首。

㊂《任昉集》：出入禮闈，朝夕舊館。注：禮闈，尚書省也。　顧注：唐初考功試進士。開元末，徙禮部以春官侍郎主之。　晉郤詵對武帝云：「臣舉賢良對策，爲天下第一，猶桂林一枝。」

㊃御史所居之署，漢謂之御史府，亦謂憲臺。唐龍朔中，爲東宮憲府。　漢桓典名驄馬御史。

㊄劉楨詩：逝者如流水。

㊅《晉書》：阮籍遺落世事。

㊆庾肩吾詩：韓城想舊臺。　《漢・朱博傳》：御史府中，列柏樹，常有野烏數千棲宿其上。

㊇《登樓賦》：風蕭瑟而並興。　《記》：趙文子與叔譽，觀乎九原。文子曰：「死者如可作也，吾誰與歸。」

奉贈嚴八閣老

鶴注：考《舊史》：嚴武遷給事中，在收長安之前，此詩在至德二載作，是年公亦爲拾遺。　蔡曰：《國史補》：宰相相呼爲堂老，兩省相呼爲閣老。《通鑑》：王涯謂給事中鄭肅、韓佽曰：「二閣老不用封敕。」此唐人稱給事中爲閣老也。　至德初，武以房琯薦，累遷給事中。

扈聖一作扈從，或作今日**登黄閣**㊀，**明公獨妙年**㊁。**蛟龍得雲雨**㊂，**鵰鶚在秋天**㊃。**客禮容疏放**㊄，**官曹可**一作許**接聯**㊅。**新詩句句好**㊆，**應**平聲**任老夫傳**㊇。上四頌嚴，稱其遇主乘時。下四叙情，喜其同官相契。　顧注：武父挺之，與公友善，故稱武爲妙年，而自稱老夫。《困學紀聞》：給事中，屬門下省。開元曰黄門省，故曰黄閣。左拾遺亦東省之屬，故曰「官曹可接聯」。近世用此詩爲宰輔事，誤。

㊀扈，後從也。《世説》：王弘之曰：「風馬不接，無緣扈從。」　黄曰：唐門下省，其長曰侍中，與中書令參總，而顓判省事，即宰相也。給事中，掌分判省事，故得同登黄閣。　朱注：《説文》閤與閣異。閤，夾室也，以板爲之，亦樓觀通名。閣，門旁小户也。漢公孫弘開東閤以延賢人，蓋避當門，而東向開一小門引賓客，以别於官屬也。漢三公黄閣。注：不敢洞開朱門，以别於人主，故黄其閣。又唐門下省以黄塗門，謂黄閣。此詩閣字，與《待嚴大夫》詩「生理止憑黄閣老」皆當作閤，杜公誤作閣字，訛字相沿耳。

㊁《後漢・祭遵傳》：明公常欲衆軍整齊。　曹植《求自試表》：終軍以妙年使越。　鶴注：《舊唐書》：武累遷給事中，既取長安，爲京兆尹，兼御史中丞，時年三十二。其爲給事纔三十一，故曰妙年。

㊂《吴志》：周瑜上疏曰：「劉備以梟雄之姿，得關張爲之輔，蛟龍得雲雨，終非池中物。」《北史》：魏慕容紹宗曰：「高公雄才蓋世，復使握大兵於外，辟如借蛟龍以雲雨，將不可制矣。」

㊃《唐書》：韋思謙爲御史大夫，見王公未嘗屈禮，曰：「耳目之官，固當特立，鵰鶚鷹鸇，豈衆禽之偶。」《淮南子》：秋風下霜，鷹鵰搏鷙。　《揮麈録》：「蛟龍得雲雨，鵰鶚在秋天」一聯，已見《晉書》載記，昔人不以蹈襲爲非。

㊄《記·郊特牲》：天子無客禮。　漢景帝詔：其以客禮待之。　疏放出向秀《思舊賦序》。

㊅曹植賦：在官曹之典列。　梁元帝《玄覽賦》：高門接連。

㊆陶詩：登高賦新詩。　劉君白《答僧巖書》：何嘗不句句破的。

㊇任，託也。傳，傳頌也。

月

此當是至德二載七月作，故云「秋期近」。是時官軍尚在扶風，至閏八月二十三日，始命郭子儀收長安。國西營，指扶風軍士。扶風，在長安西北也。

天上秋期近㊀**，人間月影清**㊁**。入河蟾不没**㊂**，擣藥兔長生**㊃**。只益丹心苦**㊄**，能添白髮明**㊅**。干戈知滿地**一作道**，休照國西營**㊆**。**上四月中之景，下四月下之懷。蟾兔，承月影來，緊注下半截意，言月色常明如此，恐照已照人，各惹愁恨耳。三四借蟾兔點染，不必別生議論。

㈠高昂詩：天上人間無可比。《詩》：秋以爲期。

㈡梁簡文帝詩：月影出遲遲。

㈢庾肩吾《望月》詩：渡河光不没。

㈣張衡《靈憲序》：嫦娥託身於月，是爲蟾蜍。《説文》：蟾蜍，蝦蟆也。傅玄《擬天問》：月中何有？白兔擣藥。

㈤又詩：丹心爲寸傷。

㈥吴質牋：白髮生鬢，所慮日深。

㈦戴暠詩：西園偏照人。

黄生曰：此詩詠月，全首作嗔怪之詞，實與《一百五夜對月》同一奇恣，特此首精深渾雅，故讀者不見其奇耳。

王嗣奭曰：杜詩凡單詠一物，必有所比，此詩爲肅宗而作。天運初回，新君登極，將有太平之望，秋期近而月影清也。然嬖倖已爲熒惑，貴妃方敗，復有良娣，入河而蟾不没也。國忠既亡，又有輔國，擣藥之兔長生也。所以心愈苦，而髮增白耳。

張綖曰：蟾兔以比近習小人。入河不没，不離君側也。擣藥長生，潛竊國柄也。丹心益苦，無路以告也。白髮添明，憂思致老也。故結言休照軍營，恐愈觸其憂耳。當時寇勢侵逼如此，而近習猶然用事，何時得見清平耶。

留別賈嚴二閣老兩院補闕得雲字。一作兩院遺補諸公，得聞字。

朱注：時賈至爲中書舍人。嚴武爲給事中。兩院謂拾遺補闕也，作遺補是。此是至德二載八月，往鄜州省家時作。《新唐書》：公家寓鄜彌年，艱窶，詔許公自往視。

田園須暫往一作住㈠，戎馬惜離群㈡。去遠留詩別，愁多任酒醺㈢。一秋常苦雨㈣，今日始去聲無雲㈤。山路時一作晴吹角一作笛㈥，那堪處處聞㈦。上四留別之情，下四歸途之景。顧注：五六紀天時之可往，作途中自慰語。七八紀時事之難往，作途中自悲語。

㈠蕭慤詩：田園聊復歸。庾信詩：暫往春園傍。

㈡《記》：子夏曰：「吾離群而索居，亦已久矣。」

㈢庾詩：酒醺人半醉。

㈣《月令》：苦雨數來。

㈤陶潛詩：日暮始無雲。

㈥王勃詩：葉齊山路狹。

㈦何遜詩：處處皆城市。

晚行口號平聲

此公往鄜省家，在道時作。　梁簡文帝有《和衛尉新渝侯巡城口號》，張説有《十五夜御前口號》，口號不始於杜公。

三川不可到㈠，歸路晚山稠㈡。落雁浮寒水㈢，饑烏集戍樓㈣。市朝音潮今日異㈤，喪去聲亂幾時休㈥。遠愧梁江總，還家尚黑頭㈦。上四晚行之景，下四晚行有感。　落雁饑烏，寫中路淒涼之狀，亦見喪敗之餘，行人少而戍卒稀。　盧注：讀此二句，有春燕巢於林木之感。

㈠邵注：三川在鄜州南六里。　顔延之詩：日夕望三川。　汸注：不可到，徒步行緩也。

㈡蔡琰詩：雲山萬重兮歸路遐。

㈢《國策》：更嬴虚發而落雁。　江總詩：落雁不勝彈。　陸機詩：寒水入雲烟。

㈣張正見詩：饑烏落箭鋒。　庾信詩：戍樓鳴夕鼓，山寺響晨鐘。

㈤陸機詩：市朝忽遷易。

㈥《詩》：喪亂既平。

㈦《古詩爲焦仲卿妻》：且暫還家去。 顧炎武曰：考《江總傳》，梁太清三年，臺城陷，總年三十一。自此流離於外十四五年，至陳天嘉四年還朝，總年四十五。所謂「還家尚黑頭」也。子美遭亂崎嶇，略與總同，自傷其年已老，故發此歎耳。傳又云：開皇十四年，卒於江都，時年七十六。既無還家之文，而禎明三年爲陳亡之歲，總年已七十一，頭安得黑乎？且子美詩云：「莫看江總老，猶被賞時魚。」又云：「管寧紗帽净，江令錦袍鮮。」亦已亟稱之矣。劉須溪謂着一梁字，不勝其愧，此謬説也。

獨酌成詩

此公在鄜州，在途獨酌而作。 沈炯有《獨酌謡》。江總詩：獨酌一尊酒。《南史》：顏延之獨酌郊野，當其爲適，旁若無人。

燈花何太喜㈠，**酒綠**一作色**正相親**。**醉裏從**趙作曾，非**爲客**㈡，**詩成覺有神**。**兵戈猶在眼**㈢，**儒術豈謀身**㈣。**苦**一作共，非**被**去聲**微官縛**㈤，**低頭愧野人**㈥。上四叙旅夜情事，題意已完。下則有感身世，而歎一官之拘束。 《杜臆》：遇酒而燈花爲兆，酒之難得可知。 任從爲客，酒解客愁。詩覺有神，喜動詩興也。二句暗承。 陶歎折腰，杜愧低頭，皆不肯屈節於仕途者。

㈠《西京雜記》：目瞤得酒食，燈花得錢財。

㈡朱超詩：若言爲客易。

㈢《吴越春秋》：欲興兵戈，以誅暴楚。

㈣《前漢·蕭望之傳》：宣帝不甚從儒術。

㈤潘岳詩：豈敢陋微官。

㈥《後漢·梁鴻傳》：妻曰：「今何爲默默，無乃欲低頭就之乎？」　愧野人，愧不如彼之自適也。趙汸曰：東坡詩：「夢裏似曾遷海外，醉中不覺到江南。」又云：「却舉酒杯疑是夢，試拈詩筆已如神。」皆出於此。

古人凡送别遣懷之作，只寫景言情，而作詩本意，已在其中。若於篇中明説作詩，近於自注，終覺非體。如《大雅·卷阿》篇，乃召康公和成王之詩，首云：「來游來歌，以矢其音。」末云：「矢詩不多，維以遂歌。」此係一時唱和之作，故首尾提出賦詩之意。又《崧高》篇，乃尹吉送申伯之詩，末云：「吉甫作誦，其詩孔碩。其風肆好，以贈申伯。」但於章尾結出贈詩之意，收束有情。《杜集》如《留别嚴賈》詩，於第三句云：「去遠留詩别。」如此詩於第四句云：「詩成覺有神。」又如《遊修覺寺》詩，於第三句云：「詩應有神助。」突於半腰中，插入作詩，題意已盡，而語氣亦傷，後面重叙，便脈絡不貫矣。此皆少陵不拘古法處，未可爲訓也。

徒步歸行

原注：贈李特進，自鳳翔赴鄜州，途經邠州作。

鶴注：李特進，當是李嗣業。《本傳》：京兆高陵人，因隨高仙芝平少勃律，加特進。禄山反，肅宗追之至鳳翔，上謁，嗣業忠毅憂國，不計居産，有宛馬千疋。《杜臆》：近侍之臣，徒步而歸，以見軍事倥偬之狀，命題有感。

明公壯年值時危㈠，經濟實藉英雄姿㈡。國之社稷今若是㈢，武定禍亂非公誰㈣。叙李公戡亂之才。

㈠《吴志》：孫堅謂張温曰：「明公親率天兵，威震天下。」

㈡《魏志》：曹操曰：「天下英雄，唯孤與使君。」

㈢《忠經》：苟利社稷，不顧其身。

㈣《通鑑》：魏賀拔軌謂宇文泰曰：「文足經國，武能定亂。」《國語》：輿人誦：喪田不懲，禍亂其興。

鳳翔千官且飽飯，衣馬不復扶又切**能輕肥㈠。青袍朝**音潮**士最困者㈡，白頭拾遺徒步歸㈢。**此自叙徒步之由。公往行在，麻鞋謁帝，有青袍而無朝服。《舊書》：至德二載二月，議大舉收復，盡括公私馬以助軍，故惟徒步而行。

㊀范雲詩：衣馬悉輕肥。

㊁孔融書：朝士最重儒術。

㊂《史》：白頭如新。　《燕國策》：匹夫徒步之士。

人生交契無老少去聲，**論**平聲**心**《英華》作心，一作交**何必先同調**去聲㊀。**妻子山中哭向天，須公櫪上追風驃**㊁。末言歸行須馬之意。　無老少，見忘年之交。何同調，見忘形之交。　魯訔注：時李特進守邠州，公便道經邠，作詩贈李，就借乘馬也。　此章三段，各四句。

㊀《説苑》：論交合友。　謝靈運詩：誰謂古今殊，異代可同調。

㊁櫪，馬槽也。　《古今注》：秦始皇七馬，一日追風。《洛陽伽藍記》：後魏河間王琛，遣使至波斯國，得千里馬，號曰追風。　《廣韻》：馬黄白色曰驃。

九成宫

張遠注：此途中所見，記事之作，下首同。　《唐書》：九成宫在鳳翔麟遊縣西五里，本隋仁壽宫。貞觀間修之以避暑，因更名焉。官周垣千八百步，并置禁苑及府庫官寺等，太宗、高宗嘗臨幸。《舊書》：九成宫總監一人，副監一人，丞簿録事各一人。魏徵《九成宫醴泉銘序》：九成宫，隋之仁壽宫也。冠山抗殿，絶壑爲池，跨水架楹，分巖竦闕，高閣周建，長廊四起，棟宇膠葛，臺榭參差。仰視則迢遰百尋，下臨則峥嶸千仞。珠璧交映，金碧相輝，照灼雲霞，蔽虧日月。觀其移山迴澗，窮泰極侈，以人從欲，良足深尤。

蒼山入百里㊀，**崖斷如杵臼**㊁。**曾**音層**宫憑風迴**一作迥㊂，**岌嶪土囊口**㊃。從九成宫叙起。山高宫敞，此遥望之勢。

㊀謝朓詩：眇眇蒼山色。

㊁《蕪城賦》：崒若斷崖。《水經注》：猶傳杵臼之迹。楊敬之《華山賦》：坳者似池，洼者似臼。

㊂相如《哀二世賦》：坌入層宫之嵯峨。谷口迴風，見其可以避暑。

㊃《西京賦》：狀崔峨以岌嶪。岌嶪，高峻貌。《風賦》：風起於地，浸淫於溪谷，盛怒於土囊之口。注：土囊，谷口也。

立神扶棟梁一作宇㊀，**鑿翠開户牖**㊁。**其陽産靈芝**㊂，**其陰宿牛斗**㊃。**紛披**一作扶**長松倒**一作側㊄，**揭𡾰魚列切怪石走**㊅。**哀猿啼一聲**㊆，**客淚迸林藪**㊇。此記故宫景物。上四言殿宇軒豁，下四言古跡蒼凉。

㊀《魯靈光殿賦》：神靈扶其棟宇。

㊁《老子》：鑿室以爲户牖。

㊂《西都賦》：其陽則崇山隱天，幽林穹谷；其陰則冠以九嵕，陪以甘泉。　酈炎詩：靈芝生河洲。

㊃孫逖詩：紗窗宿斗牛。

㊄庾信賦：紛披草樹。　《墨子》：荆有長松文梓。

㊅《魯靈光殿賦》：飛陛揭巇，緑雲上征。　揭巇，嶄巖貌。　《書·禹貢》：厥貢鉛松怪石。

㊆江總詩：哀猿數處愁。　古樂府：猿鳴三聲淚沾裳。

㊇劉珊詩：邊聲隕客淚。　蔡邕《薦皇甫規表》：藏器林藪之中。

荒哉隋家帝㊀，製此今頹朽。向使國不亡㊁，焉於虔切**爲巨唐有㊂。雖無新增修，尚置**《英華》作署**官居守㊃。巡非瑶水遠㊄，跡是雕牆後㊅。**此段叙事，言宫歷兩朝，有殷鑒不遠之意。

㊀《通鑑》：隋開皇十三年二月，詔營仁壽宫於岐山之北，夷山堙谷以立宫殿，崇臺累榭，宛轉相屬，役使嚴急，丁夫多死。

㊁《史記》：嚮使秦緩其刑罰。

㊂《海賦》：昔在帝嬀巨唐之世。

㊃置官，見題下注。

㊄王融《曲水》詩：穆滿八駿，如舞瑶水之陰。

㊅《書》：甘酒嗜音，峻宇雕牆。

我行陳作來**屬**之玉切**時危，仰望嗟嘆久㊀。天王守**晉、晁並作狩。趙云守，音狩**太白㊁，駐馬更**

搔一作回首㊂。末段叙情。對故宫而念新君，含無限興亡之感。《杜臆》：天王守太白，蓬萊且不能居，況九成遺跡乎？　此章首尾各四句，中二段各八句。

㊀《前漢·郊祀志》：百姓仰望。　《記》：長言之不足，故嗟歎之。

㊁時肅宗在鳳翔，故云天王守。《春秋》：天王狩於河陽。《唐書》：鳳翔郿縣有太白山。

㊂温子昇詩：駐馬詣當壚。　《詩》：搔首踟蹰。

玉華宫

《舊唐書》：貞觀二十一年七月，作玉華宫，詔玉華宫制度，務從菲薄，更令卑陋。二十二年詔曰：即澗疏隍，憑巖建宇，土無文繪，木不雕鏤，矯鋪首以荆扉，變綺窗於甕牖。《地理志》：貞觀二十年置玉華宫，在坊州宜君縣北七里鳳凰谷。永徽二年，廢爲玉華寺。《寰宇記》：廢玉華宫，在坊州宜君縣西四十里，貞觀十七年置。正殿覆瓦，餘皆葺茅。當時以爲清涼勝於九成宫。

溪迴一作廻松風長㊀，蒼鼠竄古瓦。不知何王殿㊁，遺構絶壁下㊂。陰房鬼火青㊃，壞道哀湍瀉㊄。萬籟真笙竽一作竽瑟㊅，秋色一作氣，一作光正一作極蕭灑㊆。首記舊宫淒涼。　松風屬聞，蒼鼠屬見，鬼火屬見，哀湍屬聞，萬籟屬聞，秋色屬見。

㈠《七發》：依絶區兮臨迴溪。梅聖俞曰：玉華宫前有溪，曰釀醁溪。劉孝綽詩：松風吹繐帳。

㈡朱注：玉華宫作於貞觀年間，去公時僅百載，而云「不知何王殿」者，何也？按《高僧傳》載，玄奘嘗於此譯經，意久廢爲寺，與九成之置官居守者不同，故人皆不知爲何王之殿耳，非公真昧其跡也。

㈢謝靈運詩：晨策尋絶壁。

㈣陸機《登臺賦》：步陰房而夏涼。《淮南子》：人血爲燐。《楚辭》：鬼火兮熒熒。

㈤《尚書傳》：傅氏之巖，在虞虢界，有澗水壞道。《説文》：湍，急瀨也。

㈥張正見詩：聊因萬籟響。《莊子》：敢問天籟。子綦曰：「夫吹萬不同，而使其自已也。」《墨子》：彈琴瑟，吹笙竽。

㈦周王褒詩：秋色照孤城。無名釋詩：瀟灑出樊籠。

美人爲黄土㈠，況乃粉黛假㈡。當時侍金輿㈢，故物獨石馬㈣。憂來藉草坐㈤，浩歌淚盈把㈥。冉冉征途間㈦，誰是長年者㈧。此撫遺迹而增慨也。即觀美人物化，孰是長年住世者，乃冉冉征途間乎，所以有感而歎息耳。上章以傷亂作結，本章以憂老作結。此章二段，各八句。

㈠江淹詩：美人歸重泉。王褒《僮約文》：早歸黄土陌。

㈡《列子》：鄭衛之處，粉白黛黑。樂府：粉黛不加飾。邵二泉注：粉黛假，謂殉葬木偶人也。

㈢《恨賦》：喪金輿及玉乘。

㈣古詩：所遇無故物。《西京雜記》：張丞相墓前有石馬。趙曰：當時必有隨輦美人，殁葬宫旁，故及之。梅聖俞曰：玉華宫近有晉苻堅墓。

㈤魏文帝詩：憂來無方，人莫知之。《説苑》：齊景公坐地，晏子獨搴草而坐。謝惠連詩：藉草繞回壑。

㈥《楚辭》：臨風怳兮浩歌。王微詩：傾筐未盈把。

㈦賈誼《惜誓賦》：壽冉冉而日衰兮。注：冉冉，漸也。徐陵詩：征途愁轉旆。

㈧《兩都賦》：神仙長年。《天台賦》：嗟人生之短期，孰長年之能執。

洪邁《容齋隨筆》云：張文潛暮年在宛丘，何大圭方弱冠，往謁之。凡三日，見其吟哦老杜《玉華宫》詩不絶口。大圭請其故。曰：「此章乃風雅鼓吹，未易爲子言。」大圭曰：「先生所賦，何必減此。」曰：「平生極力摹寫，僅有一篇稍似之，然未可同日語也。」遂誦其《離黄州》詩曰：「扁舟發孤城，揮手謝送者。山回地勢卷，天豁江面寫。中流望赤壁，石脚插水下。昏昏烟霧嶺，歷歷漁樵舍。居夷實三載，鄰里通假借。别之豈無情，老淚爲一灑。篙工起鳴舷，輕櫓健於馬。聊爲過江宿，寂寂樊山夜。」此其音響節奏，固似之矣。

羌村三首

此亦還鄜州時，道中作。夢弼曰：《鄜州圖經》：州治洛交縣。羌村，洛交村墟也。

崢嶸赤雲西㊀，**日脚下平地**㊁。**柴門鳥雀**當作鵲**噪**㊂，**歸客**一作客子**千里至**㊃。此旅人初至家而喜也。《杜臆》：荒村晚景，摹寫如畫。

㊀謝朓詩：崢嶸瞰平陸。郭璞曰：崢嶸，高峻也。《漢書·五行志》：赤雲起而蔽日。

㊁陳後主詩：日脚沉雲外。鮑照詩：瀉水置平地。

㊂曹植詩：柴門何蕭條。

㊃陸賈《新語》：乾鵲噪而行人至。謝靈運詩：歸客遂海隅。

妻孥怪我在㊀，**驚定**一作走**還拭淚**㊁。**世亂遭飄蕩**㊂，**生還偶然遂**㊃。**鄰人滿牆頭**㊄，**感歎亦歔**音虛**欷**叶音戲㊅。**夜闌更秉燭**㊆，**相對如夢寐**㊇。此記悲歡交集之狀。家人乍見而駭，鄰人遥望而憐，道出情事逼真。後二章，俱發端於此。亂後忽歸，猝然怪驚，有疑鬼疑人之意。偶然遂，死方幸免。如夢寐，生恐未真。司空曙詩：「乍見翻疑夢，相悲各問年。」是用杜句。陳後山詩：「了知不是夢，忽忽心未穩。」是翻杜語。此章，上四句，下八句。

㊀我在，如《論語》「子在」之在。

㊁梁簡文帝詩：拭淚空摇手。

㊂鮑照詩：世亂識忠良。古詩：飄蕩水無根。

㊃蔡琰曲：喜得生還兮逢聖君。《列子》：范氏之黨，以爲偶然。

㊄劉孝孫詩：鄰人思舊情。

⑥《楚辭》：曾歔欷余鬱邑。注：歔欷，哀泣之聲。

⑦蔡琰曲：更深夜闌兮夢汝來斯。樂府：晝短苦夜長，不如秉燭遊。陸放翁云：夜深宜睡而復秉燭，見久客喜歸之意。冷齋讀平聲，謂更換執燭，未然。

⑧《列子》：一里老幼，垂涕相對。沈約詩：神交疲夢寐。

王嗣奭曰：前有《述懷》、《得家書》二詩，公與家人，已知兩存矣。此云「妻孥怪我在」，「生還偶然遂」，何也？蓋此時盜賊方横，乘輿未回，人人不保，直至兩相面，而後知尚存，此亂世實情也。

王慎中曰：三首俱佳，而第一首尤絶，一字一句，鏤出肺腸，才人莫知措手，而婉轉周至，躍然目前，又若尋常人所欲道者。真國風之義，黄初之旨，而結體終始，乃杜本色耳。

申涵光曰：杜詩「鄰人滿牆頭」、與「群鷄正亂叫」，摹寫村落田家，情事如見。今人謂苦無詩料者，只是才弱膽小，觀此等詩，何者非料耶。

其二

晚歲迫偷生㊀**，還家少歡趣**㊁**。嬌兒不離**去聲**膝**㊂**，畏我復**扶又切**却去。憶昔好**去聲。一作多**追涼**㊃**，故繞池邊樹。蕭蕭北風勁**㊄**，撫事煎百慮**㊅**。**此章叙還家後事，承上妻孥來。急於回家，而仍少歡趣者，一爲父子久疏，一爲生計艱難也。不離膝，乍見而喜，復却去，久視而畏，此寫幼子情狀最肖。好追涼，去夏方暑。北風勁，今秋向冬矣。撫事百慮，傷禦寒無具。遠注：下四句，即《詩》「昔我往矣，楊柳依依。今我來思，雨雪霏霏」之意。

㊀隋孫萬壽詩：晚歲出函谷，方春度京口。　軍壘暫歸，故云偷生。《吴志》：秦旦曰：「孰與偷生苟活？」

㊁何遜詩：幽居乏歡趣。

㊂《前溪歌》：寧斷嬌兒乳。　《孝經》：親生之膝下。

㊃《仲長統傳》：濯清水，追涼風。　李德林詩：山水暫追涼。

㊄《詩》：北風其涼。

㊅江淹詩：伏枕懷百慮。

賴知禾黍《英華》作黍秫**收**㊀，**已覺糟牀注**㊁。**如今足斟酌**㊂，**且用慰遲暮**㊃。末乃對酒自慰，方幸家人完聚也。　慰遲暮，回應晚歲偷生，撫事百慮。　此章上八句，下四句。

㊀《麥秀歌》：禾黍油油兮。　趙曰：黍秫所以造酒。

㊁魯訔曰：酒牀，即酒醡也。

㊂《淮南子》：聖人之道，其猶中衢而致樽耶，至者斟酌，多少不同，各得其所宜。

㊃《離騷》：恐美人之遲暮。

其三

群雞正一作忽**亂叫**㊀，**客至雞鬭争**一云正生。**驅雞上**上聲**樹木**㊁，**始聞叩柴荆**㊂。**父老四五人**㊃，**問我久遠行**㊄。**手中各有攜，傾榼濁復**扶又切**清**㊅。此章記鄰里之情，承上鄰人來。

客至雞啼，見荒舍寂寥之景。清濁遞斟，各領村家酒味也。首章客至，公自謂；此章客至，指父老。

㈠應瑒詩：二部分曹伍，群雞焕以陳。

㈡《申鑒》：覩孺子之驅雞，而見御民之術。漢樂府：雞鳴高樹巔。

㈢謝靈運詩：俶裝返柴荆。

㈣《漢·高帝紀》：與父老約。漢樂府：兄弟四五人。

㈤古樂府：遠行不如歸。

㈥《左傳》：行人執榼承飲，造於子重。《酒德頌》：挈榼提壺。榼，酒榼。《魏志》：徐邈曰：「酒清者爲聖人，濁者爲賢人。」

莫從《英華》。一作苦**辭酒味薄**㈠，**黍地無人耕**。**兵革既未息**㈡，**兒童**一作郎**盡東征**㈢。**請爲**去聲**父老歌**，**艱難愧深**一作餘**情**㈣。**歌罷仰天歎**㈤，**四座涕**一作淚**縱**平聲**横**㈥。再叙飲中問答，皆亂後悲傷之意。莫辭四句，代述父老之語。請爲二句，致謝父老之詞。歌罷而歎，公傷亂也。聽歌而涕，父老酸心也。《杜臆》：兒當兵革，故莫耕而酒薄，此正艱難處，乃能用情如是，故感而有愧。金氏曰：艱難愧深情，即所歌之詞。此章上下各八句。

㈠《莊子》：魯酒薄而趙酒厚。《説苑》：器薄則亟毁，酒薄則亟酸。

㈡《過秦論》：兵革不休。

㈢潘岳《閒居賦》：兒童稚齒。東征，討安禄山也。

㈣《詩》：遇人之艱難矣。陶淵明《九日閒居》：緬焉起深情。

㈤《韓非子》：造父終日不食，仰天而歎。

㈥孔融詩：高談滿四座。《長門賦》：涕流離而縱橫。

杜詩每章各有起承轉闔，其一題數章者，互爲起承轉闔。此詩首章是總起。次章，上四句爲承，中四句爲轉，下四句爲闔。三章，上八句爲承，中四句爲轉，下四句爲闔。此詩法之可類推者。

北征

公遭禄山之亂，自行在往鄜州，鄜州在鳳翔東北，故以《北征》命篇。鶴注：此詩述在路及到家之事，當在羌村後，至德二載九月作，故云：「菊垂今秋花。」班彪作《北征賦》：用以爲題。

皇帝二載上聲**秋**㈠**，閏八月初吉**㈡**。杜子將北征**㈢**，蒼茫問家室**㈣**。**首段從北征問家叙起。

㈠《春秋繁露》：德侔天地者，稱皇帝。蔡邕《獨斷》：秦承周末，自以爲德兼三王，功包五帝，故并以爲號，漢因之而不改。

㈡《詩》：二月初吉。初吉，朔日也。

㈢《楚辭》：駕玄螭兮北征。

㈣陰鏗詩：蒼茫歲欲晚。蒼茫，急遽之意。《詩》：宜其家室。

維時遭艱虞一作危㊀，朝音潮野少暇日㊁。顧慚恩私被㊂，詔許歸蓬蓽㊃。拜一作奉辭詣闕下一云閤門㊄，怵惕久未出㊅。雖乏諫諍姿㊆，恐君有遺失㊇。君誠中去聲興主，經緯固密勿㊈。東胡反未已㊉，臣甫憤所切⑪。揮涕戀行在⑫，道途一作路猶恍惚⑬。乾坤含陳浩然本作合瘡痍⑭，憂虞何時畢⑮。次述辭朝戀主之情。上八，欲去不忍，憂在君德。下八，既行猶思，憂在世事。

㊀王洙曰：時房琯得罪，甫上言：琯罪細不宜免。帝怒，詔三司推問。甫謝，因稱琯宰相子，少自樹立，有大臣體。帝不省録，詔放甫歸鄜州。　庾信《哀江南賦》：逮永嘉之艱虞。

㊁張協詩：朝野多歡娱。　王粲《登樓賦》：聊暇日以銷憂。　夢弼曰：少暇日，謂軍興之際，公私不遑安處。

㊂顧慚，自顧慚愧也。　裴松之《三國志注表》：顧慚二物。　曹植詩：不得顧恩私。

㊃傅咸詩：歸身蓬蓽廬。

㊄《晉史論》：陳王就國，則拜辭隕涕。　班彪詩：上書詣闕下。

㊅曹植詩：皇恩過隆，祇承怵惕。

㊆《孔叢子》：犯顔諫諍，公正無私。

㊇公爲拾遺，故恐君有遺失。　《前漢・張安世傳》：無所遺失。

㊈《文心雕龍》：經緯區宇，彌綸彝憲。　傅亮表：密勿軍國，心力俱盡。密，秘也。勿，黽勉也。

〔一〇〕東胡，指安慶緒。

〔一一〕鍾惺曰：臣甫，用章奏字面，如對君語。《家語》：敬姜曰：「無揮涕。」

〔一二〕行在，見《竄鳳翔》詩。

〔一三〕《法言》：人心恍惚。

〔一四〕《漢書》：瘡痍者未起。《説文》：痍，傷也，金瘡也。

〔一五〕《易》：悔吝者，憂虞之象也。

靡靡踰阡陌〔一〕，人烟眇蕭瑟一作索〔二〕。所遇多被傷〔三〕，呻吟更流血〔四〕。回首鳳翔縣，旌旗晚明滅〔五〕。前登寒山重平聲〔六〕，屢得飲馬窟〔七〕。邠郊入地底〔八〕，涇水中蕩潏〔九〕。猛虎立我前〔一〇〕，蒼崖吼時裂。菊垂今秋花，石帶一作戴。一作載古車轍〔一一〕。青雲動高興去聲〔一二〕，幽事亦可悅〔一三〕。山果多瑣細〔一四〕，羅生雜橡栗〔一五〕。或紅如丹砂〔一六〕，或黑如點漆〔一七〕。雨露之所濡〔一八〕，甘苦一作酸齊結實〔一九〕。緬一作縹思桃源內，益歎身世拙。坡陀望鄜畤〔二〇〕，巖谷郭作谷巖互出沒〔二一〕。我行已水濱〔二二〕，我僕猶木末〔二三〕。鴟鳥一作梟鳴黃桑〔二四〕，野鼠拱亂穴〔二五〕。夜深一作中經戰場〔二六〕，寒月照白骨〔二七〕。潼關百萬師，往者散一作敗何卒昌活切〔二八〕。遂令平聲半秦民〔二九〕，殘害爲異物〔三〇〕。此歷叙征途所見之景。既踰越阡陌，復回顧鳳翔，自此而過邠郊、望鄜畤，家鄉漸近矣。大約菊垂以下，皆邠土風物，此屬佳景。坡陀以下，乃鄜州風物，此屬慘景。周甸

注：途中所歷，有可傷者，有可畏者，有可喜者，有可痛者。申涵光曰：丹砂數句，混然元化。我行二句，儼若畫圖。

㊀《詩》：行邁靡靡。　王粲詩：悠悠涉荒路，靡靡我心愁。四望無烟火，但見陌與阡。《漢書注》：南北曰阡，東西曰陌。

㊁曹植詩：千里無人烟。　眇，少也。　陶潛詩：蕭瑟室宇中。

㊂被傷，戰士之帶傷者。

㊃《列子》：周之尹氏，有老役夫，晝則呻吟即事。呻吟，聲引氣也。《國策》：流血成川。　元年十月，房琯有陳陶、青坂之敗。二年，郭子儀復有清渠之敗。故云：「呻吟更流血。」

㊄《家語》：旌旗繽紛。　沈約詩：雲華乍明滅。

㊅陰鏗詩：寒山但見松。　重，重疊也。

㊆古樂府：飲馬長城窟。

㊇《唐書》：邠州新平郡，屬關内道。杜篤《論都賦》：瘞后土，禮邠郊。　胡夏客曰：入地底，暗用陶復陶穴事，其俗尚窟居也。《甘泉賦》：窺地底而上回。

㊈《括地志》：徑水發源涇州，東南流邠州界，至高陵入渭。《九域志》：邠距涇才百五十里。　《海賦》：蕩潏島濱。　蕩潏，水流貌。　陳子昂詩：雲海方蕩潏。

⑩陸機詩：猛虎憑林嘯。又：狐獸更我前。

⑪《左傳》：周穆王周行天下，將必有車轍馬跡焉。

⑫阮籍詩：託志青雲上。　殷仲文詩：能使高興盡。

⑬鍾惺曰：幽事六句，當奔走愁絶時，偏有閒心清眼，看景入微。

⑭支遁詩：芳泉代甘醴，山果兼時珍。

⑮《高唐賦》：芳草羅生。

⑯晉摯虞流離鄠杜間，拾橡栗而食。《廣韻》：橡，櫪實也。《本草》：其實似栗實而小。　左思《蜀都賦》：丹砂赩熾出其坂。

⑰《世説》：王右軍見杜弘治，歎曰：「面如凝脂，眼如點漆。」

⑱《淮南子》：雨露所濡，化生萬物。

⑲又：嘗百草之滋味，水泉之甘苦。　《景福殿賦》：結實秋商，敷華青春。

⑳綖注：鄜畤，即鄜州，公家所在，時地高而遠先見也。《漢·郊祀志》：秦文公夢黄蛇自天而下，止於鄜衍，作鄜畤，用三牲郊祀白帝。

㉑薛道衡詩：鸞旗歷巖谷。　劉繪詩：出没萬重山。

㉒《詩》：我行其野。　《左傳》：君其問諸水濱。《杜臆》：公先至水濱，望家切，而行步速也。

㉓《詩》：我僕痡矣。　《楚辭》：搴芙蓉兮木末。

㉔《詩》：鴟鴞鴟鴞。　注：鴟梟，鵂鶹，惡鳥。《爾雅》：茅鴟，怪鴟。　郭璞注：茅鴟，今鴝似鷹。　怪鴟，

即鵂鶹，一名角鵄，鳴即雨，晝無見，夜即飛。《詩》：桑之落矣，其黄而隕。
（二五）《漢書·蘇武傳》：掘野鼠，去草實而食之。《説文》：江東大鼠，能人立，以前兩脚拱頭跳舞。
（二六）蘇武詩：行役在戰場。
（二七）張率詩：平臺寒月色。　王粲詩：白骨蔽平原。
（二八）《哥舒翰傳》：翰率兵出關，次靈寶縣之西原，爲賊所乘，自相踐躪，墜黄河死者數萬人。　庾信《哀江南賦》：百萬義師，一朝卷甲。　散何卒，倉卒散失也。
（二九）長安舊爲秦地，故曰秦民。《史記·白起傳》：天下不樂爲秦民之日久矣。
（三〇）《何承天集》：徒以殘害剥辱。　《鵩賦》：化爲異物兮，又奚足悲。

況我墮一作隨胡塵（一），及歸盡華音花髮（二）。經年至茅屋（三），妻子衣百結（四）。慟哭松聲迴一作迴（五），悲泉共幽一作鳴咽入聲（六）。平生所嬌一作驕兒（七），顔色白勝雪（八）。見耶背音悖面啼（九），垢膩脚不襪（一〇）。牀前兩小女，補綴一作綻才一作纔過膝（一一）。海圖拆一作坼波濤（一二），舊繡移曲折（一三）。天吴及紫鳳（一四），顛倒在裋一作短褐（一五）。老夫情懷惡，嘔泄一作咽卧數日（一六）。一云：數日卧嘔泄。那無一作能囊中帛，救汝寒凜慄。粉黛亦解苞一作包（一七），衾裯稍羅列（一八）。瘦妻面復扶又切光，癡女頭自櫛（一九）。學母無不爲，曉妝隨手抹（二〇）。移時施朱鉛（二一），狼籍畫眉闊（二二）。生還對童稚（二三），似欲忘饑渴（二四）。問事競挽鬚，誰能即瞋喝。翻思在賊愁，甘受雜亂聒（二五）。

新歸且慰意，生理焉於虔切**得説**一作脱㊅。

此備寫歸家悲喜之狀。裋褐以上，乍見而悲，極夫妻兒女至情。老夫以下，悲過而喜，盡室家曲折之狀。在賊四句，繳上以起下，所憂在君國矣。

㊀《晉·劉聰載記論》：昔幽后不綱，胡塵暗於戲水。

㊁劉向《新序》：士亦華髮墜顛而後可用。

㊂何遜詩：洛陽城東西，却作經年別。

㊃子夏衣若懸鶉百結。王隱《晉書》：董威輦拾殘繒，輒結爲衣，號曰百結。

㊄阮籍車駕所窮，慟哭而返。宋玉《高唐賦》：虚聞松聲。

㊅陶潛詩：驟驥感悲泉。古歌：隴頭流水，鳴聲幽咽。

㊆陶詩：嬌兒索父啼。

㊇《杜臆》：白勝雪，乃饑色。

㊈《韻府》：俗人謂父曰耶，亦作爺。

㊉《南史》：陰子春，身服垢污，脚數年一洗。沈佺期詩：窮囚多垢膩。《説文》：襪，足衣也。自三代有之，謂之角襪。

⑪《記·内則》：衣裳綻裂紉，箴請補綴。

⑫《杜臆》：海圖四句，乃故家窮狀。《淮南子》：起波濤。

⑬王褒《講德論》：曲折不失節。

(一四)趙注：天吴，海圖所畫之物。紫鳳，舊繡所刺之物。剪舊物以補豎衣，故拆移而顛倒也。木華《海賦》：天吴乍見而髣髴。《山海經》：朝陽之谷有神曰天吴，是爲水伯，虎身人面，八首、八足、八尾，背青黄色。又：丹穴之山，有鸑鷟，鳳之屬也，五色而多紫。

(一五)《詩》：顛倒衣裳。《方言》：關西謂襜褕短者爲裋褐。《漢書注》：裋，謂僮豎所著之襦。褐，毛布也。《始皇紀》：寒者利裋褐。

(一六)淮南王安書：夏月暑時，嘔泄霍亂之病，相隨屬也。

(一七)古詩：面以粉黛似空青。

(一八)《詩》：抱衾與裯。箋：衾，被也，即寢衣。裯，牀帳也。揚雄賦：駢羅列布，鱗以雜沓兮。

(一九)《左傳》：晉嬴氏曰：「寡君使婢子侍執巾櫛，以固子也。」注：櫛，梳比總名。

(二〇)沈佺期詩：斜光映曉妝。

(二一)朱鉛，即丹粉也。宋玉《好色賦》：臣東家之子，着粉則太白，施朱則太赤。

(二二)《史記·淳于髡傳》：杯盤狼籍。《七命》：瀾漫狼籍。狼所卧處，草皆披靡，曰狼籍。《前漢書》：張敞爲婦畫眉。漢《城中謡》：城中好廣眉，四方且半額。錢箋：劉績《霏雪録》云：唐時婦女畫眉尚闊，《北征》云「狼籍畫眉闊」，張籍《倡女詞》有「輕鬢叢梳闊掃眉」之句，蓋當時所尚如此。

(二三)雷次宗書：吾童稚之年，已懷遠略。

(二四)《詩》：苟無饑渴。

㉕陶詩：父老雜亂言。《左傳》：聒而與之語，過期。

㉖陸機詩：生理各萬端。

至尊尚蒙塵㊀，幾日休練卒㊁。仰觀一作看天色改㊂，坐一作旁覺妖一作祅氛一作氣豁㊃。陰風西北來㊄，慘澹隨回紇一作鶻㊅。其王願助順，其俗善一作喜馳突㊆。送兵五千人㊇，驅馬一萬匹㊈。此輩少爲貴㊉，四方服勇決⑪。所用皆鷹騰，破敵過一作如箭疾⑫。聖心頗虛佇⑬，時議氣欲奪⑭。此憂借兵回紇之害。妖氛豁，天意回矣。回紇助，人心順矣。此興復大機也。但借兵外夷，終爲國患，故云「少爲貴」。虛佇，帝望回紇。氣奪，群議沮喪。趙次公曰：不用外兵，而用官軍，此即當時之議。前二段，分應北征問家。後三段，申恐君遺失之故。

㊀《左傳》：臧文仲曰：「天子蒙塵於外，敢不奔問官守。」《漢書注》：天子在外曰蒙塵。

㊁《吴越春秋》：揀士練卒。

㊂陶潛詩：遠眺同天色。

㊃魏文帝書：用給左右，以除妖氛。

㊄顔廷之詩：陰風振涼野。

㊅《唐書·回鶻傳》：回紇，其先匈奴。元魏時號高車部，或曰敕勒，訛爲鐵勒。隋曰回紇，亦曰韋紇。至德元載九月，回紇遣其太子葉護，率兵四千，助國討賊。肅宗宴賜甚厚，命廣平王見葉護，約爲兄弟。葉護大喜，稱王爲兄。趙曰：隨回鶻，當以回紇爲正。憲宗元和四年，始請易號回

鶻，言捷鷙猶鶻然。　《後漢・郎顗傳》：助順元氣。
⑦孔德璋詩：漢家嫖姚將，馳突匈奴庭。　馳突，馳驟衝突也。
⑧《晉・趙王倫傳》：從兵五千人。
⑨《詩》：驅馬悠悠。　《國策》：張儀曰：「車千乘，騎萬匹。」
⑩《晉・石勒傳》：令我與此輩共事。　《記》：禮有以少爲貴者。
⑪司馬遷書：勇之決也。　《回紇傳》：其人驍强，初無酋長，逐水草轉徙，善騎射，喜盜鈔。
⑫《淮南子》：破敵陷陣，莫能壅禦。　庾信詩：箭飛如疾羽。　隋煬帝取桃竹白羽箭，賜佛羅酋長曰：「此事宜速，使疾如箭也。」
⑬《大戴禮》：聖心備矣。《世説》：桓温悵然失望，向之虚佇，一時都盡。
⑭《後漢・許劭傳》：劭與從兄靖不睦，時議以此少之。　王粲《羽獵賦》：魂亡氣奪。　《魏志》：吴人奪氣。

伊洛指掌收①**，西京不足拔。官軍請深入**②**，蓄鋭可**一作何。浩然本作伺**俱發**③**。此舉開青徐**④**，旋瞻略恒碣**⑤**。昊天積霜露**⑥**，正氣有肅殺**⑦**。禍轉亡胡歲**⑧**，勢成擒胡月**⑨**。胡命其能久，皇綱未宜絶**⑩**。**　此陳專用官軍之利。　是時名將統兵，奇正兼出，可以收兩京、定河北，而擒安史，此爲制勝萬全之策。　朱注：當時李泌之議，欲令建寧並塞北出，與光弼犄角，以取范陽，所見正與公同。　綖注：公以乞師回紇爲非計，故云：「聖心頗虚佇，時議氣欲奪。」又謂官軍直可乘勝長驅，故云：「此舉開青徐，旋瞻略恒碣。」唯此議不行，回紇果爲唐患，而河北迄非唐有，其云：「雖乏諫諍姿，恐君有遺失。」蓋爲此也。公嘗自比稷契，其經綸概見於此矣。　昊天六句，仍以天意決其必勝也。

㊀陸機詩：伊洛有岐路。　《抱朴子》：八極之外，如在指掌。

㊁《出師表》：深入不毛。

㊂蓄，養也。鋭，鋒利也。

㊃杜預疏：此舉十有八九利。　青、徐，《禹貢》二州名，在山東。

㊄恒山、碣石，在東北。《書》：太行恒山，至於碣石。

㊅《詩》：昊天曰明。　《記》：霜露既降。

㊆《春秋演孔圖》：正氣爲帝。　漢《郊祀歌》：西顥沆蕩，秋氣肅殺。

㊇《翼奉傳》：轉禍爲福。

㊈《酉陽雜俎》：禄山死，太白蝕月。

㊉崔駰《達旨》：皇綱云緒，帝紀乃設。　宋明帝即位詔：皇綱絶而復紐。

憶昨一作昔狼狽初㊀，事與古先別必列切㊁。姦臣竟葅醢㊂，同惡隨蕩析㊃。不聞夏殷胡仔云：當作殷周衰㊄，中自誅妹妲諸本作褒妲。周漢獲再興，宣光果明哲㊅。桓桓陳將軍㊆，仗鉞奮忠烈㊇。微爾人盡非㊈，於今國猶活㊉。　此借鑒楊妃，隱憂張良娣也。　許彦昭曰：禍亂既作，惟賞罰當，則能再振，否則不可支矣。陳玄禮首議誅國忠太真，無此舉，雖有李郭，不能奏匡復之功，故以活國許之。　欲致興復，當先去女戎。

㈠《魏志》：曹操曰：「淯水之難，吾猶狼狽。」《酉陽雜俎》：狽，兩足絶短，每行駕兩狼，失之則不能行。

㈡《吴都賦》：古先帝代。

㈢姦臣，謂楊國忠。同惡，謂虢國夫人輩。　陸機《辯亡論》：姦臣竊命。　《漢書》：韓彭葅醢。

㈣《書》：同惡相濟。　又：今我民用蕩析離居。

㈤從夏殷爲是，下有周漢也。妹喜、妲己，桀紂所嬖，舊作褒妲，疑誤。

㈥《書》：明哲實作則。　周宣、漢光皆中興主。《舊唐書》：上至馬嵬驛，左龍武大將軍陳玄禮，整比六軍以從。玄禮以禍由楊國忠，欲誅之。命吐蕃使者遮國忠馬，訴以無食。國忠未及對，軍士呼曰：「國忠謀反。」遂殺之，以槍揭其首。上出驛門，慰勞軍士，令收隊。軍士不應，使高力士問之。玄禮對曰：「國忠謀反，貴妃不宜供奉，願陛下割恩正法。」上令力士引貴妃於佛堂，縊殺之。

㈦《詩》：桓桓於征。　注：桓桓，武勇貌。

㈧《書》：左仗黄鉞。　《後漢書》：海内忠烈張元節。

㈨微爾，即微管仲之意。

㈩孫楚《與孫皓書》：愛民活國，道家所尚。

淒涼大同殿㈠，寂寞白獸闥㈡。都人望翠華㈢，佳氣向金闕㈣。園陵固有神㈤，掃灑數不缺㈥。煌煌太宗業㈦，樹立甚宏達㈧。終以太宗事業，望中興之主。當時舊國思君，陵寢無恙，其光復在指顧間矣。此章大旨，以前二節爲提綱。首節北征問家，乃身上事，伏第三、四段。次節恐君遺失，乃意中事，伏五、六、七段。公身爲諫官，外恐軍政之遺失，内恐官闈之遺失，凡辭朝時，意中所欲言者，皆罄露於斯。此其脈理之照應也。若通篇搆局，四句起，八句結，中間三十六句者兩段，十六句者兩段，後面十二句者兩段，此又部伍之整嚴也。

㈠庾信詩：淒涼多怨情。《長安志》：南内，興慶宫勤政樓之北，曰大同門，其内大同殿。天寶七載，大同殿柱産玉芝，有神光照殿。

㈡庾信《小園賦》：寂寞人外。《三輔黄圖》：未央宫，有白虎殿。唐避太祖諱，改爲獸。白獸闥，即白獸門也。

㈢《上林賦》：建翠華之旗。注：以翠羽爲旗上葆也。

㈣佳氣，注見前。《神異經》：東北大荒中，有金闕，高百丈。蔡曰：金闕，謂以金飾闕門。

㈤後漢郎顗疏：園陵至重，聖神攸憑。

㈥張悛《爲諸孫置守冢人表》：掃除塋壟。《舊書》：天寶十載正月，太廟置内官，灑掃諸陵廟。

㈦《淮南王歌》：煌煌上天。

㈧傅毅詩：靡所樹立。陸機《高祖功臣贊》：曲逆宏達。

羅大經曰：唐人每以李杜並稱，至宋朝諸公，始知推尊少陵。東坡云：古今詩人多矣，而惟杜子美爲首，豈非以其饑寒流落，一飯未嘗忘君與。又云：《北征》詩識君臣大體，忠義之氣，與秋色争高，可貴也。

范梈曰：孫莘老嘗謂老杜《北征》詩勝退之《南山》詩，王平甫以爲《南山》勝《北征》，終不能相服。時山谷尚少，乃曰：若論工巧，則《北征》不及《南山》，若書一代之事，與國風、雅、頌，相爲表裏，則《北征》不可無，而《南山》雖不作未害也。二公之論遂定。

王嗣奭曰：昌黎《南山》，韻賦爲詩，少陵《北征》，韻記爲詩，體不相蒙。《南山》琢鏤湊砌，詰屈奇怪，創體傑出，不可無一，不可有二，不易學，亦不必學，總不脱文人習氣。《北征》固是雅調，古來詞人多用之，如韓之《赴江陵寄三學士》等作，庶可與之雁行也。又曰：其篇法幻妙，若有照應，若無照應，若有穿插，若無穿插，不可捉摸。

李長祥曰：杜詩每有起得極厚，而無頭重之嫌；收得極詳，而無尾大之迹。《北征》中間，歷言室家情緒，乃本題正意，故不見腹脹之病。

葉夢得曰：長篇最難，晉魏以前，無過十韻者，蓋古人以意逆志，初不以叙事傾倒爲工。至杜子美《北征》、《述懷》諸篇，窮極筆力，如太史公記傳，此古今絶唱也。

胡應麟曰：杜之《北征》、《述懷》，皆長篇叙事，然高者尚有漢人遺意，平者遂爲元白濫觴。李《送魏萬》等篇，自是齊梁，但才力加雄，辭藻增富耳。

唐汝詢曰：杜五言古，體情莫妙於《三别》，嘆事莫核於《三吏》，自訴莫苦於「紈袴」，經濟莫備於《北征》。《夢李白》、《寫懷》見其高，《望嶽》、《慈恩寺》取其壯。他若《留花門》、前後《出塞》、《玉華》、《九成》諸作，胸中羅宇宙，無所不有，斯見其大。

鍾惺曰：讀少陵《奉先詠懷》、《北征》等篇，知五言古長篇不易作。當於潦倒淋漓、忽正忽反、若整若亂、時斷時續處，得其篇法之妙。

魏泰道輔曰：唐人詠馬嵬之事尚矣，世所稱者，劉禹錫云：「官軍誅佞倖，天子捨妖姬。」白樂天云：「六軍不發無奈何，宛轉蛾眉馬前死。」此乃官軍背叛，逼迫明皇，不得已而誅貴妃也，頗失事君之禮。老杜《北征》詩曰：「不聞夏殷衰，中自誅褒妲。」蓋言明皇畏天悔禍，賜妃子以死，無預官軍也。

行次昭陵

朱注：昭陵在醴泉，近涇陽，直京師之北。《草堂詩箋》序於《北征》詩後，良是。蓋省家鄜州，道經此也。黄鶴編在天寶五載，謂西歸應詔時作，大謬。　今按：題云「行次」，是便道經行，而次於陵前，當從朱説爲正。《唐書》：京兆府醴泉縣有九嵕山，太宗昭陵在西北六十里。

舊俗疲庸主㈠，群雄問獨夫㈡。識歸龍鳳質㈢，威定虎狼都㈣。首叙太宗戡亂之功。　庸主，指六朝諸君。群雄，指李密、竇建德輩。獨夫，指隋煬帝。龍鳳質，真主出也。虎狼都，關中入也。疲，凋敝。問，問罪。讖，符讖。威，兵威也。

㈠《國語》：卒歷代之舊俗。　《史記・范雎傳》：庸主賞所愛而罰所惡。

㈡《世説》：喬玄謂曹公曰：「天下方亂，群雄虎争。」李百藥《皇德頌》：定群雄之逐鹿，拯方割之爲魚。　《書》曰：獨夫紂。朱注：《隋書》：楊玄感謂游元曰：「獨夫肆虐，陷身絶域，此天亡之時也。」

㈢《舊唐書》：太宗方四歲，有書生見之曰：「龍鳳之姿，天日之表，年將二十，必能濟世安民。」

㈣隋都關中，即秦舊地。張綎注：太宗得天下根本，在先據關中。　《蘇秦傳》：秦，虎狼之國也。　顧炎武《日知録》：以虎狼爲秦分野，蓋據《天官書》，西宮參爲白虎，東一星曰狼。《秦本紀贊》：據狼弧，蹈參伐，此另一説。

天屬尊《堯典》㈠**，神功協《禹謨》**㈡**。風雲隨絶**一作逸**足**㈢**，日月繼**一作亭**高衢**㈣**。文物多師古**㈤**，朝**音潮**廷半老儒**㈥**。直詞寧戮辱**㈦**，賢路不崎嶇**㈧**。**此記貞觀致治之盛。　《堯典》，《尚書》篇名。高祖謚神堯，禪位太宗，故曰「尊《堯典》」。《禹謨》言九功惟叙，太宗樂名九功舞，故曰「協《禹謨》」。　朱注：李靖房杜諸公，乘風雲之會，依日月之光。　師古，如製雅樂，定律令，議封建之類。老儒，如用虞世南諸學士。直辭，如納王珪、魏徵之諫。賢路，如召馬周、劉子翼皆是。　許顗彦周曰：「文物多師古」四句，見太宗智勇英特，武定天下，而能如此，最盛德也。

㈠《莊子》：彼以利合，此以天屬。　洙曰：天屬，父子也。

㈡魏收詩：導水逼神功。

㈢《後漢書》論中興二十八將：咸能感會風雲，奮其智勇。　魏文帝《與孫權書》：中國雖饒馬，其知名絶足，亦時有之。

㈣《登樓賦》：唯日月之逾邁兮，俟河清其未極。　冀王道之一平兮，假高衢而騁力。　沈約《齊安陸昭王碑》：氣藴風雲，身負日月。

㈤《左傳》：臧哀伯曰：「文物以紀之。」　《書·説命》：事不師古，以克永世，非説攸聞。

㈥賈山《至言》：今方正之士，皆在朝廷矣。　宋宗炳論：柱下翁，直是知禮老儒。

㈦《説苑》：晏子曰：「明君在上，下有直詞。」　《後漢·鄧后紀論》：建光之後，遂乃名賢戮辱，便孽黨進。

㈧《前漢·劉向傳》：通賢者之路。　潘岳詩：在疚妨賢路。　《南都賦》：下蒙籠而崎嶇。《廣雅》：崎嶇，傾側也。

往者災猶降㈠，**蒼生喘未蘇**㈡。**指麾安率土**㈢，**盪滌撫洪鑪**㈣。此再叙當時仁政，以補上文所未備。自隋末大水，餓殍滿野，至貞觀初年，連遭水旱，是往者之天災猶降，而民困尚未蘇也。太宗則勤恤以安民，修省以回天，如吞蝗而畿輔不災，肆赦而所在皆雨，遂能安率土，撫洪鑪矣。　一説：此從天寶之亂，追想太宗，當禄山陷京，是隋末災殃再降於今，以致生民重困，故想太宗神靈，指麾而蕩滌之。

今按：前説文意平順，本於張南湖、王右仲。後説語氣陡健，本於唐仲言、朱長孺。兹以前條爲主。

㊀錢箋：班固《東都賦》：往者王莽作逆，漢祚中缺，天人致誅，六合相滅，秦項之災，猶不克半，上帝懷而降監，乃致命乎聖皇，紹百王之荒屯，因造化之盪滌。班賦序建武克命之事，幾二百言，此詩隱括以二十言。《左傳》：孤實不德，天降之災。

㊁《書》：至於海隅蒼生。喘，氣疾也。蘇，息緩也。

㊂《漢書》：陳平對漢王曰：「去兩短，集兩長，天下指揮即定矣。」《詩》：率土之濱。

㊃歐陽公曰：「蕩滌撫洪鑪」，謂陶成天下如洪鑪。《漢紀》：陳琳曰：「此猶鼓洪鑪燎毛髮耳。」

壯士悲陵邑㊀，**幽人拜鼎湖**㊁。**玉衣晨自舉**㊂，**鐵**《英華》作石**馬汗常趨**㊃。**松柏瞻虛**一作靈**殿**㊄，**塵沙立暝**樊作暗**途**㊅。**寂寥開國日**㊆，**流恨滿山隅**㊇。末乃行次昭陵而有感也。壯士，指守陵者。幽人，公謁陵也。玉衣鐵馬，見靈爽猶存。松柏塵沙，歎景色荒涼。傷今思昔，故對山隅而流恨耳。　此章起首中腰各四句，前後二段各八句。

㊀《韓信傳》：何爲斬壯士。《西都賦》：三選七遷，充奉陵邑。

㊁《易》：幽人貞吉。《漢·郊祀志》：黄帝鑄鼎荆山下。鼎成，有龍垂胡髯下迎。帝騎龍上天，後人名其地爲鼎湖。

㊂《列子》：日日獻玉衣，旦旦進玉食。《漢儀注》：以玉爲衣，如鎧狀，連綴之，以黄金爲縷。《漢武故事》：高皇廟中，御衣自篋中出，舞於殿上。《王莽傳》：杜陵便殿乘輿虎文衣廢藏在室匣者出，自樹立外堂上，良久乃委地，莽惡之。

㈣陸倕《石闕銘》：鐵馬千群，朱旗萬里。　庾信碑銘：碑枕金龜，松横石馬。《西京雜記》：陳縞見張丞相墓前石馬。　按：玉衣既用漢事，則鐵馬亦當援引古典。考《南史》：蕭猷爲益州刺史，遇齊苟兒反，衆十萬攻城。猷兵糧俱盡，遥禱楚王廟神，請救。是日有田老，逢一騎浴鐵從東方來，俄有數百騎如風，一騎過飲，田老問爲誰，曰：「吴興楚王，來救臨汝侯。」此時廟中侍衛土偶，皆泥濕如汗。是月猷大破苟兒。鐵馬汗趨，疑用此事。　錢箋：《唐會要》：高宗欲闡揚先帝徽烈，乃刻石爲常所乘破敵馬六匹於昭陵闕下。《安禄山事蹟》：潼關之戰，我軍既敗，賊將崔乾祐領白旗，引左右馳突。又見黄旗軍數百隊，官軍潛謂是賊，不敢偪。須臾，見與乾祐鬭，黄旗軍不勝，退而又戰者不一，俄不知所在。後昭陵奏，是日靈宫前石人馬汗流。李義山《復京》詩：「天教李令心如日，可要昭陵石馬來。」韋莊《再幸梁洋》詩：「興慶玉龍寒自躍，昭陵石馬夜空嘶。」皆記此事。　顧炎武曰：昭陵六馬至今見存，皆琢石爲屏，刻石馬於其上，其文凸起，非全馬也。

㈤《詩》：松柏丸丸。《春秋含文嘉》：天子墳高三仞，樹則松。諸侯半之，樹則柏。　錢箋：《唐會要》開元十七年，玄宗謁昭陵，彷佛見太宗立於神遊殿及寢宫，聞室中謦咳之音。　何思澄詩：虚殿簾帷静。

㈥薛道衡詩：塵沙塞下暗。　陶弘景詩：暝途載誰賞。

㈦《楚辭》：聲嗷嗷以寂寥兮。　《易》：大君有命，開國承家。

㈧沈約詩：流恨滿青松。　鮑照詩：高墳纍纍滿山隅。

黄生曰：此章分兩段，前六韻言太宗創業垂統之事，後六韻言目前天下未安，固有太宗不作之恨耳。又曰：昭陵武功文德，只六韻述盡，可謂鉅筆如杠。《堯典》、《禹謨》之句，叙繼統事，尤見大力斡旋。又曰：唐仲言云：明皇任楊李亂政，故有災猶降、喘未蘇之歎，因思向者之安撫而不可得，是以向山隅而流恨。舊作隋末之亂者非。按：此説甚是。蓋從文物四句讀下，便見今日之朝廷，事事與之相反。開元之治，媲美貞觀者，今已掃地。有志之士，皆爲當路沮抑而不得進，安得不望昭陵而興悲乎？後來杜牧亦有「樂游原上望昭陵」之句，蓋昭陵之時，士無不遇之歎也。又曰：錢牧齋引《禄山事跡》，有黄旂助戰、石馬汗流事，謂此詩作於收京之後。災猶降，指天寶之亂，指麾盪滌，頌收復之功，若天寶初，安得先舉昭陵石馬事耶。蓋《英華》本鐵字作石故也。予謂玉衣二句，蓋援古事爲形容之語耳。以鐵爲石，恐後人轉因昭陵有此事，從而改之。不然，禄山之亂，率土翻覆，九廟震驚，何詩中略無一語叙及，恐蹂躪之慘、恢復之功，以往者四語當之，亦不甚似，而寂寥二語作結，亦不相應也。

此詩中段，向有三説：以災降爲隋末旱災，仍降唐初者，張南湖説也。以災降爲韋后亂宫，明皇廓清者，錢牧齋説也。以災降爲禄山倡亂，如隋末兵戈者，朱長孺説也。黄白山謂指天寶季年禄山未亂之先，此説得之，故附於五卷之末。下段「鐵馬汗長趨」，用楚王廟事，聞之友人費邀勗者。及閲《南史》，確爲可憑。

重平聲經昭陵

此必鄜州省家之後，復至長安時作。

草昧英雄起㈠，謳歌曆數歸㈡。風塵三尺劍㈢，社稷一戎衣㈣。翼亮貞文德㈤，丕承戢武威㈥。聖圖天廣大㈦，宗祀日光輝㈧。先叙太宗生前。綖注：首聯，言應運而興，天人係屬，乃一篇之柱。風塵一聯，應草昧句。翼亮一聯，應謳歌句。聖圖廣大，言創業之弘，尺劍戎衣之成功也。宗祀光輝，言垂統之遠，文德武威之餘蔭也。何景明曰：用經史入詩，絶不見斧鑿痕，使他人道之，未免拙滯。

㈠《易》：天造草昧。注：草而不齊，昧而不明，此言隋末之亂。劉劭《人物志》：草之秀者爲英，獸之特者爲雄。《太宗紀》：上問侍臣：「帝王創業與守成孰難？」房玄齡曰：「草昧之初，群雄並起，角力而後臣之，創業難矣。」

㈡梁武帝詔：謳歌攸奉，萬有樂推。《書》：天之曆數在汝躬。劉琨表：天命未改，曆數有歸。

㈢古詩中用風塵有二義，如《前漢・終軍傳》「邊境時有風塵之警」，即杜詩「風塵三尺劍」也。如陸機詩「京洛多風塵」，即杜詩「風塵爲客日」也。一是戰鬬之風塵，一是行旅之風塵。《漢・高帝紀》：吾以布衣，提三尺劍取天下。

㊃《左傳》：社稷有主。《風俗通》：社者，土地之主，土地廣博，不可遍祀，故封土以爲社而祀之。稷者，五穀之長，五穀衆多，不可遍祭，故立稷而祭之。《書》：一戎衣，天下大定。庾信詩：終封三尺劍，長卷一戎衣。

㊄《抱朴子》：儒雅而乏治略者，非翼亮之才。石崇《大雅吟》：啟土萬里，志在翼亮。《書》：誕敷文德。

㊅又：丕承哉，武王烈。隋煬帝詩：前驅振武威。

㊆蘇頲《應制》詩：聖圖恢寓縣。蔡邕《陳太丘廟碑》：光明配乎日月，廣大資乎天地。

㊇《孝經》：宗祀文王於明堂，以配上帝。《前漢·兒寬傳》：癸亥宗祀，日宣重光，光輝充塞，天文粲然。

陵寢盤空曲㊀**，熊羆守翠微**㊁**。再窺松柏路**㊂**，還有**一作見**五雲飛**㊃**。**此記重謁昭陵。張遠注：末句，即「五陵佳氣無時無」之意。此章上八句，下四句。

㊀古詩：陵寢暮烟青。《漢書注》：陵，山陵。寢，寢廟也。《後漢·祭祀志》：漢諸陵皆有園寢，起居衣服，象生之具。

《唐會要》：昭陵因九嵕層峰，鑿山南面，深七十五丈爲玄宫，傍巖架梁爲棧道，懸絶百仞，繞回二百三十步，始達玄宫門，頂上亦起游殿。《陶弘景傳》：句容之句曲山，中周迴一百五十里，空曲寥曠。宋之問詩：簷端接空曲。

㈡《書》：則亦有熊羆之士。《爾雅》：山未及上曰翠微。

㈢唐注：因重經，故云再窺。古詩：松柏夾廣路。

㈣京房《易飛候》：宣太后陵前後數有光，又有五采雲在松下，如車蓋。鍾惺曰：陵廟之作，典古悲涼。説功業無竹帛氣，説神靈無松杉氣。

彭衙行

單復注：公避賊艱難之際，得孫宰顧遇，事後感荷而作。黄希曰：公避寇，在天寶十五載，此云「别來歲月周」，知詩是至德二載追憶避賊時事，非謂歸鄜州如此也。錢箋：《元和郡縣志》：同州白水縣，漢彭衙縣地，春秋秦晉戰於彭衙，是也。《寰宇記》：彭衙故城，在白水縣東北六十里。

憶昔避賊初，北走經險艱㈠。夜深彭衙道一作門**，月照白水山。**首記避亂彭衙。

㈠北走南走，見《漢書》。古樂府《陌上桑》：不見天路險艱。

盡室久徒步㈠，逢人多厚顔㈡。參初簪切**差此兹**切**谷鳥吟**一作鳴**㈢，不見遊子還。癡女饑咬**

我，啼畏虎狼一作猛虎聞古叶無沿切。懷中掩其口㈣，反側聲愈嗔古叶稱延切㈤。小兒强區兩切解事㈥，故索色責切苦李餐㈦。此叙攜家遠行，兒女顛連之苦。

㈠《左傳》：盡室以行。

㈡《書》：顔厚有忸怩。

㈢鍾會《孔雀賦》：華羽參差。宋之問詩：谷鳥囀尚澀。鳥鳴無人，一路荒涼之景。

㈣古詩：手中掩口啼。

㈤《詩》：輾轉反側。

㈥《唐書》：劉仁軌稱解事僕射。

㈦庾信詩：苦李無人摘。《晉書》：王戎與群兒戲於道側，見李樹多實，等輩競趨之，戎獨不往。或問其故，戎曰：「樹在道邊而多子，必苦李也。」取之信然。

一旬半雷雨㈠，泥濘相攀牽一作牽攀㈡。既無禦雨一作濕備，徑滑衣又寒。有時經一作最契闊㈢，竟日數里間。野果充糇糧㈣，卑枝成屋椽。早行石上水，暮宿天邊烟㈤。此叙雨後行蹇，困頓流離之狀。

㈠徐幹詩：所經未一旬。《易》：雷雨之動，滿盈。

㈡荀濟詩：誰肯相攀牽。

㈢經契闊，謂連朝勤苦，詳見六卷。

㈣左思詩：秋菊兼餱糧。

㈤宋之問詩：暮投人煙宿。《杜臆》：「暮宿天邊烟」，逃難之人，望烟而宿，莫定其居也。

小留同晉作固，一作周**家窪，欲出蘆子關。故人有孫宰**㈠**，高義薄曾**同層**雲**古叶于元切㈡。**延客已曛黑**㈢**，張燈啟重**平聲**門**古叶民堅切㈣。**煖湯濯我足**㈤**，剪紙招我魂**古叶胡勳切㈥。

此記孫宰晉接之情。　據詩意，孫宰當在同家窪，遇孫之後，因寄妻子於鄜州，遂欲從蘆子關以達靈武。　朱注：鄜州在白水縣北，延州在鄜州西北，蘆關又在延州北。時公欲北詣靈武，故道出蘆關也。

㈠遠注：黄希以孫宰爲三川宰。或曰人名也。玩詩意，人名爲近。

㈡沈約詩：高義薄雲天。薄，迫也。王粲詩：哀鳴入層雲。

㈢謝靈運詩：朝游窮曛黑。

㈣《漢書·外戚傳》：張燈燭，設幃帳。《易》：重門擊柝。

㈤古歌：可以濯我足。

㈥夢弼曰：剪紙作旐，以招其魂，不必果有此事，只是多方安慰耳。《韓詩外傳》：三月上巳，於溱、洧兩水之上，執蘭招魂續魄，祓除不祥。

從此出妻孥，相視涕闌干㈠。**衆雛爛熳睡**㈡**，喚起霑盤飧**古叶七緣切㈢。**誓將與夫子**㈣**，永結爲弟昆**古叶居員切。**遂空所坐堂，安居奉我歡。**　備誌孫宰周恤之誼。　出妻孥，出見宰也。衆雛，指兒女。爛熳，熟睡貌。　《杜臆》：「誓將與夫子，永結爲弟昆」，乃代述孫宰語，所謂露心肝於艱難之際者。必如此説，下面文氣方順。舊解俱云夫子指孫宰，誤矣。

㈠息夫躬《絶命詞》：涕泗流兮萑蘭。瓚曰：萑蘭，涕泗闌干也。王洙注：闌干，淚墮衆多貌。趙注：《談藪》：王元景使劉孝綽送之，泣下闌干。

㈡《鸚鵡賦》：憫衆雛之無知。《莊子》：大德不同而性命爛漫矣。申涵光曰：爛漫二字，寫稚子睡態入神。

㈢《左傳》：盤飧加璧。注：飧，水澆飯也。

㈣陶潛詩：誓將不復疑。

誰肯艱難際，豁達露心肝㈠。別來歲月周，胡羯仍構患古叶胡涓切㈡。**何當有翅翎，飛去墮爾前。**末結別後追思之意。《杜臆》：公念孫宰肝膈，時往來於中，故追寫逃難之苦愈真，則感勒周旋之德愈重。　此章四句起，六句結。前二段各十句，後二段各八句。

㈠潘岳《西征賦》：高祖之興也，聰明神武，豁達大度。　王粲詩：喟然傷心肝。

㈡《梁書》：何敬容曰：「西晉祖尚玄虚，使中原淪於胡羯。」　王粲詩：豺虎方構患。　黄希曰：仍構患，謂史思明等，引兵共十萬，寇太原，安慶緒使尹子奇及同羅夷兵十三萬，趨睢陽。

此詩用韻，參錯不一，經朱注考訂，知各本古韻也。至於分析段落，諸家頗混，今鈎清眉目，庶朗然易見耳。

蕭山毛奇齡《韻學指要》曰：古韻無明注，惟宋吴棫、鄭庠、各有古韻通轉注本，惜當時但行棫説，而不行庠説，致韻學大晦。考鄭氏《古音辯》，分古韻六部，東、冬、江、陽、庚、青、蒸七韻，皆協陽音。支、微、齊、佳、灰五韻，皆協支音。真、文、元、寒、刪、先六韻，皆協先音。魚、虞、歌、麻四韻，皆協虞音。蕭、肴、豪、尤四韻，皆協尤音。侵、覃、鹽、咸四韻，皆協覃音。其書出吴氏《韻補》後，按之古音，已得十之九。所略不足者，魚、虞、歌、麻，與蕭、肴、豪、尤，尚分兩部耳。按毛氏此書，實足破沈韻之拘隘，閲少陵《彭衙行》合六韻於一篇，唐人尚知古韻也。

喜聞官軍已臨賊境二十韻

鶴注：考《唐史》：至德二載八月丁卯，廣平王俶爲天下兵馬元帥，郭子儀副之，此詩當作於九月。

胡騎一作虜**潛京縣**㊀，**官軍擁賊壕。鼎魚猶假息**㊁，**穴蟻欲何逃**㊂。首言軍臨賊境，勢在必克。

㊀《木蘭詩》：但見胡騎鳴啾啾。　梁元帝詩：擁旄去京縣。　《唐書》：至德二載閏八月，賊寇鳳翔。崔光遠行軍司馬王伯倫等，率衆捍賊，乘勝攻中渭橋，追擊至苑門，賊大軍屯武功，燒營而去。九月丁亥，廣平王將朔方等軍，及回紇西域之衆十五萬，發鳳翔。壬寅，至長安城西，與賊將安守忠等戰於香積寺之北、澧水之東，賊大敗，斬首六萬。賊帥張通儒棄京城，走陜郡。癸卯，大軍入京師。甲辰，捷書至鳳翔。

(二)《南史》：丘遲《與陳伯之書》：將軍魚游於沸鼎之中。《後漢·謝夷吾傳》：游魂假息，非刑所加。

(三)《異苑》：晉太元中，桓謙見有人皆長寸餘，悉被鎧持槊，乘具裝馬，從坮中出，緣几登竈。蔣山道士來應子，令作沸湯，澆所入處，因掘之有斛許大蟻，死在穴中。《史記》：鄭桓公曰：「王室多故，予安逃死乎？」

帳殿羅玄冕(一)**，轅門照白袍**(二)**。秦山當警蹕**(三)**，漢苑入旌旄。路失**一作濕**非羊腸險**(四)**，雲橫雉尾高**(五)**。五原空壁壘**(六)**，八水散風濤**(七)**。今日看**平聲**天意**(八)**，遊魂貸爾曹**(九)**。乞降**胡杠切**那更得**(一〇)**，尚詐莫徒勞**(一一)**。**此言鑾輿漸逼長安。玄冕，公卿服。白袍，回紇衣。秦山漢苑，京師在望矣。路失險，言中途無阻。雉尾高，言儀仗甚整。空壁散濤，謂賊衆將滅，乞降無及矣。

(一)庾肩吾《曲水聯句》：回川入帳殿。《舊唐書》：武德令侍臣服有衮冕、鷩冕、毳冕、繡冕、玄冕。

(二)《周禮》：以車轅爲門。《趙國策》：張孟談，遇智過轅門之外。胡夏客曰：《留花門》詩云「百里見積雪」，知回紇軍皆衣白也。《梁書》：陳慶之所統之兵，悉着白袍，所向披靡。

(三)《前漢書》：出稱警，入稱蹕。

(四)《漢志》：上黨壺關縣有羊腸坂。《漢氏春秋》：太行羊腸，其山盤行如羊腸。魏武《苦寒行》：羊腸險詰曲，車輪爲之摧。

(五)《唐書》：天子舉動必以扇，大駕鹵簿，有雉尾障扇、小團雉尾扇、方雉尾扇、小雉尾扇之屬。

⑯《長安志》：長安、萬年二縣之外，有畢原、白鹿原、少陵原、高陽原、細柳原，謂之五原。漢單于款五原塞。曹植賦：步壁壘之常制。

⑰《關中記》：涇、渭、滻、灞、澇、潏、灃、滈，爲關內八水。

⑱前漢王嘉曰：民心悅而天意得。

⑲《世説》：苻堅遊魂近境。

⑳《靈帝紀》：赤眉遣劉恭乞降。

㉑朱注：賊急則乞降，緩則尚詐，今皆無用矣。

元帥歸龍種上聲①，**司空握**一作擁**豹韜**②。**前軍**一作旌**蘇武節**③，**左將**去聲**呂虔刀**④。**兵氣回飛鳥**⑤，**威聲没巨鼇**⑥。**戈鋋開雪色**⑦，**弓矢向**一作尚**秋毫**⑧。**天步艱方盡**⑨，**時和運更遭**⑩。**誰云遺**一作貴**毒螫**一作蠆⑪，**已是沃腥臊**⑫。此言諸將協力征討。元帥，謂廣平王。司徒，謂郭子儀。前軍，謂李嗣業。左將，謂僕固懷恩。兵氣二句，言軍勢之振。戈鋋二句，言軍器之利。毒螫腥臊，指賊黨。

①《唐書》：二載九月以廣平王俶爲天下兵馬元帥，郭子儀副之。先是子儀進位司空。晉劉琨表：晉文以郤縠爲元帥，而定霸功。

②《小學紺珠》：文、武、龍、虎、豹、犬，爲六韜。《後漢書注》：霸典文論，文師武論，龍韜主將，虎韜偏裨，豹韜校尉，犬韜司馬。

㊂《唐書》：李嗣業統前軍，陣於香積寺北，收長安。胡夏客曰：嗣業所將，皆蕃夷四鎮，故以蘇武之典屬國爲比。《晉書》：蘇峻平，王導令取故節。陶侃曰：「蘇武節似不如是。」

㊃《通鑑》：香積之戰，賊伏精騎，欲擊官軍，朔方左廂兵馬使僕固懷恩，就擊之，剪滅殆盡。《晉書》：徐州刺史呂虔，檄王祥爲司馬。初虔有佩刀，工相之以爲必三公可服，虔乃與祥。

㊄《鄒陽傳》：上覆飛鳥，下不見伏兔。

㊅《文心雕龍》：震雷始於曜電，出師先乎威聲。《列子》：巨鼇戴山。趙曰：巨鼇，屭贔之物。

㊆《東都賦》：戈鋋彗雲。鋋，小矛也。

㊇《詩》：弓矢斯張。向秋毫，言雖微必中。《慎子》：離朱之明，察秋毫之末。

㊈《詩》：天步艱難。

㊉《左傳》：時和年豐。《文選》：遭遇嘉運。

⑪《西京賦》：蕩亡秦之毒螫。

⑫腥臊，别見。沃，以蕩滌其穢也。

睿想一作思**丹墀近**㊀，**神行羽衛牢**㊁。**花門騰絶漠**㊂，**拓**《唐書》作柘**羯渡臨洮**㊃。**此輩感恩至**㊄，**羸俘何足操**。**鋒先衣染血，騎**去聲**突劍吹毛**㊅。**喜覺都城動**㊆，**悲憐**一作連**子女號**平聲。**家家賣釵釧，只同祇待**一作準擬**獻香**一作春**醪**㊇。末言遠人同助，益知舊都旋復矣。睿想，指肅宗。神行，謂六軍。花門，指回紇。拓羯，指安西。彼既感恩思奮，則殘俘不足執矣。鋒先騎突，見其勇決，悲喜兼至，預想人情如是耳。　此章四句起，下三段各十二句。

㈠《漢書・元后傳》注：尚書省中，以丹漆塗地，曰丹墀。《西京賦》：青瑣丹墀。

㈡温子昇詩：神行揚翠旗，天臨肅清警。　江淹詩：羽衛蕩流景。

㈢孔稚圭詩：横行絶漠表。

㈣胡夏客曰：《封常清傳》：禄山先鋒至東京，使驍騎與拓羯逆戰，時常清以北庭都護入朝，命討禄山，故有拓羯之兵，此詩所云，蓋指北庭之歸義者。《唐・西域傳》：安西者，即康居小君長罽王故地，募勇健者爲拓羯，猶中國言戰士也。《唐書》：洮州臨洮郡，屬隴右道。

㈤《通鑑》：是年二月，安西、北庭及拔汗那、大食諸國兵，至涼鄯。

㈥《鼂錯傳》：輕車突騎。　師古曰：言驍鋭可用衝敵人也。　舊注：《吴越春秋》：干將之劍，能決吹毛遊塵。　考本書無此語。

㈦谷永《與段會宗書》：優游都城，而取卿相。

㈧《董卓傳》：吕布殺卓，長安士女賣其珠玉衣裝，市酒肉相慶者，填滿街肆。　顧炎武曰：《南史・庾杲之傳》：杲之嘗兼主客郎，對魏使。魏使問杲之曰：「百姓那得家家題名帖賣宅？」答曰：「朝廷既欲掃蕩京雒，克復神州，所以家家賣宅耳。」

王嗣奭曰：此詩二十韻，字字犀利，句句雄壯，真是筆掃千軍者。　中間如「今日看天意」、「此輩感恩至」兩聯，排律中不用駢耦，更覺精神頓起。　而鋒先騎突，句法倒裝，尤爲警露。

收京三首

此當是至德二載十月在鄜州時作。詩云：「生意甘衰白，天涯正寂寥。忽聞哀痛詔，又下聖明朝。」此明是在家聞詔。按肅宗於至德元年七月十三日甲子，即位靈武，制書大赦。二年十月十九日，帝還京。十月二十八日壬申，御丹鳳樓，下制。前後兩次聞詔，故云又下也。是時公尚在鄜州，其至京，當在十一月，年譜謂十月扈從還京，與詩不合，當以公詩爲正。至於上皇回京，十二月甲寅之赦，又在其後，舊注錯引。

仙仗離丹極㊀**，妖星帶**一作照**玉除**㊁**。須爲下**去聲**殿走**㊂**，不可好**去聲**樓居**㊃**。**一云：得非群盜起，難作九重居。**暫屈汾陽駕**㊄**，聊飛燕**平聲**將**去聲**書**㊅**。依然七廟略，更**蔡讀平聲**與萬方初**㊆**。**首章，從陷京説至收京，在四句分截。仙仗，指上皇。妖星，指禄山。須爲下殿，謂宮闕忽離。不可樓居，見奉仙無益。此追叙往事。駕曰暫屈，言上皇將回。書曰聊飛，言河北易定。末喜更新氣象也。

㊀《郴陽仙傳》：蘇躭被命昇仙，辭母曰：「仙仗臨門，不得終養。」《唐書·儀衛志》：凡朝會之仗五：一曰供奉仗，二曰親仗，三曰勳仗，四曰翊仗，五曰散手仗，皆帶刀捉仗，立於東西廊下。

邵注：天子有太極殿，以丹掩泥，塗殿上地，故庭曰丹墀。

㈡妖星，凡二十一星。　《晉·載記》：劉曜曰：「昨夜妖星犯月。」《安禄山事迹》：禄山生夜，赤光旁照，群獸四鳴，望氣者見妖星芒熾，落其穹廬。　帶玉除，即「春星帶草堂」意。曹植詩：凝霜依玉除。

㈢《梁·武帝紀》：諺云：「熒惑入南斗，天子下殿走。」乃跣足下殿以禳之。

㈣《漢·武帝紀》：公孫卿曰：「仙人好樓居。」於是令長安作飛廉、桂館，甘泉作益壽、延壽觀。

㈤《莊子》：堯往見四子藐姑射之山，汾水之陽，窅然喪其天下焉。《杜臆》：汾陽句，暗藏喪天下在内。

㈥《史記》：燕將攻下聊城，聊城人或讒之，燕將懼誅，不敢歸。田單攻之，歲餘不下。仲連乃爲書約之矢，射城中，遺燕將。燕將見書，泣而自殺。庾信詩：願得魯連飛一箭，持寄思歸燕將書。

㈦《王制》：天子三昭三穆，與太祖之廟而七。《羊祜傳》：祜外揚王化，内經廟略。庾肩吾詩：方憑七廟略，更雪五陵冤。趙曰：兵謀謂之廟略，蓋謀於七廟中也。

按：燕將書，錢箋引哥舒翰至洛陽，禄山令以書招李光弼等，此却是燕將飛書。盧注以諸將答翰書，切責其不死爲證，此合於飛書燕將。但俱屬去年事，於收京不切。朱注云：自香積寺北之捷，王師振威，賊徒膽落，嚴莊來降，思明納款，河北事勢，折簡可定，故用仲連射書事。此説當從。

朱鶴齡曰：玄宗晚節怠荒，深居九重，政由妃子，以致播遷之禍。公不忍顯言，而寓意於仙人之樓居，因貴妃嘗爲女道士，故舉此況之。《連昌宫辭》：「上皇正在望仙樓，太真同憑闌干立。」此一的證。

其二

生意甘衰白㈠，天涯正寂寥。忽聞哀痛詔㈡，又下去聲**聖明朝**音潮㈢。**羽翼懷**一作慚**商老**㈣，**文思憶帝堯**㈤。**叨逢罪己日，灑涕**一作霑灑**望青霄**㈥。

言自甘衰白，寥落天涯，忽聞詔書再下，喜何如矣。此時懷商老而李泌已去，憶帝堯而上皇初歸，有關於朝事君德者非小。只恐罪己之日，又增闕失，是以望青霄而灑涕耳。趙汸云：甘字、正字、忽字、又字，呼應起伏，有出自望外意。

㈠周王褒詩：寂寥灰心盡，摧殘生意餘。趙汸注：生意，似指恩澤言。嵇康《養生論》：積損成衰，從衰得白，從白得老。注：白，謂白髮。

㈡《漢·西域傳》：武帝棄輪臺，下哀痛之詔。《舊唐書》：是年十月，肅宗還京。十一月壬申朔，御丹鳳樓，下制曰：「早承聖訓，常讀禮經，義切奉先，恐不負荷。」十二月戊午朔，又御丹鳳門，下制大赦。

㈢《鼂錯傳》：施利後世，名稱聖明。

㈣《張良傳》：四人者隱商雒山，從太子。上召戚夫人指示曰：「彼羽翼已成，難動矣。」

㈤《書序》：昔在帝堯，聰明文思，光宅天下，將遜於位，讓於虞舜。

㈥《左傳》：禹湯罪己，其興也勃焉。馬融疏：伏讀詔書，深惟禹湯罪己之義。《搜神記》：灑涕而別。

朱鶴齡曰：羽翼，指廣平王而言。肅宗前以良娣、輔國之譖，賜建寧王死。至是廣平初立大功，又爲良娣所忌，潛構流言，雖李泌力爲調護，而時已還山。公恐復有建寧之禍，故不能無思於商老也。又云：肅宗之失，不在靈武即位之舉，而在還京以後，失於定省，使良娣、輔國得媒孽其間，以致刼遷西内，子道不終。是年十二月，上皇還居興慶宫，父子之間，猜疑未見，而公於此若深有見於其微者，曰「憶帝堯」，欲其篤於晨昏之戀也。沾灑青霄，其所以望肅宗者，豈不深且厚耶。

其三

汗馬收宫闕㊀，春城鏟賊壕㊁。賞應平聲**歌《杕杜》㊂，歸及薦櫻桃㊃。雜虜横戈數**音促。一作槊，非㊄，**功臣甲第高㊅。萬方頻**一作同**送喜㊆，無乃聖躬勞㊇。**三章，收京而憂事後，亦四句分截。　宫闕已收，賊壕可鏟，賞功薦廟，即在來春時也。但恐回紇恃功邀賞，諸將僭奢無度，故又爲之慮曰：今京師收復，此萬方送喜之時，無乃聖躬焦勞之漸乎。公蓋憂虜横臣驕，將成跋扈之勢，厥後邊方猾夏，藩鎮專權，果如所慮，惜當時不能見及此耳。

㊀《晉世家》：矢石之難，汗馬之勞。　班婕妤《擣素賦》：登薄軀於宫闕兮。

㊁謝朓詩：春城覆白日。　庾信《枯樹賦》：平鱗鏟甲。　鏟，削平也。

㊂《詩序》：《杕杜》，勞還役也。

㊃《月令》：仲夏之月，天子乃羞以含桃，先薦寢廟。　注：含桃，櫻桃。

㊄郭欽疏：漸徙内郡雜虜，於邊地。　庾肩吾詩：横戈念北奔。

㈥《漢·高帝紀》：吾於天下賢士功臣，可謂無負矣。　楊炯碑：甲第何高。甲第，謂甲乙之第，言第一等第宅也。《長安志》天寶中，京師堂寢，已極宏麗，而第宅未甚逾制。安史之後，大臣宿將，競崇棟宇，無有界限，人謂之木妖。

㈦《易林》：謳歌送喜。

㈧孔融疏：身爲聖躬，國爲神器。　黄生注：從五六讀下，則結尾二句，乃反辭致諷，見公慮事之深，愛君之切。

按末句，舊有兩説。師氏曰：此聖主之勳勞，人臣不宜奪天工以爲己力。此説歸功主上，其意是矣，但於無乃二字，下得太輕。朱云：聖躬勞，即「大夫夙退，無使君勞」之意。此説作喜幸之詞，但於上文橫戈甲第，不見關合耳。

送鄭十八虔貶台州司户傷其臨老陷賊之故闕爲面別情見音現於詩

《通鑑》：至德二載十二月，陷賊官，六等定罪，三等者流貶。虔在次三等，故止貶台州。此當是其時作。

鄭公樗散鬢成一作如**絲**㈠，**酒後常稱老畫師**㈡。**萬里傷心嚴譴日**㈢，**百年垂死中**張仲切**興**

時㊃。**蒼惶**一作伶俜**已就長途往**㊄，**邂逅無端出餞遲**㊅。**便與先生應**平聲**永訣**㊆，**九重**平聲**泉路**一作下**盡交期**㊇。上四，鄭貶台州，傷其臨老罹罪。下則闕爲面别，而寄詩言情。《杜臆》：首記其狀，次記其言，兩句已爲虔撰一小影。觀《八哀》詩，鄭多才藝而畫更精，曰老畫師，此其自知語，亦其自慨語。萬里傷心，正爲嚴譴之故。百年垂死，乃在中興之時。嚴譴、中興四字，含無限痛楚。結聯情見乎詞，鄭果卒於台州。

㊀樗樹散木，見《莊子》，言材不合世用也。

㊁《漢書》：酒後耳熱。　薛道衡詩：不蒙女史進，更失畫師情。　趙次公曰：鄭虔好書，善畫山水，玄宗稱爲三絶。虔水部郎中，因稱風疾，求攝市令，潛以密章達靈武。賊平，與王維等並囚宣陽里，以善畫，崔圓使繪齋壁，虔即祈解於圓，卒免死，貶台州司户參軍。

㊂孔融詩：俯仰内傷心。　漢襄楷疏：不見採察，而嚴被譴讓。　宋之問詩：逐臣北地承嚴譴。

㊃荀悦《漢紀》：張禹不吐直言，佞於垂死。　又贊：光武中興之後。

㊄《北山移文》：蒼黄反覆。　崔駰賤：萬里長途。

㊅《詩》：邂逅相遇。　《管子》：始乎無端。　《詩》：出宿於干，飲餞於言。

㊆潘岳《夏侯湛誄》：存亡永訣。

㊇釋智愷詩：泉路方幽噎，寒隴向淒清。　梁昭明太子詩：還信三洲曲，誰念九重泉。

盧世潅曰：虔之貶，既傷其垂老陷賊，又闕於臨行面别，故篇中徬徨特至。如中二聯，清空一氣，萬轉千迴，純是淚點，都無墨痕。詩至此，直可使暑日霜飛、午時鬼泣，在七言律中尤難。末徑作永訣之詞，詩到真處，不嫌其直，不妨於盡也。

顧宸曰：供奉之從永王璘，司户之污禄山僞命，皆文人敗名事，使硜硜自好者處此，割席絶交，不知作幾許雨雲反覆矣。少陵當二公貶謫時，深悲極痛，至欲與同生死，古人不以成敗論人，不以急難負友，其交誼真可泣鬼神。李陵降虜，子長上前申辯，甘受蠶室之辱而不悔，《與任少卿書》猶刺刺爲分疏，亦與少陵同一肝膽。人知龍門之史、拾遺之詩，千秋獨步，不知皆從至性絶人處，激昂慷慨、悲憤淋漓而出也。

臘日

此至德二年十二月，還長安時作。《小學紺珠》：五行始於祖，終於臘，唐土德，戊祖辰臘。趙大綱《測旨》：唐以大寒後辰日爲臘。

臘日常年一作年年**暖尚遥**㊀**，今年臘日凍全消。侵陵雪色還萱草**㊁**，漏洩春光有**一作是**柳條**㊂**。縱酒欲謀良**一作長**夜醉**㊃**，歸**一作還**家初散**一作放**紫**一云北**宸朝**音潮㊄**。口脂面藥隨恩澤**㊅**，翠管銀罌下**去聲**九霄**㊆**。**此詩臘日喜霑恩賜而作也。上四言景，下四記事。張綖注：大寒之後，必有陽春；大亂之後，必有至治。臘日而暖，此寒極而春，亂極將治之象，公故喜而賦焉。朱瀚曰：雪色承凍，春光承暖，侵凌承全消，漏洩承尚遥。顧注：臘祭自應會飲，況當恩澤下頒之日，下四用倒插，乃歸重感恩意。若先將口脂、翠管作聯，散朝、縱酒作結，便覺板實少致。

㈠朱瀚曰：庾子山詩：「常年臘月半，已覺梅花闌。不信今春晚，俱來雪裏看。」沈休文詩：「山光浮水至，春色犯寒來。」前半本此。

㈡《史記》：炎帝欲侵陵諸侯。《詩》：焉得萱草。

㈢《魏武紀》：檄必恐漏洩。梁元帝詩：徒望春光新。

㈣《陳書》：太傅平秦王歸彦，縱酒爲樂，經宿不知。

㈤《長安志》：宣政殿北曰紫宸門，内有紫宸殿，即内衙之正殿。

㈥朱瀚曰：口脂面藥，以禦寒凍。《景龍文館記》：帝於苑中，召近臣賜臘，晚自北門入於内殿，賜食，加口脂臘脂。《酉陽雜俎》：臘日賜口脂臘脂，盛以碧鏤牙筩。《太平御覽》：《盧公家範》，臘日上澡豆及頭膏面脂口脂。《前漢·郊祀志》：亦施恩澤。

㈦張注：翠管銀罌，指所盛之器。惠遠詩：孰是騰九霄，不奮冲天翮。

奉和去聲賈至舍人早朝音潮大明宫

此乾元元年春，在諫省作。《唐書》：賈曾，景雲中擢中書舍人，開元中復拜中書舍人。子至，字幼鄰，從玄宗幸蜀，拜起居舍人知制誥。帝傳位，至當撰册，既進藁，帝曰：「昔先天誥命，乃父所爲，今兹命册，又爾爲之，可謂繼美矣。」至頓首流涕。歷中書舍人。《舊唐書》：東内大明宫，在禁苑之東南，本永安宫。貞觀八年置，九年改大明宫，龍朔二年號蓬萊宫，咸亨元年改含元宫，尋復大明宫。正殿曰含元殿，天后改大明殿。《雍録》：唐都城有三大内：太極宫在西，故名西内；大明宫在東，故名東内；别有興慶宫，號南内也。三内更迭受朝，而大明最數。

五夜漏聲催曉箭㈠，**九重**平聲。一作天**春色醉仙桃**㈡。**旌旆**俗作旗，非**日暖龍蛇動**㈢，**宫殿風微燕雀高**㈣。**朝**音潮**罷香烟攜滿袖**㈤，**詩成珠玉在揮毫**㈥。**欲知世掌絲綸美**㈦，**池上于**一作如**今有**一作得**鳳毛**㈧。詩在四句分截，上詠早朝景，下和賈舍人。《演義》初聯，早朝之候；次聯，大明宫景；三聯，言退朝作詩，稱賈至之才；結聯，言父子繼美，切舍人之事。此詩比諸公所作，格法尤爲謹嚴。朱注：春色之穠，桃紅如醉，以在禁中，故曰仙桃，非用王母事也。顧注：賈詩言鳳池，公即用鳳毛，貼賈氏父子，不可移贈他人，結語獨勝。

㈠衛宏《漢舊儀》：晝漏盡，夜漏起，省中黄門持五夜。五夜者，甲夜、乙夜、丙夜、丁夜、戊夜。陸倕《新刻漏銘》：六日無辯，五夜不分。邵注：夜以五爲節，起於甲，止於戊，又謂之五更，漏箭即更籌。《緗素雜記》：《梁武本紀》：帝燃燭側光，常至戊夜。杜詩五夜漏聲，正謂戊夜耳。殷夔《刻漏法》曰：鑄金爲司晨，具衣冠，以左手抱箭，右手指刻，以别天時早晚。吴思元詩：愁逐漏聲長。

㈡《楚辭》：君之門以九重。　陰鏗詩：上林春色滿。　唐時殿庭多植桃柳，故岑詩言柳拂旌旗，杜詩言春色仙桃，皆面前真景。張性謂天顔有喜，如醉仙桃，誤矣。《酉陽雜俎》：仙桃出郴州蘇躭仙壇。庾肩吾詩：御梨寒更紫，仙桃秋轉紅。

㈢燕雀配龍蛇，以實對虚。《周禮》：析羽爲旌，交龍爲旂，熊虎爲旗，龜蛇爲旐。《釋名》：旂，倚也。畫作兩龍，相依倚也。《楚辭》：仰觀刻桷，畫龍蛇些。

㈣《淮南子》：大厦成而燕雀賀。

㈤庾信詩：香烟龍口出。《唐書·儀衛志》：凡朝日，殿上設黼扆、躡席、熏爐、香案。　何遜詩：還飄袖裏香。

㈥曹植《與楊修書》：人人自謂握靈蛇之珠，抱荆山之玉。梁簡文帝《答新渝侯書》：風雲吐於行間，珠玉生於字裏。《文選》：摛文揮月毫。

㈦《記》：王言如絲，其出如綸。　《左傳》：世濟其美。　唐人律格，多於五六作轉語，結到七八句。杜《和早朝》詩，善於布格。《唐書》載玄宗曰：「兩朝盛典，出卿家父子，可謂繼美矣。」七句意本此。

㈧晉王劭，風姿似其父導。桓温曰：「大奴固自有鳳毛。」《宋書》：謝鳳子超宗，有文詞，作《殷淑妃誄》，帝大嗟賞，謂謝莊曰：「超宗殊有鳳毛。」

朱瀚曰：作詩須知賓主，前半撮略賓意，後半重發主意，始見精神。王岑賓太詳，主太略，岑掉尾猶有力，王則迂緩不振矣，必如此詩，方見格律。

黄生曰：王元美嫌此詩後半意竭，不知自作詩與和人詩，體固不同。唐賢和詩，必見出和意。王岑二首，結並歸美於賈，少陵後半特全注之，此正公律格深老處，可反以此爲病哉。且王結美掌綸，岑結美倡詠，惟杜兼及之，又顯其世職，寫意周到，更非二子所及。又曰：合觀四作，賈首倡，殊平平，三和俱有奪席之意。就三詩論之，杜老氣無前，王岑秀色可攬，一則三春穠李，一則千尺喬松，結語用事，天然凑泊，故當推爲擅場。

按：前人評此詩，謂其起語高華，三壯麗，四悠揚，無可議矣。頗嫌五六氣弱而語俗，得結尾振救，便覺全體生動也。

蘇軾曰：七言之偉麗者，子美云：「旌旆日煖龍蛇動，宫殿風微燕雀高。」「五更鼓角聲悲壯，三峽星河影動摇。」爾後寂寞無聞。歐陽永叔云：「蒼波萬古流不盡，白鳥雙飛意自閒。」又：「萬馬不嘶聽號令，諸蕃無事樂耕耘。」可以並驅争先矣。小生亦云：「令嚴鐘鼓三更月，野宿貔貅萬竈烟。」又：「露布朝馳玉關塞，捷書夜到甘泉宫。」亦庶幾焉爾。

今按：米南宫《浙江潮》詩：「天排雲陣千軍吼，地擁銀山萬馬奔。」陸放翁詩：「樓船夜雪瓜州渡，鐵馬秋風大散關。」又云：「雲埋廢苑呼鷹處，雪暗荒郊射虎天。」又云：「江聲不盡英雄恨，天意無私草木秋。」皆雄偉激壯，可參唐人佳句。

早朝音潮大明宮呈兩省僚友附賈至詩

銀燭朝音潮天紫陌長㈠，禁城春色曉蒼蒼㈡。千條弱柳垂青瑣㈢，百囀流鶯遶建章㈣。劍佩聲隨玉墀步㈤，衣冠身惹御爐香㈥。共沐恩波鳳池裏㈦，朝朝染翰侍君王㈧。上四早朝大明宫，下四呈兩省僚友。曰銀燭、曰春曉、曰弱柳、曰流鶯，皆早朝景物。曰紫陌、曰禁城、曰青瑣、曰建章，皆宫殿層次。劍佩、衣冠，兩省朝容。鳳池、染翰，同僚職事也。

㈠顧野王《舞影賦》：列銀燭兮蘭房。楊慎《詩話》：《穆天子傳》：天子之寶，璿珠燭銀。郭璞曰：銀有精光如燭也。唐人詩用銀燭字，本此。殷仲文詩：紫陌結朱輪。

㈡顔延之詩：朝駕守禁城。《莊子》：天之蒼蒼，其正色耶。

㈢蕭子顯詩：楊柳千條共一色。祖孫登詩：弱柳垂江翠。《前漢書·元后傳》：曲陽侯根，驕奢僭上，赤墀青瑣。顔師古曰：青瑣者，刻爲連瑣文而青塗也。

㈣劉孝綽《百舌》詩：百囀似群吟。沈約詩：流鶯復滿枝。《三輔黄圖》：武帝太初元年，柏梁殿災，於是作建章宫，度爲千門萬户。

㈤《史記》：高祖令蕭何帶劍履上殿。鮑照詩：虚容遺劍佩。《禮記》：行則鳴佩玉。漢武帝《落葉哀蟬曲》：玉墀兮生塵。

㊅《史記・留侯世家》：衣冠甚偉。

㊆丘遲詩：肅穆恩波被。　《晉書・荀勗傳》：勗久在中書，專管機事，及失之，甚罔罔悵悵。或有賀之者，勗曰：「奪我鳳凰池，諸君賀我耶。」

㊇宋玉《高唐賦》：朝朝暮暮，陽臺之下。　潘岳《秋興賦序》：染翰操紙。　吴均詩：年年月月對君王。

楊仲弘曰：榮遇詩，如賈至諸公《早朝》篇，氣格雄深，句意嚴整，宫商迭奏，音韻鏗鏘，真麟遊靈囿，鳳鳴朝陽也，熟之可洗寒儉。

周敬曰：氣度冠冕，音調琳琅，起句軒昂，即唐人有數。結渾融莊雅，作尋常煞語者，少窺其妙。中聯亦佳，不必吹毛求疵也。田子藝云：「紫陌、禁城、青瑣、建章、玉墀、鳳池，太重，身字不雅，不如王岑遠甚。」亦太深文矣。

黄家鼎曰：《早朝》詩，帶不得山林氣。如此格律，真是錦明霞燦，電爍雷鳴。七律中，有平仄未諧，而句中自調者，賈幼鄰詩：「劍佩聲隨玉墀步。」玉墀二字，仄平互换。杜少陵詩：「西望瑶池降王母。」降王二字，亦仄平互調，此偶用變通之法耳。

和前附王維詩

絳幘鷄人報一作送曉籌㊀，尚衣方進翠雲裘㊁。九天閶闔開宮殿㊂，一作九天宮殿開閶闔。萬國衣冠拜冕旒㊃。日色纔臨仙掌動㊄，香烟欲傍去聲衮龍浮㊅。朝音潮罷須裁五色詔㊆，佩聲歸向鳳池頭㊇。上六早朝景事，末二美賈舍人。

㊀蔡邕《獨斷》：幘者，古之卑賤執事不冠者之所服也。董仲舒上書，執事者皆赤幘。《漢官儀》：宮中興臺，並不得畜雞，夜漏未明三刻鷄鳴，衛士候於朱雀門外，著絳幘鷄唱。《三體詩注》：絳幘者，朱冠以象雞。《周禮》：鷄人夜嘑旦以嘂百官。注：夜漏未盡，鷄鳴時也。

㊁《唐書・百官志》：尚衣，掌供冕服。宋玉《諷賦》：主人之女，披翠雲之裘。

㊂《吕氏春秋》：天有九野：中央曰鈞天，東方曰蒼天，東北曰變天，北方曰玄天，西北曰幽天，西方曰顥天，西南曰朱天，南方曰炎天，東南曰陽天。《大人賦》：排閶闔而入帝宮。韋昭注：閶闔，天門也。

㊃《左傳》：禹會諸侯於塗山，執玉帛者萬國。《記》：天子之冕，朱緑藻，十有二旒。

㊄邢子才詩：天高日色淺。《廟記》：神明臺，武帝造，上有承露盤，有銅仙人舒掌捧銅盤玉杯，以

承雲表之露，以露和玉屑服之，以求仙道。

㈥陳公讓詩：香烟百和吐。《記》：天子龍衮。注：畫龍於衮衣也。

㈦《史記·袁盎傳》：絳侯朝罷趨出。《事始》：石季龍置戲馬觀，上安詔書，用五色紙，銜於木鳳口而頒行。

㈧潘岳《西征賦》：想珮聲之遺響。《文選注》：鳳池，中書省也。

顧璘曰：氣象闊大，音律雄渾，句法典重，用事新清，無所不備。未全美者，以用衣服字面太多耳。

陸時雍曰：七律，摩詰與少陵爭馳。杜好虛摹，吞吐含情，神行象外。王用實寫，神色冥會，意妙言前。二者誰可軒輊。

胡應麟曰：右丞《早朝》詩，五用宮室字。《出塞》詩，兩用馬字。《郴州》詩，六用地名字。雖其詩神骨冷然，絶出烟火，要不免冗雜。高岑即無此等，而氣韻自遠。兼斯二美，獨見杜陵。然百七十首中，利鈍雜陳，正變互出，後來讀者亦須知分別也。

此詩閶闔宮殿，衣冠冕旒，句中字面複見，杜詩有云：「閶闔開黄道，衣冠拜紫宸。」却無此病矣。

和前 附岑參詩

雞鳴紫陌曙光寒㈠，鶯囀皇州春色草堂作夜闌**㈡。金闕曉鐘開萬户㈢，玉階仙仗擁千官㈣。**

花迎劍佩星初落，柳拂旌旂露未乾音干。獨有鳳凰池上客，陽春一曲和去聲皆難㈤。上六早朝，末二和賈。

㈠《詩》：女曰鷄鳴。　劉孝綽詩：紆餘出紫陌。　盧思道詩：旌門曙光轉。

㈡梁元帝詩：新鶯隱葉囀。　鮑照詩：表裏望皇州。注：皇州，帝都也。

㈢梁武帝詩：珠珮婐姬戲金闕。　孔德紹詩：臨風聽曉鐘。　千門萬户，見前。

㈣《西都賦》：玉階彤庭。　《唐書·儀衛志》：每月以四十六人立内廊閣外，號曰内仗。

㈤宋玉《對楚王問》：客有歌於郢中者，其始曰《下里巴人》，國中屬而和者數百人。其爲《陽春白雪》，國中屬而和者，不過數人而已。是其曲彌高，其和彌寡。注：《下里巴人》，下曲名也。《陽春白雪》，高曲名也。

楊萬里曰：七言褒頌功德，如賈至諸公唱和大明宫，乃爲典重。和其詩者惟此最佳。

胡應麟曰：八句皆精工整密，字字天成，比王似勝。然令上官昭容坐昆明殿，窮歲月較之，未易墜其一也。

周敬曰：皇紫假對。星露二字，實詩眼，通篇心靈脈融語秀，作廊廟古衣冠法物，令人對之，魂肅神斂，不特《早朝》諸什，此爲首唱，即舉唐七律，取爲壓卷何讓。

周珽曰：或謂《早朝》詩，用寒、闌、乾、難險韻，似屬吹毛。諸家取唐七言律壓卷者，或推崔司勳《黄鶴樓》，或推沈詹事《獨不見》，或推杜工部「玉樹彫傷」、「昆明池水」、「老去悲秋」、「風急天高」等篇。然音響重薄，氣格高下，俱前有確論。斑謂冠冕莊麗，無如嘉州《早朝》。淡雅幽寂，莫過右丞《積雨》。澹齋翁以二詩得廊廟山林之神髓，欲取以壓卷，真足空古準今。爲質之諸家，亦必以爲然也。

杜詩詳注卷之六

宣政殿退朝音潮晚出左掖

《唐會要》：宣政殿，在含元殿後，即正衙殿也。《唐六典》：在宣政門内，殿東有東上閤門，殿西有西上閤門。　東上閤門，門下省在焉。西上閤門，中書省在焉。公時爲左拾遺，屬門下，故出左掖。《漢書注》：掖門在兩旁，若人之臂掖。

天門日射音石黄金牓㊀，春殿晴曛一作薰赤羽旗㊁。宫草霏霏一作微微承委珮㊂，鑪烟細細駐游絲㊃。雲近蓬萊常五一作好色㊄，雪殘鳷鵲亦多時㊅。侍臣緩步歸青瑣㊆，退食從倉紅切容出每遲㊇。　上四詠宣政殿，景之自外而内者。下四退朝出掖，時之自早而晚也。　日光射牓，在殿外。晴氣薰旗，在殿前。　草承委珮，在殿下。　烟駐游絲，在殿中。　雲氣雪殘，此又遥瞻殿上者，亦見在朝之久。　歸青瑣，退朝回院也。　出每遲，出掖還邸也。　顧注：日射牓，則金益黄。晴曛旗，則羽更赤。　身俯則佩下委，故草相承。　無風則烟不動，故如絲駐。　此詩後半失粘。

㈠盧注：天門，天子之門。《楚辭》：廣開兮天門。《神異經》：西方有宮，白石爲牆，門以金牓而銀鏤，題曰天地少女之宮。梁元帝詩：金牓燭神光。邵注：牓，門扁也。

㈡隋煬帝《江南曲》：春殿晚，仙艷奉杯盤。《家語》：子路曰：「由願得白羽若月，赤羽若日。」陸機詩：羽旗棲瓊鑾。舊注：旗畫赤羽鳥，所謂朱雀也。

㈢《西京賦》：芳草甘木。《楚辭》：芳霏霏兮滿堂。《記》：主佩倚則臣佩垂，主佩垂則臣佩委。

㈣蕭放詩：金鳳起爐烟。晉羊球《登西樓賦》：晝棟浮細細之輕雲。沈約詩：游絲映空轉。

㈤《唐會要》：貞觀間營永安宮，後改爲蓬萊宮。咸亨初，改爲含元殿，又改爲大明宮。《董仲舒傳》：雲五色而爲慶。

㈥杜詩用殘字，多作餘字解。《上林賦》：過鳷鵲，望露寒。注：皆觀名，在雲陽甘泉宮外。

㈦曹植詩：侍臣省文奏。《列子》：縞衣乘軒，緩步闊視。青瑣，謂省門。

㈧《詩》：自公退食。《天台賦》：任緩步之從容。

紫宸殿退朝音潮口號平聲

《唐六典》：紫宸殿，即内朝正殿也。《雍録》：含元之北爲宣政，宣政之北爲紫宸。楊慎曰：殿也，謂之衙，衙有仗，杜詩所謂「春旗簇仗齊」是也。紫宸，便殿也，謂之閣，朔望不御前殿而御紫宸，謂之入閤，杜詩所謂「還家初散紫宸朝」是也。歐陽公去唐不遠，入閤之制已未明，問於劉貢父而後知之。然其大略，不過如此。錢箋：《五代史·李琪傳》：唐故事，天子日御前殿見群臣，曰常參。朔望薦食諸陵寢，御便殿見群臣，曰入閤。宣政，前殿也，謂之衙，衙有仗。紫宸，便殿也，謂之閤。其不御前殿而御紫宸也，乃自正衙喚仗，由閤門而入，百官候朝於衙者，因隨之以入見，故謂之入閤。顧注：口號，言隨口號吟。

户外昭容紫袖垂㈠，**雙瞻御座引朝**音潮**儀**㈡。**香飄合殿春風轉**㈢，**花覆千官淑景**與影同**移**㈣。**晝漏稀**舊作聲。千家本定作稀**聞高閣**黄作閤**報**㈤，**天顏有喜近臣知**㈥。**宮中每出歸東省**㈦，**會送夔龍集**一作到**鳳池**㈧。張綖注：此内殿也，故所詠皆宮中之景。上六詠紫宸，末二言退朝。顧注：袖垂爲傴僂，雙瞻爲分行，瞻御座爲内向，引朝儀爲却行。此寫昭容導駕之制甚詳。吴論：香隨風轉，言殿宇之寬。花下影移，言奏對之久。禁庭深邃，故晝漏罕聞，待高閣之報。單復謂晝漏在退朝後者，非是。諫官侍班，故天顏有喜，而近臣先知。張性謂拾遺不見天顏者，非是。《雍録》：政事堂在東省，屬門下。至中宗時，裴炎以中書令執政事筆，故徙政事堂於中書省，則堂在右省也。公爲拾遺時，政事堂已在中書，其自宮中退朝而歸東省者，以本省言也。會送夔龍於鳳池者，又自東省而集於西省，就政事堂見宰相也。綖注：夔、龍，舜二臣名。龍在納言，實中書之始。晉人以中書比天上鳳凰，故唐人遂用鳳池稱中書省。

㈠《莊子》：户外之屨滿矣。唐制：昭容正二品，係九嬪。《酉陽雜俎》：今閤門有宮人垂帛引百僚，或云自則天，或言因後魏。據《開元禮疏》曰：晉康獻褚后臨朝不坐，則宫人傳百僚拜。周隋相沿，國家因之不改。《唐會要》：天祐二年，只令小黄門祇候引從，宫人不得擅出内，蓋昭宗時始罷也。

㈡《漢書》：馮婕妤曰：「妾恐熊至御座。」《周禮·地官》：司士正朝儀之位，辯其貴賤之等。《史記》：叔孫通起朝儀。

㈢庾肩吾詩：合殿生光彩。蕭子雲詩：春風蕩羅帳。

㈣《荀子》：古者天子千官，諸侯百官。謝朓賦：嗟斯靈之淑景。

㈤顧注：古刻漏，晝有朝、禺、中、晡、夕，夜有甲、乙、丙、丁、戊。《長安志》：含元殿，東南有翔鸞閣，西南有棲鳳閣。黄生注：高閣在禁中，宫女司漏，遞相傳報。《秋興賦》：高閣連雲。

㈥采葛婦歌：群臣拜舞天顔舒。《記》：今日安，世子乃有喜色。唐制：諫官隨宰相而入，得近御前，公爲拾遺，故稱近臣。《國語》：近臣盡規。

㈦《國策》：宫中虚無人。

㈧上官儀表：接武夔龍，簉羽鵷鷺。范彦龍詩：遥望鳳凰池。

王嗣奭曰：宣政殿，在含元殿北，乃前殿也。紫宸殿爲日御，古之燕朝也。故二詩所詠，氣象大小，莊媟稍異。

黄生曰：此詩首尾並具典故，疑借此二事託諷也。宫人引駕，雖屬舊制，然大廷臨御，萬國觀瞻，豈容此輩接迹。而時主因循不改，於朝儀爲已褻矣。至如宰相雖尊，實與群臣比肩而事主，退朝會送，此何禮乎。此詩所以志諷，人但取其濃麗工整，不知具文見意，《春秋》之法在焉。徒云詩史，淺之乎窺公矣。

春宿左省

鶴注：公爲左拾遺，屬門下省，在東，故曰左省，亦曰左掖。

花隱掖垣暮㈠，**啾啾棲鳥過**平聲㈡。**星臨萬户動**㈢，**月傍**去聲**九霄多**㈣。**不寢**《英華》作寐**聽**平聲**金鑰**《英華》作鑠㈤，**因風想玉珂**㈥。**明朝有封事**㈦，**數**音朔**問夜如何**㈧。上四宿省之景，下四宿省之情。花隱、鳥棲，日已暮矣。星臨、月近，夜而宿矣。聽鑰、想珂，宿而起矣。問夜未央，起而待旦矣。自暮至夜，自夜至朝，叙述詳明，而忠勤爲國之意，即在其中。《杜臆》：有風則鈴鐸皆鳴，故因而想及玉珂，在省中不得聞珂聲也。

㈠劉楨詩：隔此西掖垣。掖垣，禁牆也。

㈡古樂府：鳳凰鳴啾啾。何遜詩：日夕棲鳥喧。

㈢生注：「春星帶草堂」，在月落之後。「星臨萬户動」，在月出之前。《漢書》：武帝起建章宫，有千門萬户。

㊃庾闡詩：翔虬凌九霄。　以九霄對萬户，指九重之地言。　洐注：比廊廟之上。

㊄生注：本言不寐，用寢字方響。　《黄庭經》：玉匙金鑰常堅完。

㊅楊方詩：因風吐徽音。　張華詩：乘馬鳴玉珂。　夢弼曰：《本草》：珂，貝類，可爲馬飾。是也。蔡又引《舊書·輿服志》：五品以上，有珂傘。　凡車之制，三品以上，珂九子；四品，七子；五品，三子；六品以下，去幰及珂。　師氏因以爲導者所鳴之珂，其説不同。　阮籍詩：置此明朝事。

㊆《光武紀》：詔百僚俱上封事，無有隱諱。《漢儀》：密奏，皂囊封版，故曰封事。《唐書》：補闕、拾遺，掌供奉諷諫，大事廷諍，小則上封事。　《晉·傅玄傳》：每有奏劾，竦踊不寐，坐而待旦，於是貴遊懾伏，臺閣生風。

㊇陰鏗詩：愁人數問更。　《詩》：夜如何其？　夜未央，庭燎之光。　君子至止，鸞聲鏘鏘。　此詩下半截，全用其意。

趙汸曰：唐人五言，工在一字，謂之句眼。　如此二詩，三四動字、多字，五六濕字、低字之類，乃眼之在句底者。《何將軍山林》詩：「卑枝低結子，接葉暗巢鶯。」低與暗乃眼之在第三字者。「雨抛金鎖甲，苔卧緑沉槍」，抛與卧乃眼之在第二字者。「剩水滄江破，殘山碣石開」，「緑垂風折笋，紅綻雨肥梅」，皆一句中具二字眼，剩、破、殘、開、垂、折、綻、肥是也。

山谷云：拾遺句中有眼，篇篇有之。　推此可見。

楊仲弘曰：詩要鍊字，字者眼也。　如杜詩「飛星過水白，落月動沙虚」，鍊中間一字。「地坼江帆隱，天清木葉聞」，鍊末後一字。「紅入桃花嫩，青歸柳葉新」，鍊第二字。非鍊歸、入字，則是學堂對耦矣。又如「暝色赴春愁，無人覺來往」，非鍊覺、赴字，便是俗詩，有何意味耶。

胡應麟曰：杜詩五律，結句之妙者，如「明朝有封事，數問夜如何」，「經過自愛惜，取次莫論兵」，「親朋滿天地，兵甲少來書」，「安危大臣在，不必淚長流」，「無由覩雄略，大樹日蕭蕭」，語皆矯健振勁，絶非錚錚細響也。

晚出左掖

公朝宁諸詩，皆乾元元年春作，後並同。

晝刻傳呼淺㊀，春旗簇仗齊㊁。退朝音潮**花底散㊂，歸院柳邊迷。樓雪融城濕，宮雲去殿低。避人焚諫草㊃，騎馬欲鷄棲㊄。**首二朝班之景，三四退朝歸院，五六院中之景，七八出院歸舍。

晝刻記日，春旗記時，中四皆言春景。唐時殿廷，多植花柳，故初退朝班，從花底而分散，各歸院舍，至柳邊而遮迷。樓在城上，故雪融而濕。殿高逼雲，故去殿若低。及焚草而出，時值雞棲，見日已晚矣。鍾惺云：避人句，是大臣之體。數問句，是諫臣之心。《杜臆》：杜詩妙在氣象，此於退食時，能寫出委蛇氣象。

㊀陸倕《新刻漏銘》：衛宏載傳呼之節。《五經折疑》曰：春秋分，晝夜各五十刻。洙曰：《刻漏銘注》：衛宏著《漢儀》，使夜漏起，宫衛傳呼以爲備。趙曰：傳呼淺，謂傳呼在晝不若夜之遠也。

㊁庾信賦：楊柳共春旗一色。

㊂《雍録》：宣政殿下有東西兩省，别有中書門下外省，又在承天門外。兩省官亦分左右，各爲廨舍。杜詩曰散、曰歸，東西分班而出，各歸其廨也。《文昌雜録》：唐殿庭多種花柳，本朝唯樹槐楸。

㊃劉須溪曰：焚諫草，不欲人知也。避人而焚，并掩其迹矣。《晉·羊祜傳》：嘉謀讜議，皆焚其草，故世莫聞。

㊄《詩》：雞棲於塒，日之夕矣。故用雞棲以點晚出。顧炎武引後漢朱震爲州從事，三府語曰：「車如雞棲馬如狗，疾惡如風朱伯厚。」言車小也。此説本於吴若注，錢箋已駁其非是。《陳輔之詩話》：「明朝有封事，數問夜如何」，此「幸而得之，坐以待旦」之意。「避人焚諫草，騎馬欲雞棲」，即所謂「嘉謀嘉猷，入告爾后，于外曰：斯謀斯猷，惟我后之德」也。黄生曰：二詩皆于結語見身分，若泛叙朝省，雖工亦何益哉。

題省中壁

掖垣竹埤音皮梧十尋㊀，洞門對霤舊作雪，《正異》定作霤常陰陰㊁。落花遊絲白日静㊂，鳴鳩乳燕青春深㊃。腐儒衰晚謬通籍㊄，退食遲迴違寸心㊅。衮職曾音層無一字補㊆，許身愧比雙南金㊇。上四省中之景，下乃自述其懷。顧注：垣覆梧桐，門皆對霤，宜其氣象陰森。張綖注：白日靜，慨素餐也。青春深，惜時邁也。二句景中有情，故下接云「謬通籍」、「違寸心」。公年四十六始拜拾遺，時已晚矣，乃遲回一官，未盡言責，徒違素心耳。職無補而身有愧，乃題於院壁以自警。

㊀蔡夢弼注：掖乃省中左右掖。垣、埤皆牆也，高曰垣，低曰埤。舊注：垣之竹、埤之梧，皆長十丈。無此句法。或引《南越志》：宋昌縣有棘竹長十丈。於長安何涉。顧注：公《送賈閣老》詩「西掖梧桐樹，空留一院陰」，則知十尋止言梧，非言竹矣。澤州陳冢宰廷敬曰：埤字解者各異，今更有説埤與卑同，此言竹卑梧高也。《晉語》：松柏不生埤。《荀子》：埤汚庸俗。《漢書·劉向傳》：增埤爲高。《五行志》：寒埤擁下。《子虚賦》：其埤濕則生藏莨蒹葭。《射雉賦》：如轞如軒，不高不埤。皆可互證。張綖注：竹埤謂掖垣之上，以竹編爲儲胥，若城埤然。朱注引王褒《山家》詩「衆林積爲籟，園竹茂成埤」，此是竹埤二字所本。當從此説。東方朔《諫起上林苑疏》謂其地有桑麻竹箭之饒，則長安舊有竹矣。

㊁杜定功曰：對霤作對雪，此傳寫之誤耳。左思《吴都賦》：玉堂對霤，石室相距。是詩有落花游絲、鳴鳩乳燕，此時不宜有雪。《禮記注》：堂前有承霤。《説文》：霤，屋水流也。僞蘇注引山谷云：唐省中青壁畫雪。此不足信。《漢·董賢傳》：重殿洞門。注：洞門，謂門門相當。謝朓詩：紫殿肅陰陰。

㊂梁簡文帝詩：落花隨燕入，游絲帶蝶驚。《楚辭》：青春受謝，白日昭只。

㊃《夏小正》：季春之月，鳴鳩拂其羽。　鮑照詩：乳燕逐草蟲。

㊄《史記》：高帝曰：「爲天下安用腐儒。」注：腐者，敗壞無堪任也。　《漢書》：詔令從官給事宫中者得爲大父母、父母、兄弟通籍。應劭曰：籍者，爲二尺竹牒，記其年紀名字物色，懸之宫門，案省相應，然後乃得入也。　孟康曰：通籍，謂禁門之中，皆有名籍，不禁出入。

㊅《後漢・東海王傳》：光武遲回者數歲。　謝脁詩：孰爲勞寸心。

㊆《詩》：袞職有闕，唯仲山甫補之。　范甯《穀梁傳序》：一字之褒。

㊇《史記》：聶政曰：「老母在，政身未敢以許人。」　唐汝詢曰：君不能納諫臣，無以效忠，雖抱南金亦無所用。　張載《擬四愁》詩：美人贈我緑綺琴，何以報之雙南金。　生注：本詩序：「衡以天下漸敝，鬱鬱不得志，思以道德報君，而懼阻讒邪。」結語暗包序意。《韓非子》：荆南麗水中生金。

杜公夔州七律有間用拗體者，王右仲謂皆失意遣懷之作，今觀《題壁》一章，亦用此體，在將去諫院之前，知王説良是。　王世懋云：七律之有拗體，即詩中之變風變雅也。　説正相合。

葉夢得《石林詩話》：禪宗論雲間有三種語：其一爲隨波逐浪句，謂隨物應機，不主故常。　其二爲截斷衆流句，謂超出言外，非情識所到。　其三爲函蓋乾坤句，謂泯然皆契，無間可伺。　其淺深以是爲序。予嘗戲爲學子言，老杜詩亦有此三種語，但先後不同。　如「波漂菰米沉雲黑，露冷蓮房墜粉紅」，當爲函蓋乾坤句。「落花游絲白日静，鳴鳩乳燕青春深」，當爲隨波逐浪句。「百年地僻柴門遠，五月江深草閣寒」，當爲截斷衆流句。若有解此，當與同參。

送賈閣老出汝州

據此詩，賈出汝州在乾元元年之春。考《肅宗本紀》：九節度師潰，刺史賈至奔於襄鄧，在次年三月，與此詩前後相合。本傳以爲出蒲州，史氏誤書耳。《舊唐書》：舍人年深者，謂之閣老。《唐志》：汝州臨汝郡，屬河南道，本伊州，貞觀八年更名。汝州，今屬河南南陽府。

西掖梧桐樹㈠**，空留一院陰。艱難歸故里**㈡**，去住損春心**㈢**。宫殿青門隔**㈣**，雲山紫邏深**㈤**。人生五馬貴**㈥**，莫受二毛侵**㈦**。**上四賈出汝州，下言别後交情。掖梧空留，賈已出院矣。艱難，言中途跋涉。去住，謂彼此踪跡。青門隔，去者不見長安。紫邏深，住者不見汝州也。張遠注：人生得爲刺史，亦不賤矣，莫以一麾出守，感憤而生二毛，此作慰詞。

㈠《初學記》：中書省在右，因謂中書爲右曹，又稱西掖。《杜臆》：起語從召公甘棠脱來，起得俊拔。《詩》：于彼梧桐。

㈡《楚辭》：懷恨兮艱難。《淮南王篇》：還故鄉，入故里。黄曰：賈至，河南洛陽人，汝州與河南爲鄰，故曰故里。

㊂《楚辭》：目極千里兮傷春心。

㊃《後漢·順帝紀》：修飾宮殿。《前漢書注》：霸城門，民間所謂青門也。

㊄蔡琰《胡笳》：雲山萬重兮歸路遐。《九域志》：汝州梁縣有紫邏山。

㊅《潘子真詩話》：《禮》：天子六馬，左右驂。三公九卿駟馬，右騑。漢制：九卿則中二千石亦右驂。太守駟馬而已，其有加秩中二千石，乃右驂。故以五馬爲太守美稱。《漢官儀》：太守四馬，行部加一馬，故稱五馬。宋人《五色綫集》：北齊柳元伯，五子同時領郡，時五馬參差於庭，故時人呼太守爲五馬。

㊆二毛，注見五卷。

錢謙益曰：賈至本傳不載出守之故，杜有《别賈嚴二閣老》及《寄岳州兩閣老》詩，知其爲房琯黨也與。武尚未貶，而先出至者，以普安郡制置天下之詔，至實當制，故先去之也。岳州之謫，亦本於此。公詩有艱難、去住之句，情見乎辭矣。

黄生曰：起語醇深雅健，興體之妙，無出其右，三唐之絶唱也。又曰：起處用《卷阿》詩意，而無其迹。

送翰林張司馬一云學士南海勒碑

鶴注：《唐志》：翰林無司馬。玄宗置翰林院，延文章之士，下至藝能伎術之流，皆待詔於此。今曰勒碑，或是鐫工之精者。姜氏曰：《新唐書・吕向傳》：向進左補闕，帝自爲文，勒石西嶽，詔向爲鐫勒使。此雖權設，亦以士人爲之。鶴謂或待詔鐫刻之流，若是雜流，公不須作詩推重矣。《唐書》：廣州南海郡，屬嶺南道。

冠冕通南極㊀，**文章落上台**㊁。**詔從三殿**一云天上去㊂，**碑到百蠻開**㊃。**野館穠**一作濃**花發**㊄，**春帆細雨來**㊅。**不知滄海使**去聲。《英華》作使，諸本作上，**天遣幾時迴**㊆。上四張赴南海，下四送張之意。上寫氣象巍峩，下摹情景婉至。冠冕，指翰林。文章，指碑詞。三殿去，承上台。百蠻開，承南極。詔是遣官之命，開是勒文於石。穠花細雨，去時春景。滄海使回，來日程期。《杜臆》：出使本有程限，但滄海易阻風濤，須俟天時之順。天遣二字，非公不能下。

㊀《風俗通》：黄帝始製冠冕，垂衣裳。王融詩：迹殊冠冕客。《江賦》：竭南極，窮東荒。原注：相國製文。

㊁魏文帝云：文章，經國之大業。《晉・天文志》：三台六星，西近文昌二星曰上台，爲司命。次二星曰中台，爲司中。東二星曰下台，爲司禄。

㊂《兩京新記》：大明宮有麟德殿，在仙居殿西北。此殿三面，故以三殿爲名。白樂天詩「三殿角頭宵直入」，是也。

㊃《詩》：因時百蠻。《漢書・陳湯傳》：威振百蠻，武暢四海。《記》：南方曰蠻。

㊄謝惠連詩：飲餞野亭館。《詩》：何彼穠矣，棠棣之華。毛萇曰：穠，猶戎戎也。

㊅《拾遺記》：魏文帝迎薛靈芸行者歌：清風細雨雜香來。

㊆黄生注：結語暗用張騫事，既同姓，又出使，且往海上，用事精切，舊無注及者。此詩，前四説得莊重，下半自須出之風秀。先輩有譏「野館濃花發」，謂似題酒館，「春帆細雨來」，謂似贈賈客。此後人自以俗見談詩，未許妄評作者。

王嗣奭曰：野館穠花，極堪玩賞。春帆細雨，又覺淒涼。長途情景，在處有之，妙在描寫深細。

曲江陪鄭八丈南史飲

雀啄江頭黄柳花㊀，䴔音交䴖音精鸂音溪鶒音勑滿晴沙㊁。自知白髮非春事㊂，且盡芳樽戀物華㊃。近侍即今難浪跡㊄，此身那得更無家㊅。丈人才卞本作文力猶强健㊆，豈傍去聲青門學種瓜㊇。首二叙景，三四陪鄭，五六自叙，七八勉鄭。春事物華，即指江頭花鳥。白髮自憐，清樽聊遣，公蓋對境而興闌矣。官居近侍，既難浮沉浪迹，回念此身，更無家計可資。見尸位不可，去官不能，進退兩難也。鄭丈必有歸隱之語，故稱其才力猶强，不當學邵平之種瓜。《杜臆》：此詩起最有力，一氣轉下，勢若連環，若他人必用爲實聯矣。朱注那得更無家，即「笑爲妻子累」意，時已有去官之志。二句仍屬慨歎語。

㈠顧注：柳始生嫩蕊，其色黃，故曰黃柳。未葉而先花，故雀啄之。

㈡《通鑑》：玄宗初年，遣宦者詣江南，取鵁鶄、鸂鶒等置苑中。　申涵光曰：兩句三用鳥名，頓挫有致。

㈢陶潛詩：白髮被兩鬢。　王勃詩：春事一朝歸。歐陽公詩：青春固非老者事。本杜。

㈣《晉・先逸傳》：劉、畢芳樽之友。　陽縉詩：青門小苑物華新。　吴注：梁柳惲詩：離念已鬱陶，物華復如此。

㈤許善心詩：夕拜參近侍，朝恩濫弘獎。　戴逵《栖林賦》：浪跡潁濱，棲景箕岑。

㈥《詩》：欒子之無家。

㈦王充《論衡》：才力不相如。　陸雲書：永曜素自强健。

㈧《三輔黃圖》：長安霸城門，其色青，故曰青門。秦東陵侯邵平隱居於此，種瓜五色。

曲江二首

張綖注：二詩以仕不得志，有感於暮春而作。

一片花飛減却春㈠，風鄭氏作花飄萬點正愁人㈡。且看平聲欲盡花經一作鶯眼，莫厭傷多酒入脣㈢。江上小堂川本作棠巢翡翠㈣，苑一作花，《正異》定作苑邊高塚卧麒麟㈤。細推物理

須行樂音洛㈥，**何用**一作事**浮名**一作榮**絆此身**㈦。　首章，有及時行樂之意。　上四曲江景事，下四曲江感懷。　一片花飛，至於萬點欲盡，此觸目之堪愁者，故思借酒以遣之。　且見堂空無主，任飛鳥之棲巢；塚廢不修，致石麟之偃卧。　物理變遷如此，尤須借花酒以行樂，何必戀戀於浮名哉。　公殆將解職而有慨歟。

㈠《杜臆》：飛一片而春色減，語奇而意深。　欲盡、傷多一聯，句法亦新奇。　何遜詩：花飛落枕前。

㈡《楚辭》：羌愈思兮愁人。

㈢傷多，傷於酒也。

㈣梁元帝詩：燕姬戲小堂。　庾信詩：翡翠本微物，知愛巢高堂。

㈤苑，指芙蓉苑，在曲江西南。　《漢書·外戚傳》：丁姬塚高。　張説詩：鄰傍高塚多貴臣。　《西京雜記》：五柞宫西青梧觀前，有三梧桐樹，足下有石麒麟二枚，云是始皇墓物。　庾信碑文：刺史賈逵之碑，既生金粟；將軍衛青之墓，方留石麟。

㈥《淮南子》：耳目之察，不足以分物理。　楊惲書：人生行樂耳，須富貴何時。

㈦謝靈運詩：拙訥謝浮名。　《杜臆》：名乃名位之名，官居拾遺而不能盡職，特浮名耳。　落句乃慨歎無聊語，申氏謂似村學究聲口，過矣。

其二

朝音潮**回日日典春衣**㈠，**每日江頭盡醉歸**㈡。　**酒債尋常行處有**㈢，**人生七十古來稀**㈣。　**穿**

花蛺蝶深深見音現。一作舞㊄，點水蜻蜓款款一作緩緩飛㊅。傳語風光共流轉㊆，暫時相賞莫相違㊇。次章，乃乘春玩物之意。上四曲江酒興，下四曲江春景。典衣醉酒，官貧而興豪。酒債多有，故至典衣。七十者稀，故須盡醉。二句分應。花蝶水蜓，景物堪戀，併欲暫借風光，以助一時之玩賞。蓋風光和暢則可賞，一遭陰雨則相違矣。共字，對花蝶等言。

㊀朝回典衣，貧也。典現在春衣，貧甚矣，且日日典衣，貧益甚矣。北齊斛斯豐樂歌：日日飲酒醉。王融詩：思淚點春衣。

㊁《詩》：醉言歸。

㊂孔融詩：歸家酒債多，門客粲成行。舊注：孫權之叔濟，嗜酒不治産業，嘗曰：「尋常行坐處，欠人酒債，欲質此緼袍償之。」考《吴志》初無此事。《韓非子》：布帛尋常，庸人不釋。鑠金百鎰，盜跖不搏。《淮南子》：尋常之谿，灌千頃之澤。《賈誼傳》：彼尋常之汙瀆兮。皆與數目相對。鶴注：應劭曰：八尺曰尋，倍尋曰常，故對七十。然《江南逢李龜年》詩「岐王宅裏尋常見，崔九堂前幾度聞」，又未嘗拘以數對矣。

㊃遠注：人生百歲，七十者稀，本古諺語。

㊄梁簡文詩：花留蛺蝶粉，竹翳蜻蜓珠。《新序》：獨不見夫青蛉乎，六足四翼，蜚翔乎天地之間。顧注：點水，乃生子也。邵注：深深摹其翩翻隱見，款款狀其上下往來。《莊子》：其息深深。

㊅《楚辭》：寧悃悃款款。司馬遷云：效其款款之愚。《後漢書》款段馬注：款，緩也。《韻略》：款，

徐也。

㈦《史記》：庶人傳語。　王洙謂是傳語同舍郎，言風光難得而易失，欲其暫時相賞也。此另一説。

陰鏗詩：風光今旦動。　王洙引馮少憐《春日》詩：傳語春光道，先歸何處邊。今無考。

㈧費昶詩：紅顏本暫時。

春花欲謝，急須行樂，而行樂須尋醉鄉，但恐現在風光瞥眼易過，故又作留春之詞。此兩首中相承相應之意也。即就演義，作寄語於風光，從無情中看出有情，自見生趣。

葉夢得曰：深深字若無穿字，款款字若無點字，亦無以見其精微。然讀之渾然，全似未嘗用力，所以不礙氣格超勝。使晚唐人爲之，便涉「魚躍練川拋玉尺，鶯穿絲柳織金梭」矣。

王嗣奭曰：初不滿此詩，國方多事，身爲諫官，豈人臣行樂之時，然讀其沉醉聊自遣一語，恍然悟此二詩，蓋憂憤而託之行樂者。公雖授一官，而志不得展，直浮名耳，何用以此絆身哉。不如典衣沽酒，日遊醉鄉，以送此有限之年。時已暮春，至六月遂出爲華州掾，其詩云「移官豈至尊」，知此時已有譖之者。二詩乃憂讒畏譏之作也。

公祖必簡詩「綰霧青條弱，牽風紫蔓長」，此即水荇牽風二句所自出也。又詩「寄語洛城風日道，明年春色倍還人」，此即傳語春光二句所自出也。公嘗云「詩是吾家事」，又云「法自儒家有」，信乎祖孫繼起，詩學乃其家學也。

曲江對酒

苑外江頭坐不歸㈠，水精宮一作春殿轉霏微㈡。桃花細逐梨一作楊花落㈢，蔡云：老杜墨跡初作欲共楊花語，自以淡筆改三字。黄鳥時一作仍兼白鳥飛㈣。縱飲久判普官切。正作拚人共棄㈤，懶朝音潮真與世相違㈥。吏一作舍情更覺滄洲遠㈦，老大徒傷一作徒悲，一作悲傷未拂衣㈧。朱瀚曰：前半曲江，以江頭二字提起。後半對酒，以縱飲二字提起。久坐不歸，尋春玩物也。遥望苑中，則宫殿霏微。流覽江上，則花落鳥飛。此皆坐時所見者。日縱飲，懶朝參，見入世不能。滄洲遠，未拂衣，又見出世不能。公蓋不得已而匏繫一官歟。

㈠《漢書・田叔傳》：魯王好獵，相常暴坐苑外。

㈡《魏志》：大秦國城中有五宫，相去各五十里，宫皆以水精爲柱。《述異記》：闔閭構水精宫。生注：借言宫殿近水也。霏微，春光掩映之貌。沈約詩：霏微不能注。

㈢桃花楊花，開不同時，當依梨花爲是。桃對楊，黄對白，謂之自對體。樂府《讀曲歌》：桃花落已盡。蕭子顯詩：洛陽梨花落如雪。古詞：楊花飄蕩落南家。

㈣《詩》：黄鳥于飛。又：白鳥翯翯。

㊄《方言》：楚人凡揮棄物謂之判。俗作拚。

㊅《莊子》：與世違而心不屑與之俱，是陸沉者也。　黄生曰：懶朝，疑即漢之移病。

㊆謝朓詩：既歡懷禄情，復協滄洲趣。

㊇樂府《長歌行》：老大徒傷悲。　《後漢・楊彪傳》：曹操收彪下獄，孔融聞之，往見操曰：「公横殺無辜，孔融魯國男子，明日便當拂衣而去。」謝靈運詩：拂衣五湖裏。《南史・王僧虔傳》：我立身有素，豈能曲意此輩，彼如見惡，當拂衣去耳。

黄生曰：前半即景，後半述懷，起云坐不歸，已暗與後半爲針線。　花落鳥飛，宦途升沉之喻也，又暗與五六爲針線。

《丹鉛録》：梅聖俞「南隴鳥過北隴叫，高田水入低田流」，黄山谷「野水自添田水滿，晴鳩却喚雨鳩來」，李若水「近村得雨遠村同，上圳波流下圳通」，其句法皆自杜來。

曲江對晉作值雨

城上春雲覆苑牆㊀，江亭晚色静年一作天芳㊁。林花著涉略切雨燕支一作脂濕一作落㊂，水荇牽風翠帶長㊃。龍武新軍深一作經駐輦㊄，芙蓉别殿漫焚香㊅。何時詔一作重此金錢

會㈦，**暫**一作爛**醉佳人錦瑟傍**㈧。上四曲江雨景，下四對雨興感。年芳晚静，雨際寂寥也。林花、水荇，乃雨中所見者。駐輦、焚香，乃雨中所思者。末二因遊幸難逢，而歎金錢勝會亦不可復見矣。

㈠魏文忠詩：別殿春雲上。

㈡江亭，曲江之亭。　謝朓詩：瑶池曖晚色。　年有四時，以春爲芳。　沈約詩：麗日屬上巳，年芳倶在斯。

㈢吴均詩：林花合復分。　《古今注》：燕支，葉似薊，花似蒲公，出西方，土人以染，名燕支。中國謂之紅藍，以染粉，爲面色。　梁簡文帝詩：臙脂逐臉生。

㈣《詩注》：荇，接余也。根生水底，莖如釵股，上青下白，葉紫赤，圓徑寸餘，浮在水面。　公祖審言詩：綰霧青條弱，牽風紫蔓長。　梁簡文帝詩：翠帶留餘結。　王洙曰：荇，水草，相連生，故如翠帶。

㈤《新唐書》：龍武軍，皆用功臣子弟，制若宿衛兵。《雍録》：左右龍虎軍，即太宗時飛騎，衣五色袍，乘六閑駁馬，虎皮韉。唐諱虎，故曰龍武，言其才質服飾有似龍虎也。《唐書·兵志》：高宗龍朔二年，置左右羽林軍，玄宗改爲左右龍武軍。　肅宗至德二載，置左右神武軍，賜名天騎。此即新軍也。　《漢書注》：駕人以行曰輦。

㈥《唐書·地理志》：興慶宫，在皇城東南，謂之南内，築夾城入芙蓉園。按：芙蓉園與曲江相接，駕常遊幸其中。芙蓉、曲江各有殿，故曰別殿。《哀江頭》詩「宫殿鎖千門」是也。　顔延之《曲水詩序》：離宫設衛，別殿周徼。　顧注：漫焚香，謂空焚香以待。

㈦《漢紀注》：諸賜黄金者皆與之金，不言黄者，一金與萬錢。　顧注：《舊唐書》：開元元年九月，宴王公百寮於承天門，令左右於樓下撒金錢，許中書以上五品官及諸司三品以上官争拾之。　《劇談録》：開元中，上巳節賜宴臣僚，會於曲江山亭，恩賜教坊聲樂，唯宰相三使北省官與翰林學士登焉。

㈧舊注：曲江賜宴時，賜太常教坊樂，故有佳人。　《周禮樂器圖》：雅瑟二十三絃，頌瑟二十五絃。飾以寶玉者曰寶瑟，繪文如錦曰錦瑟。

朱瀚曰：上半寫雨景之荒凉，長安新經喪亂也。下半傷南内之寂寥，向曾受知上皇也。林花著雨，見苑中車馬闃然。水荇牽風，見江上綵舟絶迹。此所謂静年芳也。上皇用萬騎軍平韋氏，改爲龍武軍，親近宿衛。今曰深駐輦，則不自臨閲矣。又常從夾城達芙蓉園，登興慶南樓，置酒眺望。今曰漫焚香，則無復遊幸矣。於掉尾拈一詔字，露出思君本意，含無限低徊傷感。

黄生曰：公感玄宗知遇，詩中每每見意。五六指南内之事，蓋隱之也。敘時事處，不露痕迹。憶上皇處，不犯忌諱。本詩人之忠厚，法宣聖之微辭，豈古今抽黄媲白之士所敢望哉。錢箋獨得其旨。

雨景則寂寥，詩語偏濃麗，俯視中晚以此。

王彦輔曰：此詩題於院壁，濕字爲蝸蜒所蝕。蘇長公、黄山谷、秦少游偕僧佛印，因見缺字，各拈一字補之。蘇云潤，黄云老，秦云嫩，佛印云落。覓集驗之，乃濕字也，出於自然。而四人遂分生老病苦之説。詩言志，信矣。

奉答岑參補闕見贈

參初試大理評事，攝監察御史。趙汸注：杜公爲拾遺，薦參識度清遠，議論雅正，時輩所仰，宜充近侍。當是薦後除補闕官也。

窈窕清禁闥一作闕㈠，**罷朝**音潮**歸不同。君隨丞相**去聲**後，我往**一作住，非**日華東。冉冉柳枝碧**㈡，**娟娟花蕊紅**㈢。**故人得佳句，獨**一作猶**贈白頭翁。**岑詩有聯步、分曹之語，前四就其意而答之。岑又有白髮落花之語，後四反其意而答之。古人答詩，但和意而不和韻。朱注：參爲補闕，屬中書，居右署。公爲拾遺，屬門下，居左署。《雍録》：《唐六典》：宣政殿前有兩廡，兩廡各有門。其東曰日華，日華之東則門下省也，居殿廡之左，故曰左省。西廊有門曰月華，月華之西即中書省也。凡兩省官，繫銜以左右者，皆分屬焉。「罷朝歸不同」，言分東西班各歸本省也。「君隨丞相後」，宰相罷朝，由月華門出而入中書，凡西省官亦隨丞相出西也。若左省官，仍自東出，故云「我往日華東」也。

㈠《詩正義》解窈窕云：所居之宫，形狀窈窕，幽深而閒静也。班婕妤《自悼賦》：應門閉兮禁闥扃。

㈡謝脁詩：新葉初冉冉。
㈢鮑照詩：娟娟似蛾眉。

寄左省杜拾遺附岑參詩

聯步趨丹陛㈠，分曹限紫微㈡。曉隨天仗入㈢，暮惹御香歸㈣。白髮悲花落㈤，青雲羨鳥飛㈥。聖朝無闕事㈦，自覺諫書稀㈧。上四叙同朝情事，下則喜而兼諷也。岑爲補闕，屬中書省，居右署。杜爲拾遺，屬門下省，居左署。故曰「分曹限紫微」。白髮自謂，青雲指杜。諫書稀少，豈果朝無闕事乎，諷語得體。

㈠《記》：連步以上。杜預表：珥筆丹陛。
㈡沈佺期詩：分曹直禮闈。《晉書·天文志》：紫微，天帝之座。《初學記》：唐改中書省曰紫微省。《花木譜》：紫薇花，俗名怕痒。唐省中植此，取其花久也。微當作薇。
㈢《唐書·儀衛志》：朝會之仗有五，皆帶刀捉仗，列於東西廊下。沈佺期詩：九日陪天仗，三秋幸禁林。崔融詩：天仗分旄節，朝容間羽衣。
㈣何遜詩：晴軒連瑞氣，同惹御香芬。

㈤陶潛詩：白髮被兩鬢。　江淹詩：花落豈留英。
㈥《解嘲》：當途者升青雲。　陸機詩：仰瞻凌霄鳥，羡爾歸飛翼。
㈦《漢書·師丹傳》：詿誤聖朝。　《詩》：衮職有闕。
㈧《漢書·儒林傳》：王式爲昌邑王師，王廢，式繫獄。治事使者責問曰：「師何以亡諫書？」

奉贈王中允維

此當是乾元元年作。　《舊唐書》：天寳末，維歷官給事中，扈從不及，爲賊所得，服藥取痢，詐稱瘖病。禄山素憐之，遣人迎至洛陽，拘於普施寺，迫以僞署。賊平，陷賊官六等定罪，維以《凝碧》詩聞於行在，肅宗特宥之，責授太子中允。

中允聲名久㈠**，如今契**音挈**闊深**㈡**。共傳收庾信**㈢**，不比得陳琳**㈣**。一病緣明主，三年獨此心。窮愁應**平聲**有作**㈤**，試誦《白頭吟》**㈥**。**　維負才名，而身遭困苦，故深惜之。　共傳二句，辯陷賊之事。　一病二句，原戴主之心。　皆申明契闊也。　維經患難，必多悲憤之作，故復索詩以見其苦情。　維初繫洛陽，而肅宗復用，與庾信之奔竄江陵，元帝收用者相似。　維作《凝碧》詩，能不忘故主，與陳琳之爲紹草檄，後事魏武者不同。　一病，指詐瘖事。　三年，自天寳末至乾元初也。　《杜臆》：此詩直是王維辯冤疏。

㊀曹植詩：追舉逐聲名。

㊁《詩》：死生契闊。毛傳解契闊爲勤苦，詩意本之。韋弘嗣《博奕論》：「勞神苦體，契闊勤思。」正從古注。

㊂《梁書》：侯景之亂，簡文帝使庾信營於朱雀航。景至，信以衆奔江陵。元帝承制除信御史中丞。

㊃《魏志》：陳琳避難冀州，袁紹使典文章。袁氏敗，琳歸太祖，太祖謂曰：「卿昔爲本初移書，但可罪狀孤而已，何乃上及父祖耶？」琳謝罪，太祖愛其才，不之責。

㊄《史記》：虞卿非窮愁不能著書。

㊅《西京雜記》：相如將聘茂陵女子爲妾，文君作《白頭吟》以自絶，相如乃止。卓文君《白頭吟》：淒淒自淒淒，嫁女不須啼。願得一心人，白頭不相離。按：文君願一心不二，故借此喻維。

黄生曰：三四用古人影掠，故叙事無痕。凡詩，寫景易而叙事難，叙事直致而拖沓，緣無少陵萬卷書、如神筆耳。

送許八拾遺歸江寧覲省甫昔時嘗客遊此縣於許生處乞瓦棺寺維摩圖樣志諸篇末

此當是乾元元年春作。　錢箋：《岑參集》有《送許子擢第歸江寧拜親》詩，在天寶元年告賜靈符、上加尊號之日。此云許八拾遺，蓋擢第後十餘年官拾遺，又得省覲也。《唐書》：昇州江寧郡，屬江南東道。公開元末嘗遊此。　夢弼曰：瓦棺寺，即薦福寺。　朱注：《瓦官寺碑文》：寺本晉武帝時建，以陶官故地在秦淮北，故名瓦官。訛作棺耳。　《六朝事跡》載有僧好誦《法華經》，葬以瓦棺，青蓮生其舌根，因名。則好異者之説也。

詔許當作有詔**辭中禁**㊀，**慈顔**當作承慈**赴**樊作拜**北堂**㊁。一云：天語辭中禁，家榮赴北堂。**聖朝**音潮**新孝理**㊂，**祖席倍輝光**㊃。一云：行子倍恩光。**內**一作贈**帛擎偏重**，**宮衣著**陟略切**更香**。

從送許敘起。　奉詔省親，開首提明。　同僚餞別，朝廷恩賜，皆所以榮其親也。　次句，本言爲慈顔而赴北堂，但出語稍拙。　樊作「慈顔拜北堂」，句意稍明。　別作「天語辭中禁，家榮到北堂」，語亦未安。　當云「有詔辭中禁，承慈赴北堂」。

㊀《後漢・薛包傳》：有詔賜告歸也。　沈佺期詩：中禁有光輝。

㊁梁簡文帝詩：紫幄承慈。　《閒居賦》：壽觴舉，慈顔和。　《記》：婦洗在北堂。《詩》：焉得諼草，言樹之背。　注：背，北堂也。　北堂，母氏也。

㊂去年十一月，迎上皇至京。　是年正月，又加上皇尊號，故云「新孝理」。　祖席光輝，時當錫類也。　後漢班昭疏：陛下以至孝理天下。

㊃沈佺期詩：天人開祖席，朝宷候征麾。　祖席，飲餞也。

淮陰清一作新**夜驛**㊀，**京口渡江航**㊁。**竹引趨庭曙**㊂，**山添扇**義主平聲，讀從去聲**枕涼**㊃。一云：春隔雞人晝，秋期燕子涼。十年過平聲。一作賜書誇父老㊄，幾日一作壽酒賽一作樂城隍㊅。

次言歸家之事。　淮陰、京口江寧近境。庭曙、枕涼，晨省昏定也。下言睦鄰之誼，報神之禮。　他本作「春隔雞人晝，秋期燕子涼」，是言春啟行而秋至家，不如前説切省覲而兼包時景。　其云賜書壽酒，語亦繁重，亦不如十年幾日之輕逸也。

㊀《唐書》：楚州淮陰郡，屬江南東道。

㊁《郡縣志》：建安十四年，孫權自吴治丹徒，號曰京城。十六年遷都建業，於此爲京口鎮。　姜宸英曰：《唐書·齊澣傳》：潤州北距瓜步沙尾，紆匯六十里，舟多敗溺。　澣徙漕路，由京口埭治伊婁渠以達楊子，歲無覆舟。　此開元二十二年事。　送許在天寶後，故得云「京口渡江航」。　又曰：京口渡自晉宋間已有之，至齊始定渡京口。　隋孫萬壽詩：方春渡京口。

㊂從竹裏趨庭，似竹引其曙。　在山間扇枕，覺山助其涼。　王臺卿詩：竹引帶山風。　趨庭，用孔鯉事。

㊃《東觀漢記》：黄香性至孝，夏月則扇枕。

㊄《後漢書》：班彪幼與從兄嗣伯共游太學，家有賜書。　庾信賦：門有通德，家承賜書。

㊅古樂府：前有一樽酒，主人行壽。　今日合來者，皆令富且貴，欲令主人三萬歲。　顧炎武曰：《北齊書》：慕容儼鎮郢州，城中有神祠，號城隍神，儼率衆禱之。　此城隍始見史傳者。　《史記·封禪書》：冬賽禱祀。　《索隱》曰：賽，謂報神福。

看畫曾音層**飢渴**㈠**，追蹤恨**一作限淼弭沼切**茫**㈡**。虎頭金粟影**㈢**，神妙獨難忘**㈣**。**末及維摩圖樣，不忘江寧舊迹也。　此章前二段各六句，後段四句收。

㈠《詩》：載飢載渴。

㈡《江賦》：狀滔天以淼茫。

㈢《唐瓦棺寺維摩詰畫像碑》：瓦棺寺變相，乃晉虎頭將軍顧愷之所畫。　蔡夢弼曰：張彥遠《歷代名畫記》：顧愷之，字長康，小字虎頭，晉陵無錫人，多才氣，尤工丹青，傳寫形像，莫不妙絶。曾於瓦棺殿畫維摩詰，畫訖，光耀月餘。　錢箋：《京師寺記》云：興寧中，瓦棺寺初置，僧衆設會，請朝賢鳴刹注錢。其時莫有過十萬者，長康直打刹注錢百萬。後寺衆請勾疏，長康曰：「宜備一壁。」遂閉户絶往來一月餘，畫維摩詰一軀。工畢，將點眸子，乃謂寺僧曰：「第一日觀者，請施十萬。第二日可五萬，第三日可任例責施。」及開户，光照一寺，施者填咽。俄而得百萬錢。吴曾《漫録》：顧愷之爲虎頭將軍，非小字也。朱注：晉職官無虎頭將軍，本傳亦不載此語，《漫録》未知何據。　蔡注：《發跡經》：净名大士，是往古金粟如來。《阿含經》曰：金沙地下，便是金粟如來。今云金粟影，即維摩圖也。

㈣孔臧《楊柳賦》：固神妙之不如。

因許八奉寄江寧旻上人

不見旻公三十年㈠，封書寄與淚潺湲㈡。舊來好事今能否㈢，老去新詩誰與一作爲傳㈣？棋局動隨幽一作尋澗竹㈤，袈裟本作毠毟，葛洪《字苑》改從衣憶上上聲泛湖船㈥。問舊作聞，張遠作憑，《杜臆》作問君話我爲官在㈦，頭白昏昏只醉眠。前六懷旻上人，末二自叙近況。舊事尚能，新詩孰傳，是思其現在。棋局隨澗，袈裟泛湖，是憶其從前。四句包盡三十年來前後情景。末則因許寄旻，囑以書中未盡之意。鶴注：公進《大禮賦表》云：「浪跡於陛下豐草長林，實自弱冠之年。」其客遊吴越在開元十九年，公方二十歲，至乾元元年，相距止二十七年。曰三十年者，亦約略之詞。朱瀚注：旻居幽澗，公攜棋局以相隨。公在湖船，旻著袈裟而同泛。此叙交誼之親切。

㈠《詩》：自我不見。　陶潛詩：一去三十年。

㈡《齊國策》：齊王封書謝孟嘗君。　《楚辭》：横流涕兮潺湲。

㈢《周禮·天官》：「内小臣，后有好事於四方，則使往。有好令於卿大夫，則亦如之。」好讀本音。《揚雄傳》：「好事者載酒肴從游。」好讀去聲。

㈣陶潛詩：乃賦新詩。　誰傳，謂誰傳於我。

㊄曹植《王仲宣誄》：棋局逞巧，博弈惟賢。《江賦》：幽澗積岨。

㊅《法苑珠林》：袈裟爲福田之服。《華嚴經》：著袈裟者，捨離三毒也。《陀羅尼經》袈裟者，秦言染衣也。

㊆《杜臆》作問君，謂旻公問而許話也，此見因許之意。

黄生曰：旻善吟善弈，而喜與文士遊，其好事可知，七是旻喜杜之得官，八是杜答旻以潦倒。舊作聞君，亦通。

題李尊師松樹障子歌

黄鶴載在乾元元年，蓋詩言玄都道士，乃長安人也。又云：時危慘淡，知安史尚未平也。若至德元年，身陷賊中，何心題詠。若在二年，則冬日至京，亦恐不暇及此。

老夫清晨梳白頭，玄都道士來相訪㊀。**握髮**一作手**呼兒延入户，手提新畫青松障。**首叙李師見訪。握髮呼兒，急於迎客。手提新畫，索公題句也。

㊀《長安志》：崇業坊玄都觀，隋開皇二年，自長安故城徙通道觀於此，改名玄都，與善慶寺相比。《唐會要》：京城朱雀街，有玄都觀。《説苑》：周公一沐三握髮。

障子松林静杳冥㊀，**憑軒忽若無丹青**㊁。**陰崖却承**一作成**霜雪**一作露，一作霧**幹**㊂，**偃蓋反**

走虬龍形㈣。次記畫松神妙。無丹青，言不異真松。崖在松下，故云却承。松勢逆盤，故云反走。却，俯也。

㈠《楚辭》：深林杳以冥冥。
㈡《續晉陽秋》：戴逵善圖畫，窮巧丹青。
㈢馬融《長笛賦》：生於終南之陰崖。
㈣《抱朴子》：天陵偃蓋之松。又曰：松樹三千歲者，其皮中有聚脂，狀如龍形。

老夫生平好去聲**奇古，對此興**去聲**與精靈聚**㈠。**已知仙客意相親**㈡，**更覺良工心獨苦**㈢。此與李師賞畫也。霜雪、虬龍，此即奇古。精靈指畫，仙客指李，良工指畫者。

㈠江淹詩：精靈歸妙理。
㈡蕭若静詩：已數逢仙客。
㈢傅亮《感物賦》：嘉美手於良工。

松下丈人巾屨同，偶坐似一作自**是商**一作南**山翁**㈠。**悵望**一作惆悵**聊歌紫芝曲**㈡，**時危慘澹來悲風**㈢。此對畫而有感也。因松下老人，忽動商山之興，蓋世亂而思高隱也。慘淡悲風，畫景亦若增愁矣。此章四段，各四句。

㈠偶坐，並坐也。顔延之詩：獨静闕偶坐。《晉書·袁喬傳》：此又似是之非。
㈡四皓歌：曄曄紫芝，可以療饑。

㊂應璩書：悲風起於閨闥。

得舍弟消息

此當是乾元元年季春作，詩言「春庭暮」可見。蔡琰詩：迎問其消息。

風吹紫荊樹㊀，**色與春庭暮**㊁。**花落辭故枝**㊂，**風迴返**一作反**無處**。**骨肉恩書重**，**漂泊難相遇**㊃。**猶有淚成河**㊄，**經天復**去聲**東注**㊅。此章對景言情，上比下賦，有古詩遺意。荊花吹落，喻兄弟分張。風迴不返，喻漂泊難遇。公在西京，弟在河南，故云淚東注。恩書二字，點題。

㊀周景式《孝子傳》：古有兄弟欲分異，出門見三荊同株，枝葉連陰，嘆曰：「木猶欣聚，況我而殊哉。」《續齊諧記》：田廣、田真、田慶兄弟三人，欲分財。其夜庭前三荊便枯，兄弟嘆之，却合，樹還榮茂。

㊁蕭懿詩：春庭聊縱望。

㊂宋子侯詩：花落何飄颻。　謝朓詩：新筍雜故枝。

㊃劉繪詩：漂泊終難測。

㊄《世説》：顧長康哭桓宣武，聲如震雷破山，淚如傾河注海。

㊅陸機詩：逝矣經天日。何遜詩：復如東注水，未有西歸日。天河春夜向東，故曰經天東注。劉會孟曰：苦心怨調，使人淒然鮮終之痛，憯於脊令死喪之喻。

送李校書二十六韻

鶴注：此是乾元元年春在諫省作。朱注：《唐書·宗室世系表》：舟字公受，虔州刺史、隴西縣男。父岑，水部郎中、眉州刺史。《舊書》：梁崇義逆命，命金部員外郎李舟諭旨以安。柳宗元《石表先友記》：李舟，隴州人，有文學俊辯，高志氣，以尚書郎使危疑反側者再，不辱命。被讒妬，出爲刺史，廢痼卒。杜詩凡題中紀韻者，皆係排律。此篇乃五古，不當紀韻，疑屬刊誤。

代北有豪鷹㊀，生子毛盡赤㊁。渥洼騏驥兒一作種㊂，尤異是虎一作龍脊㊃。李舟名父子㊄，清峻流樊作時輩伯㊅。人間好少去聲。一作妙年，不必須白晳㊆。十五富文史㊇，十八足賓客。十九授校書，二十聲輝一作燀，一作烜赫㊈。衆中每一見，使我潛動魄㊉。自恐二男兒，辛勤養無益㊀。首叙校書才望出衆，從父說到其子。盧注：李舟於德宗朝奉使詣劉文喜，陳以禍福，帳下殺文喜以降。又奉使詣梁崇義，諭旨安之，勸崇義入朝，言頗切直。觀公此詩，知少年時便已傑出矣。二男，公子宗文、宗武也。

〔一〕《國策》：代三十六縣。《漢書》：雁門、代郡，皆晉地也。今爲代州。

〔二〕魏彦深《鷹賦》：白如散花，赤如點血。

〔三〕《史記》：田光謂燕太子丹曰：「臣聞騏驥壯盛之時，一日千里。」

〔四〕《天馬歌》：虎脊兩，化若鬼。

〔五〕《漢・蕭育傳》：王鳳以育名父子，除爲功曹。言育爲名父之子也。

〔六〕《魏志・常林傳》：林節操清峻。沈約奏彈：玷辱流輩。

〔七〕《陌上桑》：爲人潔白皙。

〔八〕蕭琛詩：文史更區分。古樂府：「十五府小吏，二十朝大夫。三十侍中郎，四十專城居。」此四語所本。又後漢人《爲焦仲卿妻詩》：「十三能織綺，十四學裁衣。十五彈箜篌，十六誦詩書。」亦四語疊叙。

〔九〕《洛陽伽藍記》：炎光輝赫，獨絶世表。

〔一〇〕鍾嶸《詩品》：陸機所擬十四首，驚心動魄。

〔一一〕《抱朴子》：懷損命之辛勤。

乾元元（一作二）年春〔一〕，萬姓始安宅〔二〕。舟也衣（去聲）綵衣〔三〕，告我欲遠適。倚門固有望〔四〕，斂衽就行役〔五〕。南登吟《白華》〔六〕，已見楚山碧〔七〕。藹藹咸陽都〔八〕，冠蓋日雲（一作已）如積〔九〕。何時太夫人，堂上會親戚。汝翁草明光〔一〇〕，天子正前席〔一一〕。歸期豈爛漫（一作熳）〔一二〕，别意終感激㊂。此送别而記其孝思，從母説及其父。舟父向爲眉州刺史，天寶之亂必寓家於此，故其母倚門而望。楚山，母在之處。咸陽，迎母還京。豈爛漫，歸時不遠。終感激，不忍離父也。

㊀《肅宗紀》：乾元元年二月丁未，大赦，免陷賊諸州三歲税，天下非租庸，無輒役使。

㊁《詩》：其究安宅。

㊂《列士傳》：老萊子行年七十，作嬰兒娱親，著五采褊爛衣。《困學紀聞》：曹植《靈芝篇》：「伯瑜年七十，彩衣以娱親。慈母笞不痛，歔欷淚沾巾。」今人但知老萊子，而不知伯瑜耳。

㊃《後漢書》：薛包事母孝，出入有時，至期，母必倚門望之，包必至矣。略與王孫賈同。

㊄《魏都賦》：斂衽魏闕。出行皆謂之行役，如公還成都，自云「他鄉復行役」，不必奉使者稱行役也。《詩》：予季行役。

㊅劉庭芝詩：南登漢月孤。《詩序》：《白華》，孝子之潔白也。束皙《補亡詩》：白華朱萼，被於幽薄。粲粲門子，如磨如錯。終晨三省，匪惰其恪。

㊆《史記·秦紀》：楚自漢中，南有巴黔，惠文王十三年攻楚漢中，取地六百里，置漢中郡。據此，則蜀漢本屬楚地，故云「楚山碧」。宋武帝詩：楚山帶舊苑。

㊇左思詩：藹藹東都門，群公餞二疏。咸陽，乃長安所都。

㊈《孝文帝紀》：冠蓋相望，結轍於道。《漢書》：列侯妻，稱夫人。列侯子復爲列侯，稱太夫人。

㊉《三秦記》：未央宫漸臺西，有桂宫，内有明光殿，皆金玉珠璣爲簾箔，金阯玉階，晝夜光明。《漢

官儀》：尚書直宿建禮門，奏事光明殿下，下筆爲詔策，出言爲誥令。

㊁《賈誼傳》：上坐宣室至夜半，文帝前席。

㊂《莊子》：性命爛漫矣。《琴賦》：留連漫爛。

㊂孫萬壽詩：別意悽無已。

顧我一作己**蓬屋資**㊀，**謬通金閨**一作門**籍**。**小來習性懶**㊁，**晚節**一作歲**慵**常中切**轉劇**㊂。**每愁悔吝作**㊃，**如覺天地窄**㊄。**羨君齒髮新**㊅，**行己**音紀**能夕惕**㊆。**臨岐意頗切**㊇，**對酒不能喫**㊈。此臨別而自傷衰老。通籍，時爲拾遺也。悔吝，抗疏蒙譴也。前云意感激，指李言。此云意頗切，公自言。

㊀顧，念也。《抱朴子》：竄繩樞之蓬屋。

㊁梁吴均詩：小來重意氣。《書》：習與性成。

㊂慵，懶也。劇，甚也。

㊃《易大傳》：悔吝者，憂虞之象也。

㊄天地窄，猶《詩》言高厚跼蹐。

㊅繆襲詩：齒髮行當墮。

㊆《論語》：行己有恥。《易》：君子終日乾乾，夕惕若。

㊇陰鏗詩：臨岐憫聖情。

⑨李陵《别蘇武》詩：遠望悲風至，對酒不能酬。

迴身視緑野㈠，慘澹如荒澤㈡。老雁春忍陳作忍春饑，**哀號**平聲**待枯麥㈢。時哉高飛燕㈣，絢練新羽翮㈤。長雲濕褒斜㈥，漢水饒巨石㈦。無令**平聲**軒車遲㈧，衰疾悲宿昔㈨。**

此惜别而兼叙情景。　回身，李去而回顧也。長安亂後，故野如荒澤。雁饑，自歎其貧。燕飛，李行之壯。褒斜，漢中所經之地。末二，囑其早還以慰己也。　此章，前二段各十六句，後二段各十句。

㈠蕭子範詩：迴身隱日扇。　謝靈運詩：春晚緑野秀。

㈡《世説》：道壹道人曰：「先集其慘澹。」　八澤、八荒，見《淮南子》。

㈢《詩》：鴻雁于飛，集于中澤。　鴻雁于飛，哀鳴嗷嗷。　漢桓帝時童謡：大麥青青小麥枯。

㈣《詩》：有鳥高飛。

㈤《赭白馬賦》：别輩超群，絢練夐絶。注：絢練，疾也。　何遜詩：相顧無羽翮，何由總奮飛。

㈥《蕪城賦》：崪若斷岸，矗似長雲。　《後漢·順帝紀》：罷子午道，通褒斜路。注：褒斜，漢中谷名。南谷曰褒，北谷曰斜，首尾七百里。　漢水亦在漢中。　何仲默《三秦志》：自秦入蜀，有三谷：西南曰褒谷。南曰駱谷，從洋入。東南曰斜谷，從郿入。其所從皆殊。

㈦興元府爲漢中郡。　漢水出嘉州。　《江賦》：巨石硉矹以前却。

㈧古詩：思君令人老，軒車來何遲。

㈨張華詩：衰疾近殆辱。　徐幹詩：宿昔當離别。

王嗣奭曰：此明是一篇送人序，韻而爲詩，語皆工鍊，而氣獨流暢。黄常明《詩話》：數物以箇，謂食爲喫，字近鄙俗，獨杜屢用。如「峽口驚猿聞一箇」，「兩箇黄鸝鳴翠柳」，「却遶井欄添箇箇」。又如「樓頭喫酒樓下卧」，「但使殘年飽喫飯」，「梅實許同朱老喫」，《送李校書》云「臨岐意頗切，對酒不能喫」。蓋篇中大概奇特，不妨映帶也。

偪側吴作仄行贈畢四一本無四字曜

鶴注：此當是乾元元年春在諫院作，故詩中有朝天語。因章首偪側二字以爲題，非以偪側貫全詩也。《上林賦》：偪側泌瀄。司馬彪曰：偪側，相偪也。一作《息息行》，詩中亦作「息息」。

偪側何偪側㊀，我居巷南子巷北。可憐鄰里間㊁，十日不一見顔色㊂。首歎比鄰不得相見。

㊀偪側，謂所居密邇。

㊁《周禮》：遂人五家爲鄰，五鄰爲里。

㊂江淹《古別離》詩：願一見顔色，不異瓊樹枝。

自從官馬送還官㊀，行路難行澀如棘㊁。我貧無乘去聲非無足，昔者相過平聲。一作遇今不得。不是一作未敢愛微軀一作慵相訪㊂，非關足無力㊃。諸本不是上有實字，非關上有又字。黄希從梁莊肅公家本，無實、又二字。徒步翻愁官長丁丈切怒㊄，此心炯炯君應平聲識㊅。此言以無馬之故，不能見畢。炯炯應識，言欲見之心，畢當知我也。

㊀至德二載二月，上幸鳳翔，議大舉收復兩京，盡括公私馬以助軍。給事中李廙云無馬，大夫崔光遠劾之，貶廙江華太守。

㊁古樂府有《行路難》。《語林》：王安期東渡江，道路梗澀。

㊂梁簡文帝詩：微軀多接幸。

㊃樂府古詞：含情出户脚無力。杜句用虚字亦有所本。宋之問詩：非關憐翠幙，不是厭朱櫻。

㊄遠注：徒步句，即大夫不可徒行意。《魏志》：夏侯玄議：衆職之屬，各有官長。

㊅潘岳《寡婦賦》：目炯炯而不寢。

曉來急雨春風顛㊀，睡美不聞鐘鼓傳。東家蹇驢許借我㊁，泥滑不敢騎朝音潮天。已令平聲請急會通籍㊂，一云已令把牒還請假。男兒性一作信命絶可憐㊃。此言以請告在籍，不敢見畢。性命可憐，乃告籍之故，恐泥滑跌傷也。

㊀遠注：公喜用顛字，如「狂風大放顛」及「急雨春風顛」之類。

㊁《楚辭》：騰駕罷牛，驂蹇驢兮。

㊂請急，請假。通籍，注籍也。《謝靈運傳》：既無表聞，又不請急。黄庭堅曰：書記所稱取急、請

急，皆謂假也。車武子早急出詣子敬，盡急而還，是也。錢箋：晉令給假者五日一急，一歲中以六十日爲限。《元熹起居注》云：請急跨月，有違憲制。唐令：諸京官請假，職三品以上給三日，五品以上給十日。

㊃吴均《從軍行》：男兒亦可憐。

焉音烟能終日心拳拳㊀，憶君誦詩神凛然。辛夷始花亦一作又已落㊁，況我與子非壯年。街頭酒價常苦貴，方外酒徒稀醉眠㊂。速宜一作徑須相就飲一斗㊃，恰有三百青銅錢㊄。

末欲邀畢過飲，以慰願見之思。心拳拳，言安能終日懸想乎，起下就飲之意。此章，起首四句，腰間六句，前後兩段各八句。

㊀王景興《與許靖書》：拳拳饑渴，誠無已也。

㊁《韓詩辯證》云：辛夷花，江南地暖，正月開。北地寒，二月開。初發如筆，北人呼爲木筆。其花最早，南人呼爲迎春。

㊂《淮南子》：真人馳於方外。《史記·酈食其傳》：吾高陽酒徒也。

㊃鮑照《行路難》：且願得志數相就，床頭恒有沽酒錢。

㊄遠注：唐人以現錢爲青錢。按張鷟文如萬選青錢，則又非現之謂矣。

黄生曰：杜五言力追漢魏，可謂毫髮無憾，波瀾老成矣。七言間有頹然自放，工拙互陳，宋儒自以才識所及，專取此種爲詩派，終覺入眼塵氣。

王嗣奭曰：信筆寫意，俗語皆詩，他人所不能到。蓋真情實事，不嫌其俗也。

趙次公曰：真宗問近臣，唐酒價幾何，衆莫能對，丁謂奏曰：「每斗三百文。」帝問何以知之，丁引此詩以對，帝大喜曰：「子美真可謂一代之史。」

黄鶴曰：按《唐·食貨志》，唐初無酒禁。乾元二年，京師酒貴，肅宗以廪食方缺，乃禁京城酤酒。建中三年，置肆釀酒，斛收直三千。貞元二年，斗錢百五十。真宗問唐時酒價，丁晉公引此詩以對，丁蓋知詩而未知史也。

《杜臆》：北齊盧思道嘗云：長安酒錢，斗價三百。此詩酒價苦貴，乃實語。三百青錢，不過襲用成語耳。舊注不引盧説而引丁説，何也？又有引李白「金陵美酒斗十千」之句，疑李杜同時，酒價頓異，豈知李亦襲用曹子建詩成語也。酒有美惡，錢有貴賤，豈可爲準。

贈畢四曜

鶴注：乾元二年，公在秦州，有《賀畢曜除監察御史》詩。今云宧卑，是尚未遷官時作，當在乾元元年。

才大今詩伯，家貧苦宧卑。飢寒奴僕賤㊀，顔狀老翁爲㊁。同調去聲**嗟誰惜㊂，論**平聲**文笑自知。流傳江鮑體㊃，相顧免無兒㊄。**三四承次句，言貧而且老。五六承首句，言詩乏知音。末喜有子以傳家學，所以慰之也。

㊀申涵光曰：奴僕賤主，奴僕自賤，與奴僕爲人所賤，三説俱通。

㊁王延壽《王孫賦》：顔狀似乎老翁。

㊂洙曰：謝靈運詩：異代可同調。此言己與畢才調相同也。

㊃鍾嶸《詩品》：江文通詩，總雜善於摹擬，筋力於王微，成就於謝朓。鮑參軍詩，其源出於二張，善製形狀寫物之詞。《杜臆》：江鮑有詩傳後，必定無兒，故有下句。

㊄《唐書》：中宗曰：「蘇瓌有子，李嶠無兒。」舊注引「蘇瓌有子，李嶠無兒」，此係唐中宗語，未必用本朝事。吴注引隋末語「楊素無兒，蘇夔有子」，亦尚太近。按：《晉書·鄧攸傳》：「皇天無知，伯道無兒。」斯蓋用之。

題鄭十八著作丈一作文故居

《杜臆》：玩詩意，是憶其故居而題之。舊本丈下疑脱故居二字。此詩乃鄭虔既往台州後作，在乾元元年季春。

台州地闊一作僻海冥冥㊀，雲水長和島嶼青㊁。亂後一作繾綣故人雙别淚㊂，春深一作飄飖逐客一浮萍㊃。酒酣懶舞誰相拽㊄，詩罷能吟不復去聲聽。第五橋東一作邊流恨水，皇陂岸北結愁亭㈥。此叙別後淒涼之況。亂後故人，聚而倏散，逐客浮萍，杳不可知。二語悲楚欲絶。酒酣詩罷，憶同飲之興，即《醉時歌》所云「沽酒不復疑」、「高歌有鬼神」也。橋東岸北，憶同遊之地，即《何氏山林》詩所云「今知第五橋」、「天清皇子陂」也。朱瀚曰：懶舞誰拽，恨水、愁亭，語近腐俗。

㈠蔡琰《胡笳》：天高地闊兮見汝無期。

㈡《吴都賦》：島嶼綿邈。

㈢庾信詩：別淚轉無從。

㈣《史記，李斯傳》：請一切逐客。　曹植詩：浮萍寄清水，隨風東西流。

㈤《吕氏春秋》：召客者酒酣。　《世説》：謝尚起舞，神意自若。

㈥《杜臆》：鄭莊與橋陂相近，舊注以爲會別之地，非也。

賈生對鵩傷王傅㈠，**蘇武看**平聲**羊陷賊庭**㈡。**可念此翁**一作心，一作公**懷**一作常**直道**㈢，**也**卞音夜**霑新國用輕刑**㈣。**禰衡實恐遭江夏**㈤，**方朔虚傳是歲星**㈥。**窮巷悄然**或作一朝**車馬絶**㈦，**案頭乾**音干**死讀書螢**㈧。傷鄭遠竄，而故居闃寂也。賈生比前曾謫官，蘇武比後不附賊。直道輕刑，惜其苦心蒙譴。遭江夏，恐卒貶所也。虚歲星，上不見知也。窮巷悄然，人迹杳而聲音歇矣。　賈生、禰衡，句首疊用四古人，類四平頭。末言「乾死讀書螢」，出語不韻。劉長卿詩云：「窮巷無人鳥雀閑，空庭新雨莓苔緑。」結語何等韻致。　此章似七排，上下各八句。

㈠《賈誼傳》：誼爲長沙王傅三年，有鵩飛入誼舍，止於坐隅。鵩似鴞，不祥鳥也。誼傷謫居，長沙卑濕，爲賦以自廣。夢弼曰：鄭虔初有告其私撰國史，坐謫十年。

㈡《漢書·蘇武傳》：匈奴徙武北海上無人處，使牧羝，羝乳乃得歸。　晉孝愍帝詔：晏駕賊庭。

㈢朱注：《漢書》公、翁通用。　周弘讓詩：平生懷直道。

㈣錢箋：是時陷賊官以六等定罪，虔在次三等之數，貶台州司户，故曰用輕刑。《周禮》：刑新國，用輕典。

㈤後漢禰衡有才辯，而氣尚剛傲，好矯時慢物，後爲江夏太守黄祖所殺。

㈥《漢武帝内傳》：西王母使者至，朔死。使者曰：「朔是木帝精，爲歲星，下游人中以觀天下，非陛下臣也。」《東方朔别傳》：朔卒後，武帝問太皇公曰：「爾知東方朔乎？」對曰：「不知。」「公何所能？」曰：「頗善星曆。」帝問諸星具在否，曰：「具在。獨不見歲星十八年，今復見耳。」帝嘆曰：「東方朔在朕旁十八年，而不知是歲星哉。」

㈦陶潛詩：窮巷隔深轍。窮巷，鄭故居。錢箋：《長安志》：韓莊在韋曲之東，鄭莊又在其東南，鄭十八虔之居也。《通志》：鄭莊即鄭虔郊居。李商隱有《過鄭虔舊隱》詩。

㈧《晉書》：車胤貧不得油，夏月囊螢讀書。

瘦《英華》作老，詩同馬行

此是乾元元年謫官華州後，追述其事。　按：黄鶴以爲至德二載爲房琯罷相而作，則詩中所謂去年者，指至德元載也。蔡興宗以爲乾元元年公自傷貶官而作，則詩中所謂去年者，指至德二載也。今考至德元載，陳陶、青坂王師盡喪，區區病馬又何足云。及二載收復長安，人情安堵，故道旁瘠馬亦足感傷。況詩云「去年奔波逐餘寇」，明是追言二載事，當從蔡説。

東郊瘦一作老**馬使我傷**㊀，**骨骼**音格。一作骸硉郎兀切兀**如堵牆**㊁。**絆之欲動轉欹側，此豈有意仍騰驤**㊂。**細看**平聲**六**一作火，非**印帶官字**㊃，**衆道**去聲**三**一作官**軍遺路旁**㊄。**皮乾**音干**剥落雜**一作盡**泥滓**㊅，**毛暗蕭條連雪霜**㊆。此記瘦馬憔悴之狀。東郊，指長安之東，即至德二年冬追賊之處。瘦馬猶帶官印，歎其昔用而今棄也。

㊀傅玄《乘輿馬賦》：下厩有的顱馬，委棄莫視，瘦瘁骨立，劉備撫而取之。

㊁《江賦》：巨石硉兀以前却。《記》：觀者如堵牆。

㊂《西京賦》：仍奮翅而騰驤。《成公綏傳》：良馬騰驤。

㊃《唐六典》：諸牧監，凡在牧之馬，皆印。印右髆以小官字，右髀以年辰，尾側以監名，皆依左右廂。若形容端正，擬送尚乘，不用監名。二歲始春，則量其力，又以飛字印印其左髀髆，細馬次馬以龍形印印其項左。送尚乘者，尾側依左右閑印以三花。其餘雜馬送尚乘者，以風字印印左髆，以飛字印印左髀。官馬賜人者，以賜字印。配諸軍及充傳送驛者，以出字印。並印左右頰也。

㊄古樂府：黄金絡馬頭，觀者滿路旁。

㊅《漢・五行志》：剥落萬物。《抱朴子》：守汙泥滓。

㊆李實曰：凡馬病，毛頭生塵，故曰毛暗。

去歲奔波逐餘寇㊀，驊騮不慣不得將㊁。士卒多騎内廄馬㊂，惆悵恐是病乘黄㊃。當時歷塊誤一蹶㊄，委棄非汝能一作難周防。見人慘澹若哀訴，失主錯莫無晶《英華》作睛光㊅。天寒遠放雁爲伴一作侶，日暮不一作未收烏啄瘡一云不衣烏作瘡。誰家且養願終惠㊆，更試明年春草長。此叙瘦馬悲楚之情。以内廄乘黄，而至遠放不收，又歎其昔貴而今賤也。公疏救房琯，至於一跌不起，故曰歷塊誤一蹶、非汝能周防。落職之後，從此不復見君，故曰見人若哀訴、失主無晶光。身經廢棄，欲展後效而不可得，故曰誰家願終惠、更試春草長。寓意顯然。詩作於乾元元年之春，而云明年春草長，從去年説至今春，爲明年矣。此追叙語也。此章兩段各八句，每段四句轉意。

㊀梁武帝《孝思賦》：奔波兼行。

㊁遠注：不慣不將，未調習者不得用，故用内廄馬耳。

㊂《唐六典》：諸閑廄上細馬，若欲調習，惟得廄内乘騎，不得輒出。

㊃《山海經》：白民之國有乘黄，其狀如狐，背上有兩角，乘之壽二千歲。注：即飛黄也。《唐六典》：乘黄署令一人。王洙曰：乘黄，古之神馬，亦名飛黄。背有角，日行萬里。《淮南子》：天下有道，飛黄伏皂。一云：神黄，獸名，龍翼馬身，黄帝乘而登仙。

㊄王褒頌：過都越國，蹶如歷塊。

㊅鮑照《行路難》：今日見我顏色好，眼花錯莫與先異。范静妻沈氏詩：風彌葉落未離索，神往形返

情錯莫。錯莫，猶云落寞。

㈦《赭白馬賦》：願終惠養，蔭本支兮。

義鶻胡骨切行

鶴注：當是乾元元年在長安作。詩云「近經潏水湄」可見。　王彦輔曰：此感禽鳥能見義而動也。　周甸注：《埤雅》：舊言鶻有義性，有擒有縱。李邕《鶻賦》所謂「營全鳩以自煖，乃詰朝而見釋」者也。

陰崖二蒼從《英華》。一作有蒼，一作有二鷹㈠，養子黑柏顛。白蛇登其巢㈡，吞噬一作之恣一作資朝餐㈢。此惡物之殘害者。

㈠李陵詩：熠熠似蒼鷹。魏彦深賦：千日成蒼。

㈡杜篤《論都賦》：斬白蛇，屯黑雲。

㈢《楚辭》：屑瓊以朝餐。

雄飛遠求食㈠，雌者鳴辛酸㈡。力强不可制，黄口無《英華》作寧半存㈢。其父從西歸一作來㈣，翻身入長烟㈤。斯須領健鶻，痛憤一作憤懣，一作冤憤寄所宣㈥。鷹能訴冤於鶻，其事甚

奇。　雌鳴雄憤，寫兩鷹情狀如生。

㈠《爾雅翼》：鷹鳥之摯者，雄大雌小，一名爽鳩。

㈡嵇康詩：臨文情辛酸。

㈢《家語》：孔子見羅者，所羅皆黄口小雀。

㈣鶻稱父子，語亦有本。《吴都賦》：猿父哀吟，獐子長嘯。譚元春云：其父二字，語帶滑稽。《詩》：誰將西歸。

㈤曹植詩：翻身上京。　梁高允生詩：飄飄乘長烟。

㈥寄所宣，謂痛憤之心寄於宣訴之語。　陶潛詩：弱毫多所宣。

斗上上聲**捩**練結切**孤影**㈠，**噭**古弔切**哮**許交切。一作無聲**來九天**㈡。**修鱗脱遠枝**㈢，**巨顙拆老拳**㈣。**高空得蹭蹬**㈤，**短**一作茂**草辭蜿蜒**㈥。**折尾能一掉**一作擺㈦，**飽**《英華》作饑**腸皆**一作今**已**一作以，一云已皆**穿**。鶻能爲鷹報讎，其事更奇。鶻一奮擊，蛇遂伏辜，見其義勇特絶。　斗上，陡然飛上也。捩影，張翅迴旋也。噭哮，厲聲長鳴也。修鱗，蛇身。巨顙，蛇首。老拳，鶻翼下勁骨。蹭蹬，困頓貌。蜿蜒，卷舒貌。

㈠《史記・封禪書》：成山斗入海。《蜀志・譙周傳》：險阻斗絶。庾信詩：山梁乍斗迴。按：舊解北斗之上，大謬。　陶潛詩：揮杯勸孤影。

㈡《楚辭》：指九天以爲正兮。注：九天，中央八方也。

㊂晉東海越王檄文：激浪之心未遂，遽骨修鱗。

㊃周注：鶻拳堅處，大如彈丸，鳩鴿中其拳，隨空中墮，即側身自下承之，捷於鷹隼。《晉·載記》：石勒引李陽臂笑曰：「孤往日厭卿老拳，卿亦飽孤毒手。」

㊄《海賦》：蹭蹬窮波。

㊅張衡《七辯》：螭虹蜿蜒。

㊆吴論：折尾穿腸，即公詩「君看皮寢處，無復睛閃爍」意。《江賦》：揚鬐掉尾。

生雖滅衆雛㊀，死亦垂千年。物情有報復㊁，快意貴目前㊂。兹實鷙鳥最㊃，急難去聲**心炯**一作咬**然㊄。功成失所往**一作在**㊅，用舍**上聲**何其賢。**鶻能報復輒去，益見其奇。蛇死垂鑒，此目前快意之舉。鶻之有功不居，其義俠尤出尋常矣。

㊀《鸚鵡賦》：憫衆雛之無知。

㊁江淹詩：物情棄疵賤。何承天《安邊論》：報復之役，將遂無已。

㊂《晉書》：周顗曰：「人生幾何，但當快意。」王右軍帖：足下當爲遠慮，不可計目前。

㊃鄒陽書：鷙鳥累百，不如一鶚。

㊄《詩》：兄弟急難。

㊅《道德經》：功成身退。

近經潏水湄㊀，此事樵夫一作人**傳。飄蕭覺素髮㊁，凜欲**《英華》作烈。一作若**衝儒冠㊂。人**

生許與一作計有分去聲㈣，只在一云亦存顧盼間㈤。聊爲《義鶻行》，用一作永激壯士肝㈥。

末記所聞，以激人心。　此章四句起，下四段各八句。

㈠《漢書音義》：潏水在長安杜陵，自南山皇子陂西北流，經昆明池入渭。

㈡潘岳賦：班鬢彪以承弁，素髮颯以垂領。

㈢《史記》：藺相如髮上衝冠。又《酈食其傳》：諸客冠儒冠來者。

㈣《任昉集》：弘長風流，許與氣類。　分謂分誼。

㈤曹植詩：顧盼遺光彩。

㈥《漫叟詩話》：肝主怒，故云「永激壯士肝」。　《漢·高帝紀》：壯士行何畏。

吴山民曰：子美平生，要借奇事以警世，故每每説得精透如此。詩説老鶻仁慈義勇，所以感動人情，而其慷慨激昂，正欲使毒心人斂威奪魄。

王嗣奭曰：此明是太史公一篇義俠傳，筆力相敵，而叙鳥尤難。斗上一段，摹神寫照，千載猶生。「功成失所往，用舍何其賢」，分明是仲連逃賞。「人生許與分，只在顧盼間」，又分明是季札掛劍。借端發議，時露作者品格性情。

畫鶻行

此詩年月未詳，姑從舊編附在乾元之初。玩章末云「我今亦何傷，顧步獨紆鬱」，豈公在朝時不得志而云然耶。

高堂見生一作老**鶻**㊀，**颯爽動秋骨。初驚無拘攣**一作卷㊁，**何得立突兀。乃知畫師妙，巧**一作功**刮造化窟**㊂。**寫此**一作作**神俊姿，充君眼中物。**從生鶻突起，轉到畫鶻，頓挫生姿。　此鶻無絛鏇拘攣，何以兀立不去乎，及細觀之，方知畫師巧奪化工也。

㊀《楚辭·招魂》：翡帷翠幬，飾高堂些。

㊁潘岳《西征賦》：陋吾人之拘攣。

㊂《列子》：造化者，其巧妙而功深。　趙曰：李賀云「筆補造化天無功」，蓋出於此。

烏鵲滿樛枝㊀，**軒然恐其出**㊁。**側腦看青霄，寧爲**去聲**衆禽没。長翮如刀劍，人寰可超越**㊂。**乾坤空峥嶸**㊃，**粉墨且蕭瑟**㊄。此寫畫鶻神妙，酷似生鶻，抑揚盡致。　烏鵲恐其出擊，疑於真鶻矣。乃仰天而不肯没去，則畫鶻也。　長翮可任超越，又疑真鶻矣。　乃墨痕似帶蕭瑟，亦畫鶻也。語意層層跌宕。

㊀《詩》：南有樛木。《傳》：木下曲曰樛。

㊁遠注：烏鵲二句，與《畫角鷹》詩「梁間燕鵲休驚怕」相同。

㊂《舞鶴賦》：歸人寰之喧卑。　盧思道詩：寥廓鸞山右，超越鳳城西。

㊃遠注：乾坤句，即「天空任鳥飛」意。　峥嶸，高曠也。

㊄《漢書》：黄瓊疏：朱紫共色，粉墨雜糅。

緬思一作想雲沙際㈠，自有烟霧質㈡。吾今意何傷，顧步獨紆鬱㈢。末又借生鶻寄慨。鶻能騰舉雲沙，己則顧步而不能奮飛，未免鬱鬱傷情耳。遠注：因畫鶻而思真鶻，亦猶咏畫馬而思真馬，意若自負，還以自悲。

此章前二段各八句，末段四句收。

㈠陳子昂詩：緬想出松遊。緬，思貌。劉希夷詩：雲沙撲地起。

㈡《舞鶴賦》：烟交霧凝，若無毛質。

㈢顧步，行步自顧也。紆鬱，紆迴鬱結也。《西京雜記》：路喬如《鶴賦》：宛修頸而顧步。阮德如詩：顧步懷想像。《楚辭》：憂紆兮鬱鬱。陸士衡詩：紆鬱游子情。

端午日賜衣

此乾元元年五月在拾遺時作。五月建午，故曰端午。端，正也。

宮衣亦有名㈠，端午被去聲恩榮㈡。細葛含風軟㈢，香羅疊雪輕㈣。自天題處濕㈤，當暑著陟略切來清㈥。意內稱去聲。一作恰稱身長短㈦，終身荷去聲聖情。首二叙題。葛羅，承宮衣。自天，承有名。當暑，承端午。荷聖情，承被恩榮。《杜臆》：亦有名，見出於望外，時公將謝官矣。

鍾惺曰：此詩是近臣謝表，語風趣而典。

㊀邵注：宫衣，宫人所製之衣。

㊁賀凱詩：恩榮雨露濡。

㊂邵注：含風形其軟，疊雪形其輕。《漢·高帝紀》顔注：絺，細葛也。

㊃《吴越春秋》《采葛歌》：弱於羅兮輕霏霏。謝莊詩：疊雪翻瓊藻。生注：細葛二句，每句三層，濕言其新，清言其涼。

㊄孔稚圭表：斷自天筆。

㊅《論語》：當暑袗絺綌。

㊆稱長短，言恰好稱意。杜詩第七句中第三字有不拘平仄者，如「多壘滿山谷」、「意内稱長短」是也。洪仲欲讀作平聲，謂長短合意，若經稱量者，如《枚乘傳》所云石稱丈量。

酬孟雲卿

鶴注：當是乾元元年六月出爲華州司功將行時作。《唐詩紀事》：孟雲卿，河南人，與杜工部、元次山善。

樂音洛**極傷頭白，更**平聲**長**一作深**愛燭紅**㊀**。相逢難**俗本作雖**衮衮**㊁**，告别莫匆匆**㊂**。但恐**

天河落㈣，寧辭酒盞空。明朝牽世務㈤，揮淚各西東㈥。此詩乃席上惜别語。五六應首聯，是夜飲之情。七八應次聯，是别離之感。上下自相照應。公詩常有此格。

㈠隋王胄詩：更深夜轉長。燭紅，燭光也。

㈡舊注：張華讀書，衮衮可聽。衮衮，繼續貌。

㈢匆匆，急遽貌。《語林》：宋江夏王鋒，置酒告别。何遜詩：匆匆昨不定。

㈣《白帖》：天津、絳河、明河，俱謂天河。張正見詩：耿耿天河曙。

㈤陸機詩：曷爲牽世務，中心若有違。

㈥又：揮淚歎流離。

至德二載上聲甫自京金光門出間去聲。一作問道歸鳳翔乾元初從左拾遺移華上聲州掾與親故别因出此門有悲往事

鶴注：此詩當作於乾元元年六月。胡夏客曰：至德二載，公拜左拾遺，即疏救房琯。時琯罷相，猶在朝，故公仍爲拾遺。至乾元元年五月，琯貶，六月，公即出爲華州司功參軍矣。師氏曰：是時賀蘭進明譖琯於帝，并及甫，故被逐。《長安志》：唐京師外郭城西面三門，北曰開遠

門，中曰金光門，西出趨昆明池，南曰延平門。《唐書》：華州華陰縣，屬關内道，在京師東一百八十里。

此道昔歸順㈠**，西郊胡正**一作騎**繁**㈡。**至今猶**一作殘**破膽**㈢**，應**平聲一作猶**有未招魂**㈣。**近侍**一作得**歸京邑**㈤**，移官豈**一作遠**至尊**㈥。**無才日衰老，駐馬望千門**㈦。此公再出國門而有感也。上四憶往時奔竄，下四傷今日左遷。撫今思昔，無非惓惓忠愛之心，而留别親故意，亦在言表。

《杜臆》：「近侍歸京邑」，去拾遺而赴華州也。華陰爲京師傍縣，故云京邑。舊云侍從還京者，非是。

趙汸云：公雖遭讒黜，而終不忘君，則所謂悲往事、日衰老者，豈爲一身計耶。

㈠此道，指金光門之路。《史記·項羽紀》：從此道至吾軍。　遠注：歸順，肅宗在鳳翔而公歸之也。　《晉書·蘇峻傳》：歸順之後，志在立功。

㈡《易》：自我西郊。　胡，指禄山之兵。

㈢《北魏書》：李穆曰：「高歡破膽矣。」　吴注：後漢李雲曰：「關東破膽。」古辭《上之回》：公孫既授首，群逆破膽咸震怖。

㈣《楚辭·招魂》：魂兮歸來，入修門些。

㈤沈約《安陸昭王碑》：還居近侍。　蔡邕爲《袁逢碑》：乃尹京邑。

㈥《王制》：不貳事，不移官。　孔融表：天子至尊。

㈦師氏曰：駐馬回望，蓋戀君不忍去也。　魏文帝《臨渦賦序》：駐馬書鞭。　千門萬户，見前。

顧宸曰：公疏救房琯，詔三司推問，以張鎬力救，敕放就列。至次年，與房琯、嚴武俱貶，坐琯黨也。此公事君交友、生平出處之大節。曰「移官豈至尊」，不敢歸怨於君也。當時讒毁，不言自見。又以無才自解，更見深厚。王維詩云：「執政方持法，明君無此心。」與此詩同意，而老杜尤爲渾成。此詩有介子從龍之感，而詞意歸於厚，所謂詩可以怨也。

寄高三十五詹事

鶴注：據新舊史《高適傳》云：至德二載，適除揚州大都督府長史、淮南節度使。永王璘敗，李輔國數短於上前，左授太子少詹事。此詩云「兵戈久索居」，則是爲詹事已久，當是乾元元年作。又曰：太子詹事正四品上。詹事，秦官，掌皇太子宫。詹事掌東宫三寺、十率府之政令，少詹爲之貳。

安穩高詹事㊀，**兵戈久索居**㊁。**時來知**一作如**宦達**㊂，**歲晚莫情疏**㊃。**天上多鴻雁**㊄，**池**一作河**中足鯉魚**㊅。**相看**平聲**過**平聲**半百**㊆，**不寄一行**音杭**書**㊇。首聯從寄候叙起，下則望高之答書也。宦達以將來言，高從節度左遷也。年過半百，應歲晚。雁魚不寄，應情疏。

㊀《參同契序》：各相乘負，安穩長生。《世説》：顧長康牋：行人安穩，布帆無恙。

㈡《吴越春秋》：欲興兵戈以誅暴楚。《記》：子夏離群而索居。

㈢陶潛詩：時來苟冥會。《晉書・荀勖傳》：亦當宦達人間。

㈣鮑照詩：沉吟芳歲晚。《記》：君子不以色親人，情疏貌親。

㈤《蘇武傳》：漢宣帝遣使求武等，匈奴詭言武已死。後漢使復至，常惠教使者言：天子射上林中，得雁，足有繫帛書，言武等在某澤中。使者如惠語以讓單于，單于謝漢使曰：「武等真在此。」雁書本屬託辭也。《元史》：郝經使南宋，留七年不遣，經題詩繫帛於雁足云：「霜落風高恣所如，歸期回首是春初。上林天子援弓繳，窮海累臣有帛書。」經將還之歲，汴民射雁金明池，得詩以聞。此雁書實事在後世也。

㈥楊慎曰：古樂府：「尺素如殘雪，結成雙鯉魚。要知心裏事，看取腹中書。」據此，古人尺素結爲鯉魚形，即緘也。非如今人用蠟。《選》詩「客從遠方來，遺我雙鯉魚」，即此事也。下云烹魚得書，亦譬況之言耳。五臣及劉履謂古人多於魚腹寄書，引陳涉罩魚倡禍爲證，何異癡人説夢耶。

㈦《楚辭・七諫》：年既過半百兮。吴注：梁武帝詔：負扆君臨，百年將半。

㈧何遜詩：欲寄一行書，何解三秋意。

贈高式顔

此詩黄鶴編在天寶十五載，單復編在夔州詩内。今按詩云「削跡共艱虞」，當是乾元初出爲華州司功時。其相逢應在華州、東都之間。　錢箋：高適有《宋中送族姪式顔》詩云：「惜君才未遇，愛君才若此。世上五百年，吾家一千里。」

昔別是一作人**何處**㈠**，相逢皆老夫**㈡**。故人還寂寞**㈢**，削跡共艱虞**㈣**。自失論**平聲**文友**㈤**，空知賣酒壚**㈥**。平生飛動意**㈦**，見爾不能無。**上四傷彼此淪落，下四感知交聚散，通首俱屬言情。　起句本言離別之久，而語意却深婉有致。故人，指式顔。削跡，兼言己。失友，適在揚州。酒壚，追憶前事。見式而意仍飛動，文酒之興勃然也。

㈠吴均詩：昔別曾何道。　《楚辭》：伯强何處。

㈡《詩》：老夫灌灌。

㈢古詩：故人從兹去。　西漢謡：惟寂寞，自投閣。

㈣《莊子》：孔子伐樹於宋，削跡於衛。　李密《招徐鴻客書》：代屬艱虞。

㈤庾信詩：論文報潘岳。

㈥朱注：公《遺懷》詩：「昔與高李輩，論文入酒壚。」今適不在，故慨及之。　《世説》：晉王戎過黄公壚，謂後車客曰：「吾昔與嵇叔夜、阮嗣宗酣飲於此壚，自嵇阮既云亡以來，便爲時所羈紲。今視此雖近，邈若山河。」裴榮作《語林》載《王公酒壚下賦》，甚有才情。

㈦蘇武詩：叙此平生親。　沈佺期《祭李侍御文》：思含飛動，才冠卿雲。

申涵光曰：「昔別是何處，相逢皆老夫」，誦之如聞其聲。「乍見翻疑夢，相悲各問年」，語意本此，而真樸自然不逮矣。

題鄭縣亭子

鶴注：當是乾元元年赴華州時作。　陸游《筆記》：華之鄭縣有西溪，唐昭宗避兵，嘗幸之。其地在官道旁七八十步，澄深可愛。亭曰西溪亭，即鄭縣亭子。　黄注：玩七句，知此詩即題竹者。

鄭縣亭子澗之濱㈠，**户牖憑高發興**去聲**新**㈡。**雲斷岳蓮臨大路**一作道㈢，**天晴**一作清**宫**一作官**柳暗長春**㈣。**巢邊野雀**一作鵲**群欺燕**㈤，**花底山蜂遠趁人**。**更欲題詩滿青竹**㈥，**晚來幽獨恐傷神**㈦。　黄生注：上半登亭發興，乃叙景。下半臨去傷神，乃感懷。三四承上，五六起下。鄭縣亭子，入律頗拗，得次句，方見生動。中四言景，先遠後近，先賦後比。雲斷天晴，兩字一讀。雀欺蜂趁，喻衆謗交侵，而一身孤立，故自傷幽獨耳。

㈠《唐書》：華州倚郭爲鄭縣。《杜臆》：周時鄭桓公封於此。

㈡鮑照詩：發興誰與歡。

㈢岳蓮，西岳蓮花峰也。《華山記》：山頂有池，生千葉蓮花，因名。　朱注：晉檀道濟伐後秦，至潼關。秦遺姚鸞屯大路，絕道濟糧道。《通鑑注》：自澠池西入關，有兩路。南路由回谿阪，自漢以前皆由之。曹公惡路險，更開北路，遂以北路爲大路。

㊃《魏都賦》：西闢延秋，東啟長春。《唐書》：同州朝邑縣有長春宮。《寰宇記》：周宇文護所築。《舊書》：高祖起義，大軍濟河，舍於長春宮。　梁簡文詩：霧暗窗前柳。

㊄漢樂府《猛虎行》：野雀安無巢。

㊅滿青竹，刻詩於竹上。

㊆《楚辭》：幽獨處乎山中。　《別賦》：感寂寞而傷神。

望岳

此往華州時中途所歷者。岳，西岳華山也。　《唐書》：華州華陰縣有華山。

西岳崚嶒一云危稜**竦處**黃音上聲**尊**㊀，**諸峰羅立**一作列**似**一作如**兒孫**。**安得仙人九節杖**㊁，**拄到玉女洗頭盆**㊂。**車箱入谷無歸**一作回**路**㊃，**箭栝**朱作柏，晉作閣，一作闕，一作括。《韻會》筈與栝、括通用**通天有一門**㊄。**稍待秋**一作西**風涼冷後，高尋白帝問真源**㊅。　黃注：上四寫望字意，五六承上起下，末欲遂其登嶽之興也。　又曰：五六乃形容語。　路徑險仄，車不能迴，狹而且長，有似箭筈，不必泥於地名。　綖注：高山多仙跡，故欲尋問真源，與三四相應。

㈠是山四方高五千仞，傍連少華山。　何遜詩：懸崖抱奇崛，絶壁駕崚嶒。

㈡《劉根外傳》：漢武登少室，見一女子以九節杖仰指日，閉左目，東方朔曰：「此食日精者。」《真誥》：楊羲夢蓬萊仙翁，拄赤九節杖而視白龍。

㈢《集仙録》：明星玉女，居華山，服玉漿，白日升天，祠前有五石臼，號玉女洗頭盆。其水碧緑澄徹，雨不加溢，旱不減耗。祠有玉女馬一匹。

㈣《寰宇記》：車箱谷，一名車水渦，在華陰縣西南二十五里，深不可測。祈雨者以石投之，中有一鳥飛出，應時獲雨。

㈤朱注：舊注引箭筈峰。姚寛云：箭筈嶺自在岐山。按地志諸書，並不云華山有箭栝。《韓非子》：秦昭王令工施鉤梯而上華山，以松柏之心爲博箭，長八尺，棋長八寸，而勒之曰：王與天神博於此。《水經注》：自下廟歷列柏南行十一里，東迴三里，至中祠。又西南出五里，至南祠。從北南入谷七里，又届一祠。出一里至天井，井纔容人行，迂迴頓曲而上，可高六丈餘。山上有微涓細水，流入井中。上者皆所由涉，更無别路。出井望空視，明如在室窺窗矣。此與通天一門語甚合。所云列柏，豈即箭柏耶。《初學記》事類亦以蓮峰對柏箭，則箭栝乃柏字之訛。李攀龍《華山記》：自昭王施鉤梯處，西南上三里許，得一峽如栝，曰天門。豈後人因杜詩附會乎。《仇池記》：石角外向如雉堞，唯一門可通。

㈥陳子昂詩：高尋白雲逸。《洞天記》：華山，名太極總仙之天，即少昊爲白帝，治西岳。梁劉孝儀詩：降道訪真源。

黄生曰：「玉女洗頭盆」五字本俗，先用仙人九節杖引起，能化俗爲妍，而句法更覺森挺，真有擲米丹砂之巧。

早秋苦熱堆案相仍

此乾元元年初秋在華州時作。何遜詩有《苦熱行》。《絶交書》：人間多事，堆案盈几。

七月六日苦炎蒸一作熱㈠，**對食暫餐還不能**㈡。**常**一作每，非**愁夜來**一作中**皆是**從趙注，舊本作自足**蝎**㈢，**況**一作仍**乃秋後轉**一作復**多蠅**㈣。**束帶發狂欲大叫**㈤，**簿書何急來相仍**㈥。**南望青松架短**一作絶**壑**㈦，**安得**一作能**赤脚踏層冰**㈧。上四早秋苦熱，五六堆案相仍，末欲棄官避暑。

《杜臆》：公以天子侍臣，因直言左遷，且負重名，長官自宜破格相視。公以六月到州，至七月六日而急以簿書，是以常掾畜之，殊失大體，故借早秋之熱，蠅蝎之苦，以發鬱伊愁悶之懷，於簿書何急，微露意焉。　趙大綱曰：北多戎馬，故思南適。松壑不足，又思踏冰。此歎苦熱，亦見狂態也。

㈠庾信詩：五月炎蒸氣。

㈡蔡琰《笳曲》：饑當食兮不能餐。

㈢《杜臆》：皆是蝎，謂已皆是蝎，又加以多蠅，此極狀其苦。　趙注：蝎，螫蟲，中原有之，南方所無。　邵注：蝎，全蝎，陰夜毒人。《通鑑》：蜹蟻蜂蠆，皆能害人。　蠆即蝎也。《酉陽雜俎》：蝎，前謂之螫，後謂之蠆。　顧注：韓退之詩：「照壁喜見蝎。」退之謫官回家，故以爲喜。　少陵貶官他適，故以爲愁。　物亦係乎人情哉。

㈣《詩》：營營青蠅，止於棘。《詩傳》：青蠅，比小人也。

㈤陶潛詩：束帶候鷄鳴。《老子》：馳騁田獵，令人心發狂。《神仙傳》：劉根狀若發狂。　趙大綱曰：昌黎云：人各有能不能，抑而行之必發狂疾。　即此詩意也。

㈥《唐書》：切於簿書期會。

㈦張衡《四愁詩》：側身南望涕沾襟。　潘尼詩：青松蔭修嶺。　江淹詩：風散松架險。　注：松横生曰架。

㈧《楚辭》：層冰峨峨。

王嗣奭曰：州牧姓郭，公初至，即代爲《試進士策問》與進《滅殘寇狀》，不過挾長官而委以筆札之役，非重其才也。　公厚於情誼，雖邂逅一飯，必賦詩以致感佩之私，俾垂名後世。　郭與周旋幾一載，公無隻字及之，其人可知矣。

朱瀚曰：此必贋作也。　命題既蠢，而全詩亦無一句可取，縱云發狂大叫時戲作俳諧，恐萬不至此，風雅果安在乎。

觀安西兵過赴關中待命二首

鶴注：此當是乾元元年秋在華州時作。又曰：至德元載安西節度更名鎮西，此曰安西，循舊稱也。《通鑑》：乾元元年六月，李嗣業爲懷州刺史，充鎮西北庭行營節度使。八月，同郭子儀等將步騎二十萬討安慶緒。長安謂之關中，西以隴西關爲限，東以函谷關爲界。

四一作西**鎮富精鋭**㊀**，摧鋒皆絶倫**㊁**。還聞獻**一作就**士卒，足以静風塵。老馬夜知道**㊂**，蒼鷹饑**一作秋**著涉略切人**㊃**。臨危經久戰**㊄**，用急**一作意**始**去聲。一作使**如**黄作知**神**㊅。首章見安西兵過，而歸美李公，在四句分截。四鎮之兵，皆嗣業所統。曰獻，志在報國也。曰静，力能掃賊也。老馬，喻主將之慣戰。蒼鷹，喻軍士之敢入。臨危久戰，見其用兵奇勇。

㊀《舊唐書》：龜兹、畋沙、疏勒、焉耆四鎮都督府，皆安西都護所統。長壽二年，收復四鎮，於前龜兹國置安西都護府。至德後，河西、隴右戍兵皆徵集，收復西京。潘岳詩：皇赫斯怒，爰整精鋭。

㊁《秦本紀》：三百摧鋒爭死，以報食馬之德。《吴越春秋》：摧鋒爭先。吴注：劉峻《出塞》詩：陷

敵縱金鼓，摧鋒揚旆旌。

㊂《韓非子》：齊桓公伐孤竹還，迷失道，管仲曰：「老馬之智可用也。」乃放老馬而隨之。

㊃饑鷹著人，注見二卷。

㊄晉劉弘表：孝篤著於臨危。

㊅《魏志》：荀彧謂曹操曰：「公用兵如神。」《唐史》：嗣業討小勃律，執一旗，引陌刀，緣險先登，力戰，大破之。及收西京時，官軍幾敗，嗣業執長刀陷陣，賊遂潰。公故以臨危久戰稱之。

其二

奇兵不在衆㊀，**萬馬救中原。談笑無河北**㊁，**心肝奉至尊**㊂。**孤雲隨殺氣**㊃，**飛鳥避轅門**㊄。**竟日留歡**一作觀**樂音洛，城池未覺喧。**次章稱李公忠勇，而誌其紀律，亦四句分截。奇兵制敵，此其智勇。披肝奉主，此其忠義。雲隨殺氣，見兵威振肅。鳥避轅門，見號令森嚴。末言師行有紀，民情安堵。《杜臆》：乾元二年，九節度之兵六十萬潰于相州。「奇兵不在衆」一語，公之預識兵機如此。　顧注：河北一帶，久已陷没，可以談笑而取之，由其能披瀝忠肝而奉至尊故也。

㊀《史記》：奇兵入燒回中。《通鑑》：晉安帝時，沈田子曰：「兵貴用奇，不必在衆。」

㊁左思詩：吾慕魯仲連，談笑却秦軍。　《唐書》：河北道，領孟、懷、魏、博、相、衛、貝、澶等二十九州。時安慶緒據相衛。

㊂嵇康詩：感激切心肝。

四陶潛詩：孤雲獨無依。蔡琰《胡笳》：殺氣朝朝衝塞門。

五《管子》：有飛鳥之舉，故能不險山河矣。《趙國策》：張孟談遇智果於轅門之外。葛常之《韻語陽秋》：杜詩「談笑無河北，心肝奉至尊」，蓋用左太冲《詠史》詩「長嘯激清風，志若無東吴」也。東坡詩云「似聞指揮築上郡，已覺談笑無西戎」，意本於杜。王維云「虜騎千重只似無」句，則拙矣。

九日藍田崔氏莊

鶴注：此是乾元元年爲華州司功時，至藍田而作。華至藍田八十里。舊編在至德元年。是時身陷賊中，不能遠至藍田。且兩宫奔竄，四海驚擾，豈有興來盡歡之理乎。

老去悲秋强上聲**自寬**㈠，**興**去聲**來今**一作終**日盡君歡**㈡。**羞將短髮還吹帽**㈢，**笑倩傍人爲**去聲**正冠**㈣。**藍水遠從千澗落**㈤，**玉山高並**步浪切**兩峰寒**㈥。**明年此會知誰健**一作在㈦，**醉芥隱作再把茱萸仔細看**平聲㈧。

上四九日飲莊，五六莊前之景，七八九日之感。趙大綱曰：羞將短髮，未免老去傷情。笑倩傍人，仍見興來雅致。二句分承，却取孟嘉事而翻用之。千澗滙流，兩峰遥峙，此壯觀之足以發興者。但思山水無恙，而人事難知，故又細看茱萸，仍與老去悲秋相應。朱瀚曰：通篇不離悲秋歎老，盡歡至醉特寄託耳。公曾授率府參軍，用孟嘉事恰好。

㈠陸機詩：但恨老去年遒。《楚辭·九辯》：悲哉秋之爲氣也。《列子》：孔子見榮啟期鼓琴而歌，曰：「善乎能自寬也。」

㈡《晉書》：王徽之夜雪訪戴安道，曰：「本乘興而來。」又：徽之至吴中，逕造竹下，留坐盡歡而去。《漢書》：李陵爲蘇武置酒設樂，武曰：「請畢今日之歡。」宋龔芥隱得王仲言本，此詩次句作「今朝醉裏爲君歡」。今按首二乃對起，若依龔説，語近於俗。

㈢陳後主詩：羞將別後面。漢樂府《長歌行》：髮短耳何長。王隱《晉書》：孟嘉爲桓温參軍，九日遊龍山，參僚畢集，時風至，吹嘉帽墮落，温命孫盛爲文嘲之。《魏志》：曹植善屬文，太祖嘗視其文，謂曰：「汝倩人耶？」

㈣古樂府：但恐傍人聞。《淮南子》：坐而正冠，起而更衣。

㈤《三秦記》：藍田有水，方三十里，其水北流，出玉石，合溪谷之水，爲藍水。鮑照詩：千澗無別源。

㈥晏氏曰：武德三年，嘗析藍田置玉山縣，貞觀三年省。則玉山在藍田也。《華山志》：岳東北有雲臺山，兩峰崢嶸，四面懸絶，上冠景雲，下通地脈。朱注：兩峰，指雲臺山。舊云華山、秦山者，非。《漢書注》：並字作傍字解。

㈦《左傳》：在此會也。

〈八〉《西京雜記》：漢武宫人賈佩蘭，九日佩茱萸，飲菊花酒，令人長壽。看茱萸，明是傷老。顧注謂手把茱萸、眼看山水，非是。《北史·源思禮傳》：爲政當舉大綱，何必太仔細也。黄生曰：亦暗反九日事，皆善推新。

楊萬里曰：唐七言律，句句字字皆奇。如杜《九日》詩，絶少。首聯對起，方説悲忽説歡，頃刻變化。頷聯，將一事翻騰作二句。嘉以落帽爲風流，此以不落爲風流，最得翻案妙法。入至頸聯，筆力多衰，復能雄傑挺拔，唤起一篇精神。結聯，意味深長，悠然無窮矣。陳後山云：頷聯文雅曠達，不減昔人。故謂詩非力學可致，正須胸中度世耳。

崔氏東山草堂

顧注：王維晚年，得宋之問藍田别墅，在張通儒囚禁之後。肅宗還京，維爲太子中允，復拜給事中。此當是乾元元年作。邵注：東山即藍田山，又名玉山，在長安藍田縣東南。《杜臆》：王維輞川莊在藍田，必與崔莊東西相近。草堂在東山，可稱東莊，則輞川固可稱爲西莊矣。

愛汝玉山草堂静，高秋爽氣相一作多**鮮新**〈一〉。**有時自發鐘磬響**〈二〉，**落日更見漁樵人**〈三〉。**盤剥白鴉谷口栗**〈四〉，**飯煑青泥坊**音防，與防通**底芹**一云當作蓴〈五〉。**何爲西莊王給事，柴門空閉**

鎖一作好松筠。此借崔氏草堂以諷王給事也。首句記草堂，次句記秋候。三四堂外聞見之景，仍含静意。五六堂中食物之佳，仍含秋意。末慨西莊，以見仕者之不如隱也。朱瀚曰：草堂之静，延秋氣之爽，故曰相鮮新。次聯，即「衡門之下，可以棲遲」也。三聯，即「泌之洋洋，可以樂飢」也。朱鶴齡注：公《贈王維》詩：「窮愁應有作，試誦《白頭吟》。」維之再仕，必非得意，故以柴門空鎖，諷其歸老藍田歟。

㊀梁釋惠令詩：泬寥秋氣爽。縱注：杜牧詩「南山與秋色，氣勢兩相高」，即秋氣相鮮之意。郭璞詩：容色更相鮮。

㊁《蜀都賦》：庭和鐘磬，堂撫琴瑟。江淹詩：石室有幽響。王維《輞川》詩有云「谷口疏鐘動，漁樵稍欲稀」，則知鐘磬漁樵，即藍田山中景物。

㊂《宋・武帝紀》：樵漁山澤。孔魚詩：蘭澤侶漁樵。朱注：白鴉谷、青泥坊，皆地名。

㊃《長安志》：白鴉谷，在藍田縣東南二十里，其地宜栗。又：青泥城，在藍田縣南七里。《水經注》：泥水歷嶢柳城南，魏置青泥軍於城内，俗亦謂之青泥城。考《晉中興書》：桓温伐苻健，遣京兆太守薛珍擊青芹城，破之。即其處。

㊄邵注：飯煮芹，雜米爲飯也。《記》：坊以畜水，亦以障水。《説文》：防，即隄也。張綖注：維《輞川別業》詩云：「積雨空林烟火遲，蒸梨炊黍餉東菑。漠漠水田飛白鷺，陰陰夏木轉黄鸝。山中習静觀朝槿，松下清齋折露葵。野老與人争席罷，海鷗何事更相疑。」此即給事咏西莊者。

前六句之意，蓋亦識此趣矣。末乃謂海鷗何事相疑，尚似機心未忘，無怪乎公之怪歎給事也。

王嗣奭曰：藍田詩悲壯，東山詩則渾成，不煩繩削，自有蕭散之致，各見其妙。然前詩人猶可學，此詩人不能到。

遣興去聲三首

此當是乾元元年罷諫官後作。

我今日夜憂，諸弟各異方。不知死與生，何況道路長。避寇一分散㊀，飢寒永相望平聲。豈無柴門歸一作掃，欲出畏虎狼㊁。仰看平聲雲中雁㊂，禽鳥亦有行音杭。首章，思兄弟也。因彼此各天，歸途中梗，而歎不如雁行之同群。三章，各在上四句分截。

㊀《莊子》：屠羊説畏難而避寇。

㊁《史記》：秦，虎狼之國也。

㊂謝靈運詩：嗷嗷雲中雁。

其二

蓬生非無根㊀，漂蕩隨高風㊁。天寒落萬里，不復歸本叢。客子念故宅㊂，三年門巷空㊃。

悵望但烽火㊄，戎車滿關東㊅。生涯能幾何，常在羈旅中㊆。次章，念故居也。　飄蓬遠去，如遊子行踪，蓋不勝羈旅寂寥之悲矣。

㊀《説苑》：秋蓬惡其本根，美其枝葉，秋風一起，根本拔矣。

㊁曹植詩：轉蓬離本根，飄飖隨長風。何意回飈舉，吹我入雲中。高高上無極，天路安可窮。顧此遊客子，捐軀遠從戎。又詩：高風吹我軀。

㊂《水經注》：祠即故宅也。

㊃梁戴暠詩：門巷無車轍。

㊄謝朓詩：悵望心已極。

㊅《詩》：戎車既飭。　劉向《新序》：陳勝奮臂於關東。

㊆《韓非子》：羈旅僑士，重帑在外。

其三

昔在洛陽時㊀，親友相追攀㊁。送客東郊道㊂，遨遊宿南山㊃。烟塵阻長河㊄，樹羽成皋間㊅。回首載酒地㊆，豈無一日還。丈夫貴壯健㊇，慘戚非朱顔㊈。三章，懷舊交也。　往日遨遊之地，今成戎馬之場，雖或還鄉有日，但恨不如少年時耳。

㊀張協詩：昔在西京時。

㊁王粲詩：朋友相追攀。

㊂曹植詩：鬬鷄東郊道。

㊃《詩》：以遨以遊。　曹植詩：長驅上南山。　黄希謂東郊指洛陽之東，則南山當指伊闕山，蓋在東都之南也。

㊄孫楚書：烟塵俱起，震天駭地。　長河，即黄河也。　應瑒詩：浩浩長河水。

㊅《詩》：崇牙樹羽。　羽，旗也。　陸機《洛陽記》：洛陽四關，東有成皋關，在汜水縣東南二里。　時王師討安慶緒於河北。

㊆《陶潛傳》：親朋好事，或載酒肴而往。

㊇《史記・匈奴傳》：貴壯健，賤老弱。

㊈陸機《冢墓賦》：鮮塗慘戚。　王康琚詩：凝霜凋朱顔。

獨立

此詩託物興感，有憂讒畏譏之意，必乾元元年在華州時作。

空外一鷙鳥㊀，河間雙白鷗㊁。飄飄搏擊便㊂，容易去聲**往來遊㊃。草露亦多濕㊄，蛛絲仍未收㊅。天機近人事㊆，獨立萬端憂㊇。**　上六獨立所觸之景，末二獨立所感之情。　趙汸注：鷙鳥，比小人之娼嫉者。白鷗，比君子之幽放者。三四分承首二。鷙鳥方恣行搏擊，白鷗可輕易往來乎，危之也。且夜露已經沾惹，而蛛絲猶張密網，重傷之也。上是顯行排擊者，下是潛爲布置者。蟲鳥天機，同於人事，是以對此而萬憂并集也。

顧注：公詩「浦鷗防碎首，霜鶻不空拳」，即次聯之意。　劉須溪云：此必有幽人受禍，而羅織仍未已者，如李白、鄭虔輩是也。

㈠空外，虛空之外。宋之問詩：空外有飛烟。《淮南子》：鷙鳥不雙。

㈡陸厥詩：河間柳已把。何遜詩：可憐雙白鷗，朝夕水上遊。

㈢曹植詩：飄飖隨長風。《翟方進傳》：搏擊豪强。

㈣《東方朔傳》：談何容易。謝靈運詩：往來無踪跡。

㈤宋之問詩：草露濕人衣。

㈥王僧孺詩：泣望蜘蛛絲。

㈦《淮南子》：内有以通乎天機。阮籍詩：人事多盈冲。

㈧陸士衡詩：世道多故萬端，憂慮紛錯交顔。

至日遣興去聲奉寄北省舊閣老兩院故人二首

此乾元二年十一月在華州作。顧注：公以至德二載十月扈從還京。此詩作於乾元元年之至日，而迴思去歲也。　《通典》：唐人謂門下、中書爲北省，亦謂門下爲左省，或通謂之兩省。

去歲茲晨捧御牀㊀，**五更**平聲**三點入**一作出**鵷行**音杭㊁。**欲知趨走傷心地**㊂，**正想氤氳滿眼香**㊃。**無路從**音聰**容陪語笑**㊄，**有時顛倒著**音灼**衣裳**㊅。**何人却**一作錯**憶**一作認**窮愁日**㊆，**日**一作愁**日愁隨一線長**㊇。　此公爲華州司功，逢至日而有感也。上四憶去年，下四慨今日。　御牀，至日視朝也。鵷行，同省故人也。滿眼、陪笑，同列朝班。趨走、顛倒，參謁郡主。五句應四，六句應三。中二聯，互爲迴環。愁隨日長，因謫官而傷歎也。　曰欲知，曰何人，皆對同朝諸公言。

《杜臆》：得意之人，未必憶及窮愁，故曰錯憶。今按：錯憶語帶尖酸，不如却憶爲含蓄也。

㊀陶潛詩：去歲家萬里。　蘇味道詩：茲晨對兩闈。　《後漢·陰后紀》：從席前伏御牀。《世説》：王丞相披撥傳詔，直至御牀前。《決疑要注》：殿堂之上，惟天子居牀，其餘皆席。　捧，仰承也。　鶴注：公祖審言詩：「季冬除夜接新年，帝子王臣捧御筵。」

㊁《顔氏家訓》：漢魏以來，謂爲甲夜、乙夜、丙夜、丁夜、戊夜，亦云一更、二更、三更、四更、五更，皆以五爲節。　《説文》：鴛鷺立有行列，故以喻朝班。北齊樂曲：鴛鷺成行。

㊂按：公《官定後》詩「老夫怕趨走，率府且逍遥」，是以河西尉爲趨走也，可證「趨走傷心」爲司功事矣。近注謂趨走殿陛者，非。　《列子》：趨走作役。　孔融詩：俯仰内傷心。

㊃王逸《楚辭注》：氤氳，盛貌。

㊄《後漢·馬武傳》：帝與功臣諸侯，燕語從容。　《詩》：笑語卒獲。

㊅又：東方未明，顛倒衣裳。

㊆《演義》以冬至陽長陰消，謂之愁盡日，此説無據。按：《虞卿傳》：非窮愁不能著書。此窮愁二字所本。公《夔州》詩云：「年年至日長爲客，忽忽窮愁泥殺人。」以此證之，則《演義》斷誤。

㊇《歲時記》：魏晉間宮中以紅線量日影，冬至後日影添長一線。《唐雜録》：唐宮中以女工揆日之長短，比常日增一線之工。

前代王道思、郭青螺諸家，狠駁杜詩疵句。近年朱瀚又力辯杜之真贋，以此題第一首爲贋作云：凡一題再賦者，必具次第，又須照應。去歲茲辰，全犯去年今日。捧御牀在前，入鵷行在後，豈不顛倒。五更三點語近俗，視「五夜漏聲催曉箭」，相去多少。第三突出，無來路。第四惡甚，五六冗腐，七八句字攪亂，皆非少陵本色。

其二

憶昨逍遥供奉班㊀，**去年今日**胡云：《英華》作冬至**侍龍顔**㊁。**麒麟不動爐烟上**上聲。《詩眼》作轉㊂，**孔雀徐開扇影還**㊃。**玉几**一作座**由來天北極**㊄，**朱衣只在殿中間**㊅。**孤城此日腸堪斷，愁對寒雲雪**黄生曰：唐本作白滿山，非是**滿山**㊆。次章，想至日早朝，而歎山城寥落也。在四句分截。　身方跼蹐，故想去歲逍遥。爐烟、扇影，班次所見之儀。玉几、朱衣，侍殿所對之人。孤城、雲雪，氣象慘悽，無復朝賀時景色矣。　趙大綱曰：玩「由來」「只在」四字，有許多悵望意。天上之玉几猶是也，欲侍龍顔得乎。殿中之朱衣猶在也，欲與朝班得乎。語意緊注下文。

㊀沈佺期詩：憶昨經過處。　唐拾遺掌供奉諷諫。

㊁《漢書》：高祖隆準而龍顔。

㊂瀚注：麒麟，即香爐。孔雀，即羽扇。一事分兩層，鍊句細潤。　朱注：宰臣兩省官，對班於香案前，百官班於殿庭。扇合，皇帝升御座，内謁者承旨唤仗。《晉禮儀》：大朝會，即填宫，皆以金鍍九尺麒麟香爐。《唐・儀衛志》：朝日，殿上設黼扆、躡席、熏爐、香案。

㊃初升御座則合扇，既升則羽扇兩開，而影環左右矣。《唐六典》：尚輦局，掌輿輦傘扇。大朝會，則孔雀扇一百五十有六，分居左右。舊翟羽扇，開元初改爲繡孔雀。

㊄《西京雜記》：天子玉几，冬則加錦其上，謂之綈几。

㊅《唐・儀衛志》：朝日，御史大夫領屬官至殿西廡，從官朱衣傳呼，促百官就班。《唐會要》：開元二十五年，李適之奏：冬至大禮，朝參并六品清官，服朱衣，以下通服袴褶。

㊆惠連《雪賦》先言寒風愁雲，後及微霰密雪，此雲雪所本。陶潛詩：向夕長風起，寒雲没西山。鮑照《舞鶴賦》：雪滿群山。

路逢襄陽楊少去聲府入城戲呈一作戲題四韻附呈楊四員外綰原注：甫赴華州日，許寄員外茯苓。

此詩當是乾元元年作。　鶴曰：《舊書・楊綰傳》：綰，字公權，華陰人。肅宗即位，自賊中冒難赴行在，除起居舍人、知制誥，歷司勛員外郎、職方郎中。

寄語楊員外㊀，**山寒少茯苓**㊁。**歸來稍暄**一云候和**暖**㊂，**當爲**去聲**斸**音祝**青冥**㊃。**翻動**一作倒**龍蛇**一作神仙**窟**㊄，**封題鳥獸形**㊅。**兼將老藤杖，扶汝醉初醒。**全首皆屬寄語，以律詩代短札，質而有文。暄暖，取苓之候。青冥，松林之色。龍窟，結根之深。鳥獸，成形之異。藤杖，亦華州所産者。楊必嗜酒，故結用戲辭。

㊀鮑照詩：寄語後生子。

㊁又：山寒野風急。

㊂《易》：日以暄之。《記》：暖之以日月。此暄暖二字所本。《唐書》：華州上輔，土貢茯苓、茯神。朱注：《圖經本草》：生大松下，二月、八月采，陰乾。

㊃《説文》：斸，斫也。郭璞《爾雅注》：鋤屬。師氏曰：以刀刺地也。《抱朴子》謂：地産茯苓，上有清靈之氣。近日吴沅云：偃蓋老松，下有茯苓，天色晴霽時，松下有青氣一股，斜注地邊，掘之可得茯苓。此即斸青冥之説也。張衡《南都賦》：青冥芊眠。公《苦竹》詩：「青冥亦自守。」又《高枏》詩：「枏樹色冥冥，江邊一蓋青。」故知青冥爲樹色。

㊄《海賦》：翻動成雷。《拾遺記》：崿谷陰生之樹，其木有龍蛇百獸之形。傅玄《桃賦》：根龍蛇而雲結兮。王勃《山亭序》：徵石髓於龍蛇之窟。據王洙則云：華山乃神仙所居。今按：龍蛇對鳥獸爲工。《天台賦》：靈仙之所窟宅。

㊅班婕妤《擣素賦》：書既封而重題。《世説》：桓玄發厨取之，封題如初。《史記・龜策傳》：茯苓在菟絲之下，狀如飛鳥形。陶隱居《本草》：茯苓皮黑而皺，内堅白，形如鳥獸龜鼈者良。

黄生曰：此亦往東都時作。八句一氣叙來，酷似途次乍逢，立寄口信之語。

黄徹《䂬溪詩話》曰：杜詩「當爲斸青冥」、「藥許鄰人斸」，王臨川云「肯顧北山如慧約，與公新崦斸莓苔」，韓退之云「詩翁憔悴斸荒棘」，柳子厚云「戒徒斸雲根」，雖一字之法，亦有所本。

冬末以事之東都一本無此句湖城東遇孟雲卿復歸劉顥宅宿宴飲散因爲醉歌

鶴注：當是乾元元年冬自華州遊東都作。明年春方歸華。　夢弼曰：湖城縣地有鼎湖，即黄帝鑄鼎之處。《唐書》：湖城縣，屬虢州，漢湖縣，後改湖城。《唐詩紀事》：孟雲卿，河南人，與杜子美、元次山最善。元次山《送孟校書往南海》云：雲卿與次山同州里，以詞學相友，少次山六七歲。

疾風吹塵暗河縣㊀，行子隔手不相見㊁。湖城城東《英華》作東，一作北，一作南**一開眼，駐馬偶識雲卿面。向**一作況**非劉顥爲地主㊂，懶回鞭轡成高**一作城南**宴。**首叙湖城遇孟，復返於劉。　公飲畢而去，又拉孟而回，忘乎賓主形迹。下二，反言以見劉之賢。

㈠《水經注》：河水又北逕湖縣東，故曰河縣。

㈡《霍去病傳》：大風起，砂礫擊面，兩軍不相見。　鮑照詩：行子心腸斷。

㈢《左傳》：地主致餼。

劉侯歡一作歎**我攜客來，置酒張燈促華饌。且將款曲終今夕**一云經今冬㈠**，休語**一作話**艱難尚酣戰**㈡。**照室紅爐簇曙花**從《英華》。一作促曙光㈢**，縈窗素月垂秋**《英華》作秋，注云集作文，非**練**㈣。　此叙顥宅留飲，記其情景。　款曲二句，兼述劉侯勸客詞意之殷勤。

㈠秦嘉詩：念當久離別，因念叙款曲。

㈡《淮南子》：魯陽公與韓戰，戰酣，日暮，援戈而麾之，日爲之返三舍。

㈢《宋·武本紀》：神光照室盡明。　早花簇發，其色鮮麗，故比紅爐。

㈣沈約《郊居賦》：或縈窗而窺牖。　《月賦》：素月流天。　謝莊詩：秋月明如練。　束晳《餅賦》：弱似春綿，白若秋練。

天開地裂長安陌一作春㈠**，寒盡春生**一云紫陌春寒**洛陽殿**㈡。**豈知驅車復**扶又切**同軌**㈢**，可惜刻漏隨更**平聲**箭**㈣。**人生會合不可常，庭樹雞鳴淚如霰**《英華》作霰，一作綫㈤。　末喜亂後逢孟，不忍别離也。　天開地裂，傷長安昔陷。　寒盡春生，比洛陽今復。　驅車，中途得遇。　同軌，王路已平。更箭，夜深。雞鳴，天曙矣。　此章三段，各六句。

㈠京房《易占》：天開陽不足，地裂陰有餘，皆兵起下害上之象。《唐史》：是年九月，九節度兵伐安慶緒於鄴。　夢弼曰：長安有九衢三陌。

㈡謝惠連詩：春生鳷鵲樓。

㈢阮籍詩：驅車出門去。　班固賦：仰天路而同軌。

㈣陸倕《刻漏銘》：銅史司刻，金徒抱箭。

㈤張衡《古別離》：雞鳴庭樹枝，客子振衣起。　別淚落如綫，相顧不能止。

盧世㴶《紫房餘論》云：子美已起身出城矣，于疾風暗塵中，忽見雲卿，喜出意外，遂攜手復造。當是時，劉侯歡甚，張燈促饌，從殘局中翻出新興，賓主友朋相視而笑。此段光景，至今使人迴環，詩欲不佳得乎。

閿鄉姜七少去聲府設鱠戲贈長歌

鶴注：此乾元元年冬自華州至東都作，故有東歸貪路之語。　邵注：唐制：縣主簿之下，設尉一人，專主水火盜賊之事，即少府也。　錢箋：《元和郡縣志》本漢湖縣地，開皇十六年，移湖城縣於今所，改名閿鄉縣，屬陝州。唐屬虢州。閿，古閺字。《説文》：從門受聲。趙傁曰：公背冬涉春，行渡潼關，東至洛陽。閿鄉，初出潼關道也。按：潘岳《西征賦》：「發閿鄉而警策，遡黄卷以濟潼。」此即公往來道也。夢弼曰：《唐志》：閿鄉縣，屬陝州，潼關在其邑。閿音文，又音民，字正作閺。後漢建安中，改作閿。

姜侯設鱠當嚴冬㊀，昨日今日皆天風㊁。河凍味魚一作黄河美魚，一作未漁，一作冰魚，一作取魚，《潘淳詩話》作味魚，朱注作鮇魚**不易**去聲**得㊂，鑿冰恐侵河伯宮㊃。**首言冬鱠難得。

㊀邵注：牛羊與魚之腥，乾曰脯，濕曰膾。鱠即今之魚生、肉生。鮑照詩：幸值嚴冬薄。

㊁蔡邕詩：枯桑知天風。

㊂胡夏客曰：北方河凍未漁不易得，此南方人所未知也。《水經注》：鞏縣北有山臨城，謂之崟崣丘。其下有穴，謂之鞏穴，言潛通浦北達於河。直穴有渚，謂之鮪渚。成公綏《大河賦》：鱣鯉王鮪莫來遊。《周禮》：春薦鮪。然非時及他處則無。又潘淳《詩話》：韓玉汝云：河中府三面是黄河，惟有味魚，似鯽而肥短，味亦美。杜詩味魚謂此。朱注：《本草》有鮇魚，出黄河口。

㊃《詩》：二之日鑿冰冲冲。《抱朴子》：馮夷渡河死，天帝署爲河伯。

饔人受魚鮫人手㊀，洗魚磨刀魚眼紅㊁。無聲細下去聲**飛碎**一作素**雪㊂，有骨已剁**都唾切**觜**胡氏作觜**春葱㊃。落碪**砧同**何曾**音層**白紙濕㊄，放筯未覺金盤空㊅。**二句舊在老翁之下，今依《杜臆》改正。**偏勸腹腴愧年少**去聲**㊆，軟炊香飯**一作粳**緣老翁㊇。**此記鱠精而味美。饔人，治庖者。鮫人，捕魚者。冬日魚鮮，其眼多紅。飛碎雪，比其色白。觜春葱，形其質脆。紙何濕，言其乾潔。盤未空，言有留餘。碪，几砧也。放，停筯也。《杜臆》：設鱠之時，特留腹腴一臠，以享尊客。公傷己之老，故愧於年少。香飯合席共餐，老人則宜於軟，似乎獨緣老翁者。

㊀《周禮·天官》有内饔外饔。《西征賦》：饔人細切，鑾刀若飛。《述異記》：南海有鮫人室，水居如魚。

㊁《楚辭》：貫魚眼與珠璣。

㊂《七啟》：纍如疊縠，散若飛雪。輕隨風飛，刀不轉切。

㊃《廣韻》：剁，剉也。《杜臆》：觜春葱，啄鱠如葱之脆。觜音追，啄也。胡夏客作觜。觜，肉也。言去骨留肉而雜以春葱。《内則》：鱠，春用葱，夏用芥。鱠在嚴冬，而云春葱，用成語耳。

㊄邵注：凡作鱠，以灰去血水，用紙以隔之。《齊民要術》：切鱠不得洗，洗則鱠濕。

㊅辛延年詩：金盤鱠鯉魚。

㊆黄希曰：《記》：羞魚冬右腴。説者謂冬時陽氣在魚腹，故腴。

㊇炊香飯，即《記》「五十異粻」之意。《維摩經》：香積如來以一鉢香飯，恒飽衆生。庾信詩：石髓香如飯。

新歡便飽姜侯德㊀，清觴異味情屢極㊁。東歸貪一作貧路自覺難㊂，欲別上上聲馬身無力。可憐爲人好心事，於我見子真顔色㊃。不恨我衰子貴時㊄，悵望且爲去聲今相憶。末叙贈姜之意。　上四，感姜情重而欲别不忍。下四，服姜意真而别後相思。　姜蓋初見而款留者，故云新歡。《杜臆》：貪路本宜急往，今反覺難行，而上馬無力者，以不忍相别故也。此有戲意。爲人好心事，以俗語入詩，乃對姜少府言耳。心在中而色見於外，曰於我真，見其鍾情而非泛愛。　他時我衰子貴，不足爲恨，但回憶今日之交歡難再，終不能不悵望耳。此極感恩之語。玩此詩拈韻，知古人東冬通用也。　此章首段四句，下兩段各八句。

㊀《詩》：既飽以德。

㊁北魏童謡：黄花勢欲落，清觴滿杯酌。　異味，見前。

㊂鮑照詩：東歸難忖度。　潘岳《客舍議》：行者貪路。

㊃魏甄后詩：想見君顔色。

㊄《世説》：喬玄謂曹公：「吾老矣，不見君富貴，當以子孫相累。」

戲贈閿鄉秦少去聲府吴若作少公，一作翁短歌

與上首同時之作。　朱注：少公即少府。《國史補》：張旭爲常熟尉，有老父過狀，判去不數日復至，乃怒責之。老父曰：「實非論事，覩少公筆跡奇妙，貴爲篋笥之珍耳。」可證唐人稱尉爲少公也。　《太白集》有《秋日餞陽曲王贊公賈少公赴上都序》。

去年行宫當一作守太白㊀，朝音潮回君是同舍客㊁。同心不減骨肉親㊂，每語見許文章伯㊃。今日時清兩京道，相逢苦覺人情好㊄。昨夜邀歡樂音洛更無，多才依舊能潦一作傾倒㊅。四句轉韻。上憶往日交情，下喜中途歡聚。樂更無，謂更無如此之樂。秦抱才而爲下吏，故曰依舊潦倒。《杜臆》：末句有戲意。

㊀邵注：天子在外之居曰行宫。

㊁《史記·司馬相如傳》：相如遊梁，孝王令與諸生同舍。

㊂《易》：二人同心。

㊃《吴志注》：張紘見陳琳《武庫賦》，歎美之。琳答曰：「河北率少文章，易爲雄伯。」王充《論衡》：文詞之伯。孫逖詩：海内文章伯。

㊄苦覺好，乃當時方言。

㊅多才多藝，出《尚書·金縢》。《語林》：張華謂陸機曰：「人之爲文，患其才少，而子患才多。」嵇康書：知吾潦倒不切事情。《抱朴子》：潦倒疏緩，而致廢弛。此乃波頽瀾倒之意。據《北史·崔瞻傳》，魏天保以後，重吏事，謂容止藴藉者爲潦倒，而瞻終不改焉。錢箋從後説。

李鄠侯古切縣丈人胡馬行

鶴注：此乾元元年冬往東都時作。觀洛陽再清句可見。朱注：鄠縣屬長安。

丈人駿馬名胡騮，前年避賊一作胡過金牛㈠。迴鞭却走見天子，朝飲漢水暮靈州㈡。首言馬行迅捷。從亂離顛沛説起，便有奇氣。過金牛，扈從明皇也。見天子，趨謁肅宗也。却走，退走也。

㈠揚雄《蜀土記》：秦欲伐蜀而無路，遣人告蜀王曰，秦有金牛，其糞成金，使蜀迎之。蜀王使五丁力士開山，路通，秦遂伐蜀，取其國，因號其國曰金牛。《舊唐書》：梁州金牛縣，漢葭萌地。武德三年，分綿谷縣置，屬褒州，後州廢，屬梁州。《元和郡縣志》：漢水出嶓冢山，在金牛縣東二十八里。

㈡《舊唐書》：靈州大都督府，屬關内道，天寶元年改爲靈武郡。乾元元年，復爲靈州。天寶十五載七月，肅宗即位靈武，故迴鞭見之。

自矜胡騮奇絶代，乘出千人萬人愛。一聞説盡急難去聲才，轉益愁向駑駘輩㈠。此見其濟難之功。趙注：急難才，如劉備的顱躍過檀溪以免劉表之追，劉牢之馬跳五丈澗，以脱慕容之逼。此處指避胡一事言。愁向駑駘，自歎所乘者皆疲馬也。

㈠《楚辭》：策駑駘而取路。

頭上鋭耳批秋竹㈠，脚下高蹄削寒玉㈡。始知神龍别有種上聲㈢，不比俗一作凡馬空多肉㈣。此寫其神駿之姿。耳鋭蹄堅，筋勝於肉，此良馬之相也。

㈠黄柏仁《龍馬頌》：耳如剡筒，目象明星。《齊民要術》：耳欲小而鋭如削筒。太宗《十驥頌》：耳根纖細，杉竹難方。

㈡《相馬經》：相馬之法，先三羸五駑。大蹄緩耳，一駑也。　高蹄，注見二卷。削寒玉，言其堅可以削玉也。

㈢《北史・隋煬帝紀》：置馬牧於青海渚中，以求龍種。

㈣《齊民要術》：望之大，就之小，筋馬也。望之小，就之大，肉馬也。

洛陽大道時再清㈠，累上聲**日喜得俱東行。鳳臆龍鬐**《英華》作鬚，一作鱗，一作鱗鬐**未易**去聲**識㈡，側身注目長風生。** 末言同行見馬，結歸李丈。　鳳臆龍鬐，一時未易測識，但見側身注目，足下風生，果是絶塵之驥矣。　《杜臆》：馬不易識，以況相士之難。　此章四段，各四句。

㈠《吴越春秋》：山川重秀，天地再清。

㈡《晉・載記》：苻堅時，大宛獻千里駒，皆汗血，朱鬣五色，鳳膺麟身。　顧雲《韓幹馬障歌》：麟鬐鳳臆直相似。

觀兵

此乃乾元元年冬在東都觀兵也。　是年九月，命朔方節度使郭子儀、淮西魯炅、鎮西北庭李嗣業等七節度，將步騎二十萬討安慶緒。李光弼、王思禮助之，號九節度。十一月圍鄴城，次年正月嗣業卒於軍中。三月，史思明救鄴，官軍大敗。《通鑑》：至德二載二月，安西北庭及拔汗那、大食諸國兵至涼鄯。

北庭送壯士㈠，貔虎數尤多㈡。精鋭舊無敵，邊隅今若何㈢。妖氛擁白馬㈣，元帥待琱戈㈤。莫守鄴城下，斬鯨遼海波㈥。上四觀北庭之兵，下四畫攘邊之策。顧注：北庭，謂鎮西北庭節度使李嗣業，時統四鎮之兵，故貔虎尤多。郭子儀前爲副元帥，收復東京。今望朝廷以元帥授子儀，故曰「待琱戈」。其時頓兵鄴城，兵無統制，蓋早知其有覆軍之患矣。鄴城即相州，遼海與范陽相近，即思明巢穴。公詩「司徒急爲下幽燕」，與此詩同意。

㈠《後漢・袁安傳》：今朔漠既定，宜令南單于反其北庭。《唐書・地理志》：北庭大都護府，長安二年置，屬隴右道。

㈡梁武帝《浄業賦》：壯士貔虎，器甲精鋭。

㈢朱注：邊隅，謂鄴城。凡臨敵境即爲邊，如《新婚别》「守邊赴河陽」是也。《晉書》：史臣曰：「舒元出莅邊隅，欽其明德。」

㈣曹植《魏德論》：神戈退指，則妖氛順制。白馬，用侯景事，比安史諸寇也。

㈤《國語》：穆公横琱戈，出見使者。《漢書》：古鼎銘：賜爾鸞旂黼黻琱戈。注：琱戈，鏤刻之戈。

㈥孫綽賦：斬鯨鯢於滄波。桓温表：管寧之黜遼海。遼東南臨渤海，故曰遼海。

朱鶴齡曰：是時李光弼與諸將議：思明得魏州而按兵不動，此欲以精鋭掩吾不備也。請與朔方兵同逼思明於魏州，彼懲嘉山之敗，必不敢輕出。曠日引久，則鄴城必拔矣。魚朝恩不可而止。《安禄山事跡》云：汾陽以諸將謀議不協，乃與季光琛同謀灌城。公詩「斬鯨遼海波」，正與光弼意合，言當直擣幽燕，傾思明之巢穴，不當老師鄴城之下也。

憶弟二首 原注：時歸在河南陸渾莊。

《唐書》：陸渾縣，屬河南府，又伊闕縣有陸渾山。　顧注：公乾元元年六月，自左拾遺出爲華州司功。冬晚，間至東都。時安慶緒棄東都而走，河南已復，故公得暫往洛陽故居。此詩乃二年春作也。

喪去聲**亂聞吾弟，饑寒傍**去聲**濟**上聲**州**㈠。**人稀書**一作吾**不到，兵在見何由**㈡。**憶昨狂催走**㈢，**無時病去憂。即今千種**上聲**恨，惟共水東流**㈣。公至東都而憶弟也。上四，歎亂後分離。下四，傷亂初奔散，輾轉相憶，故憂結而成恨。　憶昨二句，乃十字句法。謂自昔奔走以來，憂弟而病，無能解去也。洛陽在西，濟州在東，故愁恨與水而俱東。

㈠《後漢書》：飢寒道路。　《唐書》：濟州，屬河南道，天寶十三載廢濟州，以所管五縣入鄆州。邵

注：濟州，即今山東濟寧州。

㊁《漢書·韓信傳》：然則何由。

㊂《易林》：狂走蹶足。《楚辭》：狂顧南行。王逸注：狂，猶遽也。

㊃《呂氏春秋》：水泉東流，日夜不休。

其二

且喜河南定，不問鄴城圍。百戰今誰在㊀，三年望汝歸。故園花自發㊁，春日鳥還飛。斷絶人烟久㊂，東西消息稀。此申上章所憶之意。上四，望弟歸鄉，承前「兵在見何由」。下四，望弟音書，承前「人稀書不到」。洛陽初定，故轉憂爲喜。花鳥空存，則喜處仍憂矣。鄴城之戰，關於河北存亡，曰不問者，以初見家鄉爲幸，故不暇計及耳。花發鳥飛，即濺淚傷心意。

㊀梁戴暠詩：將軍一百戰。

㊁何遜詩：獨守故園秋。

㊂曹植詩：千里無人烟。

葛常之《韻語陽秋》：老杜寄身於干戈騷屑之中，感時對物，則悲傷係之，如「感時花濺淚」是也。故其作詩，多用「自」字。《田父泥飲》云：「步屧隨春風，村村自花柳。」《遣懷》云：「愁眼看霜露，寒城菊自花。」《憶弟》云：「故園花自發，春日鳥還飛。」《日暮》云：「風月自清夜，江山非故園。」《滕王亭子》云：「古牆猶竹色，虛閣自松聲。」《宿白沙驛》云：「萬象皆春氣，孤槎自客星。」古人對景言情，各有悲喜，而自不能累無情之物也。

得舍弟消息

此與前二首蓋先後同時之作。

亂後誰歸得，他鄉勝故鄉㈠。**直**一作若**爲心厄苦**㈡，**久念**一作得**與**刊作汝**存亡**㈢。**汝書猶在壁**㈣，**汝妾**一作室**已辭房**。**舊犬知愁恨，垂頭傍**去聲**我牀**㈤。此叙始終憶弟之情。未得消息，直欲同與存亡，患弟身難保也。既得消息，又欲藉犬傳書，恨己情莫達也。《杜臆》：他鄉亂而故鄉尤甚，故曰「他鄉勝故鄉」，總是苦語。存亡乃厄苦之故，上句因下。辭房即書中之語，下句因上。汝書、汝妾並提，律中帶古，此杜公縱筆。

㈠古詩：他鄉各異縣。《楚辭》：去故鄉而就遠兮。

㈡《前秦録》：慕容冲逼長安，苻堅登城責之。冲曰：「既厄奴苦，欲取爾相代。」

㈢蔡琰詩：存亡永乖隔。

㈣潘岳詩：遺挂猶在壁。顧注：陸機有駿犬，名曰黄耳。機在洛，久無家問，笑語犬曰：「汝能齎書取消息否？」犬尋路至家，得報還洛。公時在洛，故用陸事。

㊄《世説》：乃反顧翅垂頭，視之如有懊喪意。　《詩·豳風》：入我牀下。

不歸

天寶十四載冬，禄山陷河北諸郡，公之從弟必死於十五載。至乾元二年，爲三年，是春，公在東都作。　顔延之《秋胡》詩：生爲久別離，死爲長不歸。

河間尚戰一作征**伐**㊀**，汝骨在空城。從**去聲**弟人皆有**㊁**，終身恨不平**㊂**。數**所主切**金憐俊邁**㊃**，總角愛聰明**㊄**。面上三年土**㊅**，春**一作秋**風草**一作吹**又生**㊆**。**通首俱是叙事言情，獨於結尾寫景收題。各兩句轉意。喪亂之感，死生之戚，生前之念，身後之悲，備盡一詩之中，語意悽切。

㊀《唐書》：瀛州河間郡，屬河北道。　孫綽《庾亮碑》：戰伐之謀，仁所恥聞。

㊁皆有，用《論語》「人皆有兄弟」。

㊂《楚辭》：失時而志不平。

㊃蔡夢弼曰：數金，謂幼時識數錢也。公偶然憶此一事，憐而愛之。胡夏客曰：數金，用河間姹女數錢語，以應河間。蕭子顯詩：暝數河間錢。　申涵光謂數金當是數齡，却與總角意重。《世説》：袁躭俊邁多能。《北周書》：庾信幼而俊邁，聰明絶倫。

㊄《詩》：總角丱兮。注：總角，聚兩髦也。《晉書·謝安傳》：及總角，神識沉敏。
㊅面上，墳土之上。
㊆《記》：朋友之墓，有宿草而不哭焉。

贈衛八處上聲士

鶴注：處士，隱者之號，以有處士星，故名。唐有隱逸衛大經，居蒲州。衛八亦稱處士，或其族子。蒲至華止一百四十里，恐是乾元二年春在華州時至其家作。山岳，指華岳言。朱注：衛處士，未詳。師氏引《唐史拾遺》作衛賓，乃僞書杜撰，今削之。東方朔《設難》：今世之處士，時雖不用，魁然無徒，廓然獨居。

人生不相見㊀，**動如參與商**㊁。**今**一作此**夕復**扶又切**何夕**㊂，**共此燈燭光**㊃。一云共宿此燈光。

首叙今昔聚散之情。

㊀《史記》：人生一世間。《滑稽傳》：淳于髡曰：「朋友交遊，久不相見。」
㊁陸機詩：形影參商乖，音息曠不達。
㊂《詩》：今夕何夕，見此邂逅。
㊃《漢書·外戚傳》：張燈燭，設幃帳。《史記·甘茂傳》：貧人女曰：「子之燭光幸有餘。」

少去聲壯能幾時㊀，鬢髮各已蒼㊁。訪舊魯作問半爲鬼㊂，驚胡云一作嗚呼熱中腸㊃。焉音烟知二十載上聲㊄，重平聲上上聲君子堂㊅。昔别君未婚，男一作兒女忽成行音杭㊆。怡然敬父執㊇，問我來何方㊈。次言别後老少之狀。

㊀《秋風辭》：少壯幾時老奈何。

㊁陶潛詩：鬢髮各已白。

㊂魏文帝《與吴質書》：親故姓名，半爲鬼録。

㊃近世胡儼曰：嘗於内閣見子美親書此詩，字甚怪偉，「驚呼熱中腸」作「嗚呼熱中腸」。《列子》：内熱生病。魏文帝詩：斷絶我中腸。

㊄江淹詩：去鄉二十載。

㊅王粲詩：高會君子堂。

㊆王沉賦：九賓穆以成行。

㊇《記》：見父之執。注：父之執，同志之友也。

㊈吴均詩：問我來何遲。

問答未及已從陳本。一作乃未已㊀，驅兒一作兒女羅酒漿㊁。夜雨剪春韭㊂，新一作晨炊間宋景文手鈔本作聞黄粱㊃。主稱會面難㊄，一舉累上聲一作蒙十觴。十一作百觴亦不醉一作辭，感子故意長。明日隔山岳㈥，世事兩茫茫㈦。末感處士款情，因而惜別也。《漫叟詩話》云：「怡然敬父執，問我來何方」，若他人説到此，下須更有數句。此便接云「問答未及已，驅兒羅酒漿」，直有抔土障黃流氣象。　此章，首段四句，下二段各十句。

㈠陶潛《桃花源詩序》：黃髮垂髫，並怡然自樂。見漁人乃大驚，問所從來，具答之。便邀還家，設酒殺雞作食。　遠注：此段純用其意。

㈡《詩》：維北有斗，不可以挹酒漿。

㈢《南史》：文惠太子問周顒菜食味，顒曰：「春初早韭，秋末晚菘。」　蔡邕《獨斷》：春薦韭卵。

㈣胡夏客曰：北人炊飯雜米菽，故用間字。　錢箋：《招魂》：稻粢穱麥，挐黃粱些。　注：挐，糅也，謂飯用稻粢穱麥，糅以黃粱，和而柔濡也。　間即挐字之意。　今按：別作聞，是鼻聞黃粱之氣，五字皆平聲，不若從間字。

㈤曹植詩：主稱千金壽，客奉萬年觴。　古詩：道路阻且長，會面安可知。

㈥《吳都賦》：夤緣山岳之岊。

㈦《晉書》：阮籍遺落世事。　古詩：四顧何茫茫。周甸注：前曰人生，後曰世事，前曰如參商，後曰隔山嶽，總見人生聚散不常，別易會難耳。

洗兵行《杜臆》作行，舊作馬。

鶴注：當是乾元二年仲春作。按相州兵潰在三月壬申，乃初三日，其作詩時，兵尚未敗也。原注：收京後作。朱注：公《華州試進士策問》云：「山東之諸將雲合，淇上之捷書日至。」詩蓋作於其時也。

中興諸將去聲收山東㈠，捷書夜一作夕，一作日報清晝同㈡。河廣傳聞一葦過㈢，胡危命在破竹中㈣。祇殘鄴城不日得㈤，獨任朔方無限功㈥。京師皆騎汗血馬㈦，回紇餧弩委切肉蒲萄宫㈧。已喜皇威清海岱㈨，常思仙仗過崆峒㈩。三年笛裏關山月㈡，萬國兵前草木風㈢。此聞河北捷音，而料王師之必克。鄴城之師軍無統制，故欲獨任子儀，以收戰功。又恐肅宗還京，漸生逸豫，故欲其念起事艱難，而思將士之勤苦。下四句，有規諷意。《杜臆》：軍士從征，已經三載，曰三年笛裏，悲之也。會兵鄴城，如風捲葉，曰萬國兵前，喜之也。

㈠《後漢・明帝紀》：先帝受命中興。《東觀漢記》：上會諸將。趙注：山東，河北也。安禄山反，先陷河北諸郡。至二京已收，慶緒奔於河北。

㈡《梁武帝集》：奇謀間出，捷書日至。《續博物志》：露布，捷書之别名，以帛書揭竿。夜與晝同，見捷音可信。

㊂《詩》：誰謂河廣，一葦杭之。

㊃《杜預傳》：今兵威已振，譬如破竹，數節之後，迎刃而解。

㊄衹殘，但餘也。　《通鑑》：乾元元年十月，郭子儀自杏園渡河，東至獲嘉，破安太清。太清走保衛州，子儀進圍之，遣使告捷。魯炅自陽武濟，季光琛、崔光遠自酸棗濟，與李嗣業皆會子儀於衛州。慶緒悉舉鄴中之衆七萬來救，子儀復大破之，獲其弟慶和，殺之，遂拔衛州。《舊唐書》：相州，屬河北道。武德元年，以魏郡置相州。天寶元年，改爲鄴郡。乾元二年，改爲鄴城。《通鑑》：慶緒走，子儀等追之至鄴。許叔冀、董秦、王思禮及河東兵馬使薛兼訓，皆引兵繼至。慶緒收餘兵，拒戰於愁思岡，又敗。慶緒乃入城固守，子儀等圍之。

㊅《郊志》：邠州始鎮靈州，謂之朔方軍。《舊唐書》：禄山反，以郭子儀爲靈武太守，充朔方節度使。自陳濤斜之敗，帝惟倚朔方軍爲根本。

㊆《公羊傳》：京師者，天子之居也。京，大也。師，衆也。天子之居，必以衆大稱之。　漢章帝詔：宛馬，血從前髆上小孔中出。武帝《天馬歌》「霑赤汗」，今親見其然。

㊇《漢·張耳傳》：如以肉餧虎，何益。　《匈奴傳》：元帝元壽二年，單于來朝，舍之上林苑蒲萄宮。　《通鑑》：是年八月，回紇遣其臣骨啜特勒及帝德將驍騎三千，助討安慶緒，上命朔方左武鋒使僕固懷恩領之。汗血馬、葡萄宮，當指此事。

⑨《魏志》：陳琳曰：「將軍總皇威，握兵要。」《西征賦》：耀皇威而講武事。《禹貢》：海岱惟青州。海岱與燕薊接壤。

⑩沈約詩：遊汾舉仙仗。《括地志》：笄頭山，一名崆峒山，在原州平涼縣西百里。朱注：肅宗自馬嵬，經彭原、平涼至靈武，合兵興復，道必由崆峒。及南回也，亦自原州入，則崆峒乃鑾輿往來之地。

⑪《樂府解題》：《關山月》，傷離別也。周王褒詩：無復漢地關山月，惟有漠北薊城雲。

⑫《晉·載記》：苻堅與苻融登城而望王師，見部陣齊整，將士精鋭，又北望八公山，草木皆類人形，風聲鶴唳，疑以爲兵。

成王功大心轉小㊀，**郭相**去聲**謀深**一作謀猷，一作深謀**古來少**㊁。**司徒清鑒懸明鏡**㊂，**尚書氣與秋天杳**㊃。**二三豪俊爲**去聲**時出**㊄，**整頓乾坤濟時了**㊅。**東走無復**扶又切**憶鱸魚**㊆，**南飛覺有安巢**一作枝**鳥**㊇。**青春復隨冠冕入**㊈，**紫禁**吴本作駕**正耐烟花繞**㊉。**鶴駕通宵鳳輦備**⑪，**雞鳴問寢龍樓**一作蛇**曉**⑫。此言命將得人，而喜王業之方興。成王，廣平王俶也。郭相，子儀也。司徒，李光弼也。尚書，王思禮也。東走句，見士慶彈冠。南飛句，見民蒙安宅。青春、紫禁，朝儀如故。鶴駕、雞鳴，帝修子職也。

㊀《唐書》：至德二載十二月，廣平王俶進爵楚王。乾元元年二月，徙封成王。劉晝《慎言篇》：楚莊王功立而心懼，晉文公戰勝而絶憂，非憎榮而惡勝，乃功大而心小，居安而念危也。

㈡《魏志·賈詡傳》：策謀深長。

㈢《抱朴子》：運清鑒於玄漠之域。又《隋書》：薛道衡每稱高構有清鑒。《世説》：何點嘗目陸慧曉心如明鏡。

㈣《鹽鐵論》：義高於秋天。公《哀思禮》詩「爽氣春淅瀝」，與尚書氣爽語合。

㈤《鶡冠子》：德萬人者謂之俊，德千人者謂之豪。《史記》：沛公時時問邑中豪俊。

㈥《史記》：蒯通曰：「今范陽令，宜整頓其士卒以守戰者也。《易》：乾坤定矣。晉武帝《告上帝文》：撥亂濟時。

㈦《史記·酈生傳》：齊王引兵東走。《世説》：張翰見秋風起，乃思吴中蓴羹鱸魚，遂命駕東歸。

㈧魏武帝詩：月明星稀，烏鵲南飛。古詩：越鳥巢南枝。

㈨《楚辭》：青春受謝。《風俗通》：黄帝始製冠冕。

㈩天子之宫紫微，故謂宫中謂紫禁。謝莊哀誄：收華紫禁。王融詩：烟花雜如霧。

㈡赤城謝省曰：鶴駕，東宫所乘。鳳輦，天子所御。言鶴駕通宵，備鳳輦以迎上皇；雞鳴報曉，趨龍樓以伸問寢也。《漢宫闕疏》：白鶴宫，太子所居。《藝文類聚》：太子晉乘白鶴仙去，故後世稱太子之駕曰鶴駕，禁曰鶴禁。《通典》：隋太子左右監門率，唐垂拱中改爲鶴禁衛。《唐書·儀衛志》：輦有七，一曰大鳳輦。隋煬帝詩：翠霞承鳳輦。

㈢《文王世子》：鷄初鳴，至於寢門外，問内豎之御者曰：「今日安否？何如？」《漢書》：成帝爲太子，初居桂宮，嘗急召太子，出龍樓門，不敢絶馳道。張晏曰：門樓上有銅龍，若白鶴飛廉之爲名也。《雍録》：桂宮南面有龍樓門。《博議》：史：肅宗即位，下制曰：「復宗廟於函雒，迎上皇於巴蜀，導鑾輿而反正，朝寢門以問安，朕願畢矣。」公詩正用詔中語。

攀龍附鳳勢一作世**莫當，天下盡化爲侯王**㊀。**汝等豈知蒙**一作象**帝力**㊁，**時來不得誇身强**㊂。**關中既留蕭丞相**去聲㊃，**幕下復**扶又切**用張子房**㊄。**張公一生江海客**㊅，**身長九尺鬚眉蒼**㊆。**徵起適遇風雲會**㊇，**扶顛始知籌策良**㊈。**青袍白馬更何有**㊉，**後漢今周喜再昌。**

此嘆扈從者濫恩，望宰相得人以致太平。《杜臆》：當時封爵太濫，甚至以官賞功給空名告身，凡應募者，一切皆金紫，公故傷之。其稱張鎬有扶顛籌策語，人或疑之。考史，至德二年四月，罷房琯而相鎬，至次年二月，因論史思明不可假威權，又論許叔冀臨難必變，上不喜。且不事中要，故罷相。已而思明果反，叔冀果降賊，其料事之審如此。至兩京收復，俱在鎬相時，孰非宰相之功耶。夢弼注：青袍白馬，言思明、慶緒可平。後漢今周，以漢光、周宣比肅宗也。

㊀《漢書・傳贊》：攀龍附鳳，並乘天衢。雲起龍驤，化爲侯王。《吴志・魯肅傳》：是烈士攀龍附鳳，馳鶩之秋。

㊁《晉書・荀勖傳》：汝等亦當宦達人間。《前漢・張耳傳》：秋毫皆帝力也。

㊂陶潛詩：時來苟冥合。

㊃《漢書》：蕭何發關中老弱未傅者悉詣軍。《史記・蕭何傳》：漢王引兵東定三秦，何以丞相留收

巴蜀，使給軍食。朱注：蕭丞相未知何指。蔡夢弼謂杜鴻漸。考《唐書》，肅宗按軍平涼，鴻漸建朔方興復之謀，且録軍資器械儲廥上之。肅宗喜曰：「靈武，吾之關中，卿乃吾蕭何也。」舊注云：京師既平，以蕭華留守，故比之蕭何。錢箋云：房琯自蜀奉册留相肅宗，故比之蕭相。兩説互異，當從朱注爲正。

㊄《戰國策》：樂羊坐於幕下。《漢・高帝紀》：運籌帷幄中，決勝千里外，子房功也。朱注：張子房謂張鎬。至德二載五月，琯罷相，以鎬代之。

㊅《舊唐書》：張鎬風儀魁岸，廓落有大志，好談王伯大略，自褐衣拜左拾遺。玄宗幸蜀，徒步扈從，玄宗遣赴行在，至鳳翔，奏議多有弘益，拜諫議大夫。尋代房琯爲相。《隱逸傳》：放情江海。《説苑》：孔子猶江海也。

㊆《後漢・文苑傳》：趙壹身長九尺，美鬚豪眉。

㊇《雲臺二十八將論》：咸能感會風雲。王粲詩：遭遇風雲會，托身鸞鳳間。

㊈徐陵詩：力弱不扶顛。《老子》：善計不用籌策。

㊉《南史・侯景傳》：先是大同中童謡曰：「青絲白馬壽陽來。」景渦陽之敗，求錦，朝廷給以青布，悉用爲袍。采色尚青。景乘白馬，青絲爲轡，欲以應謡。庾子山《哀江南賦》：桀黠構扇，憑陵畿甸。青袍如草，白馬如練。

寸地尺天皆入貢㊀**，奇祥異瑞爭來送**㊁**。不知何國致白環**㊂**，復**扶又切**道**去聲**諸山得銀**

甕㊃。隱士休歌紫芝曲㊄，詞人解下戒切。《西溪叢語》：善本作角撰清河一云河清頌㊅。田家望望惜雨乾音干㊆，布穀處處催春種㊇。淇上健兒歸莫懶㊈，城南思婦愁多夢㊉。安得壯士挽天河⑪，净洗甲兵長不用⑫。末記禎符迭見，欲及時收功，以慰民心也。張遠注：前六，頌其已然。後六，禱其將然。此章四段，各十二句。

㊀鶴注：寸地尺天，用《黄庭經》寸田尺宅語。顔延之詩：亘地稱皇，罄天作主。

㊁班固《典引》：窮祥極瑞者，皆來坰牧。

㊂《竹書紀年》：帝舜九年，西王母來朝，獻白環玉玦。

㊃《瑞應圖》：王者宴不及醉，刑罰中，則銀甕出焉。《孝經援神契》：神靈滋液，有銀甕，不汲自滿。

㊄《莊子》：古之所謂隱士者。錢箋：肅宗即位，泌謁見於靈武，調護玄、肅父子之間，爲張良娣、李輔國所惡。及上皇東行有日，泌求去不已，乃聽歸衡山。公以四皓擬泌，蓋惜其有羽翼之功而飄然隱去也。紫芝，見本卷。

㊅《昭明文選序》：詞人才子。趙注：是歲七月，嵐州合關河黄河三十里清如冰，蓋收京之祥，此實事也。《南史》：宋元嘉中，河濟俱清，當時以爲瑞。鮑照作《河清頌》，其序甚工。

㊆楊惲《報孫會宗書》：田家作苦。按史：乾元二年春旱，故有田家望雨之句。王僧孺詩：思君不得見，望望獨長嗟。

㊇《爾雅》：鳲鳩鴶鵴。注：今之布穀也。江東人呼爲獲穀。《禽經》：鳴鳩、戴勝，布穀也。農事方起，

此鳥飛於桑間，云五穀可布種也。　鍾憲詩：處處春雲生。　《吳越春秋》：計硯曰：「春種八穀。」
㊈朱注：淇水，在衛地衛州，與相州相鄰。淇上健兒，指圍鄴之兵。城南，謂長安城南。　《詩》：送我乎淇之上矣。　古樂府：健兒須快馬。　《杜臆》：健兒莫懶，速其成功也。　思婦愁夢，從《東山》詩「婦歎於室」來，以思家之至情動之也。
㊉曹植詩：借問女何居，乃在城南端。　王微詩：思婦臨高臺。
㊀李尤歌：安得壯士翻日車。
㊁《六韜》：武王問太公：「雨輜重至軫，何也？」曰：「洗甲兵也。」《說苑》：武王伐紂，風霽而乘以大雨。　散宜生曰：「此非妖與？」王曰：「非也，天洗兵也。」
朱鶴齡曰：中興大業，全在將相得人。　前曰「獨任朔方無限功」，中曰「幕下復用張子房」，此是一詩眼目。　使當時能專任子儀，終用張鎬，則洗兵不用，旦夕可期，而惜乎肅宗非其人也。　王荆公選杜工部詩，以此詩壓卷，其大指不過如此。　若玄、肅父子之間，公爾時不應遂加譏切也。
沈壽民曰：兩京克復，上皇還宫，臣子爾時當若何歡忭。　乃逆探移仗之舉，遽出誹刺之詞，子美胸中不應峭刻若此。
王嗣奭曰：此詩四轉韻，一韻十二句，句兼排律，自成一體。　而筆力矯健，詞氣老蒼，喜躍之意，浮動筆墨間。
唐汝詢曰：《洗兵馬》一篇，有典有則，雄渾闊大，足稱唐雅。　識者詳味，當不在《老將行》下。

蔡絛曰：作詩者陶冶物情，體會光景，必貴乎自得。蓋格有高下，才有分限，不可强致也。譬之秦武陽，氣蓋全燕，見秦王則戰慄失色。淮南王安，好爲神仙，謁帝猶輕其舉止。此豈由素習哉。予謂少陵、太白，當險阻艱難，流離困躓，意欲卑而語未嘗不高。至於羅隱、貫休輩，得意偏霸，誇雄逞奇，語欲高而意未嘗不卑。乃知天禀自然，有不能易也。

吴江潘耒曰：《洗兵馬》一詩，乃初聞恢復之報，不勝欣喜而作，寧有暗含譏刺之理。上皇初歸，肅宗未失子道，豈得預探後事以責之。詩人以忠厚爲本，少陵一飯不忘君，即貶謫後，終其身無一言怨懟。而錢氏乃謂其立朝之時，即多隱刺之語，何浮薄至是。噫！此其所以爲牧齋歟。又曰：天子之孝，在乎安國家、保宗社。明皇既失天下，肅宗起兵朔方，收復兩京，再造唐室，其孝亦大矣。晚節牽於婦寺，省覲闊疏，子道誠有未盡。若謂其猜忌上皇，并忌其父之臣，有意剪鋤，則深文矣。移宫倉卒，上皇不樂，容或有之。幾爲兵鬼之言，出自《力士傳》稗官片語，乃據以實肅宗之罪，至比之商臣、楊廣，論人當若是耶。房琯雖負重名，而鮮實效，喪師辱國，門客受賕，罷相亦不爲過。子美論救，固是爲國惜賢，雖蒙推問，旋即放免。踰年乃謫官，不知坐何事。今言其坐琯黨，亦臆度之辭耳。子美大節，在自拔賊中歸行在，不在救房琯也。錢氏直欲以此爲杜一生氣節，欲推高杜，則極贊房，因極贊房，遂痛貶帝。明末黨人，多依傍一二大老，脱失路，輒言坐某人故牽連貶謫，怨誹其君，無所不至，此自門户習氣。杜公心事，如青天白日，安有是哉。以此推之，牧齋而秉史筆，三百年人物，枉抑必多。絳雲一炬，有自來矣。

杜詩詳注卷之七

新安吏

原注：收京後作。雖收兩京，賊猶充斥。

按：此下六詩，多言相州師潰事，乃乾元二年自東都回華州時，經歷道途，有感而作。錢氏以爲自華州之東都時，誤矣。　師氏曰：從《新安吏》以下至《無家别》，蓋紀當時鄴師之敗，朝廷調兵益急，雖秦之謫戍，無以加也。　《唐書》：新安，隋縣。貞觀二年，屬河南府。《九域志》：縣有兩鄉。　黄生曰：諸篇自製詩題，有千古自命意。六朝人擬樂府，無實事而撰浮詞，皆妄語不情。

客行新安道，喧呼聞點兵㈠。借問新安吏，縣小更無丁㈡。府帖一作符昨夜一作日下去聲㈢，次選中男行㈣。中男絶短小，何以守王城㈤。從點兵後，記一時問答之詞。　客行，公自謂。《杜臆》：借問二句，公問詞。府帖二句，吏答詞。中男二句，公歎詞。

㈠《通鑑》：北魏高歡，使張華原以簿歷營點兵。樂府《木蘭詩》：昨夜見軍帖，可汗大點兵。

㈡《杜臆》：更無丁，言豈無餘丁可遣乎。夜帖早行，守城急也。

㈢朱注：《隋書》：追東宮兵帖，上臺宿衛。《通鑑注》：兵帖，軍籍。盧注：相州之役，正丁戰死，因及次丁。考之《周禮》，凡起徒役，無過家一人，以其餘爲羨。惟田與追胥竭作大故致餘子。守王城，大故也。

㈣《太宗紀》：上遣使點兵，並點中男，魏徵固執以爲不可。顧炎武曰：《通鑑》：建中元年，楊炎作兩税，人無丁中，以貧富爲差。按唐制：人有丁、中、黄、小之分。注云：天寶三載，令民十八以上爲中男，二十三以上成丁。杜詩「府帖昨夜下，次選中男行」，即此也。

㈤唐之東都，即周之王城，今爲河南府。

肥男有母送㈠，**瘦男獨伶**音零**俜**普兵切㈡。**白水暮東流**㈢，**青山猶**一作聞**哭聲**㈣。**莫自使眼枯**㈤，**收汝淚縱**平聲**横**。**眼枯即**一作却**見骨，天地終無情**㈥。此於臨行時作悲憫之語。白水流，比行者。青山哭，指居者。《杜臆》：就中男内，看他或瘦或肥，有母無母，及同行送行之人，一齊俱哭，而以哭聲二字括之，何等筆力。下不言朝廷而言天地，諱之也。

㈠肥男瘦男，用後漢趙孝語，詳見八卷。

㈡古樂府《猛虎行》：少年惶且怖，伶俜到他鄉。潘岳《寡婦賦》：少伶俜而偏孤。

㈢劉楨詩：汎汎東流水。

㈣阮籍詩：北望青山阿。

㈤眼枯，淚竭也。《韓非子》：卞和哭於楚山之下，泣盡而繼之以血。

㈥《晉書》：郭文曰：「情由憶生，不憶故無情。」

我軍取一作至，一作收相去聲州，日夕望其平。豈意賊難料平聲，歸軍星散營㈠。就糧近故壘㈡，練卒依舊京㈢。掘壕不到水㈣，牧一作看馬役亦輕。況乃王師順，撫養甚分明。送行勿泣血一作垂泣㈤，僕射如字，不音夜如父兄㈥。此爲送行者作寬慰之語。前軍潰散，後軍繼行，恐人心惶懼，曰就糧，見有食也。曰練卒，非臨陣也。曰掘壕、牧馬，見役無險也。且師順則可制勝，撫養則能優恤，俱説得愷至動情。《杜臆》：此不言軍敗而云歸軍，亦諱之也。子儀時已進中書令，而仍稱舊官，蓋功著於僕射，而御士素寬，此就其易曉者以安之也。此章前二段各八句，後段十二句收。

㈠《春秋運斗樞》：璇樞星散。《通鑑》：九節度圍鄴城，自冬涉春。慶緒食盡，克在朝夕。而諸軍既無統帥，城久不下，上下解體。思明自魏州引兵趨鄴，每營選精騎五百，日於城下抄掠，諸軍樵采甚艱，乏食思潰。三月，戰於安陽河北，大風晝晦，官軍潰而南，賊潰而北。子儀以朔方軍斷河陽橋，保東京，築南北兩城而守之。

㈡盧注：時子儀尚有軍糧六七萬石，故曰就糧。　魏明帝詩：飲觀故壘處。

㈢《吳越春秋》：揀練士卒。　舊京，謂東都。陶潛詩：平生去舊京。

㈣壕，城下池也。

㊄《易》：泣血漣如。

㊅《漢書·百官表》：僕射，秦官，自侍中、尚書、博士郎皆有。古者重武官，有射以督課之。應劭曰：僕，主也。《通典》：唐左右二僕射，本副尚書令，自尚書令廢，僕射爲宰相。開元元年，改爲左右丞相，從二品。天寶元年，復舊。《淮南子·兵略》：上視下如子，則下視上如父。上視下如弟，則下視上如兄。王應麟曰：《毛詩》：「雖則如燬，父母孔邇。」此云「僕射如父兄」，意正近之。

張綖曰：凡公此等詩，不專是刺。蓋兵者兇器，聖人不得已而用之。故可已而不已者，則刺之。不得已而用者，則慰之哀之。若《兵車行》、前後《出塞》之類，皆刺也，此可已而不已者也。若夫《新安吏》之類，則慰也。《石壕吏》之類，則哀也。此不得已而用之者也。然天子有道，守在四夷，則所以慰哀之者，是亦刺也。

陸時雍曰：少陵五古，材力作用，本之漢魏居多。第出手稍鈍，苦雕細琢，降爲唐音。夫一往而至者，情也。必然必不然者，意也。意死而情活，意迹而情神，意近而情遠，意僞而情真，情意之分，古今所由判矣。少陵精矣、刻矣、高矣、卓矣，然而未齊於古人者，以意勝也。假令以《古詩十九首》與少陵作，便是首首皆意。假令以《新安》、《石壕》諸什與古人作，便首首皆有神往神來，不知而自至之妙。

潼關吏

此因相州大敗，故修潼關以備寇。《雍録》：潼關在華州華陰縣東北，關西一里有潼水，因以爲名。錢箋：前哥舒翰軍敗，引騎絶河還營至潼津，收散卒，即關西之潼水也。按：潼關在秦函谷關之西。

士卒何草草㈠，築城潼關道。大城鐵不如㈡，小城萬丈餘。此叙修築潼關。鐵不如，言其堅。萬丈餘，言其高。小城跨山，故尤見其高也。起二句，拈皓韻。此下，魚、虞兼用。

㈠《詩》：勞人草草。注：草草，勞苦貌。

㈡《世説》：若湯池鐵城，無可攻之勢。

借問潼關吏，修關一作築城**還備胡。要**一遥切**我下**去聲**馬行㈠，爲**去聲**我指山隅。連雲列戰格㈡，飛鳥不能踰。**此記關勢之險。修關一句，公問詞。連雲以下，吏答詞。

㈠《史記·項羽紀》：令騎皆下馬步行。

㈡庾信詩：愁氣連雲。戰格，即戰栅，所以捍敵者。

胡來但自守，豈復扶又切**憂西都。丈**一作大**人視要處，窄**一作穿**狹容單車㈠。艱難奮長**

戟㈡，**萬**吴作千**古用一夫**㈢。此言關險可守。容單車，彼不能攻。用一夫，此足以拒。

㈠《韓信傳》：車不得方軌，不得成列。所謂單車也。李陵書：單車之使。

㈡《漢書》：厲長戟勁弩之械。

㈢《蜀都賦》：一夫守隘，萬夫莫向。

哀哉桃林戰㈠，**百萬化爲魚**㈡。**請囑防關將**去聲，**慎勿**一作莫**學哥舒**㈢。末乃答吏之詞，見守關貴乎得人也。此章，首尾各四句，中二段各六句。

㈠《三秦記》：桃林塞，在長安東四百里。《元和郡縣志》：桃林塞，自靈寶縣以西至潼關皆是。閻若璩曰：《通典》：潼關，即左氏桃林塞，若秦之函谷關。其地在漢弘農郡弘農縣，即今陝西靈寶縣界。武帝元鼎三年，徙于新安縣界。獻帝時，曹操破馬超於潼關，乃移置者。舊謂唐始於其地立關，非也。

㈡《光武紀》：赤眉在河東，但決水灌之，百萬之衆可使爲魚。

㈢《哥舒翰傳》：翰率兵出關，次靈寶縣之西原，爲賊所乘，自相踐蹂，墜黄河死者數萬人。

盧元昌曰：禄山初反，哥舒翰守潼關，相持半載餘，賊兵衝突襄鄧間，卒不敢窺關，則守之明效也。時李郭亦力持此議，禄山苦之，謂嚴莊曰：「今守潼關，兵不能進。」是守關而賊可坐困。向使國忠之奏不行，中使之命不促，堅壁固守，長安可保無恙。此詩眼目，在「胡來但自守」一句，其云「修關還備胡」，是歎焦頭爛額後，爲曲突徙薪計也。

王嗣奭《杜臆》曰：潼關之敗，由楊國忠促戰所致，罪不在哥舒，當時只少一死耳。公特借翰以戒後人，非專歸獄於哥舒也。

閻若璩曰：錢箋引程大昌云：《西征賦》「遡黄卷以濟潼」，至唐始於其地立關。余讀此失笑，彼獨不記《後出師表》「殆死潼關」語乎？《通典》華陰縣注云：縣有潼關，即左氏桃林塞，若秦之函谷關，在漢弘農郡弘農縣，即今陝郡靈寶縣界。漢武帝元鼎三年徙於新安縣界。至後漢獻帝初平元年，董卓脅帝西幸，入函谷關。自此以前，其關並在新安。其後二十一年，爲建安十六年，曹公破馬超於潼關，乃中間徙於今所耳。國之巨防，不爲細事，史官闕載，斯亦失之。此條前注删節太略，今仍録原文。

石壕吏

王應麟曰：石壕，蓋陝州陝縣之石壕鎮也。地志云：石壕鎮，本崤縣，後魏置。貞觀十四年改名硤石縣。《一統志》：石壕，在今陝州城東七十里。錢箋：卞圜曰：石壕，陝東戍，其地在新安西。石壕，即石崤也。按：崤在弘農澠池西北，貞觀八年，移崤縣於安陽城，在硤城西四十里。謂石壕即石崤，誤矣。夢弼云：石壕，在郃州宜禄縣。尤爲無稽，且非自東都往來道也。

暮投石壕村叶音春㊀，**有吏夜捉人。老翁踰牆走**㊁，**老婦出看**平聲**門**㊂。蘇潤公本作出看門，叶音民。一作門看。海鹽劉氏本作門首。　首叙征役驅迫之苦。

㊀此詩各四句轉韻。村人與門叶，古入真韻。白樂天《北村》詩：晨遊紫峰閣，暮宿山下村。村老見予喜，爲予開一樽。村叶七倫切，樽叶踪倫切。《國風》：出自北門，憂心殷殷。荀卿《賦篇》：往來惛憊，通於大神。出入其極，莫知其門。門俱叶眉貧切。劉氏作出門首，是村與人叶，走與首叶也。以下文例之，不宜兩句换韻。舊本作出門看，與人字相叶，人讀如延切，本劉向《列女頌》。看讀丘虔切，本吴邁遠《長相思》詩。依此，則人看可叶，而村字未合，與下文亦不相符。謝靈運詩：暝投剡中宿。

㊁陶潛詩：區區諸老翁。　《戰國策》：曾子之母，投杼踰牆而走。

㊂又：老婦必唾其面。　王羲之帖：但思今婦必門首有出。　樂府《東門行》：投劍出門去。　看門，守門也。

吏呼一何怒上聲㊀，**婦啼一何苦。聽婦前致詞**㊁，**三男鄴城戍**叶上聲㊂。**一男附書至**一作到。音止，與死相叶。**二男新戰死**㊃。**存**一作在**者且**一作是**偷生**㊄，**死者長已矣**㊅。二段，備述老婦訴吏之詞，公蓋宿於其家也。　三男以下，言行者之慘。

㊀梁昭明太子疏：吏一呼門，動爲民蠹。　《孫子》：吏怒者，倦也。

㊁《陌上桑》：羅敷前致詞。

㊂《舊書》：武德元年，以魏郡置相州。天寶元年，改爲鄴郡。乾元元年，復爲相州。二年，又爲鄴城。

㈣新戰死，指鄴城之敗。《史記・平原君傳》：李同戰死。

㈤李陵書：陵豈偷生之士。

㈥蔡琰曲：死當埋骨兮長已矣。

室中更無人㈠，**惟**《文粹》作所**有乳下孫。有孫**陳浩然本作孫**有母未去，出入**一作更**無完裙**㈡。一云：孫母未便出，見吏無完裙。**老嫗力雖衰**音催，與歸相叶㈢，**請從吏夜歸。急應河陽役**㈣，**猶得備晨炊**㈤。　室中以下，言居者之苦。　新安吏，驅民守東都。石壕吏，驅民守河陽也。

㈠賈充詩：室中是阿誰。　《易》：闃其無人。

㈡《史記》：李同曰：「邯鄲之民，褐衣不完。」

㈢又《高帝紀》：有一老嫗夜哭。《説文》：嫗，母也。

㈣《唐書》：河陽縣，屬孟州，今改爲孟縣。按《春秋》「天王狩於河陽」，即此地。周武王會諸侯於孟津，亦即其地。子儀兵既潰，用都虞侯張用濟策，守河陽。七月，李光弼代。

㈤《史記》：亭長妻晨炊蓐食。

夜久語聲絶㈠，**如聞泣幽咽**入聲㈡。**天明登前途**㈢，**獨與老翁别。**　末結老翁潛歸之狀。　婦隨吏訴官，故其媳泣聲。吏驅婦夜去，故其夫曉回。前途别，乃公與之别，非婦與翁别也。　此章，首尾各四句，中二段各八句。

㈠梁簡文《燭賦》：夜久唯煩鋏。

㈡古歌：嗚聲幽咽。

㈢《史記·李廣傳》：至天明自便。　陶潛詩：歸子念前途。

陸時雍曰：其事何長，其言何簡。吏呼二語，便當數十言。文章家所云要會，以去形而得情，去情而得神故也。

王嗣奭曰：夜促夜去，何其急也。此婦倉卒之際，既脱其夫，仍免其身，具此智謀膽略，真可謂女中丈夫。而公詩詳述之，已洞知其意中曲折矣。　又云：前後六詩，一韻到底，俱用沈韻。惟此章换韻，且用古韻。

按：古者有兄弟，始遣一人從軍。今驅盡壯丁，及於老弱。詩云三男戍，二男死，孫方乳，媳無裙，翁踰牆，婦夜往，一家之中，父子、兄弟、祖孫、姑媳，慘酷至此，民不聊生極矣。當時唐祚亦岌岌乎哉。

新婚别

真德秀曰：先王之政，新有婚者，期不役政。此詩所怨，盡其常分，而能不忘禮義。　《詩》：宴爾新婚。　黄生注：此下三題相似，獨新婚之婦，起難設辭，故特用比興發端。

兔絲附蓬麻㈠，**引蔓故**一作固**不長**。**嫁女與征夫**㈡，**不如棄路傍**㈢。《杜臆》：通篇作新人語，起用比意，逼真古樂府，是《三百篇》興體。

㊀《爾雅》：唐、蒙、女蘿、兔絲。釋曰：唐也，蒙也，女蘿也，兔絲也，一物而四名。朱注：按諸家《本草》，兔絲並無女蘿之名，惟松蘿一名女蘿。陸璣《詩疏》：兔絲，蔓生草上，黄赤如金。松蘿，蔓延松上，生枝正青。陸佃《埤雅》：在木爲女蘿，在草爲兔絲。可證二者同類而有別。古詩：與君爲新婚，兔絲附女蘿。李善注：古今方俗名草不同，然是異草，故曰附。此解甚明。《荀子》：蓬生麻中，不扶而直。

㊁《史記》：秦楚娶婦嫁女，長爲兄弟之國。《詩》：征夫遑止。

㊂劉公幹詩：從者盈路傍。

結髮爲妻子樊作君妻㊀，**席不煖君牀**㊁。**暮婚晨告別**㊂，**無乃太匆忙**㊃。**君行雖**一作既**不遠**㊄，**守邊赴**一作戍**河陽**㊅。**妾身未分明**㊆，**何以拜姑嫜**㊇。此叙初婚惜別，語意含羞。

㊀蘇武詩：結髮爲夫婦，恩愛兩不疑。李善注：結髮，始成人也，謂男年二十，女年十五，取笄冠之義也。顧炎武《日知録》曰：俗稱妻爲妻子，此不典之言，然亦有所自。《韓非子》：鄭縣人卜子，使其妻爲袴，曰象吾故袴。妻子因毁新令如故袴。杜詩本此。

㊁《文子》：孔無席煖。《世説》：武王式商容之閭，席不暇煖。

㊂《白虎通》：昏時行禮，故曰婚。陸機詩序：悼心告別。

㊃張華詩：無乃違其情。

㊄沈約詩：知君行之未極。《詩》：征夫不遠。

㈥《史記》：蒙恬曰：「臣將三十萬衆以守邊。」

㈦謝脁詩：況乃妾身輕。《獨曲歌》：分明不可得。

㈧《漢書·廣川王傳》：背尊章，嫖以忽。師古曰：尊章，謂舅姑也。章與嫜通。陳琳詩：善事新姑嫜。夢弼曰：婦人嫁三日，告廟上墳，謂之成婚。婚禮既明，然後稱姑嫜。今嫁未成婚而別，故曰未分明云云。陸時雍曰：妾身二句，建安中亦無此深至語。

父母養我時㈠，日一作月夜令平聲我藏。生女有所歸㈡，雞狗一作犬亦得一作相將㈢。君今生死地《杜臆》作生死地，陳浩然作死生地，一作今往死地，一作生往死地㈣，沉痛迫中腸㈤。誓欲隨君去一作往，形勢反蒼黃㈥。此憶前後情事，詞旨慘切。

㈠《詩》：父兮生我，母兮鞠我。

㈡又：乃生女子。《禮運》：男有分，女有歸。《穀梁傳》：婦人之義，謂嫁曰歸。

㈢《史記》：雞狗之聲相聞。《淮南子》：令雞司晨，令狗守夜。按：嫁時將雞狗以往，欲爲室家久長計也。古樂府有《鳳將雛》。《漢書注》：顔師古曰：將，謂領帥其群。

㈣《杜臆》：「君今生死地」，妙有餘思，或作「往死地」，語便直致。《孫子》：生死之地。

㈤謝靈運詩：沉痛結中腸。

㈥《史記·范睢傳》：形勢不能有也。《洛陽伽藍記》：色雜蒼黃。《北山移文》：蒼黃反覆。

勿爲去聲。一作改新婚念，努力事戎行音杭㈠。婦人在軍中㈡，兵氣恐不揚㈢。自嗟貧家女㊃，久致一作致此羅襦裳㊄。羅襦不復扶又切施，對君洗紅妝㊅。上二段，夫婦分離，愁緒萬端，此發乎人情者也。此一段，既勉其夫，且復自勵，乃止乎禮義者也。

㊀蘇武詩：努力愛春華。《左傳》：下臣不幸，屬當戎行。

㊁《李陵傳》：我士氣少衰而鼓不起者，何也？軍中豈有女子乎？搜得，皆斬之。

㊂《後漢·方術傳》：京師當有兵氣。

㊃《史記》：貧人女與富人女會績。

㊄《周禮》：羅氏，蜡則作羅襦。注：襦，細密之羅，當作繻。《滑稽傳》：羅襦襟解，微聞薌澤。《說文》：襦，短衣也。

㊅何遜詩：輕扇掩紅妝。《杜臆》：洗紅妝，加對君二字，可涕。

仰視百鳥飛㊀，大小必雙翔㊁。人事一作生多錯迕㊂，與君永相望平聲㊃。末用比意收，終望夫婦之相聚也。此章起結各四句，中三段各八句。

㊀陸機詩：百鳥互相和。

㊁《左傳》：施氏婦曰：「鳥獸猶不失儷。」

㊂《關尹子》：人事錯錯然。宋玉《風賦》：迴穴錯迕。注：錯雜交迕也。

㊃蔡琰《笳曲》：我與兒兮各一方，日東月西兮徒相望。陳琳《飲馬長城窟行》設爲問答，此《三吏》、《三別》諸篇所自來也。而《新婚》一章叙室家離別之

情，及夫婦始終之分，全祖樂府遺意，而沉痛更爲過之。此詩，君字凡七見。君妻君牀，聚之暫也。君行君往，别之速也。隨君，情之切也。對君，意之傷也。與君永望，志之貞且堅也。頻頻呼君，幾於一聲一淚。

盧元昌曰：嗚呼！亂不廢禮，禮必順情，先王之制也。況民生有欲，莫大於婚。既棄其禮，又拂其情，至於暮婚晨别，是何等時事。《東山》零雨篇云：「其新孔嘉，其舊如之何。」先王曲體人情如此。詠公此詩，益念范氏人道使民之説。

王嗣奭曰：此代爲婦人語，而揣摩以發其隱情，暮婚晨告别，是詩柄。篇中有極細心語，如「妾身未分明」二句，「婦人在軍中」二句，是也。有極大綱常語，如「勿爲新婚念」二句，「羅襦不復施」二句，是也。真《三百篇》嫡裔。

羅大經曰：《國風》「豈無膏沐，誰適爲容」，蓋古之婦人，夫不在家，則不爲容飾，此遠嫌防微之意也。杜詩「羅襦不復施，對君洗紅妝」，尤可悲矣。《國風》之後，唯杜陵不可及者，此類是也。

黄生曰：《新安吏》以下述當時征戍之苦，其源出于變風、變雅，而植體于蘇、李、曹、劉之間。

垂老别

蔡邕《房楨碑》：享年垂老。

四郊未寧静㊀，垂老一作死不得安。子孫陣亡盡㊁，焉於虔切用身獨完。通篇皆作老人語，首爲垂老從戎而歎也。

㊀《記》：四郊多壘。注：四郊者，王城之外，四面近郊五十里，遠郊百里。《吴志》：顧雍討除寇賊，郡界寧静。

㊁《詩》：子孫千億。

投杖出門去㊀，同行爲去聲辛酸㊁。幸有牙齒存一作好㊂，所悲骨髓一作肉乾音干㊃。男兒既介胄㊄，長揖別上官㊅。此叙出門時慷慨前往之狀，乃答同行者。

㊀《記》：子夏投其杖而拜。阮籍詩：驅車出門去。

㊁《詩》：攜手同行。阮詩：悽愴懷辛酸。

㊂魏文帝詩：狂顧動牙齒。

㊃《史記》：秦父兄怨此三人，痛入骨髓。

㊄陳琳詩：男兒寧當格鬬死。介胄長揖，猶帶倔强意氣。《漢·周亞夫傳》：亞夫持兵揖曰：「介胄之士不拜。」又《酈食其傳》：長揖不拜。

㊅嵇康書：揖拜上官。

老妻卧路啼㊀，歲暮衣裳單㊁。孰知是死別㊂，且復去聲傷其寒㊃。此去必不歸㊄，還聞勸加餐㊅。此叙臨別時夫婦繾綣之情，乃對其妻者。夫傷妻寒，妻勸夫餐，皆永訣之詞。

㈠《吴越春秋》：越王令壯者無娶老妻。
㈡張協詩：歲暮懷百憂。　沈約詩：惟見恩義重，豈覺衣裳單。
㈢《焦仲卿妻》詩：生人作死别，恨恨那可論。
㈣《史記·范雎傳》：須賈曰：「范叔一寒如此哉。」
㈤又《吴起傳》：其母死，起終不歸。
㈥古樂府：棄捐不復道，努力加餐飯。

土門壁甚堅㈠，**杏園度亦難**㈡。**勢異鄴城下，縱死時猶**晉作獨**寬**。**人生有離合**㈢，**豈擇衰老**一作盛**端**。**憶昔少**去聲**壯日**㈣，**遲迴竟長嘆**平聲㈤。　此慰妻而兼爲自解之詞。　上四，言此行不至死亡。下四，言離合莫非定數。　盧注：鄴城之役，賊爲主，我爲客。土門杏園之守，我爲主，賊爲客也。勢逸不同，故曰勢異。　遠注：離合之端豈因衰老而免，特身非少壯，不覺遲迴耳。

㈠《唐書》：鎮州獲鹿縣有土門關，即舊井陘關。《元和郡縣志》：恒州有井陘縣井陘口，今名土門口，在獲鹿縣西南十里，即太行八陘之第五陘也。《安禄山傳》：李光弼出土門，救常山郡。
㈡《九域志》：衛州汲縣有杏園鎮。《舊唐書》：郭子儀自杏園渡河圍衛州。　朱注：時子儀、光弼相繼守河陽，土門、杏園皆在河北，故須嚴備。　舊注謬極。
㈢《楚辭》：固人命兮有當，孰離合兮可爲。
㈣《列子》：其在少壯，則血氣飄溢。

㊄鮑照詩：臨路獨遲迴。注：張銑曰：遲迴，不行貌。蘇武詩：握手一長歎。

萬國盡征戍一云東征㊀，**烽火被岡巒**㊁。**積屍草木腥**㊂，**流血川原丹**㊃。**何鄉爲樂**音洛**土**㊄，**安敢尚盤桓**㊅。**棄絶蓬室居**㊆，**塌然摧肺肝**㊇。此傷亂而激爲奮身之語。言與其遭亂而死，不如討賊而亡，毅然有敵愾勤王之義。前云遲迴長歎，尚以年邁自憐，此云安敢盤桓，不復以身家爲念矣。　此章四句起，前二段各六句，後二段各八句。

㊀《孝經》：得萬國之歡心。　陳後主詩：關山征戍何時極。

㊁《史·李牧傳》：謹烽火，多間諜。　《蜀都賦》：岡巒糾紛。

㊂《漢書·梅福傳》：積屍暴骨。

㊃《史記》：白起北坑馬服，流血成川，沸聲若雷。　張華《遊獵篇》：流血丹中原。　釋洪偃詩：川原多舊跡。

㊄曹植詩：門有萬里客，問是何鄉人。

㊅《詩》：適彼樂土。《易》：盤桓利居貞。　注：盤桓，難進之貌。

㊆《列子》：北宮子庇其蓬室，若廣廈之陰。　曹植詩：顧念蓬室士。

㊇尹伯奇《履霜操》：孤息別離兮摧肺肝。《曹植詩》：哀哉傷肺肝。

盧元昌曰：《周禮》：鄉大夫之職，辨其所任者，其老者皆舍。　勾踐伐吳，有父母耆老無昆弟者，皆遣歸。　魏公子無忌救趙，亦令獨子無兄弟者，皆歸養。　子孫亡盡，老者從戎，如《垂老別》者，亦可傷矣。

胡夏客曰：《新安》、《石壕》、《新婚》、《垂老》諸詩，述軍興之調發，寫民情之怨哀，詳矣，然作者之意，又不止此。國家不幸多事，猶幸有繕兵中興之主，上能用其民，下能應其命，至殺身棄家不顧，以成一時恢復之功，故娓娓言之。義合風雅，不爲誹謗耳。若勢極危亡，一人束手，四海離心，則不可道已。

無家別

《詩》：樂子之無家。　黄生注：詩言内顧，無妻也；言永痛，無母也。母亡妻去，曲盡無家之慘。

寂寞天寶後㈠，園廬但蒿藜㈡。我里百一作萬餘家，世亂各東西㈢。存者無消息㈣，死者爲塵泥一作委塵泥。賤子因陣敗㈤，歸來尋舊一作故蹊。通章代爲征人之語。首言亂後歸鄉，景情並叙。

㈠謝朓詩：寂寞市朝變。

㈡《前漢·郊祀志》：嘉禾不生，蓬蒿藜莠茂焉。

㈢謝朓箋：歧路東西，或以嗚悒。

㈣薛道衡詩：一去無消息。

㈤鮑照詩：賤子歌一言。　敗歸，謂鄴城之敗。

久行見空巷一作室，日瘦氣慘悽㈠。但對狐與狸㈡，豎毛怒我啼。四鄰何所有㈢，一二老

寡妻㈣。宿鳥戀本枝㈤，安辭且窮棲。方春獨荷去聲**鋤㈥，日暮還灌畦㈦。縣吏**一作令**知我至，召令**平聲**習鼓鞞㈧。**此段叙事，言歸而無家也。　上六，説故里荒涼之狀。下六，説暫歸旋役之苦。　日瘦，謂日色無光，氣象慘悽。

㈠《前漢·劉向傳》：寒日青無光。　《楚辭》：霜露慘悽而交下。

㈡《本草》：狐形似狸而黄，善能爲魅。

㈢《記》：修其班制，以與四鄰交。

㈣《漢書·元后傳》：漢家老寡婦，旦暮且死。　潘岳《關中記》：夫行妻寡。

㈤洙曰：人情之戀故鄉，猶鳥之戀本枝，雖窮棲且安辭矣。　《獨曲歌》：宿鳥縱横飛。

㈥江淹詩：雖有荷鋤倦。

㈦顔延之《陶徵士誄》：灌畦鬻蔬，爲供魚菽之祭。　《説文》：田五十畝爲畦。

㈧《記》：君子聽鼓鼙之聲，則思將帥之臣。　《説文》：鼓，騎鼓也。　鼙，與鞞同。

雖從本州役㈠，内顧無所攜㈡。近行止一身，遠去終轉迷。家鄉既盪盡㈢，遠近理亦齊。永痛長病母，五年委溝溪㈣。生我不得力㈤，終身兩酸嘶㈥。人生無家别，何以爲蒸黎㈦。此段叙情，言無家又别也。　上六，傷隻身之莫依。　下六，痛親亡之不見。　上章結出報國之忠，此章結出思親之孝，俱有關於大倫。　杜詩有數句疊用開闔者，如云從役本州，幸之也。内無所攜，傷之也。隻身近行，非比遠去，又以本州爲幸矣。家鄉既盡，遠近齊等，即在本州亦傷矣。語意輾轉悲痛。

無所攜，無與離別者。終轉迷，言往無定所。兩酸嘶，謂母子飲恨。爲蒸黎，不得比於人數也。此章八句起，後兩段各十二句。

㊀盧諶詩：豈謂鄉曲譽，謬充本州役。

㊁左思詩：内顧無斗儲。宋袁淑議：勢必攜離。

㊂謝靈運詩：家鄉皆掃盡。

㊃自天寶十四載至乾元元年，亂經五年矣。《爾雅》：水注川曰溪，注溪曰谷，注谷曰溝。

㊄《詩》：生我劬勞。

㊅陸厥詩：酸嘶度揚越。

㊆《詩》：天生蒸民。毛萇曰：蒸，衆也。裴秀詩：穆穆我后，矜玆蒸黎。朱子《詩傳》：黎，黑也，猶秦言黔首。

盧元昌曰：先王以六族安萬民，使民有室家之樂。今新安無丁，石壕遺嫗，新婚有怨曠之夫婦，垂老痛陣亡之子孫，至戰敗逃歸者，又復不免。河北生靈，幾於靡有孑遺矣。唐之危而不亡者，賴太宗德澤在人，而思明自殞於蕭牆耳。

唐人作詩，多言遣戍從軍之苦，而宋元以下無聞焉。蓋唐用府兵，兵即取之於民，故有别離室家，遠罹鋒鏑，及親朋送行，歷歷悲慘之情。宋明之師，或用召募，或用屯軍，出征臨戰，皆其身所習熟，而分所當爲者，故詩人亦不復爲哀苦之吟矣。

王嗣奭曰：上數章詩，非親見不能作，他人雖親見亦不能作。公往來東都，目擊成詩，若有神使之，遂下千年之淚。又曰：《新安》，憫中男也，其詞如慈母保赤。《石壕》作老婦語，《新婚》作新婦語，《垂老》、《無家》，其苦自知而不能自達，一一刻畫宛然，同工異曲，隨物賦形，真造化手也。

夏日歎

此乾元二年夏在華州作。《舊唐書》：乾元二年四月癸亥，以久旱徙市，雩祭祈雨。《通鑑》：時天下饑饉，九節度圍鄴城，諸軍乏食，人思自潰。與詩中「上蒼久無雷」及流冗、豺虎等語正合。

夏日出東北㈠，**陵天經**晉作經天**陵中**一作東**街**。**朱光徹厚地**㈡，**鬱蒸何由開**㈢。此詩憂旱而作也，首叙夏日炎威。

㈠《杜臆》：夏至日出寅入戌。寅，東北方也。中街，亭午也。錢箋：《漢・天文志》：日有中道，月有九行。中道者，黄道，一曰光道。北至東井，去北極近。南至牽牛，去北極遠。東至角，西至婁，去極中。夏至至於東井，北近極，故晷短。冬至至於牽牛，遠極，故晷長。日，陽也。陽用事則日進而北，晝進而長，陽勝，故爲温暑。陰用事則日退而南，晝退而短，陰勝，故爲涼寒也。又曰：日冬則南，夏則北，日之所行爲中道，月五星皆隨之。朱注：中街，即中道也。《天官書》有街南、街北。街南，畢主之。街北，昴主之。《詩》：謂地蓋厚。
㊁《楚辭》：陽杲杲其朱光。翰曰：朱光，日也。
㊂應璩書：處涼臺而有鬱蒸之煩。

上蒼久無雷，無乃號令乖㊀。雨降不濡物，良田起黄埃㊁。飛鳥苦熱死㊂，池魚涸其泥㊃。

此有感時政，而歎久旱爲災。雷比政令，雨比恩澤，魚鳥言萬物皆枯。
㊀《後漢·郎顗傳》：《易傳》曰：「當雷不雷，陽德弱也。」雷者號令，其德生養。
㊁《抱朴子》：良田之晚播，愈於卒歲之荒蕪。
㊂鮑照《苦熱行》：身熱頭且痛，鳥墜魂來歸。
㊃《淮南子》：宋君亡其主，池中魚爲之殫。　佳灰二韻用泥字，見應瑒《建章臺》詩。

萬人尚流冗㊀，舉目惟蒿萊㊁。至今大河北，化一作盡作虎與豺㊂。浩蕩想幽薊㊃，王師安在哉。

此又慨時事，而嘆兵民交困。　亂後凶荒，民將爲盜，王師久戍，艱於饋餉矣。
㊀《漢書》：谷永疏：流散冗食，餧死於道。　成帝詔：水旱爲災，關東流冗者衆。
㊁何遜詩：舉目想煎熬。　阮瑀詩：出壙望故鄉，但見蒿與萊。
㊂《江表傳》：郭典爲鉅鹿太守，時人語曰：「郭君圍塹，董將不許。幾令狐狸，化爲豺虎。」
㊃《唐書》：幽州范陽郡，薊州漁陽郡，俱屬河北道。

對食不能餐㊀，我心殊未諧。眇然貞觀去聲初㊁，難與數子偕㊂。末乃傷今思古，歎朝無賢相也。　此章起結各四句，中二段各六句。

㈠《詩》：使我不能餐兮。

㈡《揚雄傳》：眇然以思唐虞之風。　師氏曰：太宗貞觀時，任房、杜、王、魏諸臣，諫行言聽，號令無乖，膏澤流布，斗米三錢，行旅不齎糧。今欲與數子偕不可得矣。

㈢嵇康詩：良時遘數子。

盧元昌曰：李輔國專掌禁兵，事無大小，制勑皆其所爲。詩云「號令乖」，指此。辛相李峴言輔國專權亂政，輔國忌而罷之。若李揆執子弟禮於輔國，呼爲五父。呂諲、第五琦，率皆碌碌庸臣。此所以思貞觀諸賢也。

夏夜歎

與上篇同時之作。

永日不可暮㈠，炎蒸毒我一作中腸㈡。安得萬里風㈢，飄飖吹我裳。日暮思風，引起夜景。

㈠《書》：日永星火。　劉公幹詩：永日行遊戲。

㈡庾信詩：五月炎蒸氣。　洙曰：毒我腸，熱自中起也。相如《琴歌》：室邇人遐毒我腸。

㈢陸士衡歌：長風萬里舉。

昊天出華月㈠，茂林延疏光㈡。仲夏苦夜短㈢，開軒納微涼㈣。虚明見纖毫㈤，羽蟲亦飛揚㈥。物情無巨細㈦，自適固其常㈧。此夜涼之景。物情各適，起下文征人。

㈠《詩》：昊天曰明。江淹詩：華月照芳池。
㈡《蘭亭記》：茂林修竹。
㈢謝靈運詩：不怨秋夕長，恒苦熱夜短。
㈣阮籍詩：開軒臨四野。
㈤陶潛詩：夜景湛虚明。《拾遺記》：小則入於纖毫之中。
㈥《詩》：熠燿宵行。注：宵行，羽蟲也。阮籍詩：羽翼自飛揚。
㈦《淮南子》：巨細或殊，情理同致。
㈧《莊子》：非自適其適。

念彼荷去聲戈士㈠，窮年守邊疆㈡。何由一洗濯，執熱互相望平聲㈢。竟夕擊刁斗㈣，喧聲連萬方。青紫雖被去聲體㈤，不如早還鄉。此夜熱之感。荷戈守邊，指相州之衆。

㈠《詩》：何戈與祋。何、荷通。
㈡《江賦》：尋風波以窮年。
㈢鍾惺曰：考亭解執熱作執持之執，今人以水濯手，豈便能執持熱物乎。蓋熱曰執熱，猶云熱不可解。此古文用字奥處。濯即洗濯之濯，浴可解熱也。杜詩屢用執熱字，皆作實用，是一證據。

㊃《李廣傳》：程不識正部曲行伍，營陣擊刁斗，至天明自便。《漢書注》：以銅作鐎，受一斗，晝炊飯食，夜擊持行，名曰刁斗。

㊄《前漢·夏侯勝傳》：經術既明，取青紫如俯拾地芥耳。《通鑑》：至德二載，郭子儀敗於清渠，復以官爵收散卒。由是應募入軍者，一切衣金紫。

北城悲笳發㊀，**鸛鶴號**平聲**且翔**㊁。**況復**扶又切。一作懷**煩促倦**㊂，**激烈思時康**㊃。末乃夜觸所聞，而傷歎世事也。此章起結各四句，中二段各八句。

㊀北城，指華州。崔融詩：夜夜聞悲笳。

㊁《詩》：鸛鳴于垤。

㊂張華詩：煩促每有餘。

㊃蘇武詩：長歌正激烈。沈君攸詩：行樂爲時康。

王嗣奭曰：二歎俱以旱熱起興，而所以歎，在河北之賊未平，蓋憫旱憂時之作也。

立秋後題

此乾元二年立秋次日所作。鶴注：《唐書》本傳：甫爲華州司功，屬關輔饑，棄官客秦州。此詩蓋欲棄官時作。

日月不相饒㈠，節序昨夜隔㈡。玄蟬無停號平聲，秋燕已如客。平生獨往願㈢，惆悵年半百㈣。罷官亦由人，何事拘形役。前四秋後之景，後四所題之意。盧注：秋燕公自喻，言將去華，如燕離巢，故云如客。鶴注：是年公四十八，今云半百，舉成數而言也。

㈠鮑照詩：日月流邁不相饒。

㈡江淹詩：淒淒節序高。

㈢《莊子》：江海之士，山谷之人，輕天地、細萬物而獨往也。

㈣《歸去來辭》：既自以心爲形役，奚惆悵而獨悲。

王嗣奭曰：張綖謂公詩「苦乏大藥資，山林跡如掃」，又詩「往與惠詢輩，中年滄洲期」，皆生平獨往之願也。余謂此詩，乃公轉念以後一味有高蹈志矣。

貽阮隱居名昉

此乾元二年，自華州之秦，秋冬間作。生注：唐詩人有此高士，賴公詩以傳。

陳留風俗衰㈠，人物世不數所主切。塞上得阮生㈡，迥繼先父祖。首叙阮氏家世。鶴注：陳留乃汴州，塞上謂秦隴。阮昉居塞上，陳留其祖父所出也。

㊀《晉書》：阮籍，陳留尉氏人。父瑀，魏丞相掾。子渾，姪咸，咸子瞻，瞻弟孚，咸從子修，孚族弟放，放弟裕，皆知名當世，推爲人物第一。《世説》：王平子嘗經陳留郡界，語太守曰：「舊名此邦有風俗。」《新唐書·藝文志》有《陳留風俗傳》三卷。

㊁朱注：《古今注》：塞者，所以壅塞夷狄也。公秦州、夔州詩，每用塞上字，蓋秦界羌夷，夔界五溪蠻，二州皆有關隘之設。

貧知靜者性，白一作自**益毛髮古**㊀。**車馬入鄰家，蓬蒿翳環堵**㊁。此言其安貧自得。

㊀黄注：貧知二句，見古心古貌。

㊁《高士傳》：張仲蔚所居，蓬蒿没人。《韓詩外傳》：原憲居環堵之室，茨以蒿萊。

清詩近道要㊀，**識子**一作字，謂昉善篆隸也**用心苦。尋我草逕微**㊁，**褰裳踏寒雨**㊂。此言其好學多情。

㊀傅咸詩：人之好我，贈我清詩。　蔡注：唐人多綺麗，惟昉詩有理趣。　紫微王夫人詩：道要既已足，可以解人憂。　吴注：蔡邕銘：精微周密，包括道要。

㊁隋元行恭詩：草深斜徑没。

㊂《詩》：褰裳涉溱。　鮑照《與妹書》：吾自發寒雨。

更議居遠村，避喧甘猛虎㊀。**足明箕潁客**㊁，**榮貴如糞土**㊂。末見隱居有避世高風。《杜臆》：蓬蒿環堵，而先以車馬鄰家。議居遠村，而繼以甘近猛虎。静者性如是，方是真隱。　此章四段，各四句。

㈠沈約詩：避世非避喧。《晉書》：郭文少愛山水，歷華陰之崖。時猛獸爲暴，文獨宿十餘年，卒無患害。

㈡謝靈運《擬徐幹詩序》：幹少無宦情，有箕潁之志。箕山、潁水，許由、巢父隱處。

㈢《晉語》云：玉帛酒食，猶糞土也。黄注：喧指車馬，本陶詩。

遣興去聲三首

此乾元二年秋在秦州作。詩中言馬邑州、鄜中事，秋雨足，知其爲此時也。

下去聲馬古戰場㈠，四顧但茫然㈡。風悲浮雲去㈢，黄葉墜一作墮我前㈣。朽骨穴螻蟻㈤，又爲蔓草纏㈥。故老行歎息㈦，今人尚開邊㈧。漢虜互勝負樊作失約㈨，封疆不常全㈩。安得廉頗一作恥，非將去聲㈡，三軍同晏眠。此經戰場，而譏邊將之要功者。上六叙景，下六論事。

風悲二句，仰而見者。朽骨二句，俯而見者。廉頗安邊而不生事，歎天寶諸將之不然也。

㈠《史記·張儀傳》：梁之地勢，固戰場也。蘇武詩：行役在戰場。

㈡古詩：四顧何茫茫。

㊂秦嘉詩：浮雲起高山，悲風激深谷。

㊃何遜詩：仲秋黄葉下。

㊄劉向《新序》：文王得朽骨以喻其意。　陸機《挽歌》：豐肌饗螻蟻。

㊅《恨賦》：蔓草縈骨，拱木斂魂。

㊆《西征賦》：訊諸故老。

㊇《漢書·嚴助傳》：武帝開置邊郡。

㊈鮑照詩：漢虜方未和。　《莊子》：一勝一負，兵家常事。　陶潛詩：似若無勝負。

㊉《孟子》：域民不以封疆之界。

⑪《史記》：廉頗者，趙之良將也。

其二

高秋登寒一作塞**山，南望馬邑州**㊀。**降**平聲**虜東擊胡**㊁**，壯健盡不留。穹廬莽牢落**㊂**，上有行雲愁**㊃。**老弱哭道路**㊄**，願聞甲兵休。鄴中事反覆**方服切。一云何蕭條㊅**，死人積如丘。諸將**去聲**已茅土，載驅誰與謀**㊆。次章望馬邑，諷諸將之敗軍也。上八歎降夷東征，下四傷鄴城師潰。　朱注：降虜，謂秦隴間屬夷，調發討賊者。　舊注指回紇，非。　黄希曰：諸將不指李郭，如封朔方大將軍孫守亮等九人爲異姓王，李商臣等十三人爲同姓王，是也。

㊀鶴曰：舊注謂馬邑州屬代州，蓋引《前漢志》，而《唐志》代州雁門郡，却不言。按《唐·地理志》，

羈縻州内有馬邑州，屬隸秦州，開元十七年置，在秦成二州山谷間。寶應元年，徙於成之鹽井故城。此詩作於乾元二年，則在秦成間。朱注：故城隸秦州都督府。何遜詩：追兵赴馬邑。

㊁《前漢書》贊：日磾出於降虜。

㊂《漢書·匈奴傳》：同穹廬卧。顔注：穹廬，遊帳也，其形穹隆，故曰穹廬。《東觀漢記》：第五倫自度仕宦牢落。

㊃邢子才詩：愁雲聚復開。

㊄《史記·匈奴傳》：貴壯健，賤老弱。《賈捐之傳》：女子乘亭障，孤兒號道路。

㊅《陰符經》：人發殺機，天地反覆。

㊆《詩》：載馳載驅。

申涵光曰：杜詩「諸將已茅土，載驅誰與謀」，高適亦云「豈無安邊策，諸將已承恩」，皆言恩寵太過，將驕不可用也。

其三

豐年孰一作既，一作亦云遲㊀，甘澤不在早㊁。耕田秋雨足㊂，禾黍已映道㊃。春苗九月交，顔色同日老㊄。勸汝衡門士㊅，勿悲尚枯槁㊆。時來展才力㊇，先後無醜好㊈。但訝鹿皮翁㊉，忘機對芝一作芳，一作叢草㊁。三章覩秋成，感賢士之晚遇也。上六句，興起下意。秋禾晚登，猶士之晚遇，遲速何足計乎。今既不能遇，當如鹿皮翁之遯世矣。《杜臆》：《遺興》本意在此章。

㈠曹植詩：良田無晚歲，膏澤多豐年。

㈡《荆楚歲時記》：六月必有三時雨，田家以爲甘澤。陸機賦：甘澤霶霈。

㈢《擊壤歌》：耕田而食。

㈣古詩：禾黍油油兮。

㈤同日老，即日至皆熟意。

㈥《詩》：衡門之下，可以棲遲。注：横木爲門，貧者之居也。

㈦《莊子》：枯槁之士宿名。

㈧《魏志》：太祖才力過人。

㈨《列子》：賢愚好醜，成敗是非，無不銷滅。

㈩《列仙傳》：鹿皮翁，淄川人也，少爲府小吏，舉手成器。岑山上有神泉，人不能到。小吏白府君，請木工斧斤三十人，作轉輪懸閣。數十日，梯道成，上巔作祠屋，留止其旁。食芝草，飲神泉，七十餘年。淄水來山下，呼宗族家室，令上山半。水出，盡漂一郡，没者萬計。小吏辭遣宗族下山，著鹿皮衣，去復上閣，後百餘年，下，賣藥齊市。

⑪《高士傳》：葉幹忘機。

胡夏客曰：杜公古詩近體，在長安時才力未爲造極。秦州以後，古詩則卓鍊精深。夔州以後，又縱情雜亂，不及前矣。律詩則老而愈細，四韻固多佳篇，長律尤盡其妙。

留花門

此當是乾元二年秋適秦州後作。《杜臆》：題曰留花門，言不當留也。《唐·地理志》：甘州刪丹縣，北渡張掖河，西北行，出合黎山峽口，傍河東北行千里，有寧寇軍。軍東北有居延海。又北三百里，有花門堡。又東北千里，至回紇衙帳。《舊書》：肅宗還西京，葉護辭歸，奏曰：「回紇戰兵留在沙苑，今且歸靈夏取馬，更爲陛下收范陽餘孽。」

花門一作北門，一作北方**天驕子**㈠，**飽肉氣勇決**㈡。**高秋馬肥健**㈢，**挾矢射**音石**漢月**㈣。首叙花門氣習，見其强梁可畏。

㈠驕子，見《前漢書·外國傳》。

㈡又云：咸食畜肉，衣其皮革。　司馬遷書：恥辱者，勇之決也。

㈢《漢書》：趙充國曰：「秋高馬肥，變必起矣。」顔注：秋馬肥健，恐其爲寇也。

㈣《詩》：既挾我矢。　《漢書》：邊外舉事，常隨月盛壯以攻戰，月虧則退兵。　徐陵詩：天雲如地陣，漢月帶胡秋。

自古以爲患，詩人厭薄伐㈠。**修德使其來**㈡，**羈縻固不絶**㈢。**胡爲傾國至，出入暗金闕**㈣。

中原有驅除㊄，隱忍用此物㊅。此言御邊有方，不宜借兵召侮。曰隱忍，明知其有害，不得已而用之也。

㊀王褒《四子講德論》：詩人所歌，自古患之如此。《詩》：薄伐玁狁。

㊁《國語》：先王之制戎翟，荒服者有不王，則修德。

㊂《漢書》傳贊：其慕義而貢獻，則接之禮讓，羈縻不絶。應劭曰：馬曰羈，牛曰縻，言四夷如牛馬之受羈縻也。

㊃樂府曲：戲金闕，遊紫庭。

㊄《漢書·王莽傳贊》：聖人之驅除云爾。注：言王莽驅逐蠲除，以待聖人也。

㊅司馬遷書：所以隱忍苟活。

公主歌黄鵠㊀，君王指白日㊁。連雲屯徒昆切左輔㊂，百里見積雪㊃。長戟鳥休飛㊄，哀笳曙一作曉幽咽㊅。田家最恐懼，麥倒桑枝折㊆。此言締婚之舉，適足騷擾畿輔。

㊀《公羊傳》：天子至尊，嫁女不自主婚，使同姓主之，故曰公主。《漢·西域傳》：元封中，以江東王建女細君爲公主，妻烏孫昆莫。昆莫年老，言語不通，公主悲愁作歌曰：「居常土思兮心内傷，願爲黄鵠兮歸故鄉。」天子聞而憐之。《文苑辯證》：鄭愔《送金城公主適西蕃》詩：貴主想黄鶴。陸德明云：鵠又作鶴。鵠、鶴可通用。《舊唐書》：乾元元年七月，上以幼女寧國公主妻回紇可汗，送至咸陽磁門驛。公主辭訣曰：「國家事重，死且無恨。」

㈡《國語》：與君王哉。《詩》：謂予不信，有如皦日。注：言指白日以爲盟約也。

㈢《劉表傳》：雲屯冀馬。潘岳《秋興賦》：高閣連雲。左輔，謂沙苑。《三輔黄圖》：左輔都尉，治高陵。

㈣樓鑰曰：讀者謂積雪止言其多，上句言雲屯足矣，何必復贅此語。惟知回紇之俗，衣冠皆白，然後少陵之意涣然。朱注：《舊唐書》：郭子儀收西京時，遇賊新店，軍却。回紇望見，踰山西嶺上，曳白旗，趨擊之，賊大敗。按此則回紇旗幟用白。百里積雪，當謂此耳。陸機詩：仰憑積雪巖。《杜臆》：連雲積雪，顛倒作對，亦一句法。

㈤《史記·樗里子傳》：長戟居前，强弩在後。

㈥庾信詩：哀笳關塞曲。古歌：嗚聲幽咽。

㈦東漢童謡：桑無附枝，麥有兩岐。

沙苑臨清渭㈠，**泉香草豐潔**㈡。**渡河不用船**㈢，**千騎**去聲**常撇烈**一云滅没，《正異》作撇捩㈣。**胡塵踰太行**音杭㈤，**雜種**上聲**抵京室**㈥。**花門既須留，原野轉蕭瑟**㈦。末言養馬苑中，不能剿賊而反以妨民。乘馬以渡，故不用船。撇烈，擺躍之狀。踰太行，抵京室，思明復至東都也。此章四句起，下三段各八句。

㈠黄希曰：沙苑，在同州馮翊縣南十七里。《唐志》：同州雖不言渭水，而同與華鄰。華陰有漕渠自苑西引渭水，可見其下臨清渭。

㈡《周禮》：水泉必香。

㈢《桃葉歌》：桃葉復桃葉，渡江不用楫。古樂府：欲渡河無船。

㈣《上林賦》：轉騰撇洌。孟康曰：撇洌，相撇也。《漢皋詩話》：撇捩，疾貌。《大食刀歌》「鬼物撇捩辭坑壕」，字意皆同。任昉牋：胡塵罕嘗夕起。

㈤《述征記》：太行山，首始河内，自河内至幽州，凡有八陘。

㈥丘遲書：無取雜種。《舊唐書》：安禄山，本名軋犖山，營州柳城雜種。史思明，本名窣干，營州寧夷州突厥雜種也。《安禄山事蹟》：乾元二年正月，思明於魏州自立爲燕王，引兵救相州，官軍敗績。九月，思明又收大梁，陷洛陽。潘岳詩：引領望京室。

㈦曹植詩：原野何蕭條。王粲《登樓賦》：風蕭瑟而並興。

唐汝詢曰：肅宗以回紇兵收京，久留不遣。子美憂其爲害而作。是詩公主、君王二語，説得可憐可羞。田家、原野二語，説得亦憂亦憤。

范梈曰：此中國何如時也。讀「胡爲傾國至」數語，可以鑒《春秋》書會戎盟戎之義矣。謂子美爲詩史，豈不信哉。

按：回紇留兵沙苑，在至德二年十月。寧國下降，在乾元元年七月。回紇復遣驍騎三千，助討安慶緒，在元年八月。郭子儀拔衛州，圍鄴城，在元年十月。九節度之師潰於相州，在二年三月。史思明復取大梁，陷洛陽，在二年九月。此詩述屯兵沙苑及公主下嫁之事，當屬元年之秋。其云踰太行，抵京室，又當屬二年秋末矣。此必回紇敗歸，思明猖獗之後，追記前事耳。言回紇千騎之撇烈如此，而太行烟塵之侵逼又如彼，然則花門之留，亦何救於原野蕭瑟乎。蓋甚言借兵之無益也。或云：踰太行而至京邑，即指回紇新來驍騎。按回紇若取道太行，路程反紆，説亦未確。

胡應麟曰：陳思王古詩獨擅，然諸體各有師承。惟陶之五言，開千古平淡之宗；杜之樂府，掃六代沿洄之習。真謂自啟堂奥，别創門户。然終不以彼易此者，陶之意調雖新，源流匪遠；杜之篇目雖變，風格靡超。故知三正迭興，未若一中相授也。

佳人

鶴注：此當是乾元二年在秦州作。　司馬相如《長門賦》：「夫何一佳人兮，步逍遥以自娱。」此爲陳王后見廢而作，詩題正取之。

絶代有佳人㊀，**幽居在空**一作山**谷**㊁。**自云良家子**㊂，**零落依草木**㊃。**關中昔喪**去聲**亂**一作**敗**㊄，**兄弟遭殺戮**㊅。**官高何足論**平聲㊆，**不得收骨肉**㊇。首言佳人遭亂，致零落失依。　自云二字，并貫下段官高，應良家子。

㈠李延年歌：「北方有佳人，絶世而獨立。」唐人避太宗諱，故改世爲代。黄石公《素書》：得機而動，則能成絶代之功。
㈡《論衡》：幽居静處，恬澹自守。《詩》：皎皎白駒，在彼空谷。
㈢《史記·外戚世家》：竇姬以良家子入宫侍太后。
㈣《楚辭》：惟草木之零落兮。注：草曰零，木曰落。
㈤《漢書·高帝紀》：懷王與諸將約，先入定關中者王之。顔注：自函谷關以西，總名關中。《魏志·衛覬傳》：關中膏腴之地，頃遭荒亂。《詩》：天降喪亂。《唐書》：天寶十五載六月己亥，禄山陷京師。
㈥《詩》：遠父母兄弟。《莊子》：無殺戮之刑。
㈦《抱朴子》：官高者其責重。
㈧《史記·鄒陽傳》：意合則胡越爲昆弟，不合則骨肉出逐不收。

世情惡去聲**衰歇**㈠**，萬事隨轉燭**㈡**。夫壻輕薄兒**㈢**，新人美**吴作已**如玉**㈣**。合昏尚知時**㈤**，鴛鴦不獨宿**㈥**。但見新人笑，那聞舊人哭**㈦**。**次言兄弟既喪，因見棄於夫。上四慨世傷心，下四託物興感。新人疊言，即《衛風》「宴爾新婚，如兄如弟」，「宴爾新婚，不我屑以」之意。

㈠《纏子》：董無心曰：「無心，鄙人也，不識世情。」
㈡《莊子》：萬事銷亡。庾肩吾詩：聊持轉風燭，暫映廣陵琴。

㊂樂府《陌上桑》：東方千餘騎，夫壻居上頭。《後漢·宗室傳》：光武曰：「孝孫素謹善，當是長安輕薄兒誤之耳。」孝孫，順陽侯嘉字也。沈約詩：長安輕薄兒。
㊃古詩：長跪問故夫，新人復何如。《詩》：彼其之子美如玉。古詩：燕趙多佳人，美者顔如玉。
㊄陸倕《刻漏銘》：蓂莢朝開，合昏暮卷。周處《風土記》：合昏，槿也，華晨舒而昏合。《本草》：合歡，即夜合也，人家多植庭除間，一名合昏。
㊅《古今注》：鴛鴦，鳧類，雌雄未嘗相離。江總詩：池上鴛鴦不獨宿。
㊆王僧孺詩：新人含笑近，故人含淚隱。陶潛詩：市朝棲舊人。

在山泉水清㊀，**出山泉水濁。侍婢賣珠迴**㊁，**牽蘿補茅屋**㊂。**摘花不插髮**一作鬠，一作鬢㊃，**采柏動盈掬**一作握㊄。**天寒翠袖薄**㊅，**日暮倚修竹**㊆。末言婦雖見棄，終能貞節自操。上四，應幽居在空谷。下四，應零落依草末。此段賦中有比。山泉，比守潔不污。採柏，比貞心不改。補茅屋，室之陋也。不插髮，容之悴也。翠袖倚竹，寂寞無聊也。此章三段，各八句。

㊀《詩》：相彼泉水，載清載濁。此謂守貞清而改節濁也。或以新人舊人爲清濁，或以前華後憔爲清濁，或以在家棄外爲清濁，皆未當。
㊁《漢書·游俠傳》：陳孟公過寡婦家留宿，爲侍婢扶卧。《東方朔傳》：董偃與母，以賣珠爲市。
㊂牽蘿補屋，甚言居不庇身，猶《楚辭》「製芰荷以爲衣，集芙蓉以爲裳」。或疑蘿不能蔽風雨，太泥。一説藤蘿蔓屋，其空缺處牽蘿補之，使青翠滿屋，即「對門藤蓋瓦」之意，乃山居幽致。此説亦

通。梁昭明詩：牽蘿下石磴，攀桂陟松梁。《韓非子》：不食於茅屋之下。

㊃僧湯濟詩：摘花還自插。

㊄古詩：馬啖柏葉，人啖柏脂。不可長飽，聊可遏饑。《詩》：終朝采緑，不盈一掬。毛萇曰：兩手爲掬。

㊅古樂府：海水知天寒。王粲詩：日暮愁我心。

㊆枚乘《兔園賦》：修竹檀欒夾池水。薛綜曰：修，長也。

按：天寶亂後，當是實有是人，故形容曲盡其情。舊謂託棄婦以比逐臣，傷新進猖狂，老成凋謝而作，恐懸空撰意，不能淋漓愷至如此。楊億詩「獨自憑闌干，衣襟生暮寒」，本杜天寒翠袖句，而低昂自見，彼何以不服杜耶。

夢李白二首

梁權道依舊次編在乾元二年秦州詩中。盧注：考白年譜，乾元元年，流夜郎。二年，半道承恩放還。白《寄王明府》詩云：「去年左遷夜郎道，今年敕放巫山陽。」其自巫山下漢陽，過江夏而復遊潯陽等處，蓋在二年。公客秦州，正其時也。觀詩中關塞江南等字，可見。曾鞏《李白集序》：白卧廬山，永王璘迫致之。璘敗，白坐繫潯陽獄，得釋。乾元元年，終以汙璘事長流夜郎。

死別已吞聲㊀，生別常惻惻㊁。江南瘴癘地㊂，逐一作遠客無消息㊃。首叙致夢之由。瘴地而無消息，恐死生難定，故心常惻惻。

㊀《焦仲卿妻》詩：生人作死別，恨恨那可論。《後漢・宦者傳》：群公卿士，杜口吞聲。

㊁蘇武詩：淚爲生别滋。歐陽建詩：惻惻心中酸。

㊂趙注：潯陽，今之江州也，屬江南東路。孫萬壽詩：江南瘴癘地，從來多逐臣。《魏都賦》：封疆瘴癘。《廣州記》：夏謂青草瘴，秋謂黄茅癘。

㊃李斯書：臣聞吏議逐客，竊以爲過矣。虞羲詩：君去無消息。

故人入我夢㊀，明我長一作常相憶㊁。君今在羅網㊂，何以一作似有羽翼㊃。君今二句，舊在關塞黑之下，今從黄生本移在此處，于兩段語氣方順。恐非平生魂㊄，路遠一作迷不可測㊅。此述夢中相接之情。白繫潯陽，故云羅網。恐非平生，疑其死於獄也。郝敬曰：讀此段，千載之下，恍若夢中，真傳神之筆。

㊀魏文帝詩：眼中無故人。楊素詩：入夢訪幽人。

㊁古樂府：下有長相憶。

㊂《説苑》：孔子曰：「君子慎所從，不得其人，則有羅網之患。」

㊃蔡琰《笳曲》：焉得羽翼兮將汝歸。

㊄任昉詩：還叙平生意。

㊅古詩：路遠莫致之。　沈約詩：夢中不識路，何以慰相思。

魂來楓林一作葉**青**㊀，**魂**一作夢**返關塞黑。落月滿屋梁**㊁，**猶疑照**一作見**顏色**㊂。**水深波浪闊**㊃，**無使蛟龍得**㊄。　末記覺後相思之意。　楓林，白所在。關塞，公所居。水深浪闊，又恐死於溺也。　楊慎曰：夢中見之而覺其猶在，即所謂「夢中魂魄猶言是，覺後精神尚未回」也。　此章次序，當依黄氏更定，分明一頭兩脚體，與下篇同格。

㊀《楚辭·招魂》：湛湛江水兮上有楓，目極千里兮傷春心，魂兮歸來哀江南。

㊁伏知道詩：落月與雲齊。　宋玉《神女賦》：其始來也，耀乎若白日初出照屋梁。其少進也，皎若明月舒其光。

㊂魏甄后詩：想見君顏色。

㊃傅玄詩：山高水深路無由。　虞茂詩：三山波浪高。

㊄《淮南子》：蛟龍水居。　吴均《續齊諧記》：漢建武中，長沙人歐回，見一人自稱三閭大夫曰：「吾嘗見祭甚盛，然爲蛟龍所苦。」

此拈「逐客無消息」，故有路遠之憂，水深之慮。　次章拈「情親見君意」故寫局促之情，憔悴之態。皆章法照應也。

按太白本傳：白喜縱横術擊劍，爲任俠，杜公向贈詩云「飛揚跋扈爲誰雄」，蓋恐其負才任氣，至於僨事也。後來永王璘起兵，迫致不能自脱，觀其作《東巡歌》云「永王正月東出師，天子遥分龍虎旗」，又云「二帝巡遊俱未迴，五陵松柏使人哀」，又云「南風一掃胡塵静，西入長安到日邊」，尚以勤王望永王，意中實未嘗忘朝廷也。及璘敗而白遂繫獄，殆所遭時勢之不幸耳。少陵惓惓係念，亦曲諒其苦心，而深爲之悲痛耳。

胡應麟曰：「明月照高樓，想見餘光輝」，李陵逸詩也。子建「明月照高樓，流光正徘徊」，全用此語，而不用其意，遂爲建安絶唱。少陵「落月滿屋梁，猶疑照顔色」，正用其意而少變其句，亦爲唐句峥嶸。今學者第知曹杜二句之妙，而不知其出於漢也。

其二

浮雲終日行㊀，遊子久不至。三夜頻夢君㊁，情親見君意㊂。首從頻夢敘起。情意皆屬李，情就夢時言，意就平日言。

㊀太白詩：浮雲遊子意。此章起首即用其語。古詩：浮雲蔽白日，遊子不顧返。

㊁傅玄詩：夢君結同心。

㊂鮑照詩：惆悵憶情親。《世説》：潘岳答樂廣曰：「要須得君意。」

告歸常局促㊀，苦道來不易去聲**㊁。江湖多風波**一云秋多風**㊂，舟楫恐失墜。出門搔白首㊃，若**一作苦**負平生志㊄。**此代述夢中心事，曲盡倉皇悲憤情狀。告歸四句，夢聞其言。出門二句，夢見其形。上章以平生魂起下，此章以平生志起下。

㈠《前漢・直不疑傳》：同舍有告歸。　仲長統詩：何爲局促。
㈡晉僧張奴歌：樂所少人往，苦道若翻囊。
㈢《賈誼傳》：經制不定，是猶渡江湖亡維楫，中流而遇風波，船必覆矣。
㈣《詩》：搔首踟蹰。　潘岳詩：白首同所歸。
㈤謝惠連詩：生平無志意。

冠蓋滿京華㈠，斯人獨顦顇㈡。孰云網恢恢㈢，將老身一作才**反累㈣。千秋萬歲名㈤，寂寞身後事㈥。**　此傷其遭遇坎軻，深致不平之意。　身累名傳，其屈伸亦足相慰。但惻惻交情說到痛心酸鼻，不是信將來，還是悼目前也。　此章四句起，下二段各六句。

㈠《魏國策》：冠蓋相望。　郭璞詩：京華遊俠窟。
㈡嵇康詩：何時見斯人。　《楚辭》：顔色憔悴。
㈢《道德經》：天網恢恢。
㈣蔡邕古歌：不獲已，人將老。
㈤阮籍詩：千秋萬歲後，榮名安所之。
㈥《莊子》：寂寞無爲。　《晉書・文苑傳》：張翰任心自適，不求當世。或謂之曰：「卿乃可縱適一時，獨不爲身後名耶？」答曰：「使我有身後名，不如即時一杯酒。」　庾信詩：眼前一杯酒，誰論身後名。

此因頻夢而作，故詩語更進一層。前云明我憶，是白知公；此云見君意，是公知白。前云波浪蛟龍，是公爲白憂；此云江湖舟楫，是白又自爲慮。前章説夢處，多涉疑詞；此章説夢處，宛如目擊。形愈疏而情愈篤，千古交情，惟此爲至。然非公至性，不能有此至情。非公至文，亦不能寫此至性。

陸時雍曰：是魂是人，是夢是真，都覺恍惚無定。親情苦意，無不備極矣。

吴山民曰：子美《天末懷李白》詩，其尾聯云：「應共冤魂語。投詩贈汨羅。」今上篇云：「水深波浪闊，無使蛟龍得。」此又云：「江湖多風波，舟楫恐失墜。」疑是時必有妄傳太白墮水死者，故子美云云。後世遂有沉江騎鯨之説，蓋因公詩附會耳。太白卒於當塗李陽冰家，葬於謝家青山，二史可考，安有沉江事乎。

有懷台州鄭十八司户

鶴注：至德二載，虔貶台州司户，公有詩送行。明年，又有春深逐客一詩。此詩又在其後，當是乾元二年秦華間作。末云「相望無所成，乾坤莽回互」，蓋在棄官以後耶。

天台隔三江一云江海㈠，**風浪無晨暮。鄭公縱得歸，老病不識路**㈡。鄭貶台州，痛其歸期無日。

㈠天台，山名，今在台州府。三江，長江、浙江、曹娥江也。舊引《爾雅注》岷江、浙江、松江，非適台之路。

㊁《後漢書》：太原閔仲叔，客居安邑，老病家貧。　沈約詩：夢中不識路。

昔如水一作江，晉作天上鷗㊀，今爲樊作爲，一作如罝中兔㊁。性命由他人㊂，悲辛但狂顧㊃。山鬼獨一脚㊄，蝮蛇長如樹㊅。呼號平聲傍去聲孤城㊆，歲月誰與度㊇。此遥憶天台景事。　前四，恐爲人所嫉。後四，恐爲物所傷。

㊀鮑照詩：昔如韝上鷹，今如檻中猿。　何遜詩：可憐雙白鷗，朝夕水上浮。

㊁《詩》：肅肅兔罝。

㊂《吴越春秋》：子胥謂漁父曰：「性命由天，今屬丈人。」

㊃《楚辭》：狂顧南行。

㊄《楚辭·九歌》有《山鬼》篇。《述異記》：山鬼，嶺南所在有之，獨足反踵。

㊅《嚴助傳》：越地林中多蝮蛇猛獸。《山海經》：蝮蛇色如綬紋，大者百餘斤，一名反鼻蛇。

㊆《前漢·游俠傳》：陳孟公晝夜呼號。　任昉啟：孤城窮守。

㊇誰與度，獨居無侶也。

從來禦魑魅㊀，多爲一作被才名誤㊁。夫子嵇阮流㊂，更被一作遭時俗惡烏故切㊃。海隅微小吏㊄，眼暗髮垂素㊅。鳩杖近趙作鳩杖近，一作黄帽映青袍㊆，非供折腰具㊇。此又叙謫台始末。　上四，歎其負才招忌。下四，憐其屈身一官。

㊀《左傳》：投諸四裔，以禦魑魅。

㊁《江淹傳》：幼禀器譽，夙燿才名。

㊂《世説》：周顗曰：「何敢近舍明公，遠希嵇阮。」《晉書》：嵇康至汲郡山中，見孫登。康臨去，登曰：「君性烈而才儁，其能免乎？」後鍾會譖康欲助毌丘儉，文帝遂害之。

㊃嵇康書：阮嗣宗爲禮法之士所繩，故疾之爲讎。

㊄東皙《玄居釋》：偶鄭老於海隅。又知《醉時歌》用鄭老所本。

㊅《秋興賦》：素髮颯以垂領。

㊆《後漢·禮儀志》：漢，民年七十者授玉杖，以鳩鳥爲飾，欲老人如鳩不噎也。《隋書·禮儀志》：都下及外州人，年七十以上，賜鳩杖黄帽。

㊇折腰，見下《遣興》詩注。

平生一杯酒㊀，見我故人遇。相望無所成，乾坤莽回互㊁。末結懷想之情。故人杯酒，前事難尋，相望無成，今皆寥落，乾坤莽莽中，何時得重聚首耶。仍應老病難歸意。此章前後各四句，中二段各八句。

㊀沈約詩：平生少年日，分手易前期。勿言一樽酒，明日難重持。

㊁《海賦》：乖蠻隔夷，回互萬里。

王嗣奭曰：此詩，想像鄭公孤危之狀，如親見，亦如身歷。説到離别之傷，死生之痛，從肺腑交情流露出來，幾於一字一淚。

遣興去聲五首

鶴注編在乾元二年秦州作。

蟄龍三冬卧㈠，老鶴萬里心㈡。昔時賢俊人㈢，未遇猶視今㈣。嵇康不得死一云且不死㈤，孔明有知音㈥。又如壠坻一作隴底松㈦，用舍上聲在所尋。大哉霜雪幹㈧，歲久爲枯林。

此詩見賢者在世，貴逢知己。後四章，皆發端於此。在六句分截。上言抱志欲伸，今古皆然。下言遭遇不同，榮辱遂異。用比意作起結，章法甚古。叔夜、孔明，不宜專承卧龍，亦不當分項龍鶴。起語乃託興，蓋自傷不得志而發歟。

㈠《易》：龍蛇之蟄，以存身也。

㈡黄生注：老鶴，指嵇康。《世説》：人言嵇延祖如野鶴之在雞群，王戎曰：「君未見其父耳。」《舞鶴賦》：結長悲於萬里。

㈢《後漢·周燮傳》：開東閣，延賢俊。

㈣《京房傳》：臣恐後之視今，猶今之視昔也。

㊄《晉書》：鍾會以舊憾言於文帝曰：「嵇康，卧龍也，不可起。公無憂天下，顧以康爲慮耳。」因譖康欲助毌丘儉，殺之。
㊅《蜀志》：諸葛亮躬耕壠畝。徐庶言於先主曰：「孔明，卧龍也，將軍宜枉駕過之。」先主遂詣亮。　陶潛詩：知音苟不存。
㊆蔡邕《漢津賦》：上控隴坻，下接江湖。
㊇王績《詠松》詩：何時畏斧斤，幾度經霜雪。

其二

昔者一作在昔**龐德公**㊀，**未曾**音層**入州府**。**襄陽耆舊間**㊁，**處**上聲**士節獨**一作猶**苦**㊂。**豈無濟時策**一作術，**終竟畏羅罟**。一作終歲畏罪罟。**林茂鳥有歸，水深魚知聚**㊃。**舉家隱**一作依**鹿門，劉表焉**于虔切**得取**。此言不能如孔明之救時，則當如龐公之高隱。上四叙述其事，下六推見其心。　《杜臆》：「豈無濟時策」，公自寓也。

㊀《後漢書》：龐德公居峴山南，未嘗入城府。荆州刺史劉表就候之，謂曰：「夫保全一身，孰若保全天下乎？」龐公笑曰：「鴻鵠巢于高林，暮而得所棲。黿鼉穴於深淵，夕而得所宿。夫趣舍行止，亦人之巢穴也，且各得其棲而已。」因釋耕隴上。表嘆息而去。後遂攜妻子，登鹿門山，採藥不返。
㊁晉習鑿齒撰《襄陽耆舊記》。

㈢鮑照詩：投心障苦節，隱迹避榮年。

㈣《淮南子》：水深則魚聚，木茂而鳥樂。曹植《離思賦》：水重深而魚悅，林修茂而鳥喜。

其三

陶潛避俗翁㈠，未必能達道㈡。觀其著詩集，頗亦恨枯槁㈢。達生豈是足㈣，默識音志**蓋不早㈤。有子賢與愚，何其掛懷抱㈥。**彭澤高節，可追鹿門。詩若有微詞者，蓋借陶集而翻其意，故爲曠達以自遣耳，初非譏刺先賢也。

㈠《晉書》：陶潛，字元亮，博學善屬文，嘗著《五柳先生傳》以自況。以親老家貧，爲鎮軍建威參軍事，謂親朋曰：「聊欲絃歌，以爲三逕之資可乎？」執事者聞之，以爲彭澤令。在縣，公田悉種秫穀，妻子固請，五十畝種秔。郡遣督郵至縣，吏白應束帶見之，潛歎曰：「吾不能爲五斗米折腰，拳拳事鄉里小兒耶。」義熙三年，解印去縣，乃賦《歸去來辭》。

㈡《墨子》：未必達吾道。

㈢陶有《飲酒》詩：顔淵故爲仁，長饑至於老。雖留身後名，一生亦枯槁。

㈣《莊子》：達生之情者傀。注：傀，大也。謝靈運詩：萬事難並歡，達生幸可託。

㈤孔融《薦禰衡表》：弘羊潛計，安世默識。

㈥陶有《責子》詩：白髮垂兩鬢，肌膚不復實。雖有五男兒，總不好紙筆。又《命子》詩云：夙興夜寐，願爾斯才。爾之不才，亦已焉哉。

黄庭堅曰：子美困於山川，爲不知者詬病，以爲拙於生事，又往往譏議宗文、宗武失學，故寄之淵明以解嘲耳。詩名曰《遣興》，可解也。

其四

賀公雅吴語㈠，在位常清狂㈡。上上聲**疏**去聲**乞骸骨㈢，黄冠歸故鄉㈣。爽氣不可致㈤，斯人今則亡㈥。山陰一茅宇㈦，江**一作淮**海日清**錢作淒**涼㈧。**

賀孟二公，皆當時人物。論古而并及此者，以故交零落，並爲遣興之詞也。　吴語清狂，寫其語言意態。乞身歸里，記其出處大節。鑑湖一曲，茅宇在焉，撫遺跡而仰流風也。上四生前，下四殁後。

㈠《舊唐書》：賀知章爲禮部侍郎，取舍非允，門廕子弟，喧訴盈庭。於是以梯登牆，首出决事，時人咸嗤之。晚年尤加縱誕，自號四明狂客，又稱秘書外監。天寶三載，因病恍惚，乃上疏請度爲道士，求還鄉里，仍捨本鄉宅爲觀。上許之。　《世説》：劉真長見王丞相，出，人問云何，答曰：「未見他異，唯聞作吴語耳。」

㈡《漢書·昌邑王賀傳》：賀清狂不慧。　左思《魏都賦》：僕黨清狂。

㈢《史記》：范增願請骸骨歸。

㈣《記·郊特牲》：野夫黄冠。　劉删詩：名山本鬱盤，道士貴黄冠。　吴注：隋李播仕隋，棄官爲道士，號黄冠子，即淳風之父。

㈤《世説》：王徽之以手板拄頰云：「西山朝來，致有爽氣耳。」

㈥《論語》：今也則亡。

㈦山陰，越州也，在會稽山北，故名。

㈧《古今樂録》：莊周引聲歌：巖巖之石，幽而清涼。　山陰西有浙江，東有曹娥江，兩江近海，隨潮出入，故有江海淒涼之句。

其五

吾憐孟浩然㈠，裋郭作短**褐即長夜**㈡。**賦詩何必多，往往凌鮑謝**㈢。**清江空舊魚**一作舊魚美，一作舊美魚㈣，**春雨餘甘蔗**㈤。**每望東南雲，令**平聲**人幾悲吒**陟駕切㈥。　高、岑、王、孟，並馳聲天寶間。孟獨布衣終身，早年謝世，乃處士之最可悲者。清江以下，望襄陽而感歎。空、餘二字，見物在人亡。　《杜臆》：浩然之窮，公亦似之，憐孟正以自憐也。

㈠孟浩然初名浩，後以字行。《舊書》：浩然隱鹿門山，以詩自適，年四十，遊京師，應進士不第，還襄陽卒。

㈡《南史》：范蔚宗在獄中題扇曰：「即長夜之悠悠。」

㈢鶴注：「賦詩何必多，往往凌鮑謝」，乃孟詩也，公就舉其詩以稱之。　夢弼曰：鮑謂明遠，謝謂三謝，乃靈運、惠連、玄暉也。《温子昇傳》：王暉業嘗云：「江左文人，宋有顔延之、謝靈運，梁有沈約、任昉，我子昇足以凌顔、轢謝，含任、吐沈。」

㈣《襄陽耆舊傳》：漢水中鯿魚甚美，即槎頭鯿。浩然詩：試垂竹竿釣，果見槎頭鯿。

㈤王士源《浩然集序》：灌園藝圃以全高。　張載詩：「江南郡蔗，醴液豐沛。三巴黄甘，瓜州素柰。」則襄陽舊有蔗也。

㈥郭璞詩：撫心獨悲吒。吒，怒也。　夢弼曰：襄陽在秦州東南。公寓秦州，故望東南之雲而悲詫。

遣興去聲二首

此詩，黄鶴編在乾元二年秦州詩内，今姑仍之。

天用莫如龍㈠，有時繫扶桑㈡。頓轡海徒湧㈢，神人身更長㈣。性命苟不存㈤，英雄徒自强。吞聲勿復扶又切道去聲㈥，真宰意茫茫㈦。　朱注：此詩深警安史之徒也。　龍乃君象，人臣而欲竊據天位，勢必不行，故曰頓轡。扶桑在東海，比安史之地。神人更長，謂朝有名將。性命不存，言積惡自斃。臨殁吞聲，不敢復言天意渺茫，見報應之不爽也。《杜臆》謂末二乃十字成句。

㈠《史記·平準書》：天用莫如龍，地用莫如馬，人用莫如龜。

㈡劉向《九歎》：維六龍於扶桑。《十洲記》：扶桑在碧海中，樹長數千丈，一千餘圍，兩兩同根，更相依倚，故曰扶桑。《淮南子》：日登於扶桑之上，是謂朏明。爰止羲和，爰息六螭，是謂懸車。注：六螭，即六龍也。日乘車，駕以六龍，羲和御之。

㊂曹植《與吴質書》：思抑六龍之首，頓羲和之轡。

㊃《神異經》：西北海外有人焉，長二千里，兩脚中間相去千里，腹圍一千五百里。　曹操樂府：飄飖八極，與神人俱。

㊄《東觀漢記》：仲長統曰：「永保性命之期。」　陶詩：知音苟不存。

㊅後漢張奂書：匈奴若非其罪，何肯吞聲。《恨賦》：莫不飲恨而吞聲。

㊆《老子》：真宰足以制萬物。《莊子》：若有真宰存焉，而不得其眹也。　陸機《歎逝賦》：何是天之茫茫。

其二

地用莫如馬，無良復扶又切**誰記**㊀。**此日千里鳴，追風可君意**㊁。**君看渥洼種**上聲㊂，**態與駑駘異**㊃。**不雜**一作在**蹄齧間**㊄，**逍遥有能事**㊅。

此章冀朝廷專用李郭也。　朱注：渥洼之種，迥異駑駘，所謂追風可君意者，當時惟郭子儀、李光弼足以語此。　肅宗不能專任，公詩蓋以諷之。　馬比汗馬之臣。　駑駘蹄齧，此其無良者，如哥舒翰、僕固懷恩輩是也。　千里渥洼，有馴良之德者，如李郭之赤心報國，百戰不疲是也。　曰不雜，欲朝廷分别而用之。　曰逍遥，謂其從容制勝，能立大功也。

㊀舊注以無良爲世無王良，非也。　謝瞻詩：蹇步愧無良。

㊁陽縉詩：躡影追風本絶群。

㊂《漢書》：馬生渥洼水中。

㊃《楚辭》：策駑駘而取路。

㊄《周禮·夏官》：廋人，掌教駣攻駒。騬其蹄齧者閑之。

㊅《詩》：河上乎逍遥。

遣興去聲五首

此詩，梁權道編在乾元二年秦州詩内，今姑仍之。

朔風飄胡雁㊀，慘澹帶砂礫。長林何蕭蕭㊁，秋草萋更碧㊂。北里富薰天，高樓夜吹笛㊃。焉音烟知南鄰客，九月猶絺綌㊄。此章歎富家宴樂之盛。上四深秋之景，下四炎凉之況。南鄰客，公自謂。

㊀鮑照詩：北風驅雁帶雨霜。又：胡雁已矯翼。又：疾風衝塞起，沙礫自飄揚。首二句本此。

㊁江逌詩：長林悲素秋。《楚辭》：風颯颯兮木蕭蕭。

㊂古詩：秋草萋已緑。左思詩：南鄰擊鐘磬，北里吹笙竽。陸機詩：高樓一何峻。

㊃向秀《思舊賦》：鄰人有吹笛者。

㊄《詩》：九月授衣。《隋書》：袁充少時，冬初尚衣葛，客戲之曰：「絺兮綌兮，凄其以風。」充曰：

「惟絺惟綌，服之無斁。」　公詩「花時甘緼袍」，此云「九月猶絺綌」，見貧人衣服失寒暑之宜。

其二

長陵鋭頭兒㈠，出獵待明發㈡。騂一作觧**弓金爪鏑㈢，白馬蹴微雪。未知所馳逐㈣，但見暮光滅㈤。歸來懸兩狼㈥，門户有旌節㈦。**　此章歎少年射獵之事。　上四早獵之景，下四夜歸之興。　前曰「長陵鋭頭兒」，後曰「門户有旌節」，蓋指勳戚豪勢之家，乃追憶長安事也。

㈠漢高祖葬長陵，在長安四十里。　《春秋後語》：平原君曰：「澠池之會，臣觀武安君小頭而鋭，瞳子黑白分明，瞻視不常，難與争鋒，惟廉頗足以當之。」

㈡《蘇武傳》：單于出獵。　《詩》：明發不寐。　明發，曉光初發也。

㈢又：騂騂角弓。　注：騂騂，調利也。　金爪鏑，言箭鏃之鏑如金爪然。

㈣《史記》：博戲馳逐。

㈤梁簡文帝詩：絲條轉暮光。

㈥《詩》：並驅從兩狼兮。

㈦《周禮·秋官》：小行人，道路用旌節。　《唐書·百官志》：節度使賜雙旌雙節，行則建節，樹六纛。　《車服志》：大將出，賜旌以專賞，節以專殺。　旌以絳帛五丈，粉畫虎，有銅龍一，首纏緋幡，紫縑爲袋，油囊爲表。　節垂畫木盤三，相去數寸，隅垂尺麻，餘與旌同。

其三

漆有用而割㊀，膏以明自煎㊁。蘭摧白露下㊂，桂折秋風前。府中羅舊尹㊃，沙道尚依然㊄。赫赫蕭京兆㊅，今爲時所憐㊆。此章慨趨炎附勢之徒。借物託興，言盛衰倏忽，凡事皆然，如蕭京兆可鑒矣。盧注：府中指丞相府，蕭炅黨於林甫，爲其所網羅，故曰羅舊尹。

㊀《莊子》：山木自寇也，膏火自煎也。桂可食，故伐之。漆可用，故割之。

㊁《漢書》：龔勝卒，有一老父相吊，哭甚哀。既而曰：「嗟乎！薰以香自燒，膏以明自消，龔生竟夭天年，非吾徒也。」

㊂《世説》：寧爲蘭摧玉折，不作蕭敷艾榮。

㊃古詩《陌上桑》：冉冉府中趨。

㊄《唐國史補》：凡宰相禮絶班行，府縣載沙填路，自私第至於城東街，號曰沙路。

㊅《詩》：赫赫師尹。

㊆《漢書》：成帝時童謡：「故爲人所羨，今爲人所憐。」

錢謙益曰：舊注皆以蕭京兆爲蕭至忠。按至忠未嘗官京兆，若以蕭望之喻至忠，則望之爲左馮翊，非京兆也。天寶八載，京兆尹蕭炅坐贓，左遷汝陰太守。史稱京兆尹蕭炅、御史中丞宋炅，皆林甫所親善。國忠皆誣奏遣逐，林甫不能救。則所謂蕭京兆者，蓋炅也。《通鑑》：蕭炅爲河南尹，嘗坐事西臺，遣吉温往按之。温後爲萬年縣丞，未幾，炅拜京兆尹。高力士權移將相，炅親附之，温尤與之善，遂相結爲膠漆。其事詳《舊書·吉温傳》中。唐京兆尹多宰相私人，相與附麗，若炅與鮮于仲通，皆是。

朱注：夢弼引于競《大唐傳》，天寶三年，因蕭京兆炅奏，於要路築甬道，載沙實之，屬於朝堂。此詩蕭京兆，承上沙道言之，其爲炅發無疑。

其四

猛虎憑其威㊀**，往往遭急縛**㊁**。雷吼徒咆哮**㊂**，枝撐已在脚**㊃**。忽看**平聲**皮寢處**㊄**，無復**扶又切**睛閃爍。人有甚於斯，足以勸**一作戒**元惡**㊅**。**此章戒當時憑威肆虐者。上六，借虎作比，所謂强梁者不得其死也。末點正意。錢箋：此詩蓋指吉温之流。温嘗云：「若遇知己，南山白額虎不足縛也。」故借以爲喻。

㊀《史記》：不避猛虎之害。

㊁《後漢·吕布傳》：曹操縛吕布，布曰：「縛太急。」操曰：「縛虎不得不急。」

㊂庾信詩：六國始咆哮。咆哮，虎聲，其吼如雷。

㊃枝撐，木柱，縛虎於此也。《魯靈光殿賦》：枝撐杈枒而斜據。

㊄《左傳》：譬如禽獸，臣食其肉，而寢處其皮矣。

㊅《杜臆》：勸元惡，勸之使反於善也。《書》：元惡大憝。《唐書·吉温傳》：李林甫久當國，温與羅希奭鍛獄，相勉以虐，號羅鉗吉網。公卿見者莫敢偶語。後貶端溪尉，俄遣使殺温。

其五

朝逢一作送**富家葬，前後皆**一作見**輝光㊀。共指親戚大㊁，緦麻百夫行**叶音杭**㊂。送者各有死，不須羨其强。君看束縛**一作練**去㊃，亦得歸山岡㊄。**吴注：末章言富貴貧賤，同歸於盡，以終前四章之義。　公見富家之葬，送者極盛，因歎送者亦各有死，又何足羨乎。彼桐棺葦索，亦得束縛而歸土，何必欣戚於其間哉。　王十朋指馬嵬驛傍貴妃埋身者，恐未然。

㊀輝光，指送葬儀衛之盛。

㊁陶潛詩：親戚或餘悲。

㊂《記》：四世而緦麻，服之窮也。　《詩》：百夫之特。

㊃梁吴均《齊諧記》：桓玄誅死，芒繩束縛其屍，沉諸江中。　舊注：孫峻殺諸葛恪，以葦席裹身，篾束其腰，投石子岡。

㊄阮籍詩：丘墓蔽山岡。

唐汝詢曰：《遺興》詩，章法簡净，屬詞平直，不露才情，有建安風骨。《雜詩》六首之遺韻也。　譬之宫室，《三吏》、《三别》、前後《出塞》，堂殿之壯者也；《遺興》各五首，曲室之精者也。

秦州雜詩二十首

乾元二年秋至秦州後作。　《唐書》：秦州，在京師西七百八十里，今屬陝西鞏昌府。　《寰宇記》：秦州，本秦隴西郡，漢武帝分隴西置天水郡。王莽末，隗囂據其地。後漢更天水爲漢陽郡。《地道記》云：漢陽有大坂，名曰隴坻，亦曰隴山。是也。魏初，中分隴右爲秦州。唐武德二年，仍置秦州。天寶元年，改天水郡。乾元元年，復爲秦州。《陶淵明集》有《雜詩》題。

滿目悲生事㊀**，因人作遠遊**㊁**。遲迴度隴怯**㊂**，浩蕩及**一作入**關愁**㊃**。水落魚龍夜**㊄**，山空**一作通**鳥鼠秋**㊅**。西征問烽火**㊆**，心折此淹留**㊇**。**首章，説初至秦事。首聯，赴秦之由。次聯，入秦之難。三聯，到秦風景。末聯，客秦心事。大段在四句分截。顧注：關輔大饑，生事艱難，故依人遠遊，非謂因房琯而致此遠遊，公必不以一謫怨及故人。吴論：度隴而怯，山之長也。及關而愁，地之闊也。魚龍川，鳥鼠谷，秦州地名。水落山空，秋日淒涼之況。問烽火，憂吐蕃也。秦在長安之西，故云西征。趙注謂公更欲西遊者，非是。心折淹留，意不欲久客於秦矣。

㊀鮑照詩：紛紛悲滿目。《北史》：馮偉不治生事。

㊁《平原君傳》：公等碌碌，因人成事。郭璞詩：迅足羨遠遊。

㊂鮑照詩：臨路獨遲迴。《三秦記》：隴坂九迴，不知高幾里，欲上者七日乃得越。陳後主詩：笳吟度隴咽，笛囀出關鳴。

㊃謝朓詩：浩蕩別親知。趙至《與嵇茂齊書》：李叟入秦，及關而嘆。劉峻詩：空軫及關嘆。《唐書》：安戎關，在隴山。

㊄祖孫登詩：岸高知水落。《水經注》：汧水，出汧縣西山，世謂之小隴山。其水東北流，歷澗注

以成淵，潭漲不測，出五色魚，俗以爲龍而莫敢採捕，因謂魚龍水，亦通謂之魚龍川。黄希曰：《舊書》：太宗貞觀四年十月，幸隴州。十三日，校獵於魚龍川。即此地。《西溪叢語》：魚龍本水名。又《水經》言魚龍以秋日爲夜，一句中合用兩事。

㊅陳後主詩：天迥浮雲細，山空明月深。《水經》：渭谷亭南鳥鼠山，《禹貢》所謂渭出鳥鼠者也。《爾雅》：鳥鼠同穴，其鳥爲鵌，其鼠爲鼵。注：鼵，如人家鼠而尾短。鵌，似鵽而小，黄黑色。穴入地三四尺，鼠在內，鳥在外。今在隴西首陽縣鳥鼠同穴山中。岑參詩：魚龍川北磐溪雨，鳥鼠山西洮水雲。正與公同。

㊆《西征賦》：潘子憑軾西征，自京徂秦。張協詩：烽火列邊亭。

㊇《別賦》：心折骨驚。《楚辭》：攀桂枝兮聊淹留。

其二

秦州城一作山**北寺**㊀，**勝跡**一云傳是**隗囂宮**㊁。**苔蘚山門古**一作故㊂，**丹青野殿空**㊃。**月明垂葉露**㊄，**雲逐度溪風**㊅。**清渭無情極**㊆，**愁時獨向東**。二章，詠城北寺也。上四記叙古迹，下四對景傷情。山門古，言舊寺猶存。野殿空，見故宮久没。古字、空字，眼在句尾。露方垂葉，月照則明。雲之度溪，隨風而逐。明字、逐字，眼在腰中。步月看雲，有感異地羈孤。五六，便含愁字意。

㊀《元和郡縣志》：秦州伏羌縣，本秦冀縣也。後漢隗囂據隴西天水郡，稱西伯，都此。寺即其故

基。《杜臆》：地志：州東北山上有崇寧寺，乃隗囂故居。

㊁梁王冏詩：美景多勝迹。《方輿勝覽》：雕窠谷，在秦州麥積山之北，舊有隗囂避暑宮。張正見樂府：遠入隗囂宮，傍侵酒泉路。

㊂裴子野《華林園賦》：草石苔蘚，駁牢叢撮。宋竟陵王子良詩：山門一已絶。

㊃傅亮《修張良廟教》：改搆棟宇，修飾丹青。

㊄張率詩：秋風蕭條露葉垂。

㊅陰鏗詩：山逐下溪風。

㊆《後漢志》：隴西郡首陽山，渭水所出。趙注：渭水，在秦州。寺枕秦山，下接渭水，東流於長安。

其三

州圖領同谷㊀，**驛道出流沙**㊁。**降**平聲**虜兼千帳**㊂，**居人有萬家**㊃。**馬驕**一作蹻**朱**一作珠**汗落**㊄，**胡舞白題**一作蹄**斜**㊅。**年少**去聲**臨洮子**一作至㊆，**西來亦自誇**。三章，咏降戎也。州領同谷，驛出流沙，見爲吐蕃往來之衝。今降戎多而居民少，勢可危矣。馬驕、胡舞，申降虜之强。年少、亦誇，恐居人之弱。趙汸注：千少於萬，曰兼千帳，則降人多矣。萬多於千，曰有萬家，則居民少矣。末以邊郡單弱而歎之。顧注：亦自誇，乃諷詞。舊注謂臨洮人足以守禦者，非是。

㊀《唐書》：秦州都督府，督領天水、隴西、同谷三郡。州圖，秦州之圖志。驛道，秦州西出吐蕃之道。

㈡《夏書》：導弱水，至於合黎，餘波入於流沙。《唐六典》：隴右道，東接秦州，西逾流沙。流沙在沙州以北，連延數千里。

㈢班固《漢書贊》：日磾出於降虜。　夢弼曰：唐吐蕃貴人，處於大氊帳。

㈣杜預《水災疏》：漢氏居人衆多。　《秦國策》：張儀説楚，效萬家之都。

㈤庾信《俠客行》：汗濕馬全驕。　又《馬射賦》云：選朱汗之馬。　傅玄《乘馬賦》：流汗如珠。

㈥《語林》：邯鄲淳初詣臨菑侯曹植，大喜，延入坐，侯遂科頭拍袒胡舞。《北齊・魏收傳》：收既輕疾，好聲樂，善胡舞。　《漢・灌嬰傳》：斬胡白題將一人。　薛夢符曰：題者，額也，其俗以白塗堊其額，因得名。　舞則首偏，故曰白題斜。　白題，如黑齒、雕題之類。　朱注：按服虔《漢書注》：白題，胡名也。《西域傳》：白題國王姓支，名史稽毅，其先匈奴之别種也。　備考。《杜臆》：《代醉編》云：李叔元在京，戎騎入城，有胡人風吹氊笠墮地。　後騎云：「落下白題。」乃知是氊笠之名。

㈦臨洮，在秦州西。　秦漢曰隴西，唐曰臨洮。　鶴注：臨洮人勇勁，可以備戎。　如大曆二年李抱玉使右軍都將臨洮李晟擊吐蕃，將千人，至臨洮，屠定秦堡。　亦一證也。

其四

鼓角緣夷然切**邊郡**㈠，**川原欲夜時**㈡。**秋聽**平聲**殷**義從上聲，讀用平聲**地發**㈢，**風散入雲悲**㈣。**抱葉寒蟬静**㈤，**歸山**一作來**獨鳥遲**㈥。**萬方**一作年**聲一概**㈦，**吾道竟何之**㈧。　四章，咏鼓角也。　邊郡而聞鼓角，又當秋天欲夜之時，何等悽慄。　殷地、入雲，承鼓角。　蟬静、鳥遲，承夜時。

末因邊郡而及萬方，則所慨於身世者深矣。　殷地發，鼓聲震動。入雲悲，角吹淒涼。

㈠《後漢·公孫瓚傳》：梯衝舞吾樓上，鼓角鳴於地中。　又《隗囂傳》：緣邊之郡，江海之瀕。遠注：緣邊，謂沿邊之郡。

㈡釋洪偃詩：川原多舊跡。

㈢《詩》：殷其雷。

㈣梁元帝詩：風散水文長。

㈤曹植《愁思賦》：鳴蟬抱木兮雁南飛。　張孟陽詩：寒蟬無餘音。

㈥何遜詩：獨鳥赴行楂。

㈦《九歌》：同糅玉石兮一概而相量。

㈧孔子云：吾道非耶。洙曰：時方以武事爲急，吾道將何所施乎。　《莊子》：茫乎何之。

其五

西張遠作西，舊作南**使**去聲**宜天馬**㈠，**由來萬匹强**㈡。**浮雲連陣没**㈢，**秋草徧**一作滿**山長**㈣。**聞説真龍種**上聲㈤，**仍殘**一作空餘**老驌驦**㈥。**哀鳴思戰鬭**㈦，**迥立向蒼蒼**㈧。　五章，借天馬以喻意。良馬陣没，秋草徒長，傷鄴城軍潰。今者龍種在軍，而驌驦空老，其哀鳴向天者，何不用之以收後效耶。此蓋爲郭子儀而發與。　朱注：《通鑑》：是年春三月，九節度之師潰於鄴城，戰馬萬匹，惟存三千。此詩「浮雲連陣没」，正其事也。秦州乃出西域之道，故感天馬事而賦之。　盧注：時趙王适爲元帥，比之龍種。郭子儀召還京師，是空老驌驦也。

㈠《博物志》：西使佩以自隨。《漢書》：張騫使西域，初，天子卜曰：「神馬當從西北來。」騫還，得烏孫天馬。

㈡謝靈運詩：由來事不同。《秦國策》：車千乘，馬萬匹。强，多也。

㈢《西京雜記》：文帝自代還，有良馬九匹，一曰浮雲。《赭白馬賦》：躡浮雲。梁元帝詩：溪雲連陣合。

㈣隋孔德紹詩：秋草思邊馬。

㈤《北史·隋煬帝紀》：置馬牧於青海渚中，以求龍種。

㈥殘，餘也。《左傳》：唐成公如楚，有兩驌驦馬。亦作肅爽。

㈦毌丘儉詩：哀鳴有所思。《左傳》：怒有戰鬬。

㈧蒼蒼，比君。蔡琰《笳曲》：泣血仰頭兮訴蒼蒼。

蔡夢弼以南使爲沙苑别名，未知何據。考沙苑畜馬，多至三四十萬，何止萬匹。且當時禄山驅健馬以歸范陽，非至此始陣没也。張遠改作西使，誠爲有見。朱注：或曰《寰宇記》：秦州清水縣有馬池，水源出嶓冢山。《開山圖》云：隴西神馬山有淵池，龍馬所生。《水經注》：馬池水出上邽西南六十里，謂之龍淵水。公蓋指此爲賦，次公謂以老驌驦自比，則鑿矣。

其六

城上胡笳奏㊀，山邊漢節歸㊁。防河赴滄海㊂，奉詔發金微一作徽㊃。士苦形骸黑㊄，林吴作旌疏鳥獸稀㊅。那堪吴作聞往來戍㊆，恨解鄴城圍㊇。六章，咏防河戍卒也。使節歸來，蓋爲防守河北，而發金微之兵。今見軍士遠涉，適當林木風凋，尚堪此往來征戍乎。所恨鄴城圍解，以致復有遺戍之役也。此亦在驛道所見者。

㊀李陵《答蘇武書》：胡笳互動，牧馬悲鳴。

㊁劉删詩：山邊歌落日。江總詩：辛苦持漢節。

㊂《通鑑》：至德二載，以李銑爲防河招討使。朱注：唐河北道滄、景等州，皆古渤海郡地。黄河於此入海。漢《滿歌》：昔蹈滄海。

㊃徐陵詩：奉詔戍臯蘭。《後漢書》：竇憲遣左校尉耿夔出居延塞，圍北單于於金微山。《唐地志》：羈縻州有金微都督府，隸安北都護府。

㊄《吴越春秋》：人疲士苦。陶潛詩：形骸久已化。

㊅吴均詩：林疏風至少。庾肩吾詩：林長鳥更稀。張華詩：燎獵野獸稀。

㊆杜審言詩：那堪盡此夜。

㊇庾信詩：今年不解圍。

顧宸曰：安史之亂，大敗者有三，哥舒翰潼關之輕出，以楊國忠懼禍，玄宗信讒，遣使趣戰而敗。房琯陳濤斜之車戰，以肅宗入賀蘭進明之謗，中使邢延恩等促戰而敗。鄴城九節度之大潰，以中使魚朝恩統兵，軍無主帥，久而致敗。少陵「恨解鄴城圍」一語，實有慨於唐之興亡成敗與。

其七

莽莽萬重平聲**山**㊀**，孤城石**一作山**谷間**㊁**。無風雲出塞，不夜月臨關**㊂**。屬國歸何晚**㊃**，樓蘭斬未還**㊄**。烟塵一**一作獨**長望**㊅**，衰颯正摧**一作催**顔。**七章，咏使臣未還也。山多，故無風而雲常出塞。城迴，故不夜而月先臨關。二句寫出陰雲慘淡、月色淒涼景象。下則有感於時事也。往屬國者未歸，豈爲欲斬樓蘭乎。故西望而憂形於色耳。

㊀《説苑》：蒼蒼莽莽。　劉繪詩：出没萬重山。

㊁《漢·耿恭傳》：耿恭以單兵固守孤城。　《趙國策》：況山谷之便乎。

㊂隋李巨仁詩：無風波自動，不夜月恒明。　無風、不夜，二字一讀。《邵氏聞見録》：無風塞，不夜城，西夏有其地。　王韶經略西邊，親至其處。　趙次公云：秦州有無風塞、不夜城，乃後人因杜詩而爲之名耳。

㊃《漢書》：蘇武出使歸，拜爲典屬國。

㊄又：傅介子持節至樓蘭，斬其王，持首還，詔封爲義陽侯。　唐解謂：五六指李之芳出使吐蕃，留而未還。　按：之芳出使在大曆間，不在乾元時。

㊅蔡琰曲：烟塵蔽野兮。　范雲詩：長望竟何極。　梁昭明太子詩：爾登陟兮一長望。

其八

聞道去聲尋源使去聲㈠，從天此路迴㈡。牽牛去幾許㈢，宛平聲馬至今來㈣。一望幽燕平聲隔，何時郡國開㈤。東征健兒盡㈥，羌笛暮吹哀㈦。上四思古，下四傷今。八章，借漢使以慨時事。去幾許，去今已遠。幽燕隔，河北仍陷。健兒盡，鄴城方潰也。趙汸注：因秦州爲西域驛道，歎漢以一使窮河源，且通大宛，如此其易。今以天下之力，不能戡定幽燕，至令壯士幾盡，一何難耶。是可哀也。

㈠宗懍《歲時記》：漢武帝令張騫尋河源，乘槎而去。

㈡《淮南子》：若從地出，若從天下。漢《天馬歌》：殷勤此路臚所來。

㈢乘槎至牽牛渚，出《博物志》。詳見十七卷。古詩：河漢清且淺，相去復幾許。

㈣宛馬，注別見。

㈤《賈誼傳》：乘傳而行郡國。

㈥《詩》：周公東征。

㈦《唐書》：天寶十四載冬，以安禄山反，京師募兵十萬，號天武健兒。賀徹詩：羌笛含流咽。

其九

今日明人眼，臨池好驛亭㈠。叢篁低地碧㈡，高柳半天青㈢。稠疊多幽事㈣，喧呼閱使去聲星㊄。老夫如有此，不異在郊坰㊅。九章，咏秦州驛亭也。　叢篁、高柳，此寫驛亭好景。惜乎稠疊幽致，徒供使客往來，若使旅人得此，雖處喧地而不異郊居，蓋深羡此亭之幽勝矣。《杜臆》：時吐蕃爲患，遣使欲與通好，故有使官經閲。下言「使客向河源」，皆指此事。　此章結語，尚嫌直率。

㊀岑敬之詩：色映臨池竹。　郵亭，見《前漢·薛宣傳》顔注：「郵，行書之舍，如今之驛。」據此則驛亭之名，起於唐時也。

㊁宋之問詩：叢篁夾路迷。　《釋名》：地者，底也，其體底下。

㊂張正見詩：高柳横遥塞。　庾信詩：玄圃半天高。

㊃謝靈運詩：巖峭嶺稠疊。

㊄劉孝成詩：喧呼驚里閈。　《後漢·李郃傳》：和帝遣使者二人到益部，郃曰：「有二使星入蜀分野。」《晉·天文志》：流星，天使也。

㊅《爾雅》：邑外爲郊，郊外爲野，野外爲林，林外爲坰。《抱朴子》：射勇於郊坰。

其十

雲氣接崑崙㊀，涔涔塞雨繁㊁。羌童看平聲渭水㊂，使去聲。一作估客向一作尚河源㊃。烟火軍中幕㊄，牛羊嶺上村㊅。所居秋草静，正閉小蓬門㊆。十章，咏秦州雨景也。　雲氣瀰漫，故雨勢淫溢。　羌童二句，雨中之事。　烟火二句，雨中之景。　秋日閉門，自傷雨後岑寂也。

㊀《黄河賦》：雲氣浩漫，遠接崑崙。《括地志》：崑崙山，在肅州酒泉縣西南八十里。　杜佑曰：長慶

中，劉元鼎爲盟會使，言河之上流由洪濟西行二千里，水益狹，冬春可涉，夏秋乃勝舟。其南三百里，三山中高四下，曰歷山，直大羊同國，古所謂崑崙者也。夷曰悶歷黎山，東距長安五千里。河源其間，流澄緩下，稍合衆流，色赤，行益遠，他水并注則濁。河源東北直莫賀延磧尾，隱測其地，蓋在劍南之西。

㈡潘尼《苦雨賦》：聽長雷之洊洊。

㈢邵注：渭水在秦州，其源出臨洮，故羌童得以觀也。

㈣《唐書》：鄯州鄯城縣，有河源軍，屬隴右道。謝朓詩：弭節赴河源。

㈤江淹詩：歸人望烟火。

㈥《詩》：牛羊下括。

㈦謝莊《懷園引》：青苔無名路，宿草塞蓬門。

十一

蕭蕭古塞冷㈠，**漠漠秋雲**一作風**低**㈡。**黃鵠翅垂雨**㈢，**蒼鷹饑啄泥**㈣。**薊門誰自北**㈤，**漢將**去聲**獨征西**㈥。**不意書生耳**一作眼㈦，**臨衰厭**一作見**鼓鞞**㈧。十一章，對雨而傷寇亂也。上四寫景，下四感時。鵠垂翅，傷奮飛無路。鷹啄泥，慨一飽難期。且燕薊爲梗，誰成北伐之功；吐蕃在邊，尚遺征西之將。故聽鼓鞞而心厭耳。

㈠荆卿歌：風蕭蕭兮易水寒。

㈡張纘《秋雨賦》：油雲興而漠漠。　庾信詩：秋雲低晚氣。
㈢古詩：黄鵠一遠别，千里顧徘徊。
㈣李陵詩：熠熠似蒼鷹。
㈤劉峻詩：薊門秋氣清。
㈥虞羲詩：擁旄爲漢將。　曹植詩：出自薊北門。　自北二字本此。　後漢岑彭爲征西將軍。　征西二字本此。
㈦《南史》：沈慶之曰：「今欲伐國，而與白面書生謀，事何由濟。」　楊炯詩：寧爲百夫長，勝作一書生。
㈧裴子野詩：方聽鼓鼙聲。

十二

山頭南一作東郭寺㈠，水號北流泉㈡。老樹空庭得㈢，清渠一邑傳㈣。秋花危石底㈤，晚景卧鐘邊一作前㈥。俛仰悲身世㈦，溪風爲去聲颯一作肅然㈧。十二章，咏秦州南郭寺也。　言寺兼山水之勝。　庭得老樹而生色，承寺。　邑藉清渠之傳注，承水。　花掩危石，影落卧鐘，以況己之窮老，故下有俛仰身世之感。

㈠茅山父老歌：各在一山頭。
㈡《秦州記》：天水縣界有水一派，北流入長道縣界。《詩》：滮池北流。

㊂鮑照詩：空庭慚樹萱。

㊃據《九域志》，縣名清水，是邑以清水渠而傳名。　據《秦州記》，一派北流，是清渠傳注一邑也。後説意本須溪。　《水經注》：清水導源東北隴山，逕清水縣，故城東與秦水合，東南注渭縣。張華詩：抱杖臨清渠。

㊄王僧孺詩：曉露拂秋花。　江總詩：危石聳前洲。

㊅邵注：晚景，向晚之影。　庾信詩：淒清臨晚景。　臥鐘，廢鐘之仆臥者。

㊆《蘭亭序》：俛仰之間，已爲陳跡。　鮑照詩：身世兩相棄。

㊇《前漢書》：神君至，其風颯然。

楊德周曰：《秦州》詩，滿肚憂憤悱惻，都非文人伎倆，即「歸山獨鳥遲」、「老樹空庭得」二語，亦令人閣筆。

十三

傳道去聲**東柯谷**㊀**，深藏數十家**㊁**。對門藤蓋瓦，映竹水穿沙。瘦地翻宜粟**顧作栗，誤**，陽坡可種瓜**㊂**。船人近相**一作相近**報**㊃**，但恐失桃花。**十三章，遊東柯谷也。　趙汸注：起用傳道二字，則此下景物，皆是未至谷中，而先述所聞。東柯佳勝如此，故囑舟人相近即報，惟恐失却桃源也。

㊀錢箋：《通志》：東柯谷在秦州東南五千里，杜甫有祠於此。宋栗亭令王知彰記云：工部棄官寓東

柯谷姪佐之居。趙傁曰：《天水圖經》載秦州隴城縣，有杜工部故居，及其姪佐草堂，在東柯谷之南，麥積山瑞應寺上。趙注：年譜謂公七月客秦州，卜置草堂未成。十月往同谷縣，十二月入蜀。今以此三詩考之，良是。圖經是因暫寓而言之耳。《杜臆》：觀後《發秦州》詩，公亦曾暫寓栗亭，不但東柯也。

㊁司馬遷《報任少卿書》：深藏巖穴。

㊂杜田曰：毛文錫《茶譜》：宣州宣城縣有塢如山，其東爲朝日所燭，號曰陽坡。阮籍詩：昔日東陵瓜，今在青門外。五色曜朝日，子母相鉤帶。可見種瓜宜於陽地。

㊃《新序》：船人固桑進對。

十四

萬古仇池穴㊀，潛通小有天㊁。神魚今一作人，一作久不見㊂，福地語真傳㊃。近接西南境㊄，長懷十九泉㊅。何時一作當一茅屋，送老白雲邊㊆。十四章，咏仇池穴也。池穴通天，見其靈異。神魚、福地據所聞而稱述之。名泉近接而曰長懷，總屬遥想之詞。送老雲邊，公將有終焉之志矣。觀末章讀記憶仇池，則前六句皆是引記中語。

㊀《水經注》：仇池絕壁，峭峙孤險，登高望之，形若覆壺，其高二十餘里，羊腸蟠道，三十六迴。上有平田百頃，煮土成鹽，因以百頃爲號。山上豐水泉，所謂清泉湧沸，潤氣上流者也。舊志：仇池山上有田百頃，泉九十九眼，此云十九泉，乃詩家省字之法。鮑曰：《唐志》：成州同谷縣有仇

池，與秦城接壤。《一統志》：仇池山，屬鞏昌成縣。

㊁《水經注》：地道潛通。《太平御覽》：《名山記》：王屋山有洞，周迴萬里，名曰小有清虚之天。

㊂舊注：世傳仇池穴出神魚，食之者仙。曹植詩：河伯獻神魚。

㊃薛注：道書有三十六洞天，七十二福地。

㊄西南，即秦城也。

㊅《上林賦》：悠遠長懷。

㊆梁簡文帝詩：栖神紫臺上，縱意白雲邊。

十五

未暇泛滄海，悠悠兵馬間㊀。**塞**一作寒**門風落木**㊁，一作塞風寒落木。**客舍雨連山**㊂。**阮籍行多興**去聲㊃，**龐公隱不還**。**東柯遂疏懶**一作放，**休鑷鬢毛斑**㊄。十五章，在秦而羡東柯也。

上四客居之況，下四避地之思。阮籍、龐公，借以自方。無心出仕，故鬢斑不須鑷矣。

㊀《詩》：驅馬悠悠。秦州常有吐蕃之警，故云兵馬間。《後漢·馮異傳》：夜勒兵馬，申令軍中。

㊁岑之敬詩：塞門交度葉。顔延之詩：側聞風落木。

㊂潘岳議：客舍灑掃，以待征旅。

㊃蔡夢弼曰：阮籍縱情物外，時率意獨駕，不由徑路，車跡所窮，輒慟哭而返。龐德公攜妻子登鹿門，採藥不返。

㊄左思《白髮賦》：星星白髮，生於鬢垂。將拔將鑷，好爵是縻。《南史》：鬱林王年五歲，戲高帝傍，帝令左右鑷白髮，問王：「我是誰耶？」答曰：「太翁。」帝笑曰：「豈有爲人作曾祖而拔白髮乎？」即擲鏡鑷。

十六

東柯好崖谷㊀，不與衆峰群㊁。落日邀雙鳥，晴天卷吳作養片雲㊂。野人矜趙汸作矜，一作吟絶險，水竹會平分㊃。採藥吾將老㊄，兒童一作童兒未遣聞。十六章，欲卜居東谷也。上四東柯之景，下四卜居之意。　歸皆雙鳥，晴帶片雲，見與衆峰獨異。邀字、卷字，乃句眼。　野人矜險絶，水竹會須平分，羡其可避世也。　一云險處行吟，以觀水竹之佳勝。

㊀《頭陀寺碑》：崖谷共清，風泉相涣。邵注：山穴曰岫，山邊曰崖，崖之高者曰巖，上秀者曰峰，泉出流川曰谷，山之空坎幽隱者亦曰谷。

㊁沈佺期詩：不與衆山群。　王褒詩：連巖異衆峰。

㊂江淹《赤虹賦》：碧雲卷半。　又盧照鄰詩：風卷去來雲。　申涵光曰：卷片雲，可想晴空景色。　吳季海作養雲，便腐。　錢箋引山澤多藏育，無謂。

㊃前章言「映竹水穿沙」，即水竹平分之意。《杜臆》：半水半竹爲平分。　何遜詩：卉木會平分。

㊄採藥二句，即晚唐詩「山下問童子，言師採藥去」所本。《左傳》：使營菟裘，吾將老焉。

十七

邊秋陰易音異夕一作久，不復扶又切辨晨光㊀。簷雨亂淋幔，山雲低度牆㊁。鸕鷀窺淺井㊂，蚯蚓上上聲深一作高堂㊃。車馬何蕭索㊄，門前百草長。十七章，咏山居苦雨也。曰夕、曰晨，見曉夜皆雨。中四，寫雨中景物。亂淋則驟，低度則濃。窺井，求食。上堂，避濕也。車馬蕭索，益增旅中愁悶矣。《杜臆》：有幔、有牆、有井、有堂，此見即次後詩也。

㊀《歸去來辭》：接晨光之熹微。

㊁《淮南子》：山雲蒸，柱礎潤。

㊂《本草衍義》：陶隱居云：鸕鷀，水鳥，不卵生，口吐其雛，今人謂之水老鴉。

㊃《古今注》：蚯蚓，一名蜿蟺，善長吟於地中，江湖謂之歌女。

㊄趙注：張仲蔚所居，蓬蒿滿門，寂無車馬。

十八

地僻秋將盡，山高客一作夜未歸。塞雲多斷續㊀，邊日少光輝㊁。警急烽常報㊂，傳聞一作聲檄屢飛㊃。西戎外甥國㊄，何得迕一作近天威㊅。十八章，客秦而憂吐蕃也。上四記邊秋苦景，下四言邊警可危。吐蕃外甥之國，何得迕犯天威，蓋反言以見和親之無益。客未歸，乃自歎流離。

㊀陸機詩：塞雲起飛沙。　陳後主詩：浮雲斷還續。

㊁蔡琰曲：愁爲子兮日無光輝。

㊂曹植樂府：邊城多警急。　《賈誼傳》：斥候望烽燧。　文穎曰：邊方備寇，作高土櫓，櫓上作桔槔頭兜零，以薪草置其中，常低之，有寇即火然，舉之以相告，曰烽。

㊃《公羊傳》：所傳聞又異詞。　《説文》：檄，以木簡爲書，長二尺，以徵軍也。《魏武奏事》曰：若有急則插以雞羽，謂之羽檄。　《唐書》：景龍四年，以金城公主下嫁吐蕃。　乾元元年，肅宗以幼女寧國公主下降回紇。

㊄《吐蕃傳》：開元十年，贊普請和，上表曰：「外甥是先皇帝舊宿親，千歲萬歲，外甥終不敢先違盟誓。」顧炎武《日知録》：《册府元龜》載吐蕃書，皆自稱外甥，稱上爲皇帝舅。　開元二十一年，從公主言，樹碑於赤嶺，維大唐開元二十一年，歲次壬申，舅甥修其舊好，同爲一家。

㊅《左傳》：齊侯曰：「天威不違顔咫尺。」

十九

鳳林戈未息㊀，魚海路常難㊁。　候火雲峰一作烽**峻㊂，懸軍幕**一作暮**井乾**音干**㊃。　風連西極動㊄，月過北庭寒㊅。　故老思飛將**去聲**㊆，何時**一作人**議築壇㊇。**　十九章，憂亂而思良將也。

時邊境未寧，故尚須遠戍。　風連欲動，謂吐蕃西競。　月過加寒，謂北庭無將。　此借秋景以慨時事。　又是年子儀召還，故望築壇而任飛將。　黄注：候火承戈，懸軍承路。　舊注：風連二句，寫邊秋景色。今依盧注另爲之解，於末句思飛將意，却有關合。

㈠《水經》：河水又東歷鳳林北。《秦州記》：枹罕原北名鳳林川。《舊唐書》：鳳林縣，屬河州，本漢白石縣地，屬金城郡。《一統志》：鳳林關，在今臨洮府蘭州。

㈡《唐書》：天寶元年，河西節度使王倕克吐蕃魚海。又《李國臣傳》：以折衝從收魚海三城。

㈢謝靈運詩：平明望雲峰。雲峰，喻候火之熾而高也。

㈣《蜀志》：鄭度説劉璋曰：「左將軍懸軍襲我，軍無輜重。」又：鄧艾伐蜀，懸軍深入。《周禮》：挈壺氏，掌挈壺以令軍井。《易》：井收勿幕。注：井口曰收，勿遮幕之。盧注：凡軍旅所在，必資井泉。漢時耿恭整衣拜井，水泉湧出。曰幕井乾，水竭可知。

㈤《上林賦》：左蒼梧，右西極。《楚辭》：余夕至乎西極。

㈥《班彪傳》：南匈奴掩破北庭。盧注：李嗣業初爲北庭節度，乾元二年，同圍鄴城，正月卒於軍中。朱注：是年七月，郭子儀以魚朝恩之譖，罷閑京師。

㈦故老，自謂。後漢胡廣疏：諮之於故老。前漢李廣爲右北平太守，號曰漢之飛將軍。劉峻詩：飛將出長城。

㈧《高帝紀》：漢王齋戒設壇場，拜韓信爲大將軍。

二十

唐堯真自聖㈠，野老復扶又切**何知㈡。曬藥能無婦，應**蔡讀於陵切**門亦**一作幸**有兒㈢。藏書**

聞禹穴㈣**，讀記憶**一作悟**仇池**㈤**。爲**去聲**報鴛行**户朗切**舊**㈥**，鷦鷯在**一作寄**一枝**㈦**。**末章，慨世不見用而羈棲異地也。自聖，見讜言不能入。何知，見朝政不忍聞。故欲挈妻子而偕隱。禹穴在蜀中，仇池在同谷，時未有定居，故兩地皆欲借棲。十月，公往同谷。季冬，遂赴成都。末章蓋已自計行踪矣。

㈠《封禪文》：君莫盛於唐堯。《書大傳》：堯以唐侯升爲天子。《周書》：僕臣諛，厥后自聖。此諷肅宗也。

㈡《列子》：堯治天下五十年，不知天下治歟不治歟。問之在朝，在朝不知。問之在野，在野不知。此暗用其意。

㈢《陳情表》：無應門五尺之童。

㈣《莊子》：子路曰：「夫子欲藏書，則試往因焉。」《吴越春秋》：禹登委宛之山，發石，得金簡玉字之書。山中有一穴，深不見底，謂之禹穴。《杜臆》：舊注引《吴越春秋》以證大禹藏書之所。但吴越所記，乃在會稽；而公所聞，乃蜀之石紐，禹生處也。知公適秦之初，已有入蜀之意。

㈤蕭慤詩：讀記知州所，觀圖見岳形。《仇池記》云：仇池百頃，周迴九千四十步，東西二門。上則岡阜低昂，泉流交灌。公之惓惓於仇池者，蓋爲是也。《英雄記》：許靖過仇池，樹下有碑，靖駐馬，一覽無遺。

㈥鴛行侶，指同朝舊友。古詩：厠迹鴛鷺行。

㊆《莊子》：鷦鷯巢於深林，不過一枝。《詩疏》：桃蟲，今鷦鷯，微小黄雀也。左思詩：巢林棲一枝。

劉克莊曰：唐人遊邊之作，數十篇中間有三數篇，一篇間有一二聯可采。若此二十篇，山川城郭之異，土地風氣所宜，開卷一覽，盡在是矣。網山《送蘄帥》云「杜陵詩卷是圖經」，信然。以入秦起，以去秦終，中皆言客秦景事。

月夜憶舍弟

鶴注：詩云「戍鼓斷人行，邊秋一雁聲」，當是乾元二年秦州作。是年九月，史思明陷東京及齊、汝、鄭、滑四州，宜戍鼓之未休。二弟，一在許，一在齊，皆在河南，故憶之。

戍鼓斷人行㊀，**邊秋**一作秋邊**一雁聲**㊁。**露從今夜白**㊂，**月是故鄉明**㊃。**有弟皆分散**一作羈旅㊄，**無家問死生**㊅。**寄書長不達**一作避㊆，**況乃未休兵**㊇。上四月夜之景，下四憶弟之情。故鄉句，對月思家，乃上下關紐。《杜臆》：聞雁聲而思弟，乃感物傷心。今夜白，又逢白露節候也。故鄉明，猶是故鄉月色也。公攜家至秦，而云無家者，弟兄離散，東都無家也。周注：傷心折腸之語，令人讀不能終篇。

㊀庾信詩：戍樓鳴夕鼓。劉孝綽詩：隔山聞戍鼓。《漢書》：赤眉燒長安宫室，城中無人行。

㈡張正見詩：對月想邊秋。　又：終無一雁帶書飛。
㈢《月令》：仲秋之月白露降。　薛道衡詩：今夜寒車出。
㈣蘇武詩：故鄉夢中近。
㈤《左傳》：寡人有弟，不能和協，而使餬其口於四方。　陶潛詩：分散逐風轉。
㈥《詩》：樂子之無家。　又：死生契闊。
㈦魏文帝詩：寄書浮雲往不還。　陸機詩：音書長不達。
㈧《史記》：莫如按甲休兵。
王彥輔曰：子美善用故事及常語，多顛倒用之，語峻而體健，如「露從今夜白，月是故鄉明」之類是也。

天末懷李白

按：趙子櫟曰：白於至德二載坐永王璘事而謫夜郎，公在秦州懷之而作。是也。邵寶謂白已死，公在夔州作，蓋誤認冤魂爲白魂耳。

涼風起天末㈠，君子意如何。鴻雁幾時到㈡，江湖秋水多㈢。文章憎命達㈣，魑魅喜人過㈤。應平聲**共冤魂語㈥，投詩贈汨羅㈦。**風起天末，感秋託興。鴻雁，想其音信。江湖，慮其風波。四句對景懷人。下則因其放逐，而重爲悲憫之詞，蓋文章不遇，魑魅見侵，夜郎一竄，幾與汨羅同冤。說到流離生死，千里關情，真堪聲淚交下，此懷人之最慘怛者。文人多遭困躓，似憎命達。山鬼擇人而食，故喜人過。冤魂，指屈原。投詩，謂李白。

㊀《西京雜記》：趙飛燕《歸風送遠操》：涼風起兮天隕霜，懷君子兮渺難望。《周書·時訓》：立秋之日，涼風至。天末，天之窮處。陸機詩：遊子渺天末，還期不可尋。

㊁石崇《思歸引》：秋風厲兮鴻雁征。徐孝嗣詩：行雲傳響，歸鴻寄書。

㊂曹植詩：之子在萬里，江湖迥且深。

㊃黄注：憎命達，猶云詩能窮人。喜人過，即《招魂》中甘人意。

㊄《左傳》：魑魅魍魎，莫能逢旃。錢箋：白流夜郎，乃魑魅之地。《招魂》云「以其骨爲醢」，「吞人以益其心」，正此類也。

㊅後漢審配書：冤魂痛於幽冥。吴注：潘岳《馬汧督誄》：死而有靈，庶慰冤魂。

㊆《楚辭》：二八接武，投詩賦只。《水經注》：湘水又北，汨水注之。汨水東出豫章艾縣恒山西，經羅縣北，謂之羅水。汨水又西爲屈潭，即羅淵也，屈原懷沙，自沉於此。《一統志》：汨羅，在長沙湘陰縣北。

葉夢得曰：杜詩《寄高詹事》云：「天上多鴻雁，池中足鯉魚。」鴻、雁，二物也。鯉者，魚之一種，疑不可以對鴻雁。然《懷李白》云：「鴻雁幾時到，江湖秋水多。」以鴻雁對江湖，爲正對矣。《得舍弟消息》

云：「浪傳烏鵲喜，深負鶺鴒詩。」烏、鵲，二物，疑不可以對鶺鴒，然《偶題》云：「音書恨烏鵲，號怒怪熊羆。」以烏鵲對熊羆，爲正對矣。《寄李白》云：「幾年遭鵩鳥，獨泣向麒麟。」鵩鳥乃鳥之名鵩者，疑不可以對麒麟。然《哭韋之晉》云：「鵩鳥長沙諱，犀牛蜀郡憐。」以鵩鳥對犀牛，爲正對矣。《寄賈嚴兩閣老》云：「貔虎閑金甲，麒麟受玉鞭。」以貔虎對麒麟，爲正對矣。子美豈不知對屬之偏正邪，蓋其縱橫出入，無不合耳。

宿贊公房 原注：贊，京師大雲寺主，謫此安置。

鶴注：詩云隴月向人，又言菊荒蓮倒，當是乾元二年晚秋在秦州作。

杖錫何來此一作久㈠，**秋風已颯然**㈡。**雨荒深院菊**㈢，**霜倒半池蓮**㈣。**放逐寧違**一作虧**性**㈤，**虛空不離**去聲**禪**㈥。**相逢成夜宿，隴月向人圓**㈦。從謫遷叙起。菊荒雨後，蓮倒霜前，此僧房秋景，承次句。身雖放逐，心本空虛，此稱美贊公，承首句。隴月團圓，是傷異地相逢，結處點還宿字。　趙汸注：起作問詞，歎方外之人亦被遷謫也。

㈠邵注：杖錫，禪家以錫爲杖也。經云：又名智杖，又名德杖。釋氏稱遊行僧爲飛錫，安住僧爲掛錫。晉廬山道人《遊石門詩序》：因詠山水，遂杖錫而遊。

㈡《風賦》：楚襄王遊於蘭臺之宫，有風颯然而至。

㈢陸放翁詩：霜凋兩岸柳，水浸一天星。意本杜句。

㈣庾信詩：閣影入池蓮。齊王儉詩：萍開欲半池。

㈤《賈誼傳》：被讒放逐。

㈥《楞嚴經》：虚空寂然。洙注：釋經以禪宗爲空門。

㈦何遜詩：山鶯空曙響，隴月自秋暉。《華嚴經》：如來於此四天下中，或名圓滿月。一説此暗用釋氏「月印萬川，處處皆圓」意。

趙汸曰：杜公與房琯爲布衣交。及房琯罷相，公上疏争之，亦幾獲罪，由此齟齬流落。贊亦房相之客，時被謫秦州，公故與之款曲如此。

《隨筆》云：予少年時，記作一聯：「雨深荒病菊，江冷落愁楓。」後以其太險，改爲「雨深人病菊，江冷客愁楓」，比前句微有藴藉。蓋取崔信明「楓落吴江冷」，老杜「雨荒深院菊」，「南菊再逢人卧病」，嚴武「江頭赤葉楓愁客」，合而用之也。

赤谷西崦人家

地理志：秦州有崦嵫山，在赤谷之西，故曰西崦。曹操與劉先主戰於此谷，川水爲之丹，因號赤谷。《一統志》：赤谷在秦州西南七十里，中有赤谷川。崦嵫山，在秦州西五十里。

躋險不自安荆作宣，一作喧㈠，**出郊已清目。溪迴日氣煖，逕轉山田熟**㈡。**鳥雀依茅茨**㈢，**藩籬帶松菊**㈣。**如行武陵暮，欲問桃源**一作花**宿。**此宿赤谷山家，而題詩以誌其勝也。通首寫遠近幽景，如一幅《桃花源記》。　縦注：三四説西崦，五六説人家。武陵暮，説西崦。桃源宿，説人家。

㈠謝靈運詩：躋險築幽居。

㈡江淹詩：還望岨山田。

㈢謝靈運詩：空庭來鳥雀。　《墨子》：茅茨不剪。

㈣《歸去來辭》：松菊猶存。

張綖曰：公棄官之秦州，留宿赤谷西崦人家，而有此作。又公詩云「晨發赤谷亭，險艱方自兹。深山苦多風，落日童稚飢。悄然村墟迥，烟火何由追」，亦言其地僻而人稀耳。當斯境也，忽得茅茨松菊人家一宿，豈不猶武陵之桃源耶。「鳥雀依茅茨，藩籬帶松菊」，説山家景物甚幽。「貧知静者性，白益毛髮古」，説隱居品格特高。

西枝村尋置草堂地夜宿贊公土室二首

鶴注：公乾元二年七月自華至秦，意欲居此，故尋置草堂地。西枝村，在秦近郭，有巖竇之勝，杉漆之利，贊公嘗稱之。公以關輔饑，棄之同谷，當是其年秋晚冬初作，故詩有天寒日短之句。

出郭眄莫甸切細岑㈠，披榛得微路㈡。溪行一流水，曲折方屢渡㈢。贊公湯休徒㈣，好去聲靜心跡素㈤。昨枉霞上作㈥，盛論巖中趣㈦。此章，往西村尋地而作。首段，過訪贊公，欲問西枝之勝也。《杜臆》：公欲得幽僻無人之境，故望細岑、涉流水以求之。溪止一水，以左右往來，故須屢渡。

㈠劉曰：眄，斜視也。宋之問詩：細岑互攢倚。

㈡趙至書：步澤求蹊，披榛覓路。郭璞《流寓賦》：修焦丘之微路。

㈢王褒《四子講德論》：曲折不失節。

㈣洙注：惠休上人，姓湯。

㈤謝靈運詩：心跡雙寂寞。晏曰：素，謂質素也。

㈥霞上作，謂身伴雲霞而作書相寄。夢弼謂才思挺出雲霞之外。此另一說。江淹詩：鑠鑠霞上景，懵懵雲外山。劉繪詩：灼爍在雲間，氤氳出霞上。張正見詩：凌雲霞上起。

㈦洙注：《後漢書》：旌車之招，相望於巖中。

怡然共攜手㈠，恣意同遠步㈡。捫蘿澀先登㈢，陟巘眩反顧㈣。要求陽岡煖㈤，苦涉晉作步，一作陟陰嶺沍。惆悵老大藤，沉吟屈蟠樹㈥。次言共遊村中，欲卜草堂之地也。澀先登，山高足倦。眩反顧，深入路迷。求陽、涉陰，自北至南。老藤蟠樹，景狀奇古，故徘徊憩息於其下。

㈠《詩》：攜手同行。

㈡《西京賦》：恣意所幸。

㈢范雲詩：捫蘿正憶我，折桂方思君。　《説苑》：二子先登。

㈣《詩》：陟則在巘。

㈤顔延之詩：陽岡團精氣，陰谷洩烟寒。　師氏曰：山南向陽，故煖。山北背陰，故寒沍。

㈥郭璞詩：沉吟立夕陽。　虞世南《琵琶賦》：屈蟠犀嶺。

卜居意未展，杖策迴且暮㈠。**層巔**一作天**餘落日**㈡，**草蔓已多露**㈢。末乃未得佳地，而迴宿於土室也。　此章前二段各八句，後段四句收。

㈠左思詩：杖策招隱士。

㈡謝靈運詩：築觀基層巔。

㈢盧子諒詩：凝露霑蔓草。

其二

天寒鳥已歸㈠，**月出山**晉作山，一作人**更**一作已**靜**。**土室延白光**㈡，**松門耿疏影**㈢。**躋攀倦日短**㈣，**語樂**音洛**寄夜永**㈤。**明燃林中薪**㈥，**暗汲石底**一作泉**井**。此章，宿贊公土室而作。首段，叙暮夜景事。《杜臆》：起四句，可以入畫。公足力已倦，而猶永夜晤語，興趣自不可及。燃薪代燭，汲井烹茶，此山居清況。

㈠鮑照詩：天寒幽鳥歸。

㈡吴注：後漢袁閎，黨事作，母老不能遠遁，乃築土室，潛居十八年。

㈢謝靈運詩：牽葉入松門。

㈣趙注：天寒在冬，故日短夜永。《書》：日短星昴。

㈤《天台賦》：恣語樂以終日。　江淹詩：夜永起懷思。

㈥《晉書》：畢諴夜燃薪讀書。

大師京國舊㈠**，德業天機秉**㈡**。從來支許遊**㈢**，興**去聲**趣江湖迥。數奇**音箕**謫關塞**㈣**，道廣存箕潁**㈤**。何知戎馬間**㈥**，復**扶又切**接塵事屏**音丙㈦。　此誌贊公高風，并及離合之感。　塵事屏，言與屏迹塵事之人相接也。

㈠王粲誄：表揚京國。

㈡《晉書·文立傳》：雅有德業。

㈢洙注：支遁字道林，講《維摩經》。　遁爲法師，許詢爲都講。

㈣《史記》：李廣數奇。　孟康曰：奇，隻不耦也。　范筠詩：數奇不可偶，性直誰能紆。

㈤後漢許劭曰：太丘道廣，廣則難周。　謝靈運云：徐幹有箕潁之心。

㈥《國語》：范文子立於戎馬之前。

㊆陶潛詩：閑居三十載，遂與塵事冥。

幽尋豈一路，遠色有諸嶺。晨光稍朦朧㊀，更越西南頂。末欲來朝尋勝，以遂草堂之願。此與上章同格。

㊀《景福殿賦》：晨光内照。　支遁詩：朦朧望幽人。

寄贊上人

鶴注：此當是乾元二年秦州作。《摩訶般若經》：何名上人？佛言：若菩薩一心行阿耨菩提，心不散亂，是名上人。《增一經》云：處世有過能改者爲上人。

一昨陪錫杖㊀，卜鄰南山幽㊁。年侵腰脚衰，未便陰崖秋㊂。重平聲岡北面起，竟日陽光留㊃。茅屋買一作置兼土㊄，斯焉心所求。此承上章，亦與贊公商卜居也。上云「更越西南頂」，故此章遂提西南兩段。首段欲卜居南山。《杜臆》：卜居先卜鄰，公之惓惓於西枝村，爲贊公在耳。　未便陰崖秋，猶前詩「苦陟陰嶺沍」。竟日陽光留，猶前詩「要求陽岡煖」。

㊀希曰：梵云阿若羅，此云錫杖。

㊁《左傳》：唯鄰是卜。

㊂鮑照詩：陰崖積夏雪，陽谷散秋雲。

㊃《易林》：火盛陽光。

㊄遠注：屋兼買土，謂欲得山中帶土之地，可居亦可耕也。舊作兼買其地，豈有買屋無地者。

近聞西枝西，有谷杉桼古漆字，他本作黍，非，稠。亭午頗和暖㊀，石一作沙田又足收㊁。當期塞一作寒雨乾音干，宿昔齒疾瘳。徘徊虎穴上㊂，面勢龍泓頭㊃。次言欲卜居西谷。杉漆石田，見物産可資。但亭午暫煖，不如竟日留光耳。盧注：西枝西曰有谷，定指同谷。近聞，必指同谷邑宰書。公至同谷界詩「邑有賢主人」，「來書語絶妙」，此可相證。《同谷七歌》中「南有龍兮在山湫」，後《發同谷縣》詩「停驂龍潭雲，回首虎崖石」，詩云虎穴、龍泓，指此無疑。

㊀《天台賦》：羲和亭午。《太平御覽》：日初出曰旭、曰晰、曰晞，在午曰亭午，在未曰昳。

㊁《左傳》：吴將伐齊，子胥曰：「夫得志於齊，猶獲石田也，無所用之。」

㊂《陝西通志》：虎穴在成縣城西。

㊃《考工記》：審曲面勢以飭五材。注：察五材曲直、方面形勢之宜。龍泓，一在飛龍峽，一在天井山。《方輿勝覽》：飛龍峽，在仇池山下，白馬氐楊飛龍據仇池，故名。其東杜甫避亂居此，有詩云云。

柴荆具茶茗㊀，逕一作遥路通林丘㊁。與子成二老㊂，來往亦風流㊃。末計定居後情事，仍歸結卜鄰意。此亦與上章同格。

㈠謝靈運詩：促裝返柴荆。《世説》：此爲茶爲茗，覺有異色。《神農食經》：茶茗久服，令人有力。早收曰茶，晚收曰茗。
㈡謝安詩：寄傲林丘。
㈢二老，本《孟子》。
㈣《晉書·樂廣傳》：天下言風流者，以王樂爲稱首。

王嗣奭曰：此章乃真實商量，本尺牘而韻以爲詩耳。虎穴、龍泓，其地幽勝。徑通林丘，與贊公近。今志書所載，有杜公故宅，豈於此曾暫住耶。

太平寺泉眼

鶴注：太平寺在秦州。詩云「北風起寒文」，當是乾元二年秋冬之交作。

招提憑高岡㈠，疏散連草莽莫補切㈡。**出泉枯柳根㈢，汲引歲月古㈣。**首從寺泉叙起。

㈠招提，佛寺名，詳見一卷。
㈡宋武帝教：或疏散山林，不關進達。《景帝紀》：廣薦草莽。草稠曰薦，深曰莽。
㈢《易·蒙》：山下出泉。
㈣《江賦》：汲引沮漳。

石間一作門見海眼㊀，天畔縈水府㊁。廣深丈尺間，宴息敢輕侮。青白二小蛇㊂，幽姿可時覿㊃。如絲氣或上時掌切，爛熳爲雲雨㊄。此形容泉眼之神異。海眼、水府，見其穴小而泉多。只此丈尺之間，人不敢忽者，以中有神物，故能興雲致雨也。

㊀《成都記》：距石筍二三尺，每夏月大雨，陷作土穴，泓水湛然。以繩繫石投其下，愈投而愈無窮。凡三五日，忽然不見，故曰海眼。此寺泉從石中而出，亦如海眼也。

㊁天畔，言其高。《楚辭》：鑿山楹以爲室，下披衣於水府。《南征賦》：曾潭水府。

㊂《水經注》：漢水又東合洛谷，其地有神蛇戍，左右山溪多五色蛇，性馴良不爲毒。殆即此類。朱注：二蛇乃龍類。

㊃謝靈運詩：潛虬媚幽姿。

㊄沈約詩：爛漫屬雲舒。

山頭到山下，鑿井不盡土㊀。取供十方僧㊁，香美勝牛乳㊂。北風起寒文，弱藻舒一作勝翠縷。明涵客衣浄㊃，細蕩林影趣。此記其味美而色清。山不盡土，則井水難得，故此泉特爲可貴。寒文翠縷，水中實景。涵衣蕩影，水上虛景。

㊀《莊子》：鑿井而飲。

㊁《楞嚴經》：如一井空，空生一井。十方虛空，亦復如是。《法華經》：十方佛土中，唯有一乘法。

㊂《維摩經》：阿難白佛言：憶念昔時，世尊身小有疾，當用牛乳。乳泉，泉之白而甘者。張注：

《高僧傳》：訶羅竭者多衍頭陀，晉武帝元康元年，西入婁至山石室坐禪，去水遠，乃以左脚磩室西石壁，蹈没指，即拔足，水從中出，清香軟美，四時不竭。

㈣庾信詩：山月没，客衣單。

何當宅下流，餘潤通藥圃。三春濕黄精㈠，一食生毛羽㈡。此羨山泉而仍動卜居之興也。

《杜臆》：唯乳泉香美，故引潤黄精而一服可仙。此章起結各四句，中二段各八句。

㈠《博物志》：太陽之草名黄精，餌之長生。《本草》：黄精，陽草，久服輕身延年。

㈡《拾遺記》：昭王夢有人衣服皆毛羽，因名羽人。

東樓

《通志》：東樓跨府城上，形製尚古。鶴注：詩云驛使，蓋使吐蕃者經此，當是乾元二年秦州作。

萬里流沙道㈠，西行吴作征西，一作西征過此一作北門㈡。但添新一作征戰骨，不返舊征一作死生魂。樓角凌風迥，城陰帶水一作雨昏。傳聲看平聲驛使去聲㈢，送節向河源㈣。此咏秦州東樓也。上四痛已往將士，下四憐現在使臣。樓當驛道，故征西者皆過此門。戰骨、征魂，言其有去無還。樓角、城陰，寫出高寒陰慘景色。故驛使至此，不禁觸目傷心。

㈠鶴注：流沙在西之極，吐蕃所居之城，中國往吐蕃者道出於此。老子西涉流沙不返。

㈡漢晉有征西將軍。公詩有「漢將獨征西」，即此征西也。征西起下戰骨、征魂，但征字未免重出。

㈢「傳聲看驛使」，聞驛使傳呼之聲而往看也。

㈣趙曰：時遣使和好吐蕃，故用張騫尋河源事。

雨晴

王洙注：一作秋聲。　鶴注：當是乾元二年秦州作。《杜臆》：詩云塞柳，乃邊上之柳，知此詩作於秦州矣。顧注：樓上，即東樓，與前首同時。

天外舊作水，非。容齋作永，一云際**秋雲薄**㈠，**從西萬里風。今朝好晴景，久雨不妨農。塞**一云岸**柳行**趙音杭**疏翠，山梨結小紅。胡笳樓上發，一雁入高空**㈡。此喜邊塞初晴也。上四雨後新晴，下四晴時景物。上是一氣説，下是四散説。　西風起，則秋氣晴。不妨農，可收穫也。柳疏梨結，深秋物候。或翠或紅，雨後色新。末二，當分合看。笳遇晴而倍響，雁因晴而向空，此分説也。雁在塞外，習聽胡笳，今忽聞笳發，而翔入空中，此合説也。

㊀晉鼓吹曲：流光溢天外。
㊁梁簡文帝詩：一雁聲嘶何處歸。

寓目

鶴注：詩云關雲、塞水、羌女、胡兒，當是乾元二年在秦州作。《左傳》：得臣與寓目焉。梁元帝《答張纘文》：寓目寫心，因事而作。

一縣蒲萄熟㊀，秋山苜蓿多㊁。關雲常帶雨，塞水不成河㊂。羌女輕一作搖烽燧㊃，胡兒掣山谷作掣，諸本作制駱駝㊄。自傷遲暮眼，喪去聲亂飽經過平聲㊅。寓目，動邊愁也。上六，皆目中所見者。末點眼字以醒題。首聯，物産之異。次聯，地氣之殊。三聯，人性之悍。漸説到邊塞可憂處，故有喪亂經過之慨，謂不堪再逢亂離也。

㊀《史記・大宛傳》：宛左右以蒲萄爲酒，富人藏至萬餘石，久者數十歲不敗。俗嗜酒。馬嗜苜蓿。漢使取其實來，於是天子始種之離宫别館。《永徽圖經》：蒲萄生隴西、五原、燉煌山谷，今處處有之，其實有紫白二種。
㊁《西京雜記》：樂遊苑多苜蓿，一名懷風。

㊂塞外地高四下，荒涼無阻，故不成河。

㊄掣，牽挽也。駱駝立，掣而後伏，伏而後興。《外國圖》：大秦國人長一丈五尺，好騎駱駝。

㊅陶潛詩：脱有經過便。

朱鶴齡曰：此詩當與「州圖領同谷」一首參看。關塞無阻，羌胡雜居，乃世變之深可慮者，公故感而歎之。未幾，秦隴果爲吐蕃所陷。

楊德周曰：「關雲常帶雨，塞水不成河」，「谷暗非關雨，楓丹不爲霜」，皆字字可思。

山寺

鶴注：此詩乾元二年在秦州作。

野寺殘僧少，山園細路高。麝香眠石竹㊀，鸚鵡啄金桃㊁。亂水一作石通人過㊂，懸崖置屋牢㊃。上方重平聲閣晚㊄，百里見秋一作纖毫。山寺，記勝遊也。首二總提。石竹、金桃，此山園之物。麝香自眠，鸚鵡皆啄，可見殘僧之少矣。牢屋、重閣，乃野寺之房。涉水登崖，上方遠見，又知細路之高矣。此詩分承互應，脈理精密如此。趙汸云：鸚鵡二句，本狀寺之荒蕪，以秦隴所産禽獸花木言之，語反精麗。圖經，閣道縈旋，上下千餘丈者，即「山園細路高」也。其山下水，縱横可涉者，即

「亂水通人過」也。又《玉堂閒話》云：麥積山，梯空架險而上，其間千房萬室，懸空躡虛。即「懸崖置屋牢」也。又云：高檻可以眺望，虛窗可以來風。即「百里見纖毫」也。殘僧少，言餘僧無幾也。殘與少有别。

㈠嵇康《養生論》：麝食柏而香。《本草》：麝香形似麞，常食柏葉得香。《酉陽雜俎》：衛公云：蜀中石竹有碧花。

㈡禰衡《鸚鵡賦》：「命虞人於隴坻。」知鸚鵡爲隴右所産者。《唐·西域傳》：康者，一曰薩末鞬，亦曰颯末建。貞觀時歲入貢金桃、銀桃，詔令植苑中。鶴注：崇仁饒焯景仲與余言：嘗見武林有金桃，色如杏，七八月熟。因知《東都事略》所記外國進金桃、銀桃種，即此也。

㈢《爾雅·釋水》：正絶流曰亂。《詩》：涉渭爲亂。鮑照詩：懸裝亂水區。陶潛《桃花源序》：捨船往口入，初極狹，纔通人。

㈣何遜詩：懸崖抱奇崛。

㈤邵注：上方謂僧之方丈，在山頂也。《維摩詰經》：昇於上方。《漢書·冀奉傳》：上方之情樂也。孟康注：上方，謂北與東也。陽氣所萌生，故曰上方。崔湜詩：昇攀重閣迴。

即事

鶴注：詩云「人憐漢公主，生得渡河歸」，謂寧國公主乾元二年八月丙辰自回紇歸，當是其年作。

謝靈運詩：即事怨睽攜。陶潛詩：即事多所欣。

聞道去聲花門破，和親事却非㈠。人憐漢公主，生得渡河歸。秋思去聲抛雲髻一作鬢㈡，腰支賸音剩。一作勝寶衣㈢。群凶猶索色責切戰㈣，回首意多違。此詩諷時事也。「和親事却非」，謂一事而三失具焉。初與回紇結婚，本欲借兵以平北寇，孰知滏水潰軍，花門同破，此一失也。且可汗既死，公主剺面而歸，抛髻賸衣，忍恥含羞之狀見矣，此二失也。是時思明濟河索戰，而回紇之好已絶，與和親本意始終違悖，此三失也。公詩云：「聖心頗虚佇，時議氣欲奪。」老成謀國之言，真如燭照而數計矣。

㈠《舊唐書》：乾元二年三月，回紇從郭子儀戰於相州城下，不利，奔西京。四月，可汗死，其牙官都督等，欲以寧國公主殉葬。公主以中國禮拒之，然猶依本國法，剺面大哭，竟以無子得歸。八月，詔百官於鳴鳳門外迎之。《新書》：寧國公主，先嫁鄭巽，又嫁薛康衡。乾元元年，降回紇毗伽闕可汗。二年八月歸朝。　朱注：是年九月，史思明分兵四道濟河，李光弼棄東都，守河陽。群凶句正指其事。　《漢書》：高帝使婁敬和親。《漢書贊》：和親無益，已然之明驗也。

㈡繁欽有《秋思賦》。　曹植詩：紅顔韡韡，雲髻峨峨。

㈢庾肩吾詩：非關能結束，本是細腰支。　《六韜》：武王伐紂，蒙寶衣投火而死。　陸倕《石闕銘》：棄彼寶衣。

㈣傅玄《正都賦》：將以威天下而禦群凶。

遣懷

鶴注：詩云：寒城、塞日，皆指秦州而言。是乾元二年作。　趙汸曰：時客秦州，欲於東柯谷西枝村尋置草堂而未遂。末託意於棲鴉，所遣之懷在此。　顧注：愁眼二字，便見所懷。八句皆言愁中景物，聊借詩以排遣之耳。

愁眼看平聲**霜露**㊀**，寒城菊自花**㊁**。天風隨斷柳，客淚墮清**一作晴，非**笳**㊂**。水靜樓**一作城**陰直**㊃**，山昏塞日斜**㊄**。夜來歸鳥盡**㊅**，啼殺後棲鴉。**此邊塞淒涼，觸景傷懷，而借詩以遣之。　趙汸注：天風句，下因上。客淚句，上因句句是咏景，句句是言情，說到酸心滲骨處，讀之令人欲涕。　顧注：結聯即「上林無限樹，不借一枝棲」之意，蓋歎卜居無下。水靜句，下因上。山昏句，上因下。地也。

㊀《記》：霜露既降。

㊁謝朓詩：寒城一以眺。

㊂劉楨詩：輕葉隨風轉。此云「天風隨斷柳」。劉删詩：邊聲隕客淚。此云「客淚墮清笳」，皆用古人語而句法倒裝耳。　蔡邕詩：枯桑知天風。　謝朓詩：淫淫客淚垂。　又：寥戾清笳轉。

㈣《莊子》：水静則明。梁元帝詩：水静瀉樓船。

㈤孔德紹詩：山昏五里霧。張正見詩：昏昏塞日沉。

㈥潘岳《楊仲武誄》：歸鳥頡頏。

趙汸曰：天地間景物，非有所厚薄於人，惟人當適意時，則情與景會，而景物之美，若爲我設。一有不慊，則景物與我漠不相干。故公詩多用一「自」字，如「寒城菊自花」、「故園花自發」、「風月自清夜」之類甚多。

天河

鶴注：此當是乾元二年七月在秦州作，故有「伴月落邊城」之句。王柏曰：天河，從北極分爲兩頭，至於南極，隨天而轉入地下過，水之氣也。《廣雅》：雲漢、星漢、河漢、銀漢、銀河、絳河、天津、漢津，皆天河名。

常時任顯晦㈠，**秋至轉**從趙本。一作最，吴作輒**分明**㈡。**縱被微雲掩**㈢，**終能**一作當，一作輸**永夜清**㈣。**含星動雙闕**㈤，**伴月落邊城**㈥。**牛女年年渡**㈦，**何曾**音層**風浪生**㈧。此客秦而詠天河也。秋至分明，提醒天河。三四，見其夜夜分明。五六，見其處處分明。七八，見其歲歲分明。此直咏天河，而寓意在言外。篇中微雲掩、風浪生，似爲小人讒妬而發。雙闕，指京師。邊城，指秦州。

㈠《陶潛傳贊》：顯晦殊途。

㈡沈約詩：秋至愍衰草。　劉泓詩：的的最分明。

㈢《世説》：謝景重曰：「意謂不如微雲點綴。」

㈣鮑照《蒿里行》：馳波催永夜。

㈤《周禮注》：象魏，宫門雙闕。　古詩：雙闕百餘尺。

㈥《國策》：樓櫓不施而邊城降。　周王褒啟：邊城無草。

㈦吴均《續齊諧記》：桂陽城武丁，有仙道，忽謂其弟曰：「七月七日織女當渡河，諸仙悉還宫，吾已被召。」弟問曰：「織女何事渡河？」答曰：「織女暫詣牽牛。」明日失武丁。　杜審言詩：年年今夜盡。

㈧《南齊書》：沈攸之攻郢城，夜常風浪。

張綖曰：首二，見君子之節，因時而顯。三四，言小人掩蔽，無損其光。五句，近而有耀，誠則形也。六句，在遠彌彰，德不孤也。末聯，謂從容静俟，則風波自息矣。　洪仲曰：《天河》、《初月》二詩，皆暗寫題意，不露題字。

初月

詩有古塞、關山之語，當是乾元二年在秦州作。

光細一云常**弦初**陳作欲，一作豈**上**㊀，**影斜輪未安**㊁。**微升古塞**一作堞**外**㊂，**已隱暮雲端**。**河漢不改色**㊃，**關山空自寒**㊄。**庭前有白露，暗滿菊花團**《英華》作欄㊅。　此在秦而詠初月也。光細影斜，初月之狀。乍升旋隱，初月之時。下四，皆承月隱說。河漢關山，言遠景。庭露菊花，言近景。總是夜色朦朧之象。　洪仲注：光影，就明處言。弦輪，就暗處言。河漢色明，見月影忽沉。關山自寒，見月光全没。末點暗字，總見無月可窺矣。　張遠注：此詩句句有一初字意，細玩自見。

㊀《左傳注》：月體無光，待日照而光生，半則爲弦，全乃成望。周王褒詩：上弦如半璧。

㊁庾信詩：桂滿獨輪斜。李隅賦：波水蕩而月輪斜。

㊂王褒啟：塞外饒沙。

㊃古詩：河漢清且淺。樂府：陵霜不改色。

㊄王褒詩：關山夜月明。

㊅或曰：《毛詩》：零露漙兮。《説文》：漙，徒官切，露多貌。「庭前有白露，暗滿菊花團」，疑是漙字。

朱注：《韻會》：團或作專。《周禮》「其民專而長」，是也。漙，《集韻》或作霬，通作專，以古多混用。謝靈運詩：火雲團朝露。謝朓詩：猶霑餘露團。謝惠連詩：團團滿葉露。江淹詩：簷前露已團。庾信詩：惟有團階露，承睫苦霑衣。薛道衡詩：高秋白露團。舊本俱作團。《記》：季秋之月，菊有黄華。

《山谷詩話》：王原叔説：此詩爲肅宗而作。今按此詩，若依舊説，亦當上下分截。上四隱諷時事，下四自歎羈棲。光細，見德有虧。影斜，見心不正。升古塞，初即位於靈武也。隱暮雲，旋受蔽於輔國、良娣也。河漢不改，謂山河如故。關山自寒，謂隴外淒涼。露暗花團，傷遠人不蒙光被也。

擣衣

鶴注：是時安史未息，又備吐蕃，當屬乾元二年作。謝靈運有《擣衣》詩題。

亦知戍不返㈠，秋至拭清砧㈡。已近苦一作暮寒月㈢，況經一作驚長别心㈣。寧辭擣衣一作熨倦㈤，一寄塞垣深㈥。用盡閨中力，君聽平聲空去聲外音㈦。

擣衣，代戍婦言情也。戍不返，擣衣之故。拭清砧，擣衣之事。三四承首句，五六承次句。七承五六，仍應拭清砧。八承三四，仍應戍不返。分之則各有條緒，合之則一氣貫通，此杜律所以獨至也。　遠注：王灣《擣衣》詩「風響傳聞不到君」，即此詩末句意，但藴藉不如耳。

㊀《詩傳》：戍，屯兵以守也。

㊁江淹詩：秋至擣羅紈。《玉篇》：砧，擣石也。劉希夷詩：盼青砧兮悵盤桓。

㊂《趙充國傳》：土地苦寒，漢馬不耐冬。

㊃鮑照詩：長别遠無雙。宋武帝詩：江山起别心。

㊄謝朓詩：南鄰擣衣急。《丹鉛録》：《字林》：直舂曰擣。古人擣衣，兩女子對立，執一杵如舂米然。今易作卧杵，對坐擣之，取其便也。

㊅蔡邕疏：秦築長城，漢築塞垣，所以别内外、置殊俗。注：塞垣，長城也。

㊆宋之問詩：空外有飛烟。《通雅》：空外，猶單外也。《漢書・張禹傳》：請鄧太后還宮，以爲久處單外。

朱子《詩經集傳》多順文解義，詞簡意明。唐汝詢解唐詩，亦用此法，但恐敷衍多而斷制少耳。今注杜詩，間用順解，欲使語意貫穿融洽。此章趙汸注云：「此因聞砧而託爲擣衣戍婦之詞曰：我亦知夫之遠戍，不得遽歸，方秋至而拂拭衣砧者，蓋以苦寒之月近，長别之情悲，亦安得辭擣衣之勞，而不一寄塞垣之遠。是以竭我閨中之力，而不自惜也。今夕空外之音，君其聽之否耶。音字，含一詩之意。」唐仲言極稱斯注。今標此以發順解之例。

歸燕

鶴注：舊編在乾元二年秦州詩内，下四章並同。　魏文帝詩：歸燕翩兮徘徊。

不獨避霜雪㊀，其如儔侣稀㊁。四時無失序㊂，八月自知歸㊃。春色豈相訪一作誤㊄**，衆雛還識機㊅。故巢儻未毀㊆，會傍**去聲**主人飛㊇。**歸燕，傷羈旅也。　上四咏燕歸，下四咏燕來，方去而冀其復來，乃詩人忠厚之意。　春色二句，作望燕之詞。　故巢二句，代燕作答詞。　《杜臆》：末乃自寓己意，雖棄官而去，非果於忘世也。

㊀鮑照《雙燕》詩：豈但避霜雪，當儆野人機。

㊁嵇康詩：邕邕和鳴，顧盼儔侣。

㊂《杜臆》：四時二句，具見身分，隱然有時止時行意。　《易》：與四時合其序。　傅咸《燕賦》：信進止之有序。

㊃《月令》：二月，玄鳥至。　八月，玄鳥歸。

㊄陰鏗詩：上林春色滿。

㊅《鸚鵡賦》：憫衆雛之無知。　又：才聰明以識機。

㈦《晉書》：《朔馬謡》：燕雀何徘徊，意欲還故巢。陶潛詩：先巢故尚在，相將還舊居。

㈧漢樂府《長歌行》：來到主人門。

盧元昌曰：嘗讀《谷風》，棄婦始曰「無逝我梁，無發我笱」，何其厚也。至曰「我躬不閲，遑恤我後」，又歎其決絶之甚。公曰「故巢倘未毁，會傍主人飛」，明知故巢已毁，猶拳拳冀主人勿棄，身雖棄官，心還戀主也。

促織

黄希曰：《爾雅》釋：蟋蟀，一名蛬，今促織也。陸璣疏云：似蝗而小，正黑有光澤，一名蛬，一名蜻蛚，楚人謂之王孫，幽人謂之趨織。里語云「趨織鳴，懶婦驚」，是也。《古今注》：促織，一名梭機、莎雞，一名絡緯。

促織甚微細㈠，**哀音**一作聲**何動人**㈡。**草根吟**一作泠**不穩**㈢，**牀下意**一作夜**相親**㈣。**久客得無淚**㈤，**故**吴作放**妻難及晨**㈥。**悲絲**一作絃**與急管**㈦，**感激異天真**㈧。促織，感客思也。哀音動人，領起通章。草根牀下，皆其哀音。久客、故妻，此其動人者。末言蟲鳴出自天真，故其感人獨至。絲管屬借形。

㈠班固《典引》：不遺微細。
㈡阮籍詩：鶗鴂發哀音。
㈢沈約詩：草根積霜露。　《王褒傳》：蟋蟀秋吟。
㈣《詩》：十月蟋蟀入我床下。
㈤《鸚鵡賦》：逐臣爲之屢歎，棄妻爲之歔欷。　鮑照詩：「棄妻望掩淚，逐臣對撫心。」此五六所本。　《後漢書》：温序曰：「久客思鄉里。」　湯惠休《秋風詞》：蟋蟀夜鳴斷人腸，長夜思君心飛揚。
㈥顧注：故妻，指棄婦、孀婦言。《朱買臣傳》：故妻與夫家見買臣饑寒，呼飯之。　陸機詩：欲鳴當及晨。
㈦宋武帝詩：深心屬悲絃。　鮑照詩：催絃急管爲君舞。　蔡邕《琴賦》：感激絃歌，一低一昂。
㈧《琴操》：伏羲作琴，修身理性，返其天真。
詩到結尾，借物相形，抑彼而伸此，謂之尊題格。　如詠促織而末引絲管，詠孤雁而末引野鵶是也。

螢火

《爾雅》：螢火，一名即炤。　崔豹《古今注》：螢火，一名燿夜，一名景天，一名熒，一名丹良，一名丹鳥，一名夜光，一名宵燭。《吕氏本草》：螢火，一名夜照，一名熠燿，一名救火，一名據火，一名挾火。

幸因腐草出㈠**，敢近**去聲**太陽飛**㈡**。未足臨書卷**㈢**，時能點客衣。隨風隔幔小**㈣**，帶雨傍**去聲**林微**㈤**。十月清霜重**㈥**，飄零何處歸**㈦**。** 首言種之賤，次言性之陰。三四近看，見其多暗而少明。五六遠看，見其潛形而匿迹。末言時過將銷，此輩直置身無地矣。 鶴注謂指李輔國輩，以宦者近君而撓政也。今按腐草喻腐刑之人，太陽乃人君之象，比義顯然。

㈠《月令》：腐草化爲螢。《爾雅》釋：腐草得暑濕之氣爲螢。

㈡《説文》：日，實也，太陽之精。 沈旋《螢》詩：陽昇反奪照。 又云：當朝陽於戢景兮。

㈢臨書卷，用車胤囊螢讀書事。

㈣傅嘉運《螢》詩：夜風吹不滅。 張正見詩：隔幔似重鈎。

㈤沈旋《螢》詩：雨墜弗虧光。

㈥湛方生《弔鶴文》：負清霜而夜鳴。

㈦謝惠連《雪賦》：從風飄零。 朱超詩：此夜逆風何處歸。

蒹葭

《詩》：蒹葭蒼蒼。《爾雅》釋：葭，一名葦，即蘆也。茅之未成者一名蒹，似萑而細，高數尺。

摧折不自守一作與㊀，秋風吹若何。暫時花戴一作載，一作帶雪，幾處一作墮水葉沉波㊁。體弱春苗一作風，一作甲早㊂，叢長夜露多。江湖後摇落㊃，亦一作只恐歲蹉跎㊄。蒹葭，傷賢人之失志者。暫時花發，葉已沉波，申上秋風摧折。春苗、夜露，遡其前。江湖摇落，要其後也。北方風氣早寒，故蒹葭望秋先零。南方地氣多煖，故在江湖者後落。秋風摧折如彼，而遠託江湖者，亦復蹉跎於歲晚乎。末二句，隱然有自傷意。顧注：此咏秋日蒹葭，而兼及四時。苗早言春，露多言夏，後落又涉冬矣。

㊀中山王《文木賦》：華葉分披，枝條摧折。

㊁《杜臆》：以戴對沉，高下相稱。載以字近而訛，帶以音近而訛。

㊂陸倕詩：體弱思自强。

㊃《楚辭》：蕭瑟兮草木摇落而變衰。

㊄阮籍詩：願爲三春遊，朝陽忽蹉跎。

苦竹

《齊民要術》：竹之醜者有四，曰青苦、白苦、紫苦、黄苦。《語林》：張廌隱居頤志，家有苦竹數十頃。

青冥亦自守㈠，軟弱强區兩切扶持㈡。味苦夏蟲避㈢，叢卑春鳥疑㈣。軒墀曾音層不重㈤，剪伐欲一云亦無辭㈥。幸近幽人屋，霜根結在茲㈦。苦竹，嘉君子之避世者。一二表其清操，三四傷其見棄，五六見廊廟非分，七八言林麓堪依。「軟弱强扶持」，包許多小心謹畏、堅忍寧耐意。《杜臆》：節苦，則人不能親。地卑，則人不相信。剪伐無辭，何等謙厚。結根在茲，欲全晚節也。幽人屋，亦自寓，有欲與偕隱之志。

㈠鮑照詩：青冥摇烟樹。

㈡劉琨詩：咨余軟弱，弗克負荷。周王褒詩：軟弱自芬芳。

㈢《莊子》：夏蟲不可語冰。

㈣劉孝綽詩：復值懷春鳥。

㈤庾信《新樂表》：軒墀弘敞。軒墀乃富貴家廳事。

㈥《詩》：勿剪勿伐。

㈦古詩：冉冉孤生竹，結根泰山阿。

王嗣奭曰：前章「不自守」，言遭時之窮。此章「亦自守」，見保身之哲。讀二詩，知公去就之間善於審處也。

鍾惺曰：少陵如《苦竹》、《蒹葭》、《胡馬》、《病馬》、《鸂鶒》、《孤雁》、《促織》、《螢火》、《歸燕》、《歸雁》、《鸚鵡》、《白小》、《猿》、《雞》、《麂》諸詩，於諸物有讚羨者，有悲憫者，有痛惜者，有懷思者，有慰藉者，有嗔怪者，有嘲笑者，有勸戒者，有計議者，有用我語詰問者，有代彼語對答者，蠢者靈，細者巨，恒者奇，嘿者辯，詠物至此，神佛聖賢帝王豪傑具此，難着手矣。